图书在版编目（CIP）数据

冲突后社会的治理：重建脆弱国家 /（美）布林克霍夫
编著；赵俊，霍龙译. —北京：民主与建设出版社，2015.10
　ISBN 978-7-5139-0860-3

　Ⅰ.①冲… 　Ⅱ.①布… 　②赵… 　Ⅲ.①回忆录—美国
—现代 　Ⅳ.①I712.55

中国版本图书馆 CIP 数据核字（2015）第 245947 号

Governance in Post-Conflict Societies: Rebuilding Fragile States
© 2007 selection and editorial matter, Derick W.Brinkerhoff; individual chapters,the contributors
Authorised translation from the English language edition published by Routledge, a member of the
Taylor & Francis Group.
Copies of this book sold without a Taylor & Francis sticker on the cover are unauthorized and
illegal.
Simplifted Chinese edtion copyright: 2015 DEMOCRACY & CONSTRUCTION PRESS
All rights reserved.

版权登记号：01-2014-2367

冲突后社会的治理：重建脆弱国家

出　版　人	许久文	
编　　　著	（美）德里克·W.布林克霍夫	
责任编辑	程　旭	
整体设计	逸品文化	
出版发行	民主与建设出版社有限责任公司	
电　　话	（010）59419778　59417745	
社　　址	北京市朝阳区阜通东大街融科望京中心 B 座 601 室	
邮　　编	100102	
印　　刷	北京明月印务有限责任公司	
版　　次	2015 年 12 月第 1 版　2015 年 12 月第 1 次印刷	
开　　本	880×1230mm　　1/32	
印　　张	14.75	
字　　数	318 千字	
书　　号	ISBN 978-7-5139-0860-3	
定　　价	60.00 元	

注：如有印、装质量问题，请与出版社联系。

国家出版基金项目
NATIONAL PUBLICATION FOUNDATION

非洲译丛

"十二五"国家重点出版物出版规划项目

冲突后社会的治理

重建脆弱国家

[美] 德里克·W.布林克霍夫　编著

赵　俊　霍　龙　译

民主与建设出版社

中央财经大学中国海外发展研究中心资助

出版说明

中国与非洲相距遥远，但自古以来，两地人民就有了从间接到直接、从稀疏到紧密的联系，这种联系增进了两地人民的沟通与了解，为两地的发展不断发挥着作用。特别是 20 世纪中叶以来，因为共同的命运，中国和非洲都走上了反殖民主义革命与争取民族独立的道路，中非之间相互同情，相互支持，结下了深厚的友谊。迈入新世纪以来，随着我国经济的发展，中非经贸关系日益深入，及时了解非洲的政治、经济、法律、文化的情况当然也就具有十分重要的现实意义。

有感于此，我社组织翻译出版这套《非洲译丛》，所收书目比较全面地反映了非洲大陆的政经概貌以及过去我们很少涉及的一些重要国家的情况，涵盖多个语种，具有较强的系统性和学术性，意在填补我国对非洲研究的空白，对于相关学术单位和社会各界了解非洲，开展对非洲的研究与合作有所帮助。

译丛由北京大学、中央财经大学、浙江师范大学、湘潭大学等国内非洲研究的重镇以及国家开发银行、中非基金等单位组织，由非洲研究专家学者遴选近期国外有关非洲的政治、经济、法律等方面有较大影响、学术水准较高的论著，汇为一编，涵盖政治、经济、法律等七个方面的内容，共约 100 种图书。

对于出版大型丛书，我社经验颇乏，工作中肯定存在着一些不足，期待社会各界鼎力支持，共襄盛举，以期为中非合作做出贡献。

民主与建设出版社

2014 年 8 月

前　言

　　冲突后的重建过程是一段危机重重的旅程。一旦社会陷入暴力，国家展开争夺，信任将不复存在，构建共同体的信心被逐渐破坏。那我们接下来该怎么办？

　　这项工作值得我们付出最大的努力。战争会导致数百万人丧生，并使人类遭受强烈的挫败感，因而在任何时期战争都是一场悲剧。推进和平、民主变革的行动已经严重损害美国的国家安全与国际社会的合作，而在地区冲突中文明的崩溃，已经迫使美国及其盟友在过去的 15 年间向 6 个国家派出了战斗部队，与此同时联合国在将近 20 个国家部署了维和部队。

　　但是，这些行动收效甚微。战争依然在持续，数据显示，50% 的冲突将在未来五年内死灰复燃。外部援助通常数量太少而且模式单一，远不能满足现实的需要。当需要强力监管时，军队就会出征；当需要集体行动时，外交人员就组织高层会谈；当重建进程启动时，人道主义者就提供生活援助；当日常进度能够满足需求时，发展专家就进行评估和审查。

　　纷乱环境中尤其需要灵活的战略。最近的事实已经显示出低估挑战、策划不周、方法僵化、决策短视以及粗暴干涉等行为的危险性。在兴衰成败和军民的日常工作中，我们已经获得了许多经验。

本书旨在用新的眼光看待冲突后社会的重建，即主要关注治理领域。丰富的资料来源为我们提供了清晰的分析和独到的见解。

背景介绍部分提到了安全、合法性和效率的缺失，本书开篇回顾了国家建设的历史。然后审视了当今构建高效可靠政府、恢复安全与服务以及为经济发展营造良好环境的工作。第一篇着眼于为国家—社会关系服务的关键机制：宪法、政党和选举以及安全。

参与治理重建的行为体是第二篇的重点。这几章分析了美国陆军内部在政策、条令和训练方面发生的转变；个人行为体的关键作用；作为重要因素的行政机构复兴和改革；侨民团体通过新兴信息技术，对祖国政策和规划的影响。第三篇通过分析拉丁美洲、非洲和阿富汗的案例，探讨了地区治理问题。

通过将理论与实践相结合，本书有助于我们理解在失败国家和脆弱国家重建治理的复杂性。关于外交、发展和安全的整合问题有了新的解释。本书提出一些有益的建议：避免改革力度过大压垮虚弱的机构；将力量集中在亟待解决的问题上，促进地方层面的发展；加强各级政府之间的联系；服务供应在公民形成对国家合法性的认知方面至关重要。

改善我们的工作，从而减轻冲突的损害是本书的核心内容。长期以来，我们已经做出巨大努力。在冲突频发的世界中，我们必须用自由的进步来衡量我们的工作。本书应该有益于促进这一目标。

弗雷德里克·D·巴顿

冲突后重建项目的高级顾问和负责人

华盛顿，战略与国际研究中心

序

    国家失败是冲突和战争爆发的重要原因之一。这也让人们认识到良治在缓和冲突，构建和平中的作用，且良治也能推动社会的发展，保障公民的安全、提供有效服务和建立合法机构。推进失败国家的治理改革和重建，是一项复杂的工程，且对外交政策和旨在发展的国际组织与机构构成挑战。虽然人们的认识和实践经验在不断累积，但理解与实践之间的落差依然存在。本书旨在从新的跨学科的视角探究冲突后社会的重建治理问题，并探索如何改进重建治理的现有方法。本书主要论点是，治理重建依赖于失败国家和衰落国家中日益扩大且相互联系的三个不足：合法性缺失、效率低下和安全问题。

    本书是一本精选的论文集，且论文都进行了修订。这些论文最初提交给2005年5月份由国际三角研究所、乔治·华盛顿大学公共政策与管理学院、乔治·华盛顿大学全球与国际问题研究院联合主办的一次会议。有几位撰稿者虽然受邀与会却未能出席，但他们的观点扩大了主题讨论的范围。我和这些作者希望，这本书对冲突后治理、脆弱国家治理的实践者、决策者以及对此领域感兴趣的学者能有所裨益。本书是一项集体成

1

果，我要感谢所有的撰稿者，没有他们本书是不可能出版的；感谢劳特利奇出版社军事与战略研究领域的编辑安德鲁·汉弗莱斯（Andrew Humphrys）的支持；在此，我也要感谢国际三角研究所合作项目以及国际三角研究所国际发展小组执行副总裁罗纳德·约翰森（Ronald Johnson）的支持。

德里克·W. 布林克霍夫

国际公共管理高级研究员，

华盛顿特区，国际三角研究所

致 谢

本书中有两章此前曾发表在《公共管理和发展》（Vol. 25，No. 1，2005），版权部分属于约翰·威利（John Wiley）和桑斯（Sons），获得许可的情况下发表在此。它们是：

妮可·鲍尔，《加强冲突国家在安全领域的民主化治理》，25~39。

莎拉·李斯特和安德鲁·怀尔德，《加强阿富汗的地区管理：技术性改革或者国家建设》，39~49。

目录

1

第一章 导论：脆弱国家的治理挑战
——安全重构、效率重建与合法性重塑

德里克·W. 布林克霍夫 （Derick W. Brinkerhoff）

众所周知，我们生活在一个全球化的世界。一些议题、问题和过去看似遥远的人们，如今就出现在我们的家门口，既出现于今天即时通讯所构建的虚拟空间，也出现于我们的实际生活世界。全球与地方的发展交错在一起，用罗西瑙（罗西瑙，2003）的话来说，这是一个"遥远而又如此接近"的世界。全球化通过各种途径贯穿到了地方，而地方事态则又会扩散至全球层次。例如，为了寻求更美好的生活，缺乏经济机会而生活在贫穷地区的人们会移民到其他国家去；随着这种移民活动的汇集，个体移民会变成一种跨国移民潮，进而带来全球性影响。地方政治的不稳定也会带来社会关系的紧张、族群冲突和混乱。在某些事例中，如在一些虚弱和脆弱国家中，这种政治不稳定所带来的压力会造成国家的崩溃，给接壤邻国带来负面的外溢效应，且也会给诸如毒品、武器贸易或恐怖主义活动提供温床，进而也会给在地理上远离这些麻烦地的国家和人们带来影响。

　　本书各撰稿者所要讨论的主题就是那些失败的、陷入冲突

和战争之中的脆弱国家的问题以及这些国家在后冲突时期将如何重建的问题。脆弱国家并不是一个新问题：绝大多数穷国或发展中国家都可划归为脆弱国家。长期以来，它们都是国际发展和人道主义援助的对象国。然而，在今天这个"遥远而又如此接近"的世界，脆弱国家不再只是国际援助行为体的关注对象。涉及国际发展、人道主义、安全和外交的团体，它们聚焦于脆弱国家和失败国家，且还有一个新特点，即将政策、研究和项目表整合在一起（例如，卡芒，2003；赖斯，2003；科佩尔和夏尔马，2003；东布罗夫斯基，2005；弗朗索瓦和成，2006）。尤其是在当前关注跨国恐怖主义的背景下，这些脆弱国家和失败国家被称为"沉睡的巨人"，引起了人们的共同关注（CGD，2004）。

对治理的关注，也是本书各章共同的主题。治理关切到管理、制度和进程，所谓的进程是政府与公民间互动、国家与社会关系的连接点。也就是说，治理涉及公共管理与国家机构、政治与权力及权威的实施、决策与执行间的关系。人们普遍认为，治理质量影响到经济、社会和以权利为基础的部门的表现。在脆弱和失败国家，虚弱的政府被认为是冲突和内战的原因之一。这也凸显出，在实现和平、实施国家重建和及早避免陷入冲突方面，治理上的改善是多么的重要（布林克霍夫夫妇，2002；米利肯和克劳斯，2002）。

在脆弱国家和失败国家内重建治理，包括要推进治理形式的民主化，且核心是上文所提到的政策与规划等内容。治理改革与实施干涉国家的政治、军事目标紧密地结合在一起。在美国，治理改革政策正变得越来越机制化，早前相对独立行事的机构——国务院、美国国际发展署（USAID）和国防部——现在加强了在官僚体制、执行和政治程序上的联系。

美国和欧洲的对外政策圈子如今很是混乱。人们现在开始探讨这种混乱所带来的教训和影响，且这种探讨也影响到了当前的政策争论、规划重估和官僚体制以及政治上的重组。（例如，卡罗瑟斯，2006；福山，2006）本书各编撰者对这种集体反思和互动也给出了自己的分析和观察。这一章将重新思考一些关键术语，提出一种关于冲突后治理重建的研究框架，介绍各章内容，并将指出各章所涉及的一些共同主题。

一、国家失败、脆弱性和后冲突

关于失败/脆弱国家、冲突和后冲突的术语，含义通常都不确切。[1] 一般来说，失败国家有以下特征：（1）法律与秩序的瘫痪，国家机构丧失了合法动用武力的垄断权，也无法给其国民提供保护，或者这些机构开始压迫和恐吓国民；（2）在回应国民需求和愿望上，国家的能力较为虚弱或是分散，难以提供基础性的公共服务，也难以确保国民的福利或维系正常的经济活动；（3）在国际上，没有一个可靠的实体能在境外代表这个国家。[2]（参见蒂雷尔，1999；罗特伯格，2002；弗朗索瓦和戌，2006）

对于一个具有这些特征国家来说，关键是程度问题。失败

---

[1] 本章的术语和结构参考布林克霍夫（2005）。

[2] 集中关注国家失败动因的更详实的文献整理，参考卡芒（2003）。

3　　国家的标签被用来指称那些出现崩溃局面的极端国家，如索马里。在索马里，国内和社会权威已经分散开来。更多的国家，尽管没有出现这种极端的局面，但不能或有可能无法给国民提供福利、基本安全或促进经济上的适当发展。每个国家所展现的程度也不一样。像这种不是那么极端的国家，它们处于序列的末端，与其说是失败国家，倒不如说是脆弱国家。它们和很多，即使不是绝大多数的穷国情况几乎没有什么区别，都有制度缺陷和能力差异。

　　没有一个国家的脆弱和失败程度是静止的。由此，也就有了另一个问题，即失败或脆弱国家的发展走向以及在何等程度上会出现变化。国家是滑落到出现严重危机状态，进而可能出现崩溃和冲突的爆发，还是国家尽管虚弱但还是可以弥补，进而走上局势改善的轨道？鉴于国家重建、恢复可持续发展基础的长期性，预期或展望国家上下走向就变得很重要了。有研究显示，发生过激烈冲突的国家在 5 年内再次爆发冲突的概率为40%（科利尔等人，2003）。

　　同样地，冲突和后冲突也是两个相对的术语，容易混淆，差别也不明显。后冲突也不意味着，在某一特定时期，一个国家内各个角落的暴力和争斗都已经停止。实际上，绝大多数后冲突时期的国家重建努力，都是在冲突在或大或小程度上减弱的情况下就已经开始了，但这种冲突在该国的某些地方还是持续存在或不断发生着。正如多伊尔和萨班尼斯（Sambanis）所观察到的那样，"没有绝对的和平。公共暴力活动……从不会被完全根除……因此，我们应将和平视为一个从不安全到安全的序列。"（1999：1）关于和平建设的研究已经演变为一种与冲突研究并没有多大差别的研究，也不再局限于概念所涉的范围，近乎是一种从冲突减弱到发展的研究（曾，2005）。反过来，对冲突动态的更宽泛研究又会包括干涉设计，并承认这种研究范围的复杂性。例如，莱瑟曼等人（莱瑟曼等1999：8）认为，冲突干涉需要"一个面向过去的重建维度，一个面向当下的解决维度，一个既面向当下又面向未来的预防维度。"

二、治理的定义

上文提及的治理，不仅涉及公共制度的作用和运作，广义上还包括社会在追求集体目标和利益上的组织方式。例如，基欧汉和奈（基欧汉和奈，2000：12）将治理定义为"指导和限制某一团体集体行为的、正式和非正式的进程和制度。"在这些进程和制度中，有一些是属于政府层次上的，其他则可能并不是。处于政府之外，国际援助机构的定义则聚焦于政府的技术性功能以及这些功能是如何发挥作用。例如，世界银行（2000）认为，治理涉及经济决策和执行、提供服务以及对公共资源和管理权的利用。治理与社会之间的联系，一方面是通过公众对政策的参与，如公民社会参与计划制定，另一方面则是在提供服务上的公共机构与私营机构间的合作关系而体现出来。

关于治理的其他定义则是聚焦在国家与社会间的联系上，涉及政府与其他部门以及公民是如何衔接等内容。美国国际发展署认为，治理"指的是政府进行高效、有效和负责任的公共管理过程中的能力，公共管理过程要允许公众参与进来，强化而非削弱政府的民主体系。"① 英国国际发展部（DFID）认为，治理指的是 "制度、国家体系和管理——执行、立法、司法和军事——在中央和地方上是如何运行，以及国家与公民个体、公民社会和私有部门间是如何联系起来的。"（2001：11）英国国际发展部的定义，明确地将治理的社会政治方面与宏观经济管理、公共管理运作能力等诸多技术性内容联系起来，并反映了失败国家对治理的理解。

三、重建治理的一种框架

在任何一个社会，治理体系要实现一套核心功能：保证安全、实现效率以及塑造合法性。就治理体系在实现这些功能上，国家间存在不同情况，或好或坏。在上述的三大功能上，治理体系又可以分为多个高度联系在一起的次级体系：

（1）安全治理维护的是国家与公民间的社会契约，② 保护公民人身和财产安全，对付犯罪和违法行为，确保安全部门可以合法地动用强制力，避免权力滥用和维持法治。

---

① 来源于 www. usaid. gov/our_ work/democracy_ and_ governance/technical_ areas/dg_ office/gov. html.

② 对于那些政治哲学传统来源于 18 世纪欧洲启蒙运动的治理模式而言，这个等式暗含了公民与政府之间的社会契约，在此公民放弃自我管理的自然权利并移交给政府，以换取源于国家主权的保护和安全。并非所有国家都认同社会契约论。许多拥有殖民遗产的国家保留了中央集权的治理模式，伴随专制或半专制结构。从专制帝国发展而来的国家，其治理并非与公民订立社会契约，而是使统治者维持、保护和扩大他们的统治。

（2）就行政范围而言，经济治理需要实现如下目标：有效地提供基础服务以及有序且透明的决策、规则、财政措施、伙伴关系和政府机关工作所带来的经济机遇。

（3）政治治理要引导社会决策和公共政策，要能通过权力分立、反应敏锐且负责任的政府、代表性与包容性、全体公民基本权利的保护来塑造合法性。

一般说来，失败/脆弱国家在实现上述三种类型的功能上，总是存在问题。在后冲突国家中，治理重建的设计和执行可以归纳为如下三个面向治理次级体系的领域：（1）安全重构；（2）效率重建；（3）合法性重塑。

1. 安全重构

很显然，在脆弱和后冲突社会中，优先需要解决的是安全缺乏的问题。要是没有安全，其他治理功能都不会得以实现。在后冲突国家，重构安全的主要任务是要解决好前战斗人员的问题。这项任务包括解除武装、复员和重返社会，也被视为经典的三个阶段。这三个经典阶段与效率重建联系在一起，这是因为，如果没能重启经济和带来就业机会，重返社会将会是空谈，也有造成犯罪、匪帮和冲突再起的可能。在经历过战争后，很多国家丧失了大量的人口，基础设施受到毁坏，经济活动也被中断了。因此，安全重构也包括维和行动以及人道主义紧急救援。在实现稳定，恢复所谓的"正常"经济和政治活动上，安全是必要的前提条件。

安全治理取决于安全部队的合法地位、能力和行动。安全重构需要处理警察、军队、非法军事团体和民兵组织间的关系，包括重建、职业化、改组和解散等方式。从中长期来看，

5

这一领域的治理和合法性重塑紧密地联系在一起。对绝大多数后冲突社会来说，公民对安全部队的监督是虚弱的或是根本就没有。此外，公民权利、司法体系和法院的运行也值得关注。不负责任的、腐败的甚或是暗中从事颠覆活动的安全力量是国家合法性的主要障碍，会阻碍基础服务的恢复，且常常会让冲突重燃（科佩尔和夏尔马，2003）。

2. 效率重建

冲突和战争会破坏基础设施，中断核心服务（例如，健康、教育、电力、供水和卫生等），也会影响到人们得以谋生的日常生活。在一些极端的情况下，冲突和战争会带来普遍的苦难、人口的大规模迁移、人道主义危机和流行病，让原本效率就不高的失败国家政府雪上加霜。脆弱和后冲突国家无力提供基础性的公共产品和服务，既会影响到民众时下对基本生活需求和经济活动重启的期待，也会降低民众对未来福利保障、减贫和促进社会经济发展的信心。恢复（或在某些情势下创建）服务提供的能力、开启经济恢复是治理重建议程的核心任务（联合国开发计划署，2000）。

就效率重建而言，首先必须要恢复公共部门的功能和能力。在这方面，好的治理意味着，起作用的行政机构、基础管理体系、遏制腐败、充足的市政基础设施、惠及大众的医疗卫生和教育服务、公路和交通网的建设以及社会安全的关注。因此，在绝大多数国家，有效的基础服务更多地依赖于政府，私有部门和公民社会的功能和能力也较为关键。

除了提供服务外，效率重建也包括有效的经济治理。好的经济治理包括健全的宏观经济和财政政策、高效的预算管理和

6

提升那些能创造财富的投资机会的公平分配。而那些正在走向失败或失败的国家却恰恰相反：有利于权势精英的政策、几乎没有预算监管、腐败泛滥、任人唯亲、不公正的资金安排和为一己之私而偷取公共资产。通常还会出现这种情况，一方面是现存规则的苛刻利用，另一方面则又会出现少数特权的例外。

提供服务和经济发展的效率关系到合法性，因为公民往往不会再支持那些不能或不愿提供基础服务、抑制腐败行为和带来某种经济机会的政府。尤其是在出现族群矛盾的情况下，脆弱国家的不能或不愿作为，就会成为国家失败和冲突重燃的一个重要原因。这一领域的治理也关系到安全。这是因为，如果青年能上学，有就业机会，家庭有看到生活改善的机会的话，公民（包括那些解除武装的前战斗人员）就不大可能会去从事犯罪行为，或重新被招募到叛乱组织中去。

在后冲突国家的效率重建研究中，相关争论主要有着手点、次序和综合性问题。这些问题互相间联系在一起。在帮助新成立而较为虚弱的政府提供服务的过程中，从哪着手以及依次或是同时开展什么任务，人们并没有确切的答案。通常，援助国和从事人道主义救援的非政府组织会率先提供一些基础性服务，满足民众的即时之需有利于政府的能力建设并让政府担负起领导责任（布林克霍夫夫妇，2002）。然而，这些应急举措忽视了现存的地方能力，没能及时关注制度建设，进而给地方带来依赖性、降低了可持续性的可能、挥霍了新政府通过给公民提供服务而塑造合法性的机遇，因而备受指责。另一个着手点/次序的问题是如何在重建/创建中央与次级/地方机制之间做出抉择（Remeo，2002）。

关于综合性问题，争论集中在对虚弱和后冲突国家所展开的援助模式和计划的目标和限度上。实质上，这里面的问题是：什么是"足够好的"治理?[1] 在很多情况下，国际援助机构所倡导的治理改革议程会列出诸多改革的清单，且对保证治理效率来说，这些改革是必要的（布林克霍夫和戈德史密斯，2005）。

3. 合法性重塑

合法性指的是统治政权被认为是正确的、适当的和正当的。没有最起码的合法性，国家会难以运转。政府在一部分民众眼中被认为已经丧失了合法性，这是国家走向失败的一个重要原因。在后冲突国家中，合法性重塑包括扩大参与和提高包容性、减少不公、抗击腐败以及引进竞争机制（选举）。对合法性重塑来说，与效率相关的服务提供也很重要；它揭示出政府在回应民众需求上的意愿和能力。进一步地说，合法性重塑包括宪法修改、法治重建、制度设计（例如，审核与平衡、跨部门和各级政府功能以及权力的分配）以及公民社会的发展。

民主制被广泛认为是世界上具有最高合法性的治理体系（戴蒙德和普拉特纳，1996；联合国开发计划署，2002）。然而，在很多国家中，民主化进程相当艰难。权力和权威的传统和非正式来源会挑战合法性的重塑，有时会产生国中之"国"（例如，阿富汗的地方军阀），有时还会穿上民主外衣来寻求

---

[1] 格林德尔（2004）提出这个问题的背景是贫穷国家和贫穷的降低，并不是特指冲突后的环境，但是许多讨论基本上与极端情况相关。

合法性（例如，中亚多个前苏联加盟国）。国家重建的经验揭示出，要在国内战乱的废墟上通过外部干预来创建一个稳定民主社会是非常困难的（参见怀特黑德，2002；贝尔梅奥，2003）。[1]

关于失败或后冲突国家的合法性重塑，有很多讨论是围绕路径、战略和时间表而展开的。选举就是其中一项重要内容，涉及如多久进行选举，如何组织选举机构，而选举机构是政治进程有序开展的基础。一些人也在质疑由局外者来刻意设计民主是否合适，无论这种设计有多大的价值（布劳格，2002；巴斯蒂安和勒克姆，2003）。如今，在阿富汗和伊拉克所进行的国家重建努力，及其所产生的动荡局势也引起了人们的争论。还有一些人质疑，从冲突中走出来的国家是否期望担负起迈向民主转变的重任（奥塔韦，2002）。人们也会怀疑，后冲突国家民主转变相对标准化的模式是否会嫁接成功，有些社会的历史和传统可能会对这种转变持有抵制态度（例如，考尔和库克，2003）。

四、本书的内容

8

本书各章节的作者既有学者，也有实践者。他们是治理问题的研究者和实践者，来自不同的学科，有着不同领域的研究视角。每位撰稿人都将会论及到前文所提的治理框架中一个或

---

① 20世纪90年代对民主的"必胜信念"已经被对这些案例更冷静的反思或者民主化的必然性所取代（卡罗瑟斯 2002，2006）。

多个治理缺陷，并试图要阐释脆弱国家和后冲突国家的治理重建所面临的问题和挑战。

本书分为三篇：第一篇分析现有的一些与后冲突社会重建相关的问题，集中讨论当前脆弱国家和失败国家治理改革的一些经验教训及其启示；第二篇将探讨参与到治理重建中的各种行为体，前文也提到了关于治理重建出现了一种新的跨部门现象。与此同时，该篇也将分析这些行为体所发挥的作用：已知的、新的以及变化中的角色；第三篇则转向地方治理，强调脆弱、后冲突国家中国家—社会结构与关系的重要性。

1. 对已知议题的分析

对冲突后以及经历了失败的国家提供帮助和改进治理的国际干预，并不是新现象。后冲突重建，被认为是一种设计明确的协同干预，起始于 1945 年的马歇尔计划（Marshall Plan），且已经被很好地研究过（参见多宾斯等人，2003）。① 多年来，关注良治已经成为国际发展援助的支柱。在这一方面，国际发展援助在开始阶段考虑的是制度建设应遵循的规则，最近时期则是民主。第一篇各章先是梳理一些关于国家重建和治理方面的经验性材料，然后再分析治理构成中的一些重要基础：宪法、选举、政党以及安全部门的民主治理。

在第 2 章，阿瑟·戈德史密斯（Arthur Goldsmith）将国家重建置于美国以及美国与其盟友间关于提供有效外援的争论背景下来展开讨论，并且分析了 1970～2002 年期间美国及其盟

————————

① 一些人认为，第一次"现代"冲突后的干预行动，是 19 世纪美国内战结束后对南方的重建。

友在国际援助和推进治理上的经验证据，具体涉及 79 个国家，这些国家在此阶段都曾出现过国内暴力或是战争。他所列举的资料显示，尽管在应对骚动和暴力上面临挑战，但失败和脆弱国家的改革在处理治理缺陷上还是取得了一些进步。这些进步虽说不明显，倒也清晰可辨。在效果上，外国援助要比很多国际援助机构小一些，但足以抵消一些人的观点，他们要么认为外国援助会硕果累累，要么认为是徒劳之举。戈德史密斯观察到，有三方面因素制约了国际援助机构在治理重建上的推进：（1）援助国的政治压力，即要求立竿见影所带来的时间压力；（2）在寻求社会政治变革复杂进程时所面临的困难，这些进程是外部力量所无法掌控的，或是无法理解的；（3）不确定性，即此类变革有可能会偏离民主方向，而陷入宗派主义、极端主义和冲突再起。

第 3、4 章主要探讨两个主题：宪法和选举。这两个主题是塑造合法性的基础，也框定了政治治理的路线。在第 3 章，阿莉扎·因巴尔（Aliza Inbal）和汉娜·勒纳（Hannah Lerner）分析了社会—族群严重分裂的国家的制宪过程。在许多后冲突国家中，广征民意的宪法制定过程是修补分裂和确定治理框架的一种途径，进而可以塑造团结。不过，因巴尔和勒纳认为，在为数不少的失败和脆弱国家中，对制宪抱有这样的期待是不切实际的，为此而做的努力也可能会产生出一部缺乏主要社会集团支持的宪法，所谓修补分裂、塑造团结只是停留在形式上。

她们提出建议说，社会行为体间达成一致或许是有可能的，巧妙地利用一些模糊说法或避开一些争议性问题可以推进

9

宪政进程，哪怕是在分裂严重的社会。她们分析了以色列和印度的案例，讨论这两个案例与今天一些后冲突国家间的相关性。在这些国家中，治理中的宗教与世俗力量存在分歧，尤其是在认同问题上分歧更加严重。单个的、后冲突国家中的制宪并不见得会带来一个"新时代"，也不见得会塑造治理上的合法性。

对那些被剥夺公民权和处于边缘地位的选民来说，选举会积极地推动他们融入到一种新的治理秩序中去。不过，有缺陷的选举和不成熟的政党会削弱合法性，导致政治僵局和社会分裂，进而重新激发冲突和产生暴力活动。在第4章，埃里克·比约恩隆德（Eric Bjornlund）、格伦·科万（Glenn Cowan）和威廉·加勒里（William Gallery）分析了影响选举结果的诸多因素，并评估了近来巴勒斯坦、伊拉克、海地和阿富汗的选举。他们认为，在脆弱国家和失败国家中支持民主治理，其成功与否取决于对所确定的选举制度、选举和投票人所处的政治环境是否有更好的认识。选举制度决定着立法机构的代表性，影响到政党联盟的建立和少数反对派的立场，有利于政治稳定，协调政治活动的开展，并影响到立法机构对执行机构的监督能力。人们对选举结果的立场，主要取决于人们对选举公正性、正规选举程序的认识。对选举结果的失败预测，常常令援助国震惊不已，也会对推进治理和维护稳定造成负面影响。

在脆弱和失败国家中，政府安全部队通常无法按照在民众看来会具有合法性的路线来行动，且它也不是唯独的一支武装力量。在第5章，妮科尔·鲍尔（Nicole Ball）注意到，对后冲突社会的干预常常聚焦于强化安全部队的行动能力和效率，

10

却基本上忽视或轻视了民众的监督和安全部队自身的责任。从治理的角度来看，如果将这些问题淡化处理或拖延到后期，后冲突重建是否成功将变得更加不确定。安全部门的改革是一个具有较高政治性的问题，通常也可能不会以即时、透明的方式来进行。例如，权势人物叼能表面上按照和平路线或赞同维和人员和援助国来进行改革，但实际上却始终在背后骗取个人利益。鲍尔列举了在失败国家进行改革的诸多困难。这些国家资源有限，压力巨大，且制度能力遭到毁坏、腐蚀，或者需要从头开始建立起来。

2. 治理重建中的行为体

第二篇中的章节将有选择性地分析涉及到后冲突治理重建中的行为体：军队、私营力量、公职人员和散居海外者。失败国家希望军事行动、民众救援和重建工作同时进行，而不是相继进行；军队渐渐地会积极参与到后冲突的重建工作，而不只是停留在维和方面。在第 6 章，塔米·舒尔茨（Tammy Schultz）和苏珊·梅里尔（Susan Merrill）细述了美国军队在维稳和重建中角色变迁。在大量访谈和书面资料基础上，她们探讨了美军在越南战争后是如何适应不再只是作战力量这一变化了的角色。为了适应这种维稳和重建新使命，也为了能在这一领域能有所作为，美国军队制定了新方针，准备和执行新型训练，并将之与军人职业生涯挂起钩来。

正如 2005 年美国国防部发布的 3000.05 号指令所表述的那样，在美国军队的使命中，维稳和重建工作与作战行动同等重要，其所涉范围也包括实行民主治理的正常国家。该指令还进一步地具体指出，如果非军事机构没有实现维稳和重建任务的能力，那么军队就必须要执行这些必要的任务，以确保成功。舒尔茨和梅丽尔也指出了在这种转型中美国军队所面临的困境。例如，假如训练计划已经排满了其他事项，军队如何对这种额外使命再平添准备工作；一旦现有部署已经占用了资源，军队又将如何维持和增加那些有经验的处理民事的军人骨干。

第7章主要讨论管理国际社会中私有行为体对后冲突社会经济进行投资所面临的挑战。弗吉尼亚·霍伊夫勒（Virginia Haufler）研究了私人投资者和商人在削弱业已崩溃的治理体系和妨碍持续和平前景上的影响。一些失败和后冲突国家的自然资源对外部私人投资者充满吸引力。这些资源在不同程度上会为战斗人员和寻租的精英上层提供资金；使得政府无需依赖于从公民那里获得财政就可运转；激发投资者的兴趣及其所可能带来的关于透明度、责任和合法性的负面效应；可能会扭曲经济、造成其他领域投资不足和失业以及容易受到外部冲击；造成社会政治关系的恶化以及"资源"与"非资源"地区间的冲突。就资源而言，秘密进行合同谈判也会削弱良治的原则；合同所带来的庞大资金也可能会产生腐败和寻租行为；由合作而形成的安全管控也可能会对当地人口产生负面的外溢效应，进而引发冲突和暴力。

霍伊夫勒评析了当前关于这些问题的讨论，并提及了当下诸多跨国倡议。她总结道，要应对后冲突国家中私有投资所带来的负面影响，就需要公司、脆弱国家的政府、跨国权利和倡议团体以及国际机构的综合努力。尽管有这些挑战，但正如乍得—喀麦隆管道工程所揭示出的那样，私有行为体有可能会起到推进稳定的作用，帮助后冲突国家为战后恢复和改革奠定经济基础。

在第8章，哈里·布莱尔（Harry Blair）分析了行政机构的重建和改革。在后冲突的中段，这一问题通常为人们所忽视。长远看，要实现所有三项治理功能就需要行政机构的运转，但是如何在公共机构和服务长期崩溃的情况下恢复国家能力，就需要在短期和中长期任务中做出权衡。应用"委托代理"（分析公民与行政机构间责任和互动关系）的框架，布莱尔分析认为，重建和改革的核心任务要考虑到结构、程序和能力，这样才能为建立或重建服务供给、政府其他重要举措创造合适的条件。布莱尔讨论了国际捐助者在短期内提供援助和长期努力上所面临的挑战。就长期努力而言，这需要行政机构和政府进行改革。他还讨论了关于服务供给五种策略的各自利弊、行政机构的地位、监管原则和责任。

在第9章，珍妮弗·布林克霍夫（Jennifer Brinkerhoff）分析了散居海外团体在共同推动国家建设和治理超积极方向转变上的作用。为了分析这种作用，布林克霍夫分析了三个散居海外者"网络—草根组织"的案例。她发现，散居海外者已经形成了一种综合性认同，即将母国的传统价值和现居国所要求或强化的自由价值融合在一起。在这种综合性认同影响下，他们的共同努力旨在推动母国实现目标，也能在一定程度上推动治理的改善。

三个阿富汗裔—美国人组织将散居海外的专家意见和阿富汗人的需求结合起来，并与国际非政府组织、阿富汗政府各部门以及地方社区一道，致力于提高服务供给效率的各个项目。

12 在支持埃及科普特人人权上，美国科普特人协会一直在发出倡议、进行活动和担负责任。其努力虽说能量不大，却也在督促埃及政府去尊重少数族群权利这一治理原则，并认为埃及政府也有责任去兑现这方面的承诺，这也有利于治理合法性的维护。第三个案例则涉及到安全领域。索马里网是一个大型的在线社区，它为散居海外者提供了一个讨论民族和族裔认同、母国发展问题以及融入美国社会等问题的平台。散居海外者的交流包含着民主和自由价值观念的讨论，这也有助于减少索马里激发冲突或支持索马里暴力的倾向。

3. 后冲突社会的地方治理

第三篇探讨去中央化（decentralization）、地方治理、冲突和后冲突重建之间的关系。各章节分析了中央与地方间的分权、公民参与机会、地方与中央的能力以及族群与地区的排他性。

在第 10 章，加里·布兰德（Gary Bland）检视了哥伦比亚、危地马拉和萨尔瓦多的去中央化历程，研究了具有民主特征的去中央化和地方公民的参与在缓和冲突中的作用。在这三个国家中，社会排斥和冷漠是公民不满，政府被视为无能、不作为以及缺乏合法性，进而引发武装反对的根源。决策者和公民都将地方治理视为处理怨忿和减少冲突的一种手段，因此，国家必须要提升其合法性和效率。布兰德提醒道，尽管去中央化对后冲突重建和稳定来说非常重要，但它不能迅速修复治理缺陷。仅仅依靠去中央化，而其他层级的政府机构缺乏变革，也不能重建起效率、安全和合法性。

在第 11 章，乔舒亚·弗雷斯特（Joshua Forrest）分析了非洲国家在合法性、效率和地方自治方面的类似问题。他研究了次民族主义运动，这些运动是出于对国家决策者所制定的错误政策的回应，这些错误政策包括：去中央化停留在空洞的说辞上，却没有或很少有实质性内容；没有充分地接触地方民众并与之对话；不公平的地区资源分配。塞内加尔南部卡萨芒斯（Casamance）地区曾经历了 20 年的动荡和冲突。对此案例的分析揭示出上述错误政策所带来的后果。塞内加尔政府采用高压手段来处理卡萨芒斯地区的长期冲突，但徒增经济和社会困难，也不利于该地区的稳定。弗雷斯特注意到，有些非洲国家存在具有独立倾向地区，在这些地区的地方治理案例中有着这样的特征，即一旦达成和平协定，它们就会缓和冲突、实行民主和分权。与流行的观点相反，次民族主义运动通常涉及到多个族群，并基于族群间的联盟。他认为，在非洲，要改变国家脆弱或失败的状态，就必须要将这种努力建立在治理安排要有政治分权的基础上，即地区和地方要有自治权。

13

　　在第 12 章，萨拉·利斯特（Sarah Lister）和安德鲁·怀尔德（Andrew Wilder）研究阿富汗的地方治理情况。他们分析比较了受到国际社会支持的、以喀布尔为中心的合法政府（de jure state，它享有有限却是正式的权力）与地区军阀和地方指挥官的事实政府（de facto state）在实现治理功能上的不同。他们阐释了这些地区管理者不同的管控机制。在中央层次，行政能力和资源之间存在落差，这在很多后冲突国家在重建进程中也较为典型，同时也会造成合法性和效率上的严重问题。拖发的低工资也容易让行政人员产生腐败行为，他们从军阀那里寻求好处。合法政府的服务供给机构由于预算短缺也难以满足民众的需求，这也会导致民众转向军阀那里以求得帮助。因此，在民众眼里，合法政府变得更不值得信赖。两位作者注意到，如果不把次地区的事实政府作为阿富汗合法政府重建工作的一个组成部分，缺乏这样的政治战略，那么着眼于技术层次提升公共管理机构效率的投入并不会产生原本设想的治理结果。

五、共同议题

本书各章有几个共同的议题，它们是：发展与后冲突援助间的共同点；致力于治理合法性、效率和安全的行动所面临的挑战；外部行为体干预的有限性；地方层次治理和中央层次国家重建的重要性。

1. 发展与后冲突援助间的共同点

在失败国家中需要立即展开行动的巨大压力会产生一种普遍的认识，即后冲突干预战略和长期发展之间并没有多少共同之处。然而，本书的各章以及更多的研究却指出了两者间的共同点。从很多方面来说，作为后冲突重建的发展规划起始于马歇尔计划。人们不难发现，当时的马歇尔计划中有很多内容在今天看来涉及发展规划，也产生了极好的成效，为后冲突治理重建提供了重要的参照和经验。戈德史密斯（第 2 章）确信，成功的机制建设带有时间紧迫和缓慢累进变革的特征，后冲突援助也有这样的特点，且他所提出的三个制约因素也同样地适用于发展倡议。布莱尔（第 8 章）对能力建设战略的讨论，也从广泛的后冲突重建的发展经验中汲取了智慧。

14

因巴尔和勒纳（第 3 章）向我们提醒道，改革——无论是"常态政治"下还是后冲突背景下——涉及利益间的持续谈判。比约恩隆德等人（第 4 章）注意到，作为治理合法性塑造和维持的一种手段，选举只要组织的好，可以在上述两种背景下推行。他们强调，在后冲突背景下，就潜在的不安定结果而言，选举需要组织的更好一些。最后，鲍尔（第 5 章）注意到，民众对军队的监督在后冲突社会中尤其的明显，而关于国际安全的讨论则强调了这一问题在更为稳定的社会中的重要性。

关于行为体，霍伊夫勒（第 7 章）指出，一般来说，对于食利国而言，公司会削弱其治理效率、合法性和安全，不过可能没有那么严重。布莱尔所说的行政机构改革的目标是非冲突国家的情况。迄今为止，海外散居者在发展进程中的作用相对受到了忽视，珍妮弗·布林克霍夫在第 9 章所提出的海外散居者在治理方面的几种功能类型，也似乎适用于诸如菲律宾和中国这样的国家。海外散居者确实使得其母国变得更为稳定。

为什么参与后冲突重建的行为体需要认识到后冲突重建和发展之间的共同点呢？上述各章揭示出，一些发展经验有助于我们更好地去理解，哪怕是在社会运转良好的国家里，为什么可能会出现某些情况，而可能又不会出现另外一些情况以及何种措施适用于后冲突社会。至于本书所论述的新角色和新行为体，我们只是想抛砖引玉，评估现有基于不同经验而得出的一些认识以及这些新行为体目前在各领域内的活动方向、作用和不足之处。在最佳状态下，良治及其机制化是一种长期的、投入巨大的努力，最好视之为一种进程而非一种终极结果。很多时候，后冲突社会需要首先处理那些紧迫性问题，但是，国际行为体依然充当着"司机"，推行那些事先计划好的重建方案，而这些方案远不能有利于冲突的缓解，也不利于国家和地方层次治理的过渡。正如在没有冲突背景下的发展援助一样，在后冲突社会中，捐助者及其国际合作伙伴的所作所为、与谁合作以及如何来做，这些是至关重要的。

2. 致力于治理合法性、效率和安全的行动所面临的挑战

好几位撰稿人，从不同的角度都强调了上面涉及治理几个方面的联系。例如，鲍尔所撰写的那一章清晰地提出，将安全领域的改革仅仅视为一个专业和效率问题是危险的。如果不关注监督机构、责任和人权——治理合法性的构成要素，安全力量还会再起冲突，依然会导致不安全状态。由于无法在各省通过服务供给去积极响应民众，民众转而投向军阀以满足需求，阿富汗政府的合法性备受质疑（利斯特和怀尔德，第12章）。布兰德（第10章）和弗雷斯特（第11章）分别就拉美和非洲的案例分析，揭示出中央—地方间政治紧张关系与合法性之间的密切关系，并会影响到安全和效率。和平进展显然包括分权和权力移交，或者是为分权和权力移交奠定基础。这一点也非常重要。

人们没有对治理合法性、效率和安全间的联系给予充分关注，原因有很多。其中一个主要原因是，参与后冲突干预的行为体只是强调上述三个方面中的一个，而其他方面要么受到了忽视，要么就被排斥在任务之外。军事部门往往负责安全问题；外交部门（例如，美国国务院、联合国安全理事会）主要关注于合法性问题；发展机构（例如，联合国开发计划署、

美国国际开发署和英国国际发展部）及其合作伙伴则关注效率问题。例如，在战后伊拉克，联盟驻伊拉克临时管理当局（简称 CPA）强调"各扫门前雪"，重建工作各摊一块：各行动机构被要求各负其责，不要僭越。在联盟驻伊拉克临时管理当局领导看来，这也是相关机构的特权。

作为一种模式，将后冲突重建工作按照线性阶段来划分也导致了治理三个方面的分离。过去的做法打击了那种整合性和综合性的思考，而很多人则提倡这种整合性和综合性的思考是保证项目和干预有效性的必要条件（鲍尔，第 5 章）。① 正如舒尔茨与梅丽尔的论述（第 6 章），美军正处在从"各扫门前雪"发展到一种新思考的过程中，即要将军队纳入到重建整体框架中去，而不仅仅只关涉安全和维和领域。

这种变革反映出防卫、外交和发展机构的整合，人们对治理和重建工作全面铺开的共同关注，并对这种全面关注提出了行动挑战。重建工作如何组织，从结构到预算过程，再到政策导向，这里面的推动力一直是个限制性因素。一直到近年来，绝大多数发展机构和捐助国政府都依托专业和权威人士，而非互动学习网络来组织发展与重建工作。一些政府通过有效沟通和专业知识分享以及统一优先部署、预算和项目而获得了进展，例如，英国的冲突预防联营。与绝大部分寻求变革的组织一样，冲突预防联营面临着现存效忠和官僚化权力结构间的两

---

① 可能关于综合性路线最精致的结构，包括对治理的关注，是由国家战略研究中心（CSIS）和美国陆军协会（AUSA）联合进行的冲突后重建项目提出来的。奥尔（2004）的附录。

难，其中，还有一些联合议程与行动的问题（奥斯汀等人，2004）。①

16 　　3. 外部行为体的作用

　　国际行为体希望能通过更有效地参与，迅速地恢复和平与稳定，帮助后冲突国家在经济与治理体系的重建，并在大量机构间进行协调。在此过程中，对"以点带面"模式的倾向在不断增强。正如舒尔茨和梅丽尔指出（第6章）的那样，军事部门纳入到民事行为体的重建活动，已经促使民事机构工作出现了变化。在发展主义基础上取得与军事部门的同等地位，由于有这种期待，诸如美国国际开发署这样的机构开始对战略与规划原则上的用语表述进行调整，以便让其军事合作伙伴能更为接受。②

　　原则和模式有利于准备工作的开展、快速地进行干预以及在外部行为体间进行协调工作，它们也能影响到更长远的发展转型。例如，为了尽快提供服务，通过非政府组织来满足即时之需，这会将其与政府机构间的结合问题置之不顾。布莱尔（第8章）论述了援助重建战略对安全、经济管理和政治治理上排斥民事机构是如何产生影响的。从国家建设与治理重建的角度来看，公众的积极态度至关重要。然而，很多后冲突援助只是应对相对较短时期的需要，也只是聚焦于长时间段内管理

---

① 在美国，国务院重建和稳定协调办公室面临着类似的机构间争夺地盘和分配资源的挑战。

② 举个例子，安德鲁·纳齐奥斯，美国国际开发署前署长，明确要求将国际开发署寻求国际发展的途径写进学术术语，很大程度上是为了回应军队高级官员对国际开发署如何运作的质疑（纳齐奥斯，2005）。

改革的序幕。

从戈德斯密斯对脆弱国家和后冲突国家外部援助者的效应所展开的宽泛、回顾式评论，到本书第三篇章节在地方层次上的论述，本书撰稿人从各个方面强调了由冲突国家释放出来的社会、政治力量与体现在外部干预模式和框架中"社会动力"间的紧张关系。外部所能调动的资源和从干预模式中所获得的经验教训，似乎传达出一种对局势管控的虚化前景，也展现出重建进程的方向。从结论上看，本书很多章节都建议外部行为体采取一种最为温和的、渐进式的方式，这种方式也是建立在本土知识和致力于治理重建的地方行为体的基础之上。很多章节的结论也向外部行为体建议道，在面临无法避免的倒退、推进国家—社会关系过程中出现分化现象时，要有耐心，并坚持资助。

有两章论述了并非是协调和预先干预框架内，但其行为却影响到后冲突社会治理的外部行为体的影响：霍伊夫勒对多国合作的论述和珍妮弗·布林克霍夫对散居海外者的论述。这些行为体也是如今这个"遥远而又如此接近世界"的体现，也揭示出我们需要越个后冲突国家边界，去拓展我们的研究眼界。关于"坏邻居"的研究主要集中在地区因素对脆弱国家的影响，但霍伊夫勒和珍妮弗·布林克霍夫引导我们去思考更广泛的外部行为体，既有地理上的，又有精神上的。

4. 地方与中央   17

在中央层次上进行国家重建，且在民众看来具有合法性，也是有效的，这一点对维持和平和创建可靠治理是至关重要的。然而，一个中央政府要是缺乏深入到地方的根基，则具有内在的脆弱性，也不会稳定。没能将地区和少数族群纳入到更大政治范围内，这是造成世界上有些国家出现脆弱性、失败和冲突的重要根源。没有解决这个问题会影响到治理的各个方面。将某些地区和少数族裔排斥在外，其负面效应会影响到政府在多大程度上具有合法性，也会恶化社会政治关系，在某些情况下还会导致内战和破坏安全。第 10 章和第 11 章的拉丁美洲和非洲的案例就揭示了这些负面影响。

一般而言，脆弱和虚弱国家里的中央集权化政权在对资源进行公平分配与再分配上做的并不好，这会对服务供给、经济机遇、福利和合法性造成负面影响。一些分配机制往往会建立在恩赐和庇护的基础上，导致经济运行的效率低下，加重社会与族群紧张关系。国家和地方上的当权者可能会对此加以利用，前者如萨达姆·侯赛因（Saddam Hussein）的伊拉克，后者如阿富汗的情况（利斯特和维尔德，第 12 章）。

一旦权力过度集中于中央和主导精英，且存在地方和中央之间的治理问题，治理改革就要将重点放在地方治理和去中央化上。一般认为，地方治理去中央化可以减缓冲突，原因如下：第一，赋予地方一定程度上的自治，能有利于促进和平，尤其有利于族群内外冲突的解决；第二，将资源和控制权转移到政府的其他层级，可以对中央权力进行限制；第三，创建多重治理体系，从而可以减少"胜者为王"模式，因为这种"胜者为王"模式可能会导致冲突的再次出现；第四，强化地方治理，需要允许在服务供给方面的一些不满情绪的表达，进而说明这些矛盾是在可控范围之内；第五，人们可以从地方治理中获得政治和冲突问题解决上的经验，并可以将这些经验应用到其他问题的解决上。布兰德对哥伦比亚、危地马拉和萨尔瓦多在很长一段时期内的去中央集权化的讨论，为上述观点提供了案例支持。

与之相反的问题是，中央政府不能在全境范围获得权威，次中央行为体势力强大进而对中央政府进行抵制和自行其是。在这种环境下，改革的挑战就不单纯是减小中央权力来提高地方自治，而是要在去中央集权化中寻求一种平衡，避免作为一个统一体的国家的碎片化。弗雷斯特指出，那些通过去中央集权化且没能进行权力和权威分享的非洲领导人正在面临这种风险。正如利斯特和怀尔德所论述的那样，在阿富汗，人们希望建立一个正式的、韦伯式的国家集合体，但重建工作难以在流沙般的地方治理中找到牢固的基础，因为地方都被军阀们把持着。对任何一个国家构建实践来说，关注地方层次上业已变化了的国家—社会关系也是其中的重要一环。

正如我们需要研究治理三方面之间的互相依赖关系一样，我们也需要关注地方和中央层次上的能力建设，且具体实践也会面临破坏两者间适当平衡的挑战。就像上文已经讨论过的那样，站在中央行为体的角度，中心在去中央集权化上的动力是很弱的，却至关重要。外部行为体可能会支持中心，因为这会有利于它们开展活动，借助于现有的资源，也会给它们提供一个合适的切入点。当然，外部行为体还有安全上的考虑。相较于地方，中心的稳定要更为重要。这也会有利于相关活动的开展，更有可能在地方行为体得到支持和积极参与之前塑造权威和拓展权力。第三篇章节跳出了中心，研究了次中央行为体在设计和支持治理能力建设上的关键作用。

18

六、结论

在理解脆弱和后冲突国家运行机制以及参与重建上，我们需要将一般规律与具体问题小心地结合起来。在恢复治理或实现新治理、社会经济发展上，恰当的研究路径包括：（1）社会冲突性质和和平如何塑造；（2）快速恢复安全的条件；（3）国家与非国家行为体在有效提供急需服务和实现从战争转向和平经济发展上的能力；（4）具有包容性、透明度和公民利益广泛代表性的社会与制度性安排；（5）外部行为体在重建中的作用、资源和利益。至于模式、战略和原则，重要的是要将它们牢固地建立在具体国家特定运行机制的基础上，并要给所有行为体间的协调和互相学习留下充足的政策和行动空间。

在思考各种国家构建模式时，人们可能会有过于简单化和不当归并的风险，且往往会低估局势、历史和具体领导层的影响。然而，正是因为研究人员和实践者所提出的这个警告，人们已经在填补认知和实践间的落差上迈出了重要的一步。没有一个单卷本的著作可以展现出治理重建的方方面面。本书各章也只是抛砖引玉，分析了业已发生和正在发生的正面经验。对理解和行动来说，框架、模式和样板是必要的。本书撰稿人在确定治理重建"工具包"，尤其是在即时、长期干预战略的分析目标和得失权衡上，为人们的思考提供一定的参照。

治理关切到国家与社会之间的关系。第三方只是起到帮助的作用，单靠第三方并不能修补某个国家的治理结构。说到底，构建或重建治理体系是后冲突社会公民和领导人的责任。

19

对完善未来治理重建工具包来说，一个重大的挑战是：要找到地方和外部行为体合作的途径和方式，且要有利于合法性、安全和效率的提升。在今天这个全球化了的世界，解决脆弱和失败国家的治理和社会经济发展所面临的挑战，所有人都将从中受益。

参考文献

1. ［英国］格雷格·奥斯汀，埃默里·布吕塞，马尔科姆·查默斯和朱丽叶·皮尔斯：《对冲突预防策略的评估：综合报告》，伦敦：国际发展部，第 647 号评估报告，2004 年，3 月，可参考 www2. dfid. gov. uk/aboutdfid/performance/files/ev647synthesis. pdf。

Austin, G., E. Brusset, M. Chalmers, and J. Pierce（2004）"Evaluation of the Conflict Prevention Pools：Synthesis Report," London：Department for International Development, Evaluation Report EV 647, March, available at：www2. dfid. gov. uk/aboutdfid/performance/files/ev647synthesis. pdf.

2. ［美国］苏丹·巴拉卡特，玛格丽特·查德："理论、口号与实践：战争频发社会的恢复"，《第三世界季刊》，2002 年，23（5）：第817～835 页。

Barakat, S. and M. Chard（2002）"Theories, Rhetoric and Practice：Recovering the Capacities of War-torn Societies," Third World Quarterly 23（5）：817～835.

3. 苏尼尔·巴斯蒂安，罗宾·勒克姆（编纂）：《民主可以被设计？冲突频发社会中政治制度的选择》，伦敦：ZED 图书出版公司，2003 年。

Bastian, S. and R. Luckham（eds）（2003）Can Democracy be Designed? The Politics of Institutional Choice in Conflict-torn Societies, London：Zed Books.

4. 南希·贝尔梅奥："民主文献中关于战后民主化的论述与不足"，《全球治理》，2003 年，第 159～177 页。

Bermeo, N. （2003）"What the Democratization Literature Says-or Doesn't Say-about Postwar Democratization," Global Governance 9 （2）：159～177.

5. 里卡多·布劳格："民主管理"，《政治研究》，2002 年，50：第 102～116 页。

Blaug, R. （2002）"Engineering Democracy," Political Studies 50：102～116.

6. 德里克·W·布林克霍夫："在失败国家与冲突后国家重建治理：核心概念与跨领域主题"，《公共管理与发展》，2005 年，25 （1）：第 3～15 页。

Brinkerhoff, D. W. （2005）"Rebuilding Governance in Failed States and Post-conflict Societies：Core Concepts and Cross-cutting Themes," Public Administration and Development 25 （1）：3～15.

7. 德里克·W·布林克霍夫，珍妮弗·M·布林克霍夫："政治变革与失败国家：挑战和影响"，《国际管理学评论》，2002 年，68 （4）：第 511～531 页。

Brinkerhoff, D. W. and J. M. Brinkerhoff （2002）"Governance Reforms and Failed States：Challenges and Implications," International Review of Administrative Sciences 68 （4）：511～531.

8. ［美］德里克·W·布林克霍夫，阿瑟·A·戈德史密斯："制度二元论与国际发展：关于良治的一种修正主义解释"，《管理与社会》，2005 年，37 （2）：第 199～224 页。

Brinkerhoff, D. W. and A. A. Goldsmith （2005）"Institutional Dualism and International Development：A Revisionist Interpretation of Good Governance," Administration and Society 37 （2）：199～224.

9. ［美］查尔斯·考尔，苏珊·库克："民主化与体制建设研究"，《全球治理》，2003 年，9 （2）：第 233～246 页。

Call，C. T. and S. E. Cook （2003）"On Democratization and Peacebuilding，"Global Governance 9 （2）：233～246.

10. 戴维·卡芒："失败国家评估：对理论和政策的启示"，《第三世界季刊》，2003 年，24（3）：第 407～427 页。

Carment，D. （2003）"Assessing State Failure：Implications for Theory and Policy，"Third World Quarterly 24 （3）：407～427.

11. ［美］托马斯·卡罗瑟斯："转型范式的终结"，《民主》，2002 年，13（1）：第 5～20 页。

Carothers，T. （2002）"The End of the Transition Paradigm，"Journal of Democracy 13 （1）：5～20.

12. 托马斯·卡罗瑟斯："对民主化进程的质疑"，《外交事务》，2006 年，85（2）：第 55～69 页。

Carothers，T. （2006）"The Backlash against Democracy Promotion，"Foreign Affairs 85 （2）：55～69.

13. 全球发展中心（CGD）：《边缘化研究：脆弱国家与美国国家安全》，华盛顿：全球发展中心脆弱国家与美国国家安全委员会，2004 年，可参考 www. cgdev. org/docs/Full_ _ Report. pdf。

CGD （Center for Global Development）（2004）"On the Brink：Weak States and US National Security，"Washington，DC：CDG，Commission on Weak States and US National Security，available at：www. cgdev. org/docs/Full_ Report. pdf.

14. 保罗·科利尔，L·埃利奥特，哈罗德·赫格，安克·赫夫勒，玛尔塔·雷纳尔·克罗尔，尼古拉斯·塞班尼斯：《突破冲突陷阱：内战与发展》，纽约：牛津大学出版社，世界银行，2003 年。

Collier，P.，L. Elliott，H. Hegre，A. Hoeffler，A. Reynol-Querol，and N. Sambanis （2003）Breaking the Conflict Trap：Civil War and Development Policy，New York：Oxford University Press，for the World Bank.

15. 英国国际发展部：《使政府造福人民：国家能力建设》，伦敦：国际发展部，2001 年。

DFID（2001）Making Government Work for Poor People：Building State Capacity，London：Department for International Development.

16. 拉里·戴蒙德，马克·普拉特纳（编纂）：《民主在全球的复苏》，马里兰州巴尔的摩市：约翰·霍普金斯大学出版社，1996 年。

Diamond，L. and M. F. Plattner（eds）（1996）The Global Resurgence of Democracy，Baltimore，MD：Johns Hopkins University Press.

17. ［美］詹姆斯·多宾斯等：《美国在国家建设中的作用：从德国到伊拉克》，加州圣塔莫尼卡市：兰德，2003 年。

Dobbins，I.，J. G. McGinn，K. Crane，S. G. Jones，R. Lal，A. Rathmell，R. Swanger，and A. Timilsina（2003）America's Role in Nation—building：From Germany to Iraq，Santa Monica，CA：Rand.

18. 彼得·东布罗夫斯基（编纂）：《大炮加黄油：国际安全的政治经济学》，科罗拉多州波尔德市：林恩林纳出版社，2005 年。

Dombrowski，P.（ed.）（2005）Guns and Butter：The Political Economy of International Security，Boulder，CO：Lynne Rienner.

19. ［美］迈克尔·W·多伊尔，尼古拉斯·塞班尼斯：《构建和平：内战后的挑战与战略》，世界银行：华盛顿，可参考 www. worldbank. org/research/conflict/papers/building. htm，1999 年。

Doyle，M. W. and N. Sambanis（1999）"Building Peace：Challenges and Strategies after Civil War，" World Bank：Washington，DC，available at：www. worldbank. org/research/ conflict/papers/building. htm.

20. 莫尼卡·弗朗索瓦，因德尔·成：《促进脆弱国家与失败国家的稳定和发展》，发展政策研究，2006 年，24（2）：第 141～160 页。

Francois，M. and I. Sud（2006）"Promoting Stability and Development in Fragile and Failed States，" Development Policy Review 24（2）：141～160.

21. ［美］弗朗西斯·福山：《站在十字路口的美国：民主、实力和新保守主义》，康涅狄格州纽黑文市：耶鲁大学出版社，2006 年。

Fukuyama，F.（2006）America at the Crossroads：Democracy，Power，and the Neoconservative Legacy，New Haven，CT：Yale University Press.

22. 梅里莱·S·格林德尔：《恰到好处的治理：在发展中国家消除贫困和推进改革》，《治理》，2004 年，17（4）：第 525～548 年。

Grindle, M. S. (2004) "Good Enough Governance: Poverty Reduction and Reform in Developing Countries," Governance 17 (4): 525～548.

23. 曾霍万：《冲突后社会的体制建设：战略与进程》，科罗拉多州波尔德市：林恩林纳出版社，2004 年。

Jeong, H. (2005) Peacebuilding in Postconflict Societies: Strategy and Process, Boulder, CO: Lynne Rienner.

24. ［美］罗伯特·基欧汉，约瑟夫·奈（编纂）：《全球化中的治理问题》，华盛顿：布鲁金斯学会出版社，2000 年。

Keohane, R. O. and J. S. Nye (eds) (2000) Governance in a Globalizing World, Washington, DC: Brookings Institution Press.

25. 卡拉·科佩尔，阿妮塔·夏尔马："预防下一波冲突：理解非传统安全对全球稳定的威胁"，《冲突预防计划》，非传统安全威胁研究小组，华盛顿：伍德罗·威尔逊国际学者中心，2003 年。

Koppell, C. with A. Sharma (2003) Preventing the Next Wave of Conflict: Understanding Non-Traditional Threats to Global Stability, Report of the Non-traditional Threats Working Group, Conflict Prevention Project, Washington, DC: Woodrow Wilson International Center for Scholars.

26. 贾尼·莱瑟曼，威廉·德马尔，帕特里克·加夫尼，拉伊莫·韦于吕宁：《打破暴力循环：国内危机的冲突预防》，康涅狄格州西哈特福德市：库马里出版社，1999 年。

Leatherman, J., W. DeMars, P. D. Gaffnew, and R. Vayrynen (1999) Breaking Cycles of Violence: Conflict Prevention in Intrastate Crises, West Hartford, CT: Kumarian Press.

27. 珍妮弗·米利肯，凯特·克劳斯："国家的失败、崩溃与重建：概念、经验与战略"，《发展与变革》，2002 年，33（5）：第 753～774 页。

Milliken, J. and K. Krause (2002) "State Failure, State Collapse, and

State Reconstruction：Concepts，Lessons，and Strategies，" Development and Change 33（5）：753~774.

28. 安德鲁·S·纳齐奥斯：《重建与发展九原则》，《参量》，2005年，35（3）：4~20页。

Natsios, A. S. （2005）"The Nine Principles of Reconstruction and Development，" Parameters 35（3）：4~20.

29. 罗伯特·奥尔（编纂）：《赢得和平：美国关于冲突后重建的战略》，华盛顿：国际战略研究中心，国际战略研究中心出版社，20004年。

Orr, R. C.（ed.）（2004）Winning the Peace：An American Strategy for Post-conflict Reconstruction，Washington，DC：Center for Strategic and International Studies，CSIS Press.

30. 马里纳·奥塔韦：《崩溃国家的机构重建》，《发展与变革》，2002年，33（5）：1001~1023页。

Ottaway, M.（2002）"Rebuilding State Institutions in Collapsed States，" Development and Change 33（5）：1001~1023.

31. ［美］苏珊·赖斯："国家安全战略报告：失败国家"，第116号政策简报，华盛顿：布鲁金斯学会，2003年。

Rice, S. E.（2003）"The New National Security Strategy：Focus on Failed States，" Policy Brief No. 116，Washington，DC：Brookings Institution.

32. 莱昂纳多·罗密欧：《致力于冲突后国家社会整合与经济复苏的地方治理：定义和基本原理》（讨论稿），关于地方治理对于冲突后恢复作用的研讨会，纽约：公共管理学院和联合国开发计划署，2002年，10月8日。

Romeo, L.（2002）"Local Governance Approach to Social Reintegration and Economic Recovery in Post-conflict Countries：Towards a Definition and Rationale，" Discussion paper. Workshop on a Local Governance Approach to Post-conflict Recovery，October 8，New York：Institute of Public Administration and United Nations Development Program.

33. 詹姆斯·N·罗西瑙：《遥远的亲密：全球化之外的动机》，西泽西州普林斯顿：普林斯顿大学出版社，2003 年。

Rosenau, J. N. （2003） Distant Proximities：Dynamics beyond Globalization, Princeton, NJ: Princeton University Press.

34. 罗伯特·罗特伯格："民族国家失败的新特点"，《华盛顿季刊》，2002 年，25（3）：第 85~96 页。

Rotberg, R. I. （2002）"The New Nature of Nation-state Failure," The Washington Quarterly 25（3）：85~96.

35. 丹尼尔·蒂雷尔：" '失败国家' 与国际法"，《国际红十字会研究》，1999 年，836：第 731~761 页。

Thurer, D. （1999）"The 'Failed State' and International Law," International Review of the Red Cross 836：731~761.

36. 联合国开发计划署：《冲突后情境中的治理基础：联合国开发计划署的经验》，纽约：联合国开发计划署发展政策局发展管理与治理司，2000 年。

UNDP （2000） Governance Foundations for Post-conflict Situations：UNDP's Experience, New York: United Nations Development Program, Management Development and Governance Division, Bureau for Development Policy.

37. 联合国开发计划署："在碎裂的世界中深化民主"，《年人类发展报告》，纽约：联合国开发计划署，2002 年。

UNDP （2002） Deepening Democracy in a Fragmented World. Human Development Report 2002, New York: United Nations Development Program.

38. 劳伦斯·怀特黑德：《民主化：理论与实践》，牛津：牛津大学出版社，2002。年

Whitehead, L. （2002） Democratization：Theory and Experience, Oxford: Oxford University Press.

39. 世界银行：《政府部门改革与统治加强：世界银行的战略》，华盛顿：世界银行，削减贫困与经济管理网络，2002 年。

World Bank（2000）Reforming Pwhlic. Institutions and Streng thening Governance：A World Bank Strategy，Washington，DC：World Bank，Pwerty Reduction and Economic Management Network.

治理与冲突后

——对核心议题的分析

第二章　国家构建起作用吗

——对历史的回顾

亚瑟·A·戈德史密斯（Arthur A. Goldsmith）

25　　不负责任的、不透明的和没有公众参与的治理是国际发展中的公认隐患。最新的美国《国家安全战略》也视其为关切到美国的战略问题。任何一个外部国家，如果在国家运转中充满腐败和不公，就会带来人们的不满情绪和国家财富的私人化，进而会导致越过边境的政治不稳定和社会反抗（美国总统，2002，p. iv）。因此，治理和发展不再被视为国际安全议题之外的孤立之物。对于这种从地缘政治角度来看待的发展援助，人们常用的标语是"国家构建"①。

　　当然，也不是每个人都同意这种看法，即将发展援助和安全结合起来。在 2000 年的美国政治运动期间，总统候选人乔

---

① 文中 nation building 和 state building 两个短语均可以翻译为"国家构建"，但两者间也有着明显的侧重与差异。nation building 更多意义上是民族国家构建，侧重于民族认同的形成，而 state building 更多意义上侧重于政府及其职能部门的建立，公共权威的形成。文中的 nation building 一般均翻译为"国家构建"，如果该词在行文中明显指涉民族方面内容，也会翻译为"民族构建"，并会在译文中给出英文标识。—— 译者注

治·W·布什按照惯常的做法，认为国家构建是一项傲慢且无效的工作，也不符合美国的战略利益。他呼吁道，美国要从那些遥远且不稳定国家的多边军事和发展事务中抽身出来。然而，2001 年 9 月 11 日后，布什来个一百八十度大转弯，加入到其他国家行列，要建立基于广泛基础之上的阿富汗政府，布什明确称之为国家构建（白宫，2001）。与早前立场对照，布什的政策没有保持一致性，布什也没有对此作出什么评论，但明确指出这一政策堪当与二战后马歇尔计划相提并论（白宫，2002b）。边缘国家的不良治理和权力分化在有时确实威胁到美国人的安全，甚至也可以为旨在更替公共制度体系和建立推进公共决策而发动的先发制人军事行动提供辩护，就像 2003 年在伊拉克的所作所为。

　　关于国家构建，布什所论的两点提出了一个重要的经验议题。尽管在 9·11 事件后，虚弱或治理不良的国家给美国和全球安全带来了明显的挑战，但这种挑战本身并不是在理性分析国家重建。在世贸中心遇袭前，如果说帮助出现麻烦的国家去实现法治，建立包容性制度的努力超出了国际社会的能力范围，那么在世贸中心遇袭后，情况还是依然如故。只是过去致力于国家构建的努力真的是这样无效吗？9·11 事件之前，动荡国家治理改革的历史记录真的如布什所说的那么糟糕吗？换句话说，历史记录能让人们对后来在《国家安全战略》中所提及的国家构建开出更好的诊断来吗？

　　国家构建的经验案例一般可见于一些案例研究，且都是经过选择的案例。例如，在布什与戈尔进行第二次总统辩论期间，布什批评了 20 世纪 90 年早期美国在联合国索马里人道主

26

义干预上的参与。不过，说到旨在政府变革时，他的观点又站不住脚了。他还举出美国领导的、联合国支持的对海地的干预，并视之为一次乌托邦式的国家构建行动。① 然而，在为伊拉克"政权更替"列举前例时，他又提及到德国、日本战后重建两个成功案例。正如在即将进军伊拉克前布什总统在美国企业协会（American Enterprise Institute）对支持听众所解释的那样：

> "重建伊拉克需要包括我们自己在内很多国家的持续支持……世界大战后，在和平事业上，美国就曾如此做过，并持有这种担当。击败敌人后，我们……建立了安全的环境。在这种安全的环境中，负责任、有改革意识的地方领导人才可能建立起持久的自由制度。"
>
> （白宫，2003）

要系统地评估过去的国家重建，我们不能仅仅只选择那些我们偏好的国家。我们需要做出一个综合性编年记录。我们应该整理某个时间段内涉及诸多国家的、有效程度不一的国家构建历程，以探求其中的经验启示。因为公共机构有一定的持续性，变化不大，所以，时间段应该以十年为计。下文将列出一

---

① 联合国不使用术语国家建构。当安理会在索马里实施第二期联合国索马里行动（UNOSOM）时，并没有提及国家建构这个名字，虽然它确实指的是重建国家政府结构的政治目标。同样，授权向海地派遣联合国海地特派团（UNMIH）的决议中，要求为进行选举建立稳定的环境，而不是国家构建。自 1989 年至今，联合国已进行 41 次联合国维和任务。

些比较容易获得长时间段的事实证据。

一、一个模糊且常常被贬低的术语

在展开讨论前，我们必须要对国家构建下个相对明确的定义。人们经常使用此术语，但并没有澄清其含义。在人们的头脑中，该术语通常有好几种意思。最简单的说，国家构建指的是在特定地理区域内，基于共同语言和文化基础上的，共有的国家认同的形成。该术语与20世纪50年代和60年代的发展研究中的现代化学派有着联系，即使是在那时，该术语也由于缺乏合理的设计或操作维度而备受批评。国家不能根据计划，在不同地方采取千篇一律的步骤来进行安排（多伊奇，1963，第三页）。

莱因哈德·本迪克斯（Reinhard Bendix）曾就国家构建写过一本经典论著，根据他的观点（1964，p. 18），国家构建的核心特点是"全国范围内公共权威的有序运行"。本迪克斯所谓的国家权威指的也就是国家构建，或是有效的中央政府及其机构的建立。国家构建并不完全等同于民族构建，因为少数民族通常也是一个并未视为民族国家的政治实体的公民。要想建立一个国家，该政治实体就必须要在国际公认边界线内——严格说来，该边界范围可能也不会就是一个民族所处的领地——建立得到民众尊重和有效的公共机构。历史中不乏有民族构建先于国家形成的案例，例如，19世纪的德国与意大利。更常见的情况是，国家在经过长时间段后会导致民族的形成，法国就是如此。在1789年的法国，说法语的人口还不到全国人口

27

的一半。然而，在当前的外交政策讨论中，这种区别已经淡化了。今天绝大多数决策者都认同本迪克斯的观点，他们认为国家构建更多意义上就是稳定、可靠的公共机构的建立，较少关注于民族自我意识的形成。例如，前联合国驻科索沃民事官员就曾说过，民族构建也就是国家构建（冯·希佩尔，1999）。

冷战期间，国家构建进入到了美国对外政策词汇中。在此期间，该短语被用来描述诸如进步同盟和和平队这样的对外援助项目。用现代化理论来做简单解释，国家构建的目标是要帮助第三世界国家建立统一的社会，进而让第三世界成为反对共产主义的堡垒（莱瑟姆，2000）。有时，这一概念也与类似的、被称为"制度构建"行动联系在一起，主要关注于理性—合法社会组织的创建（戈德史密斯，1992）。越南战争失利后，美国官方对其影响发展中地区的社会与政治环境的自信有所丧失（埃齐奥尼，2004）。然而，作为一种实践，美国在整个冷战期间以及冷战后还是继续参与了所谓的国家构建活动（福山，2004；龙迪内利和蒙哥马利，2005）。

渐渐地，国家构建成为党派斗争的战场。近来，保守主义者抨击美国在国际维和行动中的参与。卡托研究所的加里·登普西（Gary Dempsey）和罗杰·方丹（Roger Fontaine）在其2001年的著作中称此类干预是傻子的差事，并用之于书名。他们认为此类干预是缺乏深思、毫无建树的行动。除了毫无意义外，登普西和方丹还认为，干预他国内部政治，可能最终会带来更多的分歧和武装斗争。抛开冲突后环境不论，他们对国家构建的负面评论反映了美国在对外援助项目上的右倾思想。援助是对资源的浪费，这还算是从最好的地方来说。要是从最差的地方来说，援助会适得其反，带来破坏性结果，因为它会给受援国带来负面效应，让它们得以滥用权力，并形成对额外援助的依赖。

这些观点在 20 世纪 90 年代推动了关于外援上的新探索，即首先是要在建立在良知基础上。为了推动经济发展和最大化地利用经济资源，国际捐助者希望低收入国家开放其国内机制，在给予它们财政援助前进行市场改革（例如，白宫，2002a）。事实上，对那些面临直接或潜在崩溃威胁的国家来说，国家构建是其良治战略的一个特殊组成部分。其内在的假设是，改变机构框架可以开启一种"良性循环"，进而整合更好的治理、经济增长和社会稳定。

前国务卿科林·鲍威尔（科林·鲍威尔，2005，p. 29）这样总结了美国政府在 21 世纪头几年的对穷弱国家的政策："我们认为发展、民主和安全密不可分。我们也认识到，没有可持续的经济增长，减贫是不会成功的。但是，要实现可持续经济增长，就需要决策者认真对待良治所面临的挑战。"布什总统对安全的表述更为直接，"持续的贫困和压迫会导致人们失去希望，甚至是绝望。一旦政府不能满足民众的基本需求，这些失败国家就会成为恐怖的温床"（白宫，2002a）。

因此，在这些带有贬损性质的评论下，国家构建在今天一般被理解为一种努力，即美国及其盟友与一个备受战争摧残或其他不稳定国家一道共同改造基本制度、巩固发展、鼓励各民族和平共处。国家构建的进程建立在良治的三个支柱上：代议政治、有效的公务管理和竞争性的私人企业。国际社会的一些协调也是必要的。最初，国家构建可能还包括军事力量的介

28

入，以便将作战团体分离开来和重建秩序，甚至还要推翻当事国领导层。例如，兰德公司将国家构建定义为"在冲突后动用武装部队以推进持续的民主过渡"（多宾斯，2003，p. 16）。但是，派遣作战部队或维和人员对国家构建的定义来说并不是核心要素。国家构建主要关切到那些文职的被驱逐人员，他们按照民主和资本主义路线，重塑国家的公共机构，进而将一个运转不灵或受到威胁的民族国家返还到起点上。

关于国家构建，还有一个被误导的问题，即国际社会是否能够把新机制"强加"到发展中国家。这是人们争论的一个焦点，因为在当今，没有一个有识之士持有此种看法，即外人在没有得到当地人接受和帮助的情况下，外人能按照预想的模式重塑另一个社会的治理。经验告诉我们，国家构建主要是一个国家的内部事务，只有一国自己的公民才能建立国家机制，外部行为体只起到支持者的作用。例如，谈到美国的能力，甚至鹰派的国防部副部长保罗·沃尔福威茨（保罗·沃尔福威茨，2000，p. 39）都承认说，"考虑到可能性，我们不能不去推进民主，或只是一厢情愿地进行国家构建。我们必须通过互动和间接方式，而非通过强加来推进这一进程。"

29　　## 二、国家失败的迹象都是相同的……

要系统地思考国家构建的可能性，我们首先就要知道近几十年来已经失败（在某种程度上趋于失败）的，因此，也就需要某种程度国家构建的民族国家数量。自 1994 年罗伯特·卡普兰（Robert Kaplan）在《大西洋月刊》发表了有影响力的《即将到来的无政府状态》一文后，人们有一个共同的认识，即国家失败遍布全球，且越来越成为一个问题。这一年，美国中央情报局（CIA）资助国家失败任务组（State Failure Task Force，后来改名为 PoliticalInstability Task Force，即政治稳定任务组）去对国家失败现象进行统计调查。国家失败指的是中央政府权威的崩溃。该任务组很快就认识到一个很显然的事实，即国家失败是一个不断变化，而不是一个非此即彼的现象。尽管少数国家确实虚弱，不能满足其民众的最基本的需求，但更常见的现象是国家权威和行政能力在边缘地区的渐进式消逝，常常还伴随有不断升级的国内冲突。此类国家可能会这样持续多年，既没有崩溃又没有显示出明显的改善。在濒临崩溃的国家与已经崩溃的国家之间画出分界线来，实在是困难，要不然就会是有些随意为之（斯潘格，2000；罗特伯格，2002）。

根据国家失败任务组成员罗伯特·贝茨（罗伯特·贝茨，2005，p. 6）的研究，国家失败最重要的症状是在内战和武装冲突中政府不能确保其对暴力的控制。要列出那些发生严重内部冲突的国家清单，并为此奠定基础的话，我们不妨来看看国家失败任务组另一位成员蒙蒂·G·马歇尔（蒙蒂·G·马歇尔，2003）所列出的二战后以来重大武装冲突的完整列表。从这份列表，我们挑出自 1970 年（1970 年前后，关于治理方面的国际数据组开始编撰了）至 2002 年期间发展中国家、转型或后共产主义国家的暴力冲突，作为一个子集。我们在威胁到国家失败的事件中剔除了那些带有国际特征的事件。在国际冲突中，我们剔除了那些驱逐外国统治（莫桑比克与葡萄牙）、驱逐另一个国家的领导（坦桑尼亚入侵乌干达驱逐伊迪·阿明）的冲突。这样算来，在此期间，有 79 个国家面临着不同程度的失败危险。① 也就是说，有这么多发展中国家和转型国家经历过一次或多次严重内部暴力事件或内战，这些暴力事件或内战涉及互相对立的政治集团，或涉及不同族群集团。

当前世界上有 193 个独立国家，而可能会面临危险的国家数量是如此之多。换句话说，在过去 30 年里，在某一方面或其他方面显现出国家失败危险迹象的国家数量占到全球国家总数的一半。国家内部暴力活动的停歇期维持的时间或短或长。在 1970 ~ 2002 年期间的任何一个年份里，有 20 ~ 45 个国家正在发生着严重的内部冲突。在这些国家中，有一些国家还出现连续或同时发生多场冲突。通常，暴力冲突会一直不断地持续

30

---

① 一些富裕国家，如西班牙，也存在严重的内部暴力活动，但是它们并不在研究国家之列。因为反殖民和侵略的目标在于改变政权，只有那些在其领土上发生战争的国家才算面临危险的国家。研究对象国是：阿富汗、阿尔巴尼亚、阿尔及利亚、安哥拉、阿根廷、阿塞拜疆、孟加拉国、不丹、波斯尼亚、巴西、布隆迪、柬埔寨、中非共和国、乍得、智利、中国、哥伦比亚、刚果（布）、刚果（金）、克罗地亚、塞浦路斯、吉布提、埃及、萨尔瓦多、埃塞俄比亚、格鲁吉亚、加纳、危地马拉、几内亚比绍、海地、洪都拉斯、印度、印度尼西亚、伊朗、伊拉克、象牙海岸、牙买加、约旦、肯尼亚、韩国、老挝、黎巴嫩、莱索托、利比里亚、马里、毛里塔尼亚、墨西哥、摩尔瓦多、莫桑比克、缅甸、纳米比亚、尼泊尔、尼加拉瓜、尼日尔、尼日利亚、阿曼、巴基斯坦、巴拿马、巴布亚新几内亚、秘鲁、菲律宾、罗马尼亚、俄国、卢旺达、塞内加尔、塞拉利昂、索马里、南非、朝鲜、斯里兰卡、苏丹、叙利亚、塔吉克斯坦、泰国、土耳其、乌干达、越南、也门、南斯拉夫和津巴布韦。

多年。然而，在其他时期，这些暴力冲突又会很快就结束了。这些数字很是令人压抑，但近来的趋势让人们似乎看到了某种希望。正如图 2.1 所显示的那样，20 世纪 70 年代至 80 年代期间，经历内部冲突的国家数在稳步上升，但自从 20 世纪 90 年初之后，这个数量徒然下降。当前的冲突数量与 1970 年的数量大体相等。

当然，不是所有的这些冲突都必须要通过外部的维和行动来加以解决，很多具有典型意义的国家也从没有深陷于危险之中。在暴力冲突列表中，为了评估这些冲突对社会的影响大小，马歇尔（2003）设立了十个等级。这个等级主要考虑到如下因素：死亡和受伤人数、人口迁移、对社会关系的危害、对自然环境的影响、对基础设施的破坏和人们生活质量的下降。图 2.1 揭示出，在过去 30 年期间，每年的暴力冲突强度维持在 3～4 级，或者说维持在马歇尔所谓的"严重政治暴力"与"正式战争"之间。这种等级的冲突往往发生在限定的地区，对全境范围的影响也有限。死亡人数在 10 000～100 000 人。这些冲突对冲突爆发所在地区的破坏非常大，但国家绝大部分地区的生活依然如常——尤其是正如印度或中国这样的大国。国内暴力冲突的平均强度并没有在明显变大，这个事实可能会让我们得到一些宽慰。

三、但是，国家构建的迹象也是广见的

在全球范围内的国内政治暴力发展趋势令人有些宽慰的同时，那些遭受苦难的国家的民事机构也获得了些微的发展，进

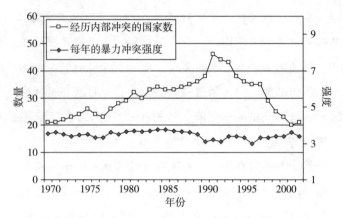

图 2.1　1970～2002 年国内暴力活动的发生率和强度，面临冲突危险的国家

（资料来源：作者基于马歇尔（2003）计算得来）

注释：国家可能有多种同时发生的国内武装冲突。每年暴力冲突的强度集中在一个 10 点的范围内（数值越大意味着破坏性越大）。

31　　而可以在一定程度上主导公共事务和管理管理公共资源。数个来源的经验数据显示，这些国家政府的运转体系在质量上也有着些微的回升。有幸的是，国家失败似乎并不总是无情地向下回旋。然而，良治体系、增长和安全还是脆弱的。在发展问题上，有时"好事不断"，但有时并不如此（帕肯汉姆，1973）。很多额外的因素也影响到国家构建的难易度，包括先前的民主经历、最初的经济发展水平和族群的同质性（多宾斯等，2003，p5）。

四、民主正在扩展

　　民主政府机构的建立是国家构建的支柱之一。在人们有适当的自由来表达其政治诉求和要求领导人负责的环境下，尽管绝大部分人都在思考多元政治体系的扩展，但与国家构建或给国家失败下个精确的定义一样，民主化同样也是一个困难的过程。对于那些具有代表性的受到威胁或脆弱国家在民主程度上的变化，我们要获得这方面的粗略信息，可以看看自由之家（Freedom House，一个检测全球政治和公众自由的非营利性组织）所做的统计数据。从 1972～1973 年一直到 2003～2004 年，每一类型的国家组的政治自由指标都被标识出来了，见图 2.2。

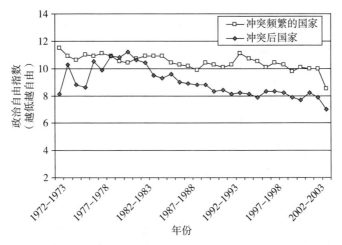

图 2.2　1972～2003 年面临冲突风险的国家的民主情况

（资料来源：作者根据自由之家（2004）计算得来）

注释：政治自由指数反映的是国家在自由和竞争性选举、竞争性政党和对政治反对派的态度方面达到的程度（2＝最自由，14＝最不自由）。它是基于集中在政治权利（自由的参与政治进程）和公民权利（不同于国家的观点和机构）上的两组特征。

自由之家设计了两个参照体系，一个是政治权利，另一个是公民自由。在这两个参照体系上，每个国家的分值都在 7　　32

级，且有下降趋势，从不自由到自由。这些分值再整合到政治自由的总分值中去。根据亚当·普热沃尔斯基（Adam Przeworski）及其同事的观点，从单个案例来看，这种排序可能会有问题，但总的来说，这些分值与其他通过不同方法而得到的关于政权的国际指标有着紧密的联系。由此，这种排序也借以得到一定的可信度。比起其他指数，政治自由指数也有优势，即可以涵盖更多国家和更多年份。

图 2.2 揭示出，平均而言，比起暴力冲突已经缓解的国家，正在发生暴力冲突的风险国家一般要更不民主。考虑到在激战中进行选举和维持法治的困难，这也不足为奇。1972～1973 年之后，发生暴力冲突的国家的平均民主指标大体稳定，政治自由方面有些微的好转。然而，那些后冲突国家的民主指标在 20 世纪 80 年代中期后则有着显著的进步。后冲突国家依然处于自由之家所谓的"部分自由"行列，但后冲突国家发生了向脱离专制和非代议制治理的发展，这种发展明显可察，且也与国家构建的目标相一致。

很多观察家会产生疑问，即自由之家所展现的变化是不是政治稳定和经济繁荣的前提条件？或者说，民主化在国家构建进程中的较后阶段才出现吗？这一问题反映出人们在发展上的直线式的阶段论。最新的经验研究否认了开放政治体系与经济发展之间存在任何内在的对换关系，开放政治体系与经济发展之间的特殊关系取决于一个国家的历史和传统（例如，罗德里克和瓦采戈，2005）。在很多社会中，代议制能培育出一种让人们公开讨论的氛围，进而有助于资源优化配置，鼓励新工业和提升生产力。竞争性政治也会给那些想为了一己之私而挪用公共资源的领导人设置诸多限制。如果政府决策能接纳更多的民众意见，也能促使领导人去提供更多的公共产品，而这些公共产品是经济获得可持续发展的基础（比诺·德·梅斯基诺等，2003）。

这并不意味着所有国家要想发展，就得先行自由选举。在部分民主国家中，人们可能并不能发现选举制度运转基础的存在，如利益集团、政党、媒体和其他机构等（扎卡里亚，2003）。现有领导人可能会利用新的投票制度来继续保留在位，进而会带来政治僵局或打击对立集团。因此，一旦开始投票，不成熟的选举可能会加重而非调和社会中的族群分裂（斯奈德，2000；赤，2002）。在这种环境下，一场政治运动可能会引发抗议和冲突，而非解决已有的问题。尽管快速民主化的危险有时为人们所夸大（林恩·琼斯，1998），但在制度化的政治改革之前，它也为争端的对话与和平解决打开了大门。

33

五、国家似乎正变的越来越善于利用其所控制的资源

实现有效的国家行政管理是国家构建的第二个支柱。国家能力指的是向公众提供传统公共产品的能力。公共产品指的是人们共同使用的产品。用经济学语言来说，公共产品由于其"非竞争性"（一人的消费并没有造成对其他人的限制）和"非排他性"（所有人都能消费）而变得非常重要。一般来说，核心公共产品包括公共教育、公共卫生、交通基础设施、环境

保护和人们可以解决纷争和处置财产的法律基础。一些分析家还会再加上公民权利，并认为它是重要的公共产品之一。权利具有非竞争性，在某种程度上来说，一个人被公正地对待并不会减少其他人被同样对待的机会。权利也具有非排他性，一旦一个人被赋予权利，原则上也会同样适用于同样环境下的每一个人。

就运行良好的民族国家来说，它们可以有效地、可预期地和以适当数量来分配公共产品。提供这些公共产品可以促进那些公正的行政部门的发展，也能促进那些将专家吸纳进来展开工作的独立司法部门的发展。一旦行政和依法判决是透明和可预期的，它们就会让政府更负责任，进而强化国家构建的民主基础。建立一个企业值得信赖的强力国家，也会影响国家构建的第三个支柱——市场机制的发展，因为它可以减少不确定性，进而改善创业和投资环境。

国际发展组织往往会从技能而非政治的角度来观察国家能力。例如，联合国发展计划（1997）谈及"能力发展"时，认为发展中国家需要支持"以人民为中心的可持续宏观经济框架"，支持"那些重要的跨部门公共机构，这些机构负责政策协调、规划、经济、金融、财政管理和政策的可信度"。

塑造国家能力并不是这些抽象词汇所展现出来的空中楼阁，它可能会伴随着冲突和压制。在总结欧洲国家形成的历史时，查尔斯·蒂莉（查尔斯·蒂莉，1975，p.24）这样写道：

> 历经数世纪的卓绝努力，建国者只是将其意志强加给老百姓。这种努力有多种形式：组建不同的精英团体，他

们依赖并效忠于王室；使得这些精英（军队和官僚机构）成为可靠的、有效的政策工具；通过压制、选举和塑造合法性等方式来确保不同民众的默许；获得国家、民众和国家资源的可靠信息；促进经济资源的扩大以便让国家可以自由使用，或为国家创造资源。

国家构建的每一步都会遇到强势利益团体的抵制，因为行政结构的变革会威胁到它们的生存境况。在 21 世纪，我们不应期待在民族国家构建中的这种斗争会更少。

从历史来看，战争以及为战争所需的筹资和民众动员会促进国家行政管理能力的改善。这种压力也会迫使政府重组，提高效率、责任和合法性。因此，我们需要来看看在过去 20 年里那些经历过国内动荡的国家在提高国家能力上的表现。这主要体现在官僚品质指标上（见图 2.3）。

官僚品质指标是政治风险服务集团提出的一个指标，融合了行政机构的专业性与能力（不幸的是，该指标只是自 1982 年才开始发布，且涵盖的国家有限）。该指标衡量的是行政机构"摆脱政治压力的自治度"和以惯常方式进行治理的"能力与专业程度"。在关于国家行政能力改善与退化的国际定量研究中，这些指标被广泛地加以利用。

在 20 世纪 80 年代和 90 年代期间，后冲突国家的官僚品质指标发展趋势总体平稳，只是在这一期间的最后几年有些微的上扬。依然处在冲突中的国家每年的指标都要低于后冲突国家。然而，前者的平均分值有上升趋势，尽管这种趋势变化不大，但明显可察。由于内战结束或开始，处在冲突中的国家每

34

35

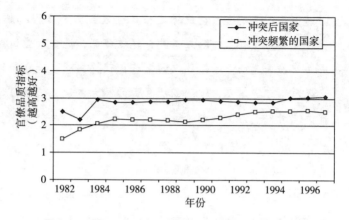

图 2.3　1982～1997 年面临冲突风险的国家的官僚效能

（资料来源：作者根据国际风险指南的 IRIS－3 文件的数据计算而成）

注释：分数（0＝最差，6＝最好）显示招聘和训练的机制，摆脱政治压力和强权的控制，政策不改变的情况下进行统治的能力或者政府发生改变的情况下对政府职能的干涉的程度。

年都有变化。因此，我们不能确定地得出结论，即在此期间当局所受到的挑战会迫使单个国家逐步改善官僚机构的表现，尽管也有可能但还是存在争议。至少，由于缺少行政机构能力恶化的证据，处于风险中的国家依然在国家构建这一支柱上还能维持在一定的指标水平上。

很多专家对官僚品质指标抱有微词，因为这一指标建立在主观基础上，且很难得到验证。另一种可行的方式是借助客观事物来间接地反映国家能力。识字人口所占比例，即入学率有时就被作为一种间接的指标，反映了国家在动员民众进入公共机构以及确保它们服从于国家统治方面上的能力。还有一个类似的指标就是儿童白喉、百日咳、破伤风的免疫率。如果国家的儿童免疫率较高的话，也就反映出政府大体管理和治理能力。

图2.4揭示出，处于风险中的国家在入学率与免疫率上都在提高。虽然表中的指标数值并不均衡，但可以进一步佐证官僚品质指标所显示的上升趋势。在表中，国家能力涉及教育、卫生服务且扩大到其他公共产品等领域，且都呈现出上升趋势。

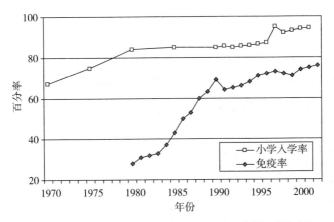

图2.4 1970～2002年面临冲突风险的国家的入学率和免疫率情况

（资料来源：作者根据世界银行（2005）计算得来）

注释：入学率是指在小学登记的学生与全部适龄儿童的比例。免疫率是12～20个月的儿童中在一岁前注射百日破疫苗（DPT）的比例。

六、市场也正在开放

36

国家构建的第三个支柱就是市场经济的巩固。甚至是当今受到威胁的国家，它们也要以供给与需求来组织经济生活。尽管一些经济决定论者可能会认为"一开始只是市场"，甚至连亚当·斯密都认为，缺乏促进市场发展的公共基础，市场也不能最好地运转。国家必须确保财产权和契约的执行——既是对穷人也是对富人。国家必须管理商业，进而确保投资者、消费者和工人的信心和合作，但也不要过犹不及，牺牲了生产效率。国家应该维持一种安全制度网络，以便保护竞争中的失利者，而无需动用不稳定的财政赤字来为此买单。如果这些支撑制度虚弱或顾此失彼，竞争可能就会失效，或给社会带来意料不到的负面效应。

衡量市场制度的一个标准就是弗雷泽研究所提出的经济自由指数。经济自由总指数建立在几个客观标准上，这些客观标准揭示的是一国制度安排发展程度和在健全货币、市场依赖、避免歧视性赋税以及自由国际汇兑等方面的政策一致性。人们对弗雷泽研究所指数的有效性也持有怀疑态度，但它至少似乎能衡量自由企业制度，就如同它所声称的那样（斯奈德，2000）。我们也无需基于自由主义思想来强调经济自由指标，并认为它是评价一个国家严格遵守体现在国家构建中的资本主义规范的公正指标。图 2.5 显示了后冲突国家的平均经济自由指标分值以及冲突中国家在 1980 年有些微提升的趋势。甚至是在受到威胁的国家或不稳定国家中，资本主义尽管发展缓慢，但还是正在向前迈进。

从另一方面来说，资本主义的迈进并没有带来这些国家在经济上的强劲增长。从 1970～2000 年，从冲突中摆脱出来的后冲突国家，其人均国民生产总值平均每年增长率在 1.7%。这些国家的国民生产总值增长率只是比那些正处在冲突中的国家的增长率好一些，后者的增长率都不到 1 个百分点（每年

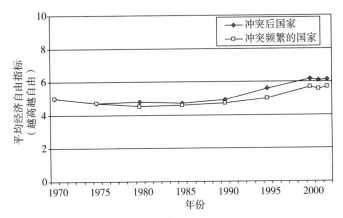

图 2.5　1970～2002 年面临冲突风险的国家的市场制度的性能

（资料来源：作者根据格沃特尼和劳森（2004）计算得来）

注释：经济自由指标（0 = 最不自由，10 = 最自由）包含 21 项旨在鉴别七个主要经济区机制和政策稳定性的内容。

在 0.7%）。无疑，对于这样令人失望的经济表现，我们可以找到多个原因，但是更倾向于市场的治理并不能冲抵其他因素的影响，也正是那些因素造成了正处在冲突中的国家经济增长缓慢。[1]

　　对市场的日益依赖会对国家构建的其他两个支柱产生不同的影响。有时，这些影响是有利的。政府可以利用紧缩财政来实现政府机构的合理化和强化纪律，削减支出，提高生产线上的工人的酬金。这种情况可见于乌干达和其他几个非洲国家（利纳特，1998）。反之，政府也会被迫开放政治体系，并在统治者与被统治者之间创建新的沟通渠道。例如，在拉丁美

37

----

①　这些增长率都是通过佩恩表（Penn World Tables）计算得出（赫斯顿等 2002）。

洲，很多国家的经济自由化会削弱现有政党的实力，一些分散的特殊利益则因此而得到支持。因此，这些政党必然会在政策和规划上更具有倾向性。

然而，对经济或财政进行严格管控也会给行政机构和民主带来负面影响。例如，一国可能会接受规则或建立组织来确保财政纪律，也就是说，通过建立预算程序预防赤字，或通过建立独立的中央银行来抑制货币发行的扩张。这可能会导致财政紧缩，而财政紧缩可能会影响公职人员的职业操守，让其工作变得难以开展。政府工作人员为了弥补缺口，也可能会带来行政机构的腐败和兼职现象的增加。政府服务缺乏会给社会带来困难与骚乱。政治敏感度较高的城市地区通常感到的变化最大，因为它们往往是过高汇率和其他政府津贴的受益者。在这种环境下，一场军事反抗或地区骚乱有爆发的可能，增加了国家失败的危险，而不是强化城市里的机构。

对于任何一个国家，我们都很难提前知道应该如何去平衡政治、行政和市场机制互相间的紧张关系。我们已经阐释过了，很多其他途径和结果都会促进发展。在处理民主、行政机构改革和经济自由化的关系上，人们并没有唯一的最佳方案。

七、国家构建中的外部干预

38

因为国家构建并不是一个预先设定或单向的进程，所以，地方实验和接受是国家构建得以可能的关键性因素（埃文斯，2004）。阿尔伯特·赫希曼（Albert Hirschman，1958，p. 9~10）数年前在其对发展的经典论述中的一段话，一语道破：

欠发达国家只盯着经济发展的成果，而对获取成果的发展道路的认识并没有提高……因此，在有了个错误起点后以及遭遇到和克服一系列障碍的时候，它们就会发现自身社会在发展进程中所必需的变化。正是以这种没有考虑到轻重缓的模式，欠发达国家来决定哪种制度和制度理念是落后，且必须要进行改革或放弃。

也就是说，贫穷国家可以从其他国家所犯的错误中学习。国际社会可以通过向这些国家传播全球范围内"最佳实践"知识，并帮助贫穷国家根据自身条件对这些知识进行选择，来加快贫穷国家的治理改善。

衡量对国家构建的资助支持的最佳标准是官方发展援助（简称ODA）。官方发展援助是一种净资金转移，或是旨在经济发展的相关帮扶，且在这种帮扶中至少要有25%的比重用在净资金转移上。世界银行和其他机构每年都会进行图表编撰，以报告所有援助的实际财政开支以及同一时间段内少量早期贷款的偿付情况。这些图表也包括可以进行成本折算的物品或服务，包括诸如就特别问题派遣专家之类的技术援助。

官方发展援助了忽略国际社会在国家构建上一些花费。较明显的是，它并没有包括军事援助和安全援助，而这两项援助在后冲突国家重建的某些方面也具有重要意义。它也没有包括个体慈善行为对社区组织的支持。对外贸易和直接投资也没有包括进来，但它们在构建市场制度（股票交易或劳工协会）上也很重要。最后，尽管国际货币基金组织的同意会左右借贷国家的治理改革，但国际货币基金组织的贷款也没有算为官方发展援助。

在过去的三十年中，官方发展援助很少是主动用于国家构建上。像马歇尔计划，绝大部分官方发展援助首先是旨在推动经济发展，而不是用于治理本身的改善。民主、管理机构的能力和市场制度通常都是经济援助间接的副产品。例如，每次国际援助者为一个大坝或是一条公路提供贷款，都可能会提升国家政府的合法性，并提升私营力量的贸易和投资能力。一个由官方发展援助资助的卫生或教育项目也可能会带来次要效应，即劝服更多公民去接受现政权的正当性。与此同时，美国和其他国际援助者通常会利用发展援助以引导一些制度变革。通过合作，援助者试图让受援国确信，受援国必须要接受国际规范或告知它们已经丧失了借贷的机会。

除了在国家构建上具有这些间接或次要影响外，援助者还会特别为民主发展和行政机构改革提供技术援助。例如，美国国际发展署特意为司法体系、议会、地方政府和选举体系提供了一些援助项目。这些项目对地方雇员进行培训，并协助行政机构重组，以便实现程序上的顺畅以及提高工作人员的办事效率。对欧盟来说，民主制度的发展、良治和法治是其援助项目的优先考虑。世界银行（2000，p.5）每年为公共机构建设（包括独立项目和其他项目中的技术援助）提供约 450 万美元。此项开支占了世界银行在公共事务援助金额的一半多。

图 2.6 揭示了 1970～2002 年期间两组受到威胁的国家接受到的官方发展援助的平均值：在处于风险中国家中，冲突前的国家在这一数值上有减弱迹象（在这一期间最后几年里，并没有一个冲突前的国家），而在任何一年里，正处于内部冲

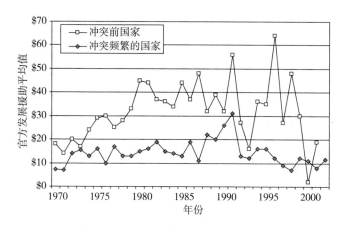

图 2.6 1970～2002 年外国援助对风险国家的人均援助额

（资料来源：作者根据世界银行（2005）计算得来）

注释：官方发展援助是一个现金转移网络，或者以经济发展观念来管理的机构，其中最少有 25% 来源于捐赠。根据国内生产总值折算指数（implicit GDP deflator），数据转换后有 2000 美元。

突中的国家，它们的数值则变动不居。为了能提供一个共同参照基础，每年的援助输入可以这样来说，即受援国每个人头2000 美元。

关于援助数量，有两点需要注意。第一点，作为一个组 40 合，与爆发冲突后的情况相比，样本国家在陷入冲突前所接受的人均外援要更多一些。这也不足为怪。发生国内骚乱的国家很少能利用外援，除非是一些短期的灾难救援。

在内部骚乱期间，接受到的援助往往会减少，可一旦冲突结束，这种情况就会出现明显的反弹，援助者蜂拥而来以支持重建。几年和平期之后，援助通常又会逐渐减少（科利尔和赫夫勒，2004）。然而，这一循环也会产生一个问题，即在过去的 30 年里，如果在更早点的时期提供更多援助是否可以阻止以一些威胁到国家安全的内部冲突？或者如一些保守主义人士所指责的那样，更多的援助会加重后来的内部冲突吗？其他值得一提的是过去援助程度的相对统一性。尽管援助规模或大或小，但多年来，两组国家所获得外援的人均数值在 10 ~ 40美元范围内。为了加深理解，我们做个比较。也就是说，按照2000 年的价格计算，马歇尔计划时每年的援助金额是人均约100 美元（不过，只持续了 5 年）。还有一个广泛讨论的问题，即援助金额的增加是否能更好地阻止风险国家内冲突的爆发与复发？或者说，更少的援助金额可能是一个更可取的政策吗？

我们已经提到过，贬低外援和国家构建的人士确信，国际发展援助是在浪费时间，更不好的说法是国际发展援助实际上可能会干预到良治实践。我们称这种观点为"蠢差事论"。将援助数据与治理指标放在一起，我们发现的结果会与"蠢差事论"并不相符。不过，应该承认，这些数据经不得推敲，也给人们提供了完全否定的口实。假如就像"蠢差事论"者所说的那样，即援助是无意义或是不起积极作用的话，那么我们应该可以看到，获得大规模官方发展援助的冲突前国家，在冲突后时期其治理能力和表现都应该是在下滑。但是，我们发现情况并非如此。官方发展援助规模适中和在减少，治理指标却在些微地上升。这里面只能说有相关性，但符合这样一种观念，即对风险中国家的治理来说，外国借贷和技术援助有着缓慢的、累积的却也是些微的作用。因此，我们似乎有理由这样来概括，对有着国内安全问题的国家来说，发展援助对其国内的公共机构有着虽小却正面的积极影响，尽管这种影响无法精确地计算，尽管援助项目自身本应进行更好地管理。

八、政策启示

总结大样本数据在风险中国家治理方面的情况，我们发现，国家衰朽和失败并不是有时被描述的那样，即是一种单向的进程；尽管存在不同程度的社会反抗与暴动，很多国家在公共机构方面还是有着极有限的、积极的发展。外国援助可能在这一构建进程中所起的作用有限。这些发现可以大大鼓励援助者在失败国家恢复或阻止风险国家陷入动乱和崩溃上做得更好吗？值得关注的是三个困境。

第一个是时间问题。国家崩溃所产生的权力真空，会带来紧急的安全需求。但是，大量机构的建立及其合法化都要有更长的时间段。因此，即时与长时间段是一个困境。例如，两党的冲突后重建委员会（2003）提出一个关于在像伊拉克这样的地方进行治理重建的复杂、应急方案。历史揭示出，像这种应急处理并不现实。它可能会导致精力的分散，什么事都做不好，很多常规治理工程与项目都发生过这种情况（格林德尔，2004）。反过来，慢慢地来处理治理问题可能也会带来同样的风险，即失去地方民众的支持，他们希望能看到事态得到更早期而非更后期的改善。

关于国家构建的第二个困境就是外部能力有限，但按照其认为可行的方向在推进政治与制度发展。上文已经论述过，对成功的国家构建来说，学习与适应是关键。每个国家都必须要在制度发展上找到符合自己需要和条件的内容与次序安排。援助国肯定希望给受援国行为设定了一些条件，但制度试验也不能走过头（或有点过头）。然而，要求受援国遵循理想化的世界模式可能会适得其反或限制现有的权力，尤其是在当地民众认为这些做法是外国干预其内部事务的情况下。

第三个困境是没有一个人可以确信地说，在并不稳定的社会里，引进开放的、负责任的治理会让该社会免于大规模的宗教或政治极端主义，尽管这是人们所希望的。那些意识到自己被抛弃的集团还可能会走向人们所希望的对立面去。在某些情况下，在民主自由环境中，经济混乱可能会让地方对西方影响和价值的抵制不要太强烈。而且，现代自由民主国家与其他自由民主国家之间不打仗，但这种情况并不适用于当代那些从国家构建中脱胎出来的准民主国家。

考虑到这些困境以及比较 1970 年以来的经验后，我们认为，要想国家构建有成效，需要注意如下三个宽泛的原则：

（1）耐心。治理的改善需要时间。不但要考虑到反弹与未能预知到的后果，而且要做好准备，利用伴随而来的机遇。

（2）可行。制度改革的次序与内容可能会与预期的理想不符，要在做什么以及如何做的问题上允许实验。先处理那些能解决的、对当地来说具有优先性的问题。比起过程来说，要更关注于结果，并在特定的条件下对那些能带来希望的解决途径持有开明的态度。

（3）期望不要太高。不要试图一口吃成胖子。在一个时期要聚焦于一些关键性的治理问题，在将机构变得更为开放和负责任的过程中，要能容忍一些有缺陷的进程和进展的累积性。

就治理、发展与国际安全之间互相依赖关系而言，新华盛

42

顿共识是受到接受的。只要决策者没有犯下大错，即试图插手其他国家的微观治理，或由于进展速度不大而不再提供支持，那么，对国家构建的援助最终会让这个世界变得更安全和更繁荣。

参考文献

1. R·巴泰斯："当代非洲的政治安全与失败国家"，马里兰州坎布里奇市：哈佛大学国际发展中心，2005 年，第 115 号工作文件。

Bates，R. H.（2005）"Political Insecurity and State Failure in Contemporary Africa，"Cambridge，MA：Harvard University Center for International Development，Working Paper No. 115.

2. 莱因哈德·本迪克斯：《国家建设与公民权：对变化中社会秩序的研究》，纽约：威利出版社，1964 年。

Bendix，R.（1964）Nation-building and Citizenship：Studies of our Changing Social Order，New York：Wiley.

3. 阿利森·露辛达·本顿：《赞助游戏：拉丁美洲经济改革、政治体系以及政党稳定性的衰落》，洛杉矶：加利福尼亚大学，未发表的博士论文，2001 年。

Benton，A. L.（2001）Patronage Games：Economic Reform，Political Institutions，and the Decline of Party Stability in Latin America，Los Angeles：University of California，unpublished Ph. D. dissertation.

4. 布鲁斯·比诺·梅斯基塔，阿拉斯泰尔·史密斯，兰道夫·M·西威森和詹姆斯·D·莫罗：《政治生存的逻辑》，马萨诸塞州剑桥市：麻省理工学院出版社，2003 年。

Bueno de Mesquita，B.，A. Smith，R. M. Siverson and J. D. Morrow（2003）The Logic of Political Survival，Cambridge，MA：MIT Press.

5. 蔡美儿：《燃烧的世界：自由市场民主的输出滋养了种族仇视和

43

全球动荡》，纽约：双日出版社，2002 年。

Chua, A. （2002）World on Fire：How Exporting Free Market Democracy Breeds Ethnic Hatred and Global Instability, New York：Doubleday.

6. 保罗·科利尔，安克·霍夫勒："冲突后社会中的援助、政策与发展"，《欧洲经济评论》，2004 年，48（10）：第 1125～1145 页。

Collier, P. and A. Hoeffler （2004）"Aid, Policy and Growth in Post-conflict Societies," European Economic Review 48 （October）：1125～1145.

7. 冲突后重建委员会：《天生赢家》，华盛顿：国际战略研究中心与美国陆军协会，2003 年。

Commission on Post-conflict Reconstruction （2003）Play to Win, Washington, DC：Center for Strategic and International Studies and the Association of the U. S. Army.

8. 加里·T·登普西，罗杰·W·方丹：《傻瓜的差事：美国遭遇国家建设》，华盛顿：卡托研究所，2001 年。

Dempsey, G. T. , with R. W. Fontaine （2001）Fool's Errands：America's Recent Encounters with Nation Building, Washington, DC：Cato Institute.

9. 卡尔·W·多伊奇："国家建设中存在的一些问题"，收录于卡尔·W·多伊奇，威廉·福尔茨（编纂）：《国家建设》，纽约：奥尔瑟顿出版社，1963 年。

Deutsch, K. W. （1963）"Some Problems in Nation Building," in K. W. Deutsch and W. J. Folz （eds）Nation-building, New York：Altherton Press.

10. 詹姆斯·多宾斯："国家建设：唯一超级大国不可推卸的责任"，《兰德评论》，2003 年，27（夏季）：第 16～27 年。

Dobbins, J. （2003）"Nation-building：The Inescapable Responsibility of the World's Only Superpower," Rand Review 27 （summer）：16～27.

11. 詹姆斯·多宾斯等：《美国在国家建设中的作用：从德国到伊拉克》，加州圣塔莫尼卡市：兰德公司，2003 年。

Dobbins, J., J. G. McGinn, K. Crane, S. G. Jones, R. Lal, A. Rathmell, R. Swanger and A. Timilsina (2003) America's Role in Nation-building: From Germany to Iraq, Santa Monica, CA: RAND Corporation.

12. 阿米塔伊·埃齐奥尼：“对外国强权参与国家建设的自我克制”，《国际事务》，2004 年，80（1）：第 1～8 页。

Etzioni, A. (2004) "A Self-restrained Approach to Nation-building by Foreign Powers," International Affairs 80 (January): 1～18.

13. 彼得·埃文斯：《制度变化带来的发展：单一作物的陷阱与审议制的潜力》，《比较国际事务研究》，2004 年，38（冬季）：第 30～52 页。

Evans, P. (2004) "Development as Institutional Change: The Pitfalls of Monocropping and the Potentials of Deliberation," Studies in Comparative International Development 38 (winter): 30～52.

14. 自由之家：《2005 年世界自由状况》，纽约：作者，www. freedom-house. org/research/survey2005. htm，2004 年。

Freedom House (2004) Freedom in the World 2005, New York: Author, www. freedom-house. org/research/survey2005. htm.

15. 弗朗西斯·福山：“国家建设101”，《亚特兰大月刊》，2004 年，（1/2）：第 159～162 页。

Fukuyama, F. (2004) "Nation-building 101," Atlantic Monthly (January/February): 159～162.

16. 亚瑟·A·戈德史密斯：“体制和计划经济的变化：四种方法”，《公共管理评论》，1992 年，52（11/12）：第 582～587 页。

Goldsmith, A. A. (1992) "Institutions and Planned Socioeconomic Change: Four Approaches," Public Administration Review 52 (November/December): 582～587.

17. 梅里莱·S·格林德尔：“恰到好处的治理：在发展中国家消除贫困和推进改革”，《治理》，2004 年，17（10）第 525～548 页。

Grindle, M. S. (2004) "Good Enough Governance: Poverty Reduction and Reform in Developing Countries," Governance 17 (October): 525～548.

18. 詹姆斯·格沃特尼，罗伯特·劳森：《世界经济自由状况：2004年年度报告》，温哥华：菲沙研究所：www. freeth eworld. com/download. html，2004 年。

Gwartney，J. and R. Lawson（2004）Economic Freedom of the World：2004 Annual Report，Vancouver，BC：Fraser Institute www. freetheworld. com/download. html.

19. 阿兰·赫斯顿，罗伯特·萨默斯，贝蒂娜·阿滕：《佩恩世界年表6.1版本》，费城：宾夕法尼亚大学国际比较中心，2002 年。

Heston，A.，R. Summers and B. Aten（2002）Penn World Table Version 6. 1，Philadelphia：Center for International Comparisons at the University of Pennsylvania.

20. 艾伯特·奥托·赫尔斯曼：《经济发展战略》，康涅狄格州纽黑文：耶鲁大学出版社，1958 年。

Hirschman，A. O.（1958）The Strategy of Economic Development，New Haven，CT：Yale University Press.

21. R·D·卡普兰："无政府状态即将到来"，《亚特兰大月刊》，1994 年（2）：第 44~76 页。

Kaplan，R. D.（1994）"The Coming Anarchy，"Atlantic Monthly（February）：44~76.

22. 迈克尔·雷迅马：《作为意识形态的现代化：社会科学社会科学与美国对第三世界政策》，教堂山：北卡罗莱纳大学出版社，2000 年。

Latham，M. E.（2000）Modernization as Ideology：American Social Science and "Nation Building" in the Kennedy Era，Chapel Hill：University of North Carolina Press.

23. 扬·利纳特："非洲行政机构改革：10 年后的复杂结果"，《金融与发展》，1998 年，35（6）：第 42~45 页。

Lienert，I.（1998）"Civil Service Reform in Africa：Mixed Results after 10 Years，"Finance and Development 35（June）：42~45.

24. 肖恩·林恩·琼斯：《美国为什么应该传播民主？》，马萨诸塞州坎布里奇：哈佛大学肯尼迪政府学院，1998 年，98 – 07 号讨论稿。

Lynn-Jones，S. M. （1998）"Why the United States Should Spread Democracy，" Cambridge，MA：Harvard University Kennedy School of Government，Discussion Paper No. 98 ~ 07.

25. M · G · 马歇尔：《重要政治暴力事件，1946 ~ 2002 年》，马里兰州贝塞斯达：系统和平中心，2003 年。

Marshall，M. G. （2003）Major Episodes of Political Violence，1946 ~ 2002，Bethesda，MD：Center for Systemic Peace members. aol. com/CSPmgm/warlist. htm.

26. 罗伯特·帕肯汉姆：《自由美国与第三世界：外国援助与社会科学中的政治发展理念》，新泽西州普林斯通：普林斯通大学出版社，1973 年。

Packenham，R. （1973）Liberal America and the Third World：Political. – development Ideas in Foreign Aid and Social Science，Princeton，NJ：Princeton University Press.

27. 科林·卢瑟·鲍威尔："没有国家掉队"，《外交政策》，2005 年（1/2）：第 28 ~ 35 年。

Powell，C. L. （2005）"No Country Left Behind，" Foreign Policy（January/February）：28 ~ 35.

28. 亚当·普热沃尔斯基等：《民主与发展》，剑桥：剑桥大学出版社，2000 年。

Przeworski，A.，M. E. Alvarez，J. A. Cheibub and F. Limongi（2000）Democracy and Development，Cambridge：Cambridge University Press.

29. 达尼·罗德里克，罗曼·瓦采戈："民主转型会导致经济恶化吗？"，文章发表在 2005 年 1 月 7 ~ 9 日在费城举办的美国经济学会年会上。

Rodrik，D. and R. Wacziarg（2005）"Do Democratic Transitions Produce Bad Economic Outcomes？" Paper presented at the American Economic Association annual meetings，Philadelphia，January 7 ~ 9.

30. 丹尼斯·龙迪内利，约翰·蒙哥马利："政权变更与国家建设：援助者能否在冲突后国家重建治理"，《公共管理与发展》，2005 年，25（2）第 15~23 页。

Rondinelli, D. A. and J. D. Montgomery（2005）"Regime Change and Nation Building：Can Donors Restore Governance in Post-conflict States," Public Administration and Development 25（February）：15~23.

31. 罗伯特·罗特伯格："恐怖世界中的失败国家"，《外交事务》，2002 年，81（7/8）：第 127~140 页。

Rotberg, R.（2002）"Failed States in a World of Terror," Foreign Affairs 81（July/August）：127~140.

32. L·W·斯奈德：《政治制度、无序自由化和金融危机：概念形成与评估问题》，关于当今世界政治经济的克莱尔蒙特会议，2000 年，12 月 1~2 日。

Snider, L. W.（2000）"Political Institutions, Disorderly Liberalization and Financial Crises：Problems of Concept Formation and Measurement," Claremont Conference on the Political Economy of Currency Crises, Claremont, California, December 1~2.

33. 杰克·斯奈德：《从选票到暴力：民主化与民族主义冲突》，纽约：诺顿出版社，2000 年。

Snyder, J. L.（2000）From Voting to Violence：Democratization and Nationalist Conflict, New York：Norton.

34. 斯潘格："失败国家还是失败概念？质疑与建议"，文章发表在 2000 年 4 月 7~10 日于意大利佛罗伦萨召开的失败国家会议上。

Spanger, H.（2000）"Failed State or Failed Concept? Objections and Suggestions," Paper presented at Failed States Conference, Florence, Italy, April 7~10.

35. 查尔斯·蒂莉："对欧洲国家建设历史的反思"，收录于查尔斯·蒂莉（编纂）：《西欧民族国家的形成》，新泽西州普林斯通市：普林斯通大学出版社，1975 年。

Tilly, C. (1975) "Reflections on the History of European State-making, ∗ ∗ in C. Tilly (ed.) The Formation of National States in Western Europe, Princeton, NJ: Princeton University Press.

36. 联合国开发计划署：《能力提升》，第 2 号技术咨询文章，纽约：联合国开发计划署发展政策局发展管理与治理司，1997 年 7 月。

United Nations Development Program (1997) Capacity Development, Technical Advisory Paper No. 2, New York: UNDP, Management Development and Governance Division, Bureau for Policy Development, July.

37. 美国总统：《美国国家安全战略》，华盛顿，2002 年 9 月。

United States President (2002) The National Security Strategy of the United States of America, Washington, DC, September.

38. 卡林·冯·希佩尔：《武力推动的民主》，剑桥：剑桥大学出版社，1999 年。

Von Hippel, K. (1999) Democracy by Force, Cambridge: Cambridge University Press.

39. 白宫发言人办公室："总统将在黄金时间召开新闻发布会"，2001 年 10 月 11 日，www. whitehouse. gov/news/releases/2001/10/20011011 – 7. html。

White House (2001) Office of the Press Secretary, "President Holds Prime Time News Conference," October 11, www. whitehouse. gov/news/releases/2001/10/20011011 – 7. html.

40. 白宫发言人办公室："总统提议投资 50 亿美元用于帮助发展中国家"，2002 年 3 月 14 日，www. whitehouse. gov/news/releases/2002/03/20020314 – 7. html。

White House (2002a) Office of the Press Secretary, "President Proposes $ 5 Billion Plan to Help Developing Nations," March 14, www. whitehouse. gov/news/releases/2002/03/20020314 – 7. html.

41. 白宫："总统在乔治·马歇尔后备役军官训练团国家安全研讨会上的讲话"，会议在弗吉尼亚州列克星敦弗吉尼亚军事学院卡梅隆大厅举行，2002 年 4 月 17 日，www. whit ehouse. gov/news/releases/2002/04/20020417 – l. html。

White House（2002b）"Remarks by the President to the George C. Marshall ROTC Award Seminar on National Security, Cameron Hall, Virginia Military Institute, Lexington, Virginia," April 17, www. whitehouse. gov/news/releases/2002/04/20020417 – l. html.

42. 白宫："总统在华盛顿希尔顿酒店谈到了伊拉克的未来"，2003 年 2 月 26 日，www. whitehouse. gov/news/releases/2003/02/20030226 – ll. html。

White House（2003）"President Discusses the Future of Iraq, Washington Hilton Hotel, Washington, DC," February 26, www. whitehouse. gov/news/releases/2003/02/ 20030226 – ll. html.

43. 卢西亚诺·沃尔福威茨："畅想未来"，《国家利益》，2000 年，（春季）：第 35~45 页。

Wolfowitz, P.（2000）"Remembering the Future," The National Interest（spring）：35~45.

44. 世界银行：《政府机构改革与统治加强：世界银行升级版战略》，华盛顿：作者，2002 年。

World Bank（2002）Reforming Public Institutions and Strengthening Governance：A World Bank Strategy Implementation Update, Washington, DC：Author.

45. 世界银行：《世界发展指标实时数据》，华盛顿：作者，2005 年。

World Bank（2005）World Development Indicators On-line, Washington, DC：Author.

46. 法里德·扎卡里亚：《自由的未来：国内外狭隘的民主》，纽约：诺顿出版社，2003 年。

Zakaria, F.（2003）The Future of Freedom：Illiberal Democracy at Home and Abroad, New York：W. W. Norton.

第三章　冲突后重建中的宪法设计、认同与合法性

阿莉扎·贝尔曼·因巴尔（Aliza Belman Inbal）

汉娜·勒纳（Hanna Lerner）

由于在宗教、族群、民族或意识形态上的深刻分歧，冲突后社会几乎都具有差不多的特点。甚至是在实现正式和平之后，这些分歧可能依然存在，且在不再互相对立的数年内，这些分歧常常还会让社会再次陷入冲突之中。为了持续的和平，战斗各方必须要被说服，放弃战斗，纳入政府将是维护其利益的最好途径。因此，对战后稳定来说，政府体系的建立或重建，且不同派别民众认为其具有合法性，这是至关重要的。一旦战斗各方接受了一个将自身纳入进来的政府，并同意将社会冲突交给彼此承认的民主机制来解决，以及一旦互相对立的敌对方被确保其意愿能在决策和治理进程中得到表述，并在政策中能体现出它们的价值诉求，结束暴力就变得非常有可能的了。反过来，这种承认政府具有合法性的意愿也是有效治理得以确立的第一位、最为重要的基石。如果民众没有认为政府是自己的政府，不承认政府加于其身的法律，有效治理是不可能实现的。

在建立具有合法性政府的追求中，宪法和制宪过程通常扮演着重要的作用（CSIS 和 AUSA，2002：17）。从伊拉克到阿富汗再到南非与波斯尼亚，在严重分裂的社会中，宪法是建设和平与实现稳定过程中的一个必不可少的部分。本章将讨论冲突后社会中的宪法、认同与政府合法性之间的关系，并分析在那些分歧依然存在、冲突根源依然没能解决的国家中，宪法在强化合法性上所起到的作用。为此，我们也将适时地回溯到印度与以色列：这是两个冲突后的社会。尽管在这两个国家诞生时存在严重的社会分裂，但它们还是发展稳定的、持续存在的民主制度。为了能为当前出现严重分裂的、正处在制宪进程中的社会提供有用的经验，我们将分析制宪过程在这些社会成功实现稳定以及在印度与以色列这两个社会民主化过程中所起到的作用。为了展开这种讨论，我们首先将详细论述一下合法性的含义、它的起源以及宪法在合法性塑造中能起到与应该起到的作用。

一、合法性、认同与宪法

合法性的塑造有两个基本方式（凯，2004：12）。输出型合法性源自政府在实际作为上的能力。这种合法性是政府实际作为的一个副产品。要是政府能给民众提供他们所需要或希望的福祉——不管是社会的，还是经济、卫生方面的，或者是安全方面的，民众就会支持政府的治理权力。

输出型合法性与另一种类型的合法性密不可分，即输入型合法性。输入型合法性源自民众的同意，即民众被要求遵法守纪，且要自愿服从政府的权威。这两种类型的合法性存在共生关系。虽然有效的政府行为确凿无疑地会有利于合法性的塑造，但是一定程度上的合法性却也是有效治理得以实现所必需的。关键的是合法性需要得到国际社会大体上的承认。美国国际开发署的脆弱国家战略中说道，"要是存在合法性问题，总的来说，选择就会受到限制……事实上，缺乏合法性，提升（治理）有效性的努力不可能会取得成功。"（美国国际开发署，2005：6）。

首先，输入型合法性取决于民众的"内心与思想"。也就是说，民众是同意被统治。在现代社会，这种同意通过民主程序如参与、商议和代表权等而得到正式表达。然而，同意的这些正式渠道，虽有着重要的价值，也必须呈现为共享的、民众之所以同意的社会观念。也就是说，民众愿意赋权给政府去做什么。如果民众没有共同认可政府行为的基本原则，那么同意可能就是短命的。如果民众在他们认同的政府能做或不能做些什么事情上彼此观点有着严重分化，那么这个政府的基础也就不会牢固。如果一些民众认为政府应尊重他们的宗教信条，而其他人则相信政府应按照自由民主规范来进行统治，那么普遍的同意也将是短命的。如果一些民众相信其政府首先应代表某一主导族群的利益，而其他民众则要求建立一个更加多元的社会，那么这也可能会带来合法性问题。因此，输入型合法性的前提条件是共享的规范（夸科，2002：14）。在当今诸如伊拉克与阿富汗这样的冲突后社会中，这是一个特别突出的问题。在伊拉克与阿富汗，关于规范问题的争执常常是社会分裂的主要根源之一。

47

很显然，宪法在建立和管理正式机制过程中起到了重要的作用，这也明显属于输入型合法性。宪法将确立民主选举的程序规则，并通过明确政府权力界限、政府各部门的关系和政府与民众之间的关系来设置治理框架。除了建立这些制度机制，宪法在阐述共有规范、目标和价值观念上也起到了重要作用，而共有规范、目标和价值观念也正是输入型合法性的最终来源。因此，宪法在确定共有的核心社会价值观念、规范、民众意愿和人民概念——一种包括"我"在内的"人民"观念——上，起到了一种"基础性"的作用。在不同宪法中，宪法所起到的"基础性"作用有差异，但它们总的来说确定了一些重要问题，如宗教与国家的关系、赋予全体公民的基本权利、确定属于"人民"的民众范围以及国家的象征。

只有反映出共有规范的正式同意，输入型合法性才是可靠的。同样的，也只有宪法确实反映出民众意愿，宪法才可能会强化合法性。用宪法专家的话来说，"宪法也就是一份文件，宪法几乎就是共识——或是缺乏共识——的记录"（费尔德曼，2005：19）。由于这个原因，没有一部宪法标本能适用于所有社会，而将一部宪法强加给不情愿的民众也是没用的。因此，国际社会开始特别重视和强调宪法的制定过程。在近来的制宪过程中，在宪法文本最终确立之前、期间和之后，国家为了民众的参与做了大量的工作。此类有着广泛民众参与的例子：在尼加拉瓜，有10万民众参加了市政公开会议，参与到了宪法制定过程；在卢旺达，数千名受过训练的协办员被派到各个省份，花了6个月时间就宪法起草过程进行宣讲和了解民众意愿；在南非，个人、倡议团体、专业协会和其他利益群体提交了 200 万份意见书，并发生了一场大规模的民众运动。

让大部分民众参与到宪法制定过程，其目的不但是要取得可行的、互相接受的妥协，而且还要获得一种对认同和目标的共同意识。例如，一份联合国国际开发署—美国和平研究所（UNDP－USIP）关于宪法与和平建设的详细研究确定地认为，制宪过程对冲突后社会来说是一个"转折点"，它会通过"动员社会的所有组成部分，构建关于国家未来的共同愿景"，进而促进和平与维持稳定（美国和平研究所，2005）。

三、严重分裂的冲突后社会的宪法制定 48

然而，问题是，那些从内部冲突中走出来的社会在国家认同、规范和价值上有着深刻的分歧。在这种情况下，要形成一种集体与认同意识，光有一个顺利的制宪过程并不够。由于制宪过程是实现稳定和团结的手段之一，政府要让各方确信其核心关切得到关照，必须要取得某种有效的妥协来强化共同体意识。要在存在严重分裂的社会中实现这一目标，确实是极其困难的。由于民众中存在不同的认知，且他们在国家的终极目标和属性上还有着争论，因此塑造对国家未来的共同愿景，甚至是达成互相间可以接受的妥协都是一个极其困难的目标。在族群、宗教或民族异质的社会，人们并没有一个先验的人民意识。关于宪法制定问题，更能为人所接受的一个解决途径可以借助于尔根·哈贝马斯（Jurgen Habermas）的"宪政爱国主义"来理解。哈贝马斯认为，我们要共同致力于推进国家的民主制度发展，国家民主制度本身就是塑造共同公民身份或人民意识的工具。① 然而，哈贝马斯的解决方案只是适用于人们在政治自由主义上有着共识的社会。正如他本人所承认的那样，"民主制下的公民身份无需根植于一个民族的民族身份。然而，不管不同文化生活方式是多么的多样化，公民身份的塑造确实需要每个公民在经过社会化之后形成一种共同的政治文化"（哈贝马斯，1996：500）。因此，在严重分裂的社会中，由于个人认同/信仰与公共领域存在对自由主义的不同立场，人们并没有形成一种共同的政治文化，宪政爱国主义所能起到的作用是有限的。

不幸的是，当今脆弱国家往往对自由价值观缺乏基本的共识，也就是说自由民主方案并没有在像伊拉克或阿富汗这样的国家中取得成功。在伊拉克或阿富汗，人们不但在各种宗教群体、族群或民族之间存在分歧，而且在公共政治生活中的个人认同上也有着差异。在这两个社会里，一些斗争派别显示出它们并不愿意结束自由民主原则。在这样存在严重分裂的社会里，一些人认为政府应该代表居于主导地位的某个宗教团体或族群，他们可能会反对自由主义。这是一种阿尔伯特·赫希曼所谓的"非此即彼"（either-or）或"不可分割"类型的冲突，而非通常涉及资源、产品在阶级、部门或地区间分配的"分割"或"多寡"类型的冲突（赫希曼，1994：203）。正如赫

---

① 正如哈贝马斯（1996：496）的解释，宪法爱国主义"并不是指一个实质的普遍的愿望，其同一性来源于更高的血统或生活方式的相同。自由和平等的个人在一个联盟内部斗争并达成的共识，最终只能依赖所有人都同意的（民主）程序的统一"。

希曼注意到的那样，分割型冲突较容易解决，因为交战各方能同意"搁置争议"或达成妥协。反之，另一种类型的冲突，各方通常都绝对不愿意在一些核心问题上达成妥协，因为这些核心问题正是冲突根源之所在。

49

"非此即彼"型的分歧给宪法制定带来了很大的挑战。在宪法制定上，人们甚至对政治自由主义的基本价值观都没有共识，在国家之所以得以可能运转的规范上也没有共识。而且，在宪法方面中处理这些身份问题很容易就会恶化而非缓和紧张关系。在冲突后社会，宪法制定过程将根深蒂固的身份冲突演变为根本法领域里的角斗。宪法为未来的最高法院判决提供了指南，限定了立法权，也约束了未来数代人。就国家的规范和认同而言，一部成文宪法的出台一般被视为强制性的、不能改变的决定。在这种背景下，让步就显得格外重要了，让步可能会意味着永久性的妥协。因此，互相能接受的妥协也就格外难以达成。

所以，在冲突后社会里，我们面临着一个悖论。一方面，我们对宪法抱有厚望，因为它在得到广泛同意的基础上确立了国家社会生活的框架以及政府的价值取向，进而强化了政府的合法性。另一方面，由于身份问题演变为宪法领域里的角斗，冲突会有升级的风险而不会得到减缓。这种悖论会给有效治理的构建带来麻烦。正如前文所讨论的那样，宪法包含两个基本方面：一个是制度方面，即确立了政府行为的框架；另一个是基础性，或者说与认同相关的方面。宪法的制度方面对建立民主治理稳定的立法体系固然有着关键性的作用，但是宪法的基础性方面则很容易就会成为没有集体认同观念社会中的麻烦。

在这种背景下，如何定义"人民"，"我们"国家的价值观念和终极目标应该是什么。在以程序为导向的关于政府应如何最好地运转的讨论中，上述问题的斗争会成为重要话题。

在伊拉克和阿富汗，宪法制定过程中已经出现了这种类型的挑战。在这两个国家中，就宪法的基础性方面，上述的那种争辩在宪法生效前就已经揭示出宪法制定者之间的深刻分歧。尤其是在国家伊斯兰与世俗力量之间的恰当关系上，人们展开了激烈的争论。那些从冲突中走出来的国家在制宪过程中不得不面临这些挑战，而且对这些国家而言，伊斯兰宪法也不是第一次才出现的。而且，这种情况也有不少历史先例。一些脆弱或冲突后社会确实成功地建立起稳定和民主的治理体系。在印度和以色列，为了能获得民众对政府权力和政治程序的广泛同意和认可，两国都找到创造性的解决方案，并反映出宪法在治理重建上的积极作用。

就特定的基础性方面而言，以色列和印度的宪法解决方式有所差异。最突出的是，印度在建国早期就颁布了一部大部头的宪法，而以色列则压根就没有采纳一部成文宪法。然而，在共同规范和整体政策所体现的价值观念上，这两个国家都有过激烈的内部冲突。在处理这些冲突时，这两个国家也都采取了类似的宪法手段。此外，在这两个国家里，宪法制定后都发生了激烈的冲突。在以色列，犹太人口中有1%的人死于反对五个阿拉伯邻国的独立战争中；在印度，印巴分治期间，有100万人死亡，1700万人被迁置。在这两个国家进行宪法讨论期间，其中一个分歧最为严重的问题是整体政策中的宗教和民族身份问题：应该从宗教还是从世俗的意义上来理解一个犹太人

50

国家？① 如何在宗教、语言和文化存在巨大差异性的情况下去实现印度人团结？在这两个国家里，宪法的制定者最终承认，他们无法在分化其社会的基础性问题上获得共识。他们没有在各种对国家的看法中做出被动的选择，而是将宪法领域内带有争论性的决定留给以后政治制度的讨论中，后者可以继续长时间地争论下去。通过模糊和规避战略，他们接受了正式或非正式的宪法，且宪法避免了潜在的冲突爆发，并有利于稳定政府的建立。在这两个国家里，尽管经历了数十年的政治冲突、族群或宗教紧张关系，且这些冲突与紧张关系还持续到今天，但这些措施还是经受住了时间的考验，并促进了充满活力的民主制度的诞生。

三、以色列的非正式协商民主

自从巴勒斯坦托管地的犹太人安置地初设以来，犹太人安置地不但遭到外部阿拉伯敌对国对其尚未确定的边界的攻击，而且在未来这个犹太国内宗教地位方面还面临着严重的内部分歧。当以色列国在 1948 年成立的时候，由于民众对这个犹太人国家的未来宗教和世俗角色不同立场而被分裂开来。最危险的是这是"一场关于终极价值而非分配正义、关于整体而非部分的斗争"（科恩和萨瑟，2000）。这种斗争在关于宪法的

---

① 尽管争取独立的战争发生在以色列境内犹太人和阿拉伯人之间，但是主要的分歧，并最终阻止宪法通过的是主体犹太人世俗势力和宗教势力之间的分歧。

讨论中有着最激烈的呈现。

犹太教法典《哈拉哈》（Halacha）综合特点造成了宗教与世俗力量之间的分歧。宪法上争议是由于作为一种自生的法律与程序体系，《哈拉哈》可以很容易就转化成以色列的民法体系。在很多极端正统的犹太人看来，只要《哈拉哈》与民法体系有抵触，特别是民法所确定的行为与《哈拉哈》有矛盾的时候，《哈拉哈》具有优先权（霍罗威茨和利萨克，1989：59～60，138）。极端正统的东正教以色列组织（Agudat-Israel）成员梅尔·勒冯斯坦（Meir Levonstein）就宪法讨论在以色列议会（Knesset）中说道："以色列不需要任何一种人类制定的宪法。如果宪法与《托拉》相抵触，那么它是不可接受的；如果宪法与《托拉》相一致，那么它又是毫无必要的。"（议会记录 1950：744）在观点上与极端正统派相对立的是冷峻的世俗政党，它们强烈反对那些宗教代表建立神权国家的愿望。其中，很多政党都赞同以色列统一工人党（Mapam）成员埃夫拉伊姆·塔弗里（Efraim Tavori）的立场："作为一名社会主义者和一名无神论者，无论在什么情况下，我都不能在一份包含宗教意涵的文件上签字。"（议会记录 1950：744）

与伊斯兰国家的情况非常相似，作为一种综合性的法律体系，《哈拉哈》本身意味着，在确定宗教与国家的关系上的问题并不仅仅只是是否确立某一宗教为官方宗教，即国教的问题。而是说，它是一个确定国家与犹太教律法关系的问题。这个问题以及《哈拉哈》律法具有最高地位成为 20 世纪 40 年代早期宪法讨论中最为激烈的问题之一。1950 年 1 月，当第一届议会（最初是一个选举出来的制宪议会）开始正式讨论宪法问题的时候，宗教与世俗力量分裂所呈现出来的热情和难以协调，立即就显露无疑。因此，讨论并不是集中在宪法内容上，而是集中在一部成文宪法是否应该起草上。

在以色列，宪法讨论本身反映出一种深刻的忧虑。在当时，以色列在面临阿拉伯敌对国时需要实现全面团结。宪法的起草可能会成为一种带来不稳定和引火烧身的举措。东正教以色列组织的梅尔·勒冯斯坦的言论就强烈地流露出这种忧虑：

> 我要发出警告：起草一部宪法将必然引发一场严重的、无法调和的言论之战。用文化斗争（Kulturkampf）①这种可怕的概念来定义的话，这是一场精神之战。全面地、深入地检验我们本身和目标，现在是适宜的时机吗？很显然，这里面没有任何妥协、任何退让或互相间的同意，因为在信仰与心灵依赖的问题上，没有人会妥协和退让。
>
> （议会记录 1950：744）

我们要认识到这一点，即这种对政治秩序可能存在不稳定因素的警告，并不能视之为缺乏现实依据，因为对一个新成立国家非常微妙和脆弱的政治秩序来说还有其根据的。建国后，以色列政府面临的最严重的问题之一，就是要把之前时代精神共同体所具有的政治文化并入到一个具有制度结构的主权国家

---

① Kulturkampf，指的是 1872～1887 年间德国政府同罗马天主教之间围绕教育、教职任命权等进行的斗争。—— 译者注

的社会中。事实上，以色列首任总理戴维·本·古里安（David Ben Gurion）本人就曾多次表达过这样的观点，"公民身份需要一种深入骨髓的精神特质……我们的人民还没有这种特质"①，在头一年里，以色列政府面临着国家权威的重大挑战。这种不满起源于建国前犹太复国运动内部和外部的社会与意识分化。以色列独立前后，一些反对犹太世俗主义的领导、削弱其权威的极端民族或宗教团体也发动过孤立的暴力或可能的暴力事件。例如，1951 年，一个由热心的宗教青年构成的组织就曾谴责国家对宗教的不敬。该组织一些成员因计划炸弹袭击以色列议会以抗议军队征召妇女而遭到逮捕。② 此外，右翼议会派别和以色列国防军还爆发过严重的冲突，一些历史学家还因此宣称在以色列建国后的头几年里，以色列离内战边缘也就一步之遥。③

年轻的以色列的世俗领导层承认形势的严重性，且世俗领

---

① 来源于本·古里安的成就，引自阿龙松（1998：17）。

② 这个组织称为 Brit Kanaim，可译为"狂热分子联盟"。另一个例子需要回到 20 世纪 20 年代，当时极端正统派宗教分子与阿拉伯人联合反对世俗犹太复国主义者在英属巴勒斯坦托管地的领导。这段插曲由于正统派领导人以色列·德·汉（Yisrael de-Han）遭到政治暗杀而结束。霍罗威茨和利萨克（1978）。

③ 以色列人反对国家政府机构，特别是国家对武力使用的垄断。这方面最著名的例子就是 1948 年 6 月的艾塔琳娜事件（Altalena Affair），在此事件中以色列国防军点燃并击沉了由 IZL 引入以色列海岸的一艘武装船，IZL 是一支右翼准军事犹太人组织，他们反对分割以色列土地。完全恶化到内战的危险被 IZL 领导人梅纳凯姆·贝京阻止，他决定承认政府的权威。而政府也满足于取得的暂时胜利，也不排斥这些组织进行政治参与（霍罗威茨和利萨克 1978）。

导层在议会关于采纳成文宪法的讨论期间的演讲中也反映了这种严重性。[1] 因此，第一届议会选举结束，又过了一年半后，第一届议会通过了一份决议，决定成文宪法不立即颁布执行，决定要经过多年、一步步地推行宪法，先执行那些与宪法精神相一致的单个基本法。[2] 在独立时期，以色列决定限制起草一部正式宪法，其中的原因涉及政治和社会因素，也出于实用主义的考虑。然而，以色列议会回避了绝大多数人的明确决定，而是将人们在政策所体现出来的最终价值取向上的选择转化为未来政治制度的选择。显然，以色列无法在国家基本规范价值上取得共识，这也是以色列议会之所以如此做的背景环境。

以色列政府机构不是通过正式宪法，而是通过奥斯曼和英国统治传承下来的惯例和法律组织得以创建起来。这些机构与以色列多年来形成的一系列基本法相吻合。[3] 与此同时，以色列独立宣言在一定程度上构成了宪法的"基本"方面，并给以色列确定了一个似乎有点自相矛盾的名称"犹太人和民主

---

[1] 有关辩论更详细的内容，勒纳（2006，ch. 3），或戈德堡（1993）。

[2] 这份协议开始实施后被称为《哈拉尔协议》（议会记录 1950：1743），鲁宾斯坦和梅迪纳（1997）。

[3] 截至目前，以色列已经通过了 11 个基本法。其中 8 个关于政府问题：以色列国会，土地问题，国家总统，国家经济，政府，司法机构，军队和国家审计。大部分基本法反映了现存政府的现实，由英国托管时期的伊休夫法律体系发展而来（哈里斯 1997：245）。此外，其中一个基本法规定了耶路撒冷作为以色列的首都（1980），两个附加基本法关注基本权利：《人的尊严与自由基本法》和《基本法：人身自由和就业自由》（都于 1992 年通过）。

国家"。①

　　由于以色列社会无法在犹太人与民主认同之间平衡达成共识，这个年轻国家的政治领导人通过一套非正式协商民主②机制避免了宗教问题上可能爆发的冲突。在这些机制中，大多数世俗主义者的代表也不赞同通过在争议问题上的多数决定来威胁宗教派别的核心价值观念（霍罗威茨和利萨克，1989；唐叶海亚，1999：25；科恩和萨瑟，2000：7）。以色列协商民主机制将宗教党派纳入联盟关系、资源分配配额以及国家资助的、自发的宗教教育体系的设立。此外，基于在四个议题上遵守维持现状的原则，以色列还发展出互相否决制度。这四个议题包括：遵守犹太饮食法、以色列公共机构实行安息日、家庭法以及皈依犹太教。在这四个议题上，宗教与国家将不会划分开来。

　　尽管以色列存在严重的社会分裂，但是这种模糊的、未成文的协商民主机制还是推动了以色列民主制度的发展。但是，在根本问题上，以色列只是规避了一些明确的决定，而没有解决这些问题。取而代之的是，这些决定被推延下来，留待以后处理。甚至"维持现状"这一术语本身也是一个备受关注的

① 　在众多关于以色列国家双重性大讨论的出版物中，毛特纳等（1998）；加维松（1999）；和戴维（2000）。

② 　阿伦德·李帕特（Arend Lijphart）被视为协商民主之父。根据李帕特的说法，协商民主允许碎片化社会维持一个稳定的民主政府，通过达成共识的决策模式而非遵循多数原则，也通过使用权力分散的宪法机制，比如按比例分配公共基金、形成大联盟内阁和少数派的否决权（李帕特1968，1969，1977）。不同于家庭正式权力分享或者李帕特倡导的协商模式，他强调明文宪法中的协商的规范性，以色列在宗教领域所达成协议的独特性在于它们是模糊的、不系统的，唐叶海亚（1999）。

问题。几乎所有的政府联合协定都会支持维持现状。然而，这个术语从来就没有明确的界定。在以色列议会、法庭以及公众中间，"维持现状"的范围依然是一个激烈争论的问题。一直到今天，宗教与国家之间的恰当关系依然是以色列社会分化的主要分界线。

关于宗教与国家的争论继续在分化以色列社会，且任何旨在解决这一问题的努力都会使得国家变得更不稳定。1992 年，《人的尊严与自由基本法》和《职业自由基本法》的通过威胁到曾成功维持宗教与世俗力量关系长达四十多年的非正式协商民主机制。这两部基本法首次触及到以色列国家身份的"根本性"议题，而非涉及到政府机构运转的程序议题。这两部基本法涵盖了基本的自由民主权利，而在宗教力量看来，这些权利威胁到现状的维持。以色列最高法院院长宣称这两部基本法的颁布是一场"宪法革命"，也就意味着这两部基本法是迈向一部正式宪法形成的重要步骤，这一表态更是激化了反对这两部基本法的宗教集团（巴拉克，1992：16）。自由民主的主要规范进入到律法，且最高法院领导层认为可以加以执行。对此，宗教阵营进行了强烈的反对。在这种斗争的白热化时期，彼此的争议使得耶路撒冷在 1999 年 2 月爆发了大规模正统民众反对最高法院的游行示威。估计有 25 万到 40 万正统犹太人参与了这场所谓以色列规模最大的游行。①

公众和政治领域内宗教与世俗力量间的冲突不断升级，并

---

① 在以色列，5% ~ 8% 的犹太人参加了这次游行，在美国这个比例达到 14%，近 2300 万人。

加深了司法与立法机构（当时由党派联盟进行领导，其中就包括数个宗教党派）间的紧张关系。宗教党派行动的升级是想在政治领域强化其与最高法院的斗争，并削弱司法机构在宪法基本议题上的权威。[1]

对以色列向自由宪法形成所做尝试性步骤的激烈反应，给以色列在未来能够起草一部正式宪法打下了问号。似乎只有在关于社会和国家认同方面的根本性问题得到解决后，以色列才能完成宪法的制定。就是到那时，在基本规范构建程度与社会、政治制度稳定之间，还会存在彼此间的纠缠。

四、印度的宪法模糊性

与以色列不同，印度确实颁布了一部正式宪法。然而，印度在应对社会深刻分歧上也采取了类似的模糊和规避战略。从宗教、文化和语言上来说，印度是世界上最为多元化的国家之一，现在依然如此。与巴基斯坦分治后，印度穆斯林成为少数，占到总人口的12%（世界上第三大穆斯林群体），其他主要大的宗教少数群体有基督教徒、锡克教徒、佛教徒、耆那教徒和拜火教徒。独立时，印度有100多万人说10多种语言，方言数达到2000多种。由于严格的传统等级制，印度人在社

---

[1] 两个最具争议的发展是：1996年国会修改了基本法，就业自由，目的在于推翻最高法院关于进口冻猪肉的决定（Mitrael法案）；2002年，国会讨论（并最终予以否决）一项提案，该提案建议建立一个拥有最高权威的宪法委员会来代替最高法院评审宪法问题，该提案宣称后者不能代表以色列社会的社会构成。

会和经济上的两极分化现象相当严重。英属印度在独立后，其内部分化更为严重。独立时，印度约有 500 多个王公土邦，其中绝大多数王公土邦都实行君主制，且在宗教和族群背景上有着很大的差异。它们均被并入到（也不是所有的王公土邦都愿意如此）这个新独立的国家。简而言之，甚至是在印巴分治后，在如此分化的情况下塑造政治上的团结依然是制宪会议所面临的主要挑战。

印度通过了一部大部头的、极其详尽的宪法，并以此来解决其内部严重分化的问题。在批评者看来，这部宪法缺乏思想上的延续性，也缺乏统一的价值观念和信仰体系。这部宪法的条款包含了一些潜在的对立原则与观点，如现代性和传统主义、国家对宗教事务的干预和教会与国家之间分离、自由主义与个人权利和社群主义与特殊群体权利，社会改革与社会保守主义。[①] 一些人认为这些方面是宪法的缺陷，而另一些人认为这些方面的模糊性是力量之所在。著名的印度宪法学者格兰维

---

① 例如史密斯（1963）认为，一些条款，如第 25 条，允许以社会改革为理由扩大国家对宗教事务的干预，是与世俗国家的原则相冲突的。换个角度，在国民大会开会期间，宪法受到猛烈批评，因为它没有代表作为印度人活动和思想中心的传统机制和原则。宪法中有三个条款反映了"本土化"印度法律——第 47 条（禁止饮酒）、第 48 条（废除屠宰牛）和第 40 条（村里代表会议（Panchayats））——都存在宪法不予审理部分（CAD 1999，Vol. Ⅶ：823）。然而，宪法在宗教和文化问题上缺乏同一性受到法律和政治学者的高度关注，他们认为起草一份包含多方面价值和原则的系统以应对印度社会的复杂需要，应该被看做一种成功的尝试。对印度"世俗主义背景（contextual secularism）"下复杂的、多价值的风气的精辟分析，巴尔加瓦（1998，2002）。

尔·奥斯丁（Granville Austin）认为制宪会议能将互相冲突的原则统一起来，这就是制宪会议在宪法制定上的最大贡献之一。他称赞制宪会议"调和、和谐地完成了这项工作，且并没有改变那些显然不相容的概念。至少对非印度人，尤其是欧洲或美洲观察者来说，这些概念是互相矛盾的"（奥斯丁，1999：317）。

关于这部宪法不连贯和显然悬而未决的地方有两个：第一个是涉及统一民法典（Uniform Civil Code，也就是说统一的世俗法典）；第二个是印度的官方语言。这两个问题反映了一种根本性的分歧，涉及印度国家身份上两种对立的观点：一种观点期望实现统一；另一种观点则要维持宗教和文化上的多元主义，这种多元性也正是多个世代以来印度社会的特征。

55   1. 统一民法典

关于统一民法典的争议几乎贯穿了宪法起草的整整三年。争议的问题在于：是要推行世俗的民法原则还是要保留各种宗教中的特别传统。一些宪法起草者希望让所有印度人遵守同一部民法，借此提升民众对印度的共同认知。国大党领导人K. M. 孟希（K. M. Munshi）在制宪会议讨论期间曾这样说道：

> 我们的首要问题，也是最重要的问题就是要在这个国家实现民族团结……总是按照过去方式生活也没有什么用，我们要走出过去……我们希望整个印度能团结成为一个民族国家。我们是要推动印度成为一个的民族国家，还是让这个国家继续维持为一系列互相竞争的群体？
>
> （制宪会议辩论，第二卷，1999：548）

然而，印度制宪会议其他成员——尤其是穆斯林——反对国家对宗教事务的干预，并要求继续维持宗教少数群体传统法的地位。穆斯林联盟（Moslim League）代表波克（Pocker）阁下在制宪会议讨论期间说道，统一法在某种程度上就是多数人的暴政："我要问的是，关于统一法，你们的意思是什么？哪种特殊律法，哪个群体是你们的参照标准？"（制宪会议辩论，第二卷，1999：545）。

对统一民法典的争论，反映了印度在宪法本身地位上的根本性分歧。统一民法典的支持者希望利用宪法的起草来塑造一种集体认同，进而团结各种宗教和文化群体。他们希望利用法律的力量和宪法的地位来改变宗教习俗，在所有宗教群体中间提倡统一的律法。另一点，也是确定的，即宪法应该反映当前的现实，不要带来深刻的社会与文化变革。穆斯林联盟代表纳兹鲁丁·艾哈迈德（Naziruddin Ahmad）对那些明显激进的宪法条款提出了警告，并认为"在我们社会的这个阶段"，要想让民众按照国家规定的那样来生活，例如，婚姻，这实在是太困难了，因为这些方面之前是在遵循传统—宗教习俗和制度。

我不怀疑民法统一的时期终究会到来。但是，那个时期毕竟还没有到来。我们相信国家有权去让统一民法提前实现……175年来英国人没能或害怕做的，500年来穆斯林阻止去做的事，我们也不能赋权给国家要立即都去完成。我主张我们要推进这一事业，但不能着急，要谨慎，要积累经验，要有政治谋略，也要怀有同情之心。

（制宪会议辩论，第二卷，1999：542）

56

最终，印度宪法起草者创建了一种成熟且变通的宪法机制，在宪法中纳入了世俗的统一民法典，让这部法典具有了法律地位，因此也就避免在对印度宗教认同的两种路径上作出决定。统一民法典被写进了宪法的第 44 条，其中写道："国家应努力保证对全国公民实施统一的民法法典。"这条被纳入宪法的国家政策之指导原则部分，这条不在法院管辖范围，也就是说任何一个法庭都不能强制执行。宪法第 37 条认为，指导原则，包括统一民法典是"治理全国家之根本"，指导着未来的作为印度社会改革一部分的法律制定。

宪法生效后，关于自由民主或民法的宗教观念是否在印度适用依然是一个开放性的议题。印度宪法使用了模糊的语言，在宪法领域避开了关于这一重要议题上的抉择，将之留给了政治领域来解决。因此，20 世纪 50 年代，印度议会人民院（Lok Sabha）通过了三份议案，在统一民法典适用上就不同宗教群体采取差别对待。[1] 由此，世俗民法在印度的贯彻取决于公民个人的宗教（加兰特，1989：155）。

甚至今天，宪法的模糊性还是会在议会和最高法院中激发热烈的政治和法律讨论（尚卡尔，2002；雅各布松，2003）。例如，在 1985 年著名的沙阿·内诺案（Shah Nano case）中，最高法院被迫在互相对立的宪法原则中做出强硬的抉择。一名穆斯林妇女向最高法院起诉要求按照印度世俗法律，而非传统

---

[1] 《印度婚姻法》（1955），宣布一夫多妻不合法，并处理跨种姓的婚姻和离婚；《印度领养和赡养法》（1956）关注对女孩的领养和妻子的权力以及《印度继承法》（1956）处理女儿的继承权。

穆斯林律法（按照穆斯林律法，她将得不到赡养费）来处理其离婚案。虽然最高法院做出了有利于她的判决，但印度议会却推翻了最高法院的判决，并通过了一项决议，在与个人法律相关的问题上限制了最高法院的权威（帕塔克和孙达尔·拉詹，1989）。

2. 国语

印度国语问题情况和印度制宪会议起草宪法时在根本问题上的经历非常相像。很多人都强调国语在民族团结上的重要性，犹如"粘固剂"一样可以将印度各个部分整合起来。制宪会议中的其他成员强烈反对将其所说的语言让位给绝大多数人所说的印地语。经过激烈和白热化的争论之后，制宪会议并没有就国语问题达成一致。在最终的折中方案中，印地语为官方语言，英语被用作所有官方活动的语言（第351条）。宪法也定实行15年的"过渡期"，在此期间，印地语将逐渐推行到官方应用中。然而，在这15年过渡期结束后的情况并没有明确的说明，宪法只是提出要在未来建立一个议会委员会来研究该议题（第344条）。① 此外，宪法还认可了在官方可以使用的其他14种语言（宪法的第八附表）。

因此，制宪会议在民族主义理想与现实的急迫需求间找到了一个折中之路。"我们没有对某一部分人口的语言民族主义进行让步，而是采取了多元折中的方案。这种方案使得不同语言在不同层次，或为了不同目的都能使用（基尔纳尼，1999：175）。在统一民法典情况中，宪法将官方语言转交给政治领

①　最终，15年后，英语依然是官方语言。

域来做最后决断。制宪会议成员再一次地认识到宪法在关于国家认同方面进行根本决断上的有限性。他们更愿意采取模糊的表述，并不试图确定一种统一的认同，兼容了各种对立的主张。

通过采取一种模糊的战略，制宪会议实现了两项任务：第一，它起草了一部宪法，确实反映了"人民"的真实认同，一种分化的认同；第二，它为统一的民族国家认同留下了一条通道，尽管这种认同的出现是缓慢和渐进的，但国家政治制度会逐渐塑造出这种认同。

五、结语

在最基本的认同问题无法达成一致的情况下，分裂的社会如何去解决宪法制定问题？印度和以色列提供这方面的两个案例。在这两个案例中，民族国家认同的推进并不是依赖于对民族国家认同做出详尽、正式、完整和连贯性的定义，而是有意不下一个这样的定义。这两个案例的经验是，在分裂社会中成功地完成宪法制定并不总是意味着未来世代在国家认同、民众共识上的一个"奠基性使命"。宪法的制定只是一个"包容性使命"，容纳了各种不同对立的立场。在这样的背景下，评估宪法的作用不是宪法在推进共识达成的程度而是宪法能包容不同意见的范围。

当人们在长期持有的规范和价值上存在不同意见的时候，共识形成的条件就不会具备。这并不意味着包容性、渐进式的方式在强化宪法合法性和民众遵守宪法规定上没有那么重要。

58

然而，我们必须要认识到，这种渐进式发展没有实现"转型"，也没有解决所有的问题，也没有诞生一个统一的民族。我们更应该认识到，在族群、宗教或民族分化的社会，这些问题的解决需要好几个世代，尽管不是所有的社会都是如此。因此，宪法的包容性、反映民声、代表民意固然重要，但不要限制达成共识的进程也同样重要。

　　近年来的阿富汗和伊拉克的宪法制定情况也值得注意。在争论最为激烈的涉及国家根本规范和价值方面的"非此即彼"问题上，这两个国家为了处理伊斯兰沙里亚法和自由民主问题上也采取了类似于以色列和印度的模糊战略。例如，阿富汗宪法的第 3 条就包括一个条款，避免法律与伊斯兰教冲突，而宪法的第 7 条则要求国家遵守《世界人权宣言》以及政府加入的所有公约，宪法的第 22 条宣布男女在法律上是平等的，而这在沙里亚法中是找不到根据的。[1] 伊拉克的情况也一样，宪法中也有互相矛盾的条款，一方面禁止法律与"伊斯兰教判罚条款"相冲突，另一方面又禁止法律违反"民主原则"和宪法所保证的基本权利。这两个国家与其他很多国家一样，一些带有根本性的、"无法妥协的"规范和价值问题依然悬而未决。宪法起草者采取模糊和规避战略，并接受了一些互相对立的原则，尽管无法在基础性和根本性问题上达成一致，但还是以此来保证宪法制定的顺利进行。通过选择这样的战略，借助于宪法文件，虽然将一些未决问题推延到未来立法和司法完善

---

① 　这一条款在所有伊斯兰国家法律中比较常见。科尔曼（2006）分析了这种条款对妇女权力的影响。

时期来加以解决，但政府的基本架构还是得以建立了起来。

然而，尽管这些战略是必要的，但我们必须要认识到这里面也有着严重的危险。把一些争论性问题推给未来政治制度加以解决，这就意味着政治制度将来需要有处理争论性问题的能力。在以色列和印度，它们的宪法解决方案之所以相对成功，还是因为这两个国家都形成了强有力的民主制度。这些制度能够解决这些争论性问题，进而让这些争论性问题没有威胁到政府的稳定。

会彻底崩溃。

在面临失败、不成功的或冲突后国家，法院系统和议会由于不健全而无法处理这些问题。在政治结构极其不完善、民众对民主制度缺乏信任或支持的情况下，反对力量就有可能放弃在政治领域内解决的做法，转而通过暴力手段来达成目标。从这个方面来说，未决的争论就像一个拉了引线的手榴弹，快速地被从宪法领域抛出，落到了政治或司法领域，并爆炸出新的对抗。正如巴尼特·鲁宾（Barnett Rubin）就阿富汗宪法所指出的那样，考虑到伊斯兰教作用的阿富汗宪法就是"一揽子交易，包含着潜在的对立，可能会引发未来的冲突"（鲁宾，2004：15）。在这个问题上，吊诡的是，宪法并没有起到"基础性"作用，因为宪法并不是建立在共有的规范和目标上。宪法也没有通过规范的表达进而提供强有力的输入型合法性。由于缺乏输入型合法性，输出型合法性就有了更大的需求，政府的有效性就变得格外重要。如果政府不能满足人们的期待，政府可能会迅速地失去形式上的合法性，并可能在我们论述的案例中，第二个危险是宪法的模糊性会带来模糊的律法和权力结构。因此，当政府试图重建法治的时候，主权当局在利用法律和机制来加以贯彻的问题上就会出现争议。从某种意义上说，即使宪法中的制度条款是清晰的，在决定基础性问题上还会是"相机行事"。在这种背景下，究竟是司法、立法还是行政部门将在宪法中决定模棱两可的问题。这可能会导致政府各部门之间的权力斗争。以色列和印度都出现这种情况，最高法院和议会之间都曾有过紧张关系。

第三个，也是最后一个危险，即对少数群体和公民权利的保护。一部模糊性宪法在基本民主权利上的保护也是含混不清的。最近，阿富汗就皈依基督教者处以死刑的判决就充分反映出这样的问题。同样的，受此伤害最甚的是妇女。在宗教和文化传统中，她们受到了压迫。例如，在印度，由于妇女在宗教原教旨主义下处于被压迫地位，穆斯林群体中不实行统一民法典——由此将决定权交付给宗教权威——就会影响到妇女的法律地位。同样的，在诸如伊拉克新宪法这样的伊斯兰宪法中，妇女的权利尤其会受到威胁。伊拉克新宪法规定在"没有性别歧视"的法律面前，所有的伊拉克人都是平等的，但是新宪法也不允许通过任何一种与伊斯兰教"现有规制"相违背的律法（科尔曼，2006：24）。以色列的情况也一样，在民法中宗教和国家没有分离，依然默认了宗教权威对妇女的歧视。

总之，在深刻分裂的社会中，宪法制定是一项寻求平衡的工作。它要在民众所能接受的宪法和国际社会之间寻求一种平衡。一方面，宪法并不试图要在那些依然处于争论中的问题达成一致意见；另一方面，宪法又要满足国际社会强调基本权利的需要。它要在期望将争议性问题从高风险的宪法领域转移到

60

政治领域和虚弱的民主制度间寻求平衡，且民主制度并不能解决这些问题。它也需要在明确的法律原则和无法深入推进法治进程的现实中寻求平衡。明确的法律原则是法治的构成部分，而不能深入推进法治进程是因为没有将未决事宜纳入到宪法制定过程中加以解决。综合看来，本章所论述的宪法情况只是一种缓兵之计，旨在规避一些棘手问题，以便具有合法性、得到民众支持的治理可以建立起来。这样一来，在深刻分裂的社会里，就宪法所能实现的目标而言，宪法制定过程需要有一些妥协和折中之处。尽管在根本性问题上还有相当多的不同意见，但由于分裂社会无法塑造出内在的团结，也就只能让分裂社会建立起一套治理体系。

62   **参考文献**

1. ［以色列］什洛莫·阿龙松："以色列宪法：大卫·本—古里安的英国模式（希伯来语）"，《政治：以色列政治学与国际关系学杂志》，1998 年，2：第 9 ~ 30 页。

Aaronson, S. (1998) "Constitution for Israel: The British Model of David Ben-Gurion," Politica: An Israeli Journal for Political Science and International Relations 2: 9 ~ 30 (in Hebrew).

2. ［美］格朗维尔·奥斯汀：《印度宪法：国家的基石》，纽约：牛津大学出版社，1999 年。

Austin, G. (1999) The Indian Constitution: Cornerstone of a Nation, New York: Oxford University Press.

3. ［以］阿哈龙·巴拉克："宪政改革：对人权的保护（希伯来语）"，《以色列法律和政府》，1992 年，1 (1)：第 9 ~ 35 页。

Barak, A. (1992) "The Constitutional Revolution: Protected Human

Rights," Mishpat Umimshal: Law and Government in Israel 1（1）: 9~35（in Hebrew）.

4. ［印度］拉杰夫·巴尔加瓦：《世俗主义与批评者》，新德里和纽约：牛津大学出版社，1998 年。

Bhargava, R.（1998）Secularism and its Critics, New Delhi and New York: Oxford University Press.

5. ［印度］拉杰夫·巴尔加瓦："印度的世俗主义是什么？有什么作用？"，《印度评论》，2002 年，（1）：第 1~32 页。

Bhargava, R.（2002）"What is Indian Secularism and What is it for?" India Review 1: 1~32.

6. 国家战略研究中心（CSIS）和美国陆军协会（AUSA）：《冲突后重建：任务框架》，华盛顿：国家战略研究中心，2002 年。

Center for Strategies and International Studies（CSIS）and the Association of the United States Army（AUSA）（2002）Post Conflict Reconstruction: Task Framework, Washington, DC: CSIS.

7. 阿舍·科恩，伯纳德·萨瑟：《以色列与犹太人认同的政治性：世俗—宗教的对峙》，马里兰州巴尔地摩：约翰·霍普金斯大学出版社，2002 年。

Cohen, A. and Susser, B.（2000）Israel and the Politics of Jewish Identity: The Secular-Religious Impasse, Baltimore, MD: Johns Hopkins University Press.

8. 让—马克·夸科：《正统与政治》，剑桥：剑桥大学出版社，2002 年。

Coicaud, J. M.（2002）Legitimacy and Politics, Cambridge: Cambridge University Press.

9. ［美］伊索贝尔·科尔曼："女人、伊斯兰与新伊拉克"，《外交事务》，2006 年，85：第 24~38 页。

Coleman, I.（2006）"Women, Islam, and the New Iraq," Foreign Affairs 85: 24~38.

10.《立宪会议讨论》（CAD），新德里：由下议院秘书处再版，12卷，1999 年。

Constituent Assembly Debates（CAD）（1999）New Delhi，Reprinted by Lok Sabha Secretariat，12 Volumes.

11.［以］约西·大卫（编纂）：《以色列——犹太教与民主：访谈与文章汇编》（希伯来语），耶路撒冷：以色列民主研究所，2000 年。

David，Y.（ed.）（2000）The State of Israel-Between Judaism and Democracy：A Compendium of Interviews and Articles，Jerusalem：Israel Democracy Institute（in Hebrew）.

12.［以］埃利泽·唐—叶海亚：《以色列宗教与政治的融合》，耶路撒冷：福乐尔斯海默政策研究中心，1999 年。

Don-Yehiya，E.（1999）Religion and Political Accommodation in Israel，Jerusalem：Floersheimer Institute for Policy Analysis.

13.［美］诺厄·费尔德曼："赞同反对进入伊拉克"，《纽约时报》，2005 年 8 月 30 日。

Feldman，N.（2005）"Agreeing to Disagree in Iraq，" New York Times，August 30.

14. 马克·加兰特：《现代印度的法律与社会》，新德里与纽约：牛津大学出版社，1989 年。

Galanter，M.（1989）Law and Society in Modern India，New Delhi and New York：Oxford University Press.

15.［以］露丝·加维松：《以色列能否同时作为犹太国家和民主国家：冲突与前景》，耶路撒冷：范里尔研究所与阿奇布兹·阿姆查德出版社，1999 年。

Gavizon R.（1999）Can Israel be Both Jewish and Democratic：Tensions and Prospects，Jerusalem：Van Leer Institute and Hakibutz Hameuchad（in Hebrew）.

16.［以］焦拉·戈德堡："何时种树不需要宪法：国家建设与宪法制定"，《国家、政府与国际关系》，1993 年，38：第 29～48 页。

Goldberg, G. (1993) "When Trees are Planted There is no Need for a Constitution: On State Building and Constitution Making," State, Government and International Relations 38: 29～48.

17. ［德］尤尔根·哈贝马斯：《在事实与规范之间：关于法律和民主法治国的商谈理论》，马萨诸塞州坎布里奇：麻省理工学院出版社，1996 年。

Habermas, J. (1996) Between Facts and Norms: Contributions to a Discourse Theory of Law and Democracy, Cambridge, MA: MIT Press.

18. ［以］R·哈里斯：《以色列司法》（希伯来语），收录于兹维·扎姆莱特，汉娜·雅维隆卡（编纂）：《第一个十年：1948～1958》，耶路撒冷，亚德瓦本—兹维，1997 年，第 244～262 页。

Harris, R. (1997) "The Israeli Judiciary," in Z. Zameret and H. Yavlonka (eds) The First Decade: 1948～1958, Jerusalem: Yad Ben-Zvi, pp. 244～262 (in Hebrew).

19. 阿伯特·O·赫希曼："社会冲突是民主市场社会的支柱"，《政治理论》，1994 年，22（2）：第 203～218 页。

Hirschman, A. O. (1994) "Social Conflicts as Pillars of Democratic Market Society," Political Theory 22 (2): 203～218.

20. ［以］丹·霍罗威茨，摩西·利萨克：《以色列政治起源：作为托管地的巴勒斯坦》，伊利诺伊州芝加哥：芝加哥大学出版社，1978 年。

Horowitz, D. and Lissak, M. (1978) Origins of the Israeli Polity: Palestine under the Mandate, Chicago, IL: University of Chicago Press.

21. ［以］丹·霍罗威茨，摩西·利萨克：《理想国困境：负载过重的以色列政体》，奥尔巴尼：纽约州立大学出版社，1989 年。

Horowitz, D. and Lissak, M. (1989) Trouble in Utopia: the Overburdened Polity of Israel, Albany: State University of New York Press.

22. 加里·雅各布松：《法律之轮：宪政环境下的印度世俗主义》，新泽西州普林斯通：普林斯通大学出版社，2003 年。

Jacobsohn, G. (2003) The Wheel of Law: India s Secularism in

Comparative Constitutional Context, Princeton, NJ: Princeton University Press.

23. ［印度］苏尼尔·基尔纳尼：《印度理念》，纽约：法勒·施特劳斯与吉鲁出版社，1999 年。

Khilnani, S. (1999) The Idea of India, New York: Farrar Strauss & Giroux.

24. ［丹麦］安妮·梅特·凯：《治理》，剑桥：政治出版社，2004 年。

Kjaer, A. M. (2004) Governance, Cambridge: Polity Press.

25. 以色列国会记录，耶路撒冷：以色列政府：1950，4。

Knesset Records (1950) Jerusalem: Government of Israel, 4.

26. 汉娜·勒纳："民主、宪政与认同：以色列的特殊性"，《荟萃》，2004 年，11（2）：第 237～257 页。

Lerner, H. (2004) "Democracy, Constitutionalism and Identity: The Anomaly of the Israeli Case," Constellation 11 (2): 237～257.

27. 汉娜·勒纳：《深度分化社会中的宪政建设：渐进主义的观点》，博士论文，纽约：哥伦比亚大学，2006 年。

Lersset Records (2006) Constitution-making in Deeply Divided Societies: The Incrementalist Option, Ph. D. dissertation, New York: Columbia University.

28. ［荷兰］阿伦德·李帕特：《协商政治：荷兰的多元主义与民主主义》，加州伯克利：加州大学出版社，1968 年。

Lijphart, A. (1968) The Politics of Accommodation: Pluralism and Democracy in the Netherlands, Berkeley, CA: University of California Press.

29. ［荷兰］阿伦德·李帕特："协商民主"，《世界政治》，1969 年，21（2）：第 207～225 页。

Lijphart (1969) "Consociational Democracy," World Politics 21 (2): 207～225.

30. ［荷兰］阿伦德·李帕特："深度分化社会中的少数服从多数原

则与协商民主",《政策》,1977 年,4:第 113~127 页。

Lijphart（1977）"Majority Rule versus Consociationalism in Deeply Divided Societies,"Politikon 4:113~127.

31. ［以］梅纳赫姆·毛特纳等（编纂）:《在民主犹太国家中的多元主义》,特拉维夫:拉莫特,1998 年。

Mautner, M., Sagi, A., and Shamir, R. （eds）（1998）Multiculturalism in a Democratic and Jewish State, Tel Aviv: Ramot（in Hebrew）.

32. Z·帕塔克等:《Shabano,标志:文化与社会学中的女人》,1989 年,（14）:第 558~582 页。

Pathak, Z. and Sunder Rajan, R.（1989）"Shabano,"Signs:Journal of Women in Culture and Sociology 14:558~582.

33. 巴尼特·鲁宾:"为阿富汗制定宪法",《民主》,2004 年,15（3）:第 5~19 页。

Rubin, B. R.（2004）"Crafting a Constitution for Afghanistan,"Journal of Democracy 15（3）:5~19.

34. ［以］阿姆农·鲁宾斯坦,巴拉克·梅迪纳:《以色列国家宪法》（希伯来语）（第五版）,耶路撒冷:朔肯出版社,1997 年。

Rubinstein, A. and Medina, B.（1997）The Constitutional Law in the State of Israel（5th edn）, Jerusalem: Schocken（in Hebrew）.

35. 夏依拉什里·尚卡尔:《世界大战:印度与以色列的政治平等和宗教自由》,博士论文,纽约:哥伦比亚大学,2002 年。

Shankar, S.（2002）"The War of the Worlds:Political Equality and Religious Freedom in India and Israel,"Ph. D. dissertation, New York: Columbia University.

36. 唐纳德·E·史密斯:《作为世俗国家的印度》,纽约州普林斯通:普林斯通大学出版社,1963 年。

Smith, D. E.（1963）India as a Secular State, Princeton, NJ: Princeton University Press.

37. 美国国际开发署：《脆弱国家策略》，华盛顿：国际开发署，2005 年。

US Agency for International Development（2005）Fragile States Strategy, Washington，DC：USAID.

38. 美国和平研究所："伊拉克宪政之路：为国家未来打造宪法"，《第 132 号特别报告》，华盛顿：美国和平研究所，2005 年，第 2 页。

US Institute of Peace（USIP）（2005）"Iraq's Constitutional Process：Shaping a Vision for the Country's Future," Special Report No.132, Washington，DC：USIP，February.

第四章 冲突后和脆弱国家的
选举制度与政党

艾埃里克·比约恩隆德 (Eric Bjornlund)

格伦·科文 (Glenn Cowan)

威廉·加勒里 (William Gallery)

在过去的 20 年来，民主在全球得到了迅猛的扩张，支持 64
民主改革的干预也日益为人们所接受，因此，选举制度也就得
到了人们的极大关注。在全球国家中，选举有利于长期冲突的
解决，有助于启动或巩固民主转型。对那些近来从冲突中走出
来的国家来说，选举和其他政治安排对实现和平是极为关键
的。在国际社会和本国公民看来，公平的选举越来越成为政府
获得合法性的重要前提。反过来，选举的合法性和结果又会深
刻地影响到有效治理的前景。

在脆弱和冲突后国家里，包容性、有效的和内部民主的政
党为了选举会互相支持。投票是公民参与政治进程的最直接方
式，几乎所有民主国家都依赖于政党制度来进行选举。在脆弱
和冲突后国家里，实现有效治理和真正民主就要求政党是包容
性的、透明的、负责任的以及党内是民主的。政党为脆弱、冲
突后国家的公共参与和民族对话提供了重要的渠道，有效的政

党是实现民主的关键。在立法机构中，政党为公共辩论、政治竞争和社会冲突缓解提供了和平的空间。

不幸的是，由于地方性腐败和缺乏广泛的尊重，民主转型国家的政党以及从冲突或威权统治下走出来的国家的立法机构普遍都比较虚弱，附隶于执行部门，缺乏人力、财政和政治资源。一些国家的决策者甚至可能会因为一些政党与先前政治阶层有联系而积极地压制它们的成立。不过，由于政党在决策和有效治理形成中的重要作用，这一点在过渡选举和其他旨在促进政党制度运转的民主化努力中显得尤其重要。

在冲突后国家和其他脆弱国家，国际社会通常也会较深地卷入到这些国家在选举和政治制度方面的安排。当然，政治精英、政府机构、民间活动人士、地方媒体以及其他地方行为体都有着重要的作用，但是，国际援助者和建议者在决策中起到关键性的作用。因为这些国家通常缺乏必要的制度和人员来组织选举，国际团体常常直接干预到选举工作，如 1993 年联合国在柬埔寨，欧洲安全与合作组织 1996 年在波斯尼亚、2000年和 2001 年在科索沃的作为。在很多冲突后或过渡国家中，国际社会往往主导着选举制度的设计，近期的伊拉克和阿富汗选举情况就是这样的。虽然国家领导人和立法机构名义上要对选举负责，但这些行为体往往缺乏关于选举制度方面的经验或知识。这也意味着，比起相对稳定的过渡国家或已经确立民主制度的国家，国际社会在脆弱国家关于合法选举中所起到的作用要大得多。

关于冲突后社会中的选举，国际社会主要有三个主要目标。第一个目标是要将权力转交给具有国内和国际合法性且得

65

到承认的民主政府；第二个目标是引入民主制度和程序，并开启更长期的民主化进程；第三个目标是促使冲突党派间的和解，将它们的斗争方式从暴力转向非暴力（库马尔，1998）。

上述的每个目标都与改善治理这种更长远的目标有着联系。在民众看来，权力的和平转交是国家政治制度改善、新政府合法性塑造的重要步骤之一。对创建一个能提供基础服务和带来经济发展的政府来说，发展出强有力的民主制度是至关重要的。可能最重要的是，作为一种不同派别间的非暴力斗争形式，选举能极大地改善一个国家的安全环境，并为其他领域的改善提供一种必要的氛围。

一、政党

真正的民主需要有政党间的竞争。政党需要物色候选人，组织政治竞争并谋求赢得选举。反过来，它们也要对公众关切负起责任。就公众关切的议题，它们也要表述立场，激发辩论。它们在政治体系中汇集并代表着地方性关切和其他狭隘的利益。正是政治体系，为政党提供了政治参与的空间。没有自由的政党，政治体系难以被认为是民主的。事实上，针对一党制国家所宣称的民主选举，联合国人权委员会特别强调了"多党制环境下自由公正选举过程"中的投票权（2000：par. 1（d）（ii））。

然而，在民主和其他发展中的民主国家中，政党广泛不受尊重。公民通常认为政党是缺乏效率的、腐败的和远离自己生活的。通常情况下，在民主转型国家中，政党处在最不民主的

66

制度环境下。它们常常会成为强人，甚至是独裁者的俘虏，或者会成为强化特殊利益的工具。有时，政党确实体现了广大选民的意愿。在转型社会中，一些旨在推动变革的政党本身有时也会成为代议制政府和进一步改革的障碍。它们很容易就会成为巩固民主的阻碍因素，而非解决问题的促进因素。

在脆弱国家，成功的政党和制度建设的障碍类似于选举所面临的挑战。正如上文所讨论的那样，政府架构基础缺乏、暴力威胁和国内流离失所者都是脆弱国家的特别难题。对政党来说，无法安全外出或会见支持者让它们不能有效地参与到政治进程。甚至在非选举年份里，政党或那些受到歧视或威胁的族群都会发现难以展开组织工作、赢得支持者并参与到政策争论中去。同样的，如果立法机构和其他政府机构中的成员受到威胁或遭遇暴力，他们也无法去展开工作。

甚至在那些政党和机构本身并不是暴力目标的国家里，动乱和不稳定也会让政党和机构无法接触到大多数民众。如果选民不能无条件参与到选举，诸如投票和宣传等技术性工作也就会无效。因此，政党或许不能代表很多公民，尤其是那些国内流离失所者。

人们也会怀疑脆弱和冲突后国家的政党是建立在族群或宗教基础上。派系间斗争会加剧紧张关系或冲突。鼓励包容性政党、鼓励代表不同群体各个党派间的合作和联合，因此也就变得更为重要了。

选举制度会深刻影响到政党的数量、性质和互相间关系。同样的，选举制度也大体决定了政党在立法机构中的数量和相对规模，影响到政党内部凝聚力、政党纪律、政党联盟的可能性以及政党能在多大程度上超越狭隘利益或族群身份（雷诺兹等人，2005a）。阿富汗在 2005 年立法选举中实行不可转移单票制（SNTV）[1]，这种制度压制了强大势力政党的出现。对此，下文还有论述。出于某种不同的原因，2006 年巴勒斯坦进行基于选区的选举，所实行的选举制度让推出的候选人要与其他党内成员竞争。这显然对政党体系有着影响，有利于更团结、组织更好的哈马斯（Hamas），却打压了分裂的法塔赫（Fatah）。后者没考虑到这种选举制度的影响，候选人数量受到了限制。在这两个案例中，选举制度直接影响到了政党体系。

67

二、选举

当然，要实现真正民主，所需要的不仅仅只是民主选举。甚至是那些举行过竞争性选举的国家，它们可能会在宪法上缺乏对政府权力的限制，剥夺公民的基本权利，或缺乏对少数宗教或族群群体的宽容。事实上，选举可能会突出族群间的差异或恶化群体间的紧张关系。在脆弱或冲突后国家，国际社会有时会对选举抱有太多的期待，或过早地要求进行选举。

然而，选举是民主的基石。国际宣言和规范明确无误地确

---

[1] 不可转移单票制（Single-nontransferable vote，SNTV）是一种用于复数选区的选举制度。在此制度下，一个选区内有多个议席，每位投票者只能投一票给一个候选人。票数投给候选人，议席则是根据选票多寡决定。——译者注

立了选举是合法政府的基础。《世界人权宣言》、《公民权利和政治权利国际公约》以及其他大量国际规范都呼吁赋予公民投票权，通过无记名投票方式进行定期选举。正如塞缪尔·亨廷顿（塞缪尔·亨廷顿，1991：9）所指出的那样，"公开、自由和公正的选举是民主的本质体现，不可规避的必要条件"。

因此，我们有理由认为，选举在包括冲突后和脆弱国家里的民主推进战略中依然至关重要。第一，竞争性选举可以促进深刻的政治变革，实现更大程度上的民主。在转型或发生危机的社会中，选举可能是一个重大事件，如果成功，选举不但会赋予政府合法性，而且还是深刻地影响制度、权力安排以及公民的期待。第二，选举为公民参与到公共事务提供了新的重要机会。选举可以让市民组织、公民通过选民教育、选举监督、政策研究和倡导等参与到民主政治。选举也能为妇女、少数族裔和弱势群体的参与提供一条渠道，这些人群传统上很少有机会能参与到政治和治理领域。最后，竞争性选举也为确立责任、政治竞争以及领导人继承提供了一种途径。所有的社会都应该确立政治制度和进程，人们可以借此通过公正与和平的方式来表达意见，解决社会分歧和竞争（比约恩隆德，2004）。

尽管选举是如此的重要，但是冲突后和过渡社会中的选举结果往往会让国际社会大跌眼镜，甚至包括国际建言者和资助者较深入参与到选举和政治制度的设计和支持的那些案例。国际社会通常无法去评估那些决定了此类国家选举结果的某一个或其他更多因素所带来的影响，即便国际社会对这些因素着实进行了控制。在一些特殊国家，没能出现人们所期待的政治进

68

展可能会带来困难和不稳定的局面。2005 年和 2006 年的阿富汗、海地、伊拉克和巴勒斯坦选举，都出现了不曾预料的、不期望的和危险的结果，并对政党和治理制度的发展有着实质性的影响。

尽管从能观察到的情况来看，它们应会有民主发展的空间，并能从给定的选举环境中框定可能的政治结果，但无论是对选举后的短时期内，还是对未来的治理来说，人们还是会无法预见到选举后的发展。更好地预见到转型或脆弱国家中可能的政治选举结果，会让政党、政策决策者、公民以及国际社会在应对未来可能出现的情况上做出更好的准备。

选举结果取决于下面三个基础变量：（1）选举制度；（2）政治环境；（3）选民的选择。选举制度包括那些决定候选人和相关人员的法律和行政机构。选举制度直接影响——有时是决定了——政治结果以及合法政治治理的发展。政治环境是选举所在的背景，包括候选人和政党的活动，法律和非正式的关照对象、规范和传统，这些方面会决定着政治的走向。对政治环境进行有效的分析会帮助人们更好地认识潜在的问题；这种分析也能为预先考虑或应对潜在问题提出一些方法，例如，可以通过更有效的选民教育。选民教育指的是选民在过去与未来中的参与方式、参与原因以及为谁投票。更好地理解和利用民调、投票后民调以及诸如平行计票方式这样的选举核查，选民的偏好就能更早、更准确地得到了解。

在近期的阿富汗、海地、伊拉克和巴勒斯坦的选举中，根据国际社会所能了解到的关于选举制度、政治环境以及选民选择的信息，如果分析正确的话，我们就能预料最终结果并为之做好准备，也能预估到以后政府的类型和性质。更好地理解上述三个基本变量，我们也就能有效地推动选举的进行，或是去避免那些特别麻烦的结果。

三、选举制度

特定国家的选举制度可以从三个方面来界定：选区大小，选票结构和确定候选人的选举规则（法雷尔，2001；布莱斯和马西科特，2002）。选区大小指的是特定区域相关代表人数数量。选票结构确定了选民如何去做出选择。选举规则是确定胜选者的计算方法。所有的这些方面加在一起，共同影响到比例分配、选民参与、少数党派席位、联合政府的可能、妇女和少数族群公职人员的数量、真正代表选区以及政治参与范围、胜选候选人和政党的未来前景（法雷尔，2001；诺里斯，2004）。选举制度常常也是一个独立的变量，决定了一个国家政党的关系和政府的性质、效率以及稳定性。

国际专家常常会对冲突后和过渡国家的选举制度设计上提出建议（库马尔，1998）。但是，关于选举制度那几个方面上的建议往往只涉及技术层次上的考虑，例如，选举的成本费用多少，多久后进行选举以及选举进程是否过分简单。在前文所述的三个影响到政治结果的变量中，选举制度最易受到外部的影响。与试图改善政治环境或影响选民选择相比，选举制度的改变更容易能影响到选举结果——即具有广泛合法性的基础。一种好的选举制度可能成本更大、导致时间拖延，或需要更大的努力。但是，作为一种补偿，在影响选民选择或影响政治环境的必要变化上，一种好的选举制度要比一种糟糕的选举制度要更好一些，前者的设计旨在产生一种积极的结果，而后者则没有预先设计好。

在过去的二十年里，转型国家的选举和运动已经发展出一种关于选举制度的政治影响的重要知识领域（法雷尔，2001；科洛梅尔，2004；诺里斯，2004；雷诺兹等人，2005a）。选举制度的基本目标是要能确保那些代议制立法机构的运转、促进和解、促进政治稳定、推动政府提高效率和责任、能有一个反对力量以及允许民众参与到政治制度中去（雷诺兹等人，2005a）。在了解所有可能结果的情况下，地方和国际行为体设计一种选举制度来实现这些目标。在这种情况下，我们就可以预测到选举法如何影响到那些能投票以及持有观望和确定立场的选民，何时、何地以及那些部门将进行选举以及如何监管这些选举。

即使国际社会不能影响到选举设计，至少它也能更好地去认识到特定选举制度的后果。对那些思考着不同排列组合的决策者和说，他们可以很容易就能得到大量关于选举制度的学术研究文献。每一种选举方案都被研究过、分析过和讨论过。决策者没有理由说，他们不知道某种确定的制度会带来某种确定的结果这么一回事。

近年来，巴勒斯坦、阿富汗和伊拉克的选举揭示出，一种 70 选举制度常常会带来预料不到的结果。在这些案例中，缺乏深谋远虑的选举已经威胁到一个强有力政党制度的发展，也会影响到至少最近几年内治理的改善。国际社会本应可以避免出现这样的不幸结果，也有不同的选择，至少要为这样的最终结果做出更好的准备。

四、2006 年巴勒斯坦的立法选举

关于 2006 年 1 月巴勒斯坦立法选举，国际社会并不赞赏其选举制度及其所带来特定政治结果。军事组织哈马斯——伊斯兰抵抗运动——在很多西方政府眼中是一个恐怖主义组织，要对大量针对以色列及以色列人的暴力活动负责，但哈马斯在其第一次参加的巴勒斯坦立法会选举中获得了大多数席位。尽管执政的法塔赫长期以来在巴勒斯坦政治中扮演着主导角色，却被广泛地认为腐败无能，第一次失去了在巴勒斯坦的权力地位。

通过报道，哈马斯的胜利震惊了巴勒斯坦人和世界上其他地区。例如，美国国务卿康多莉扎·赖斯（Condoleeza Rice）如此说道："针对哈马斯的强劲表现，我相信任何人都是猝不及防"（韦斯曼，2006）。赖斯国务卿和世界上其他领导人以及分析家认为，哈马斯本身似乎也对其强劲的表现感到惊讶不已。一些分析家们认为，哈马斯事实上也没有想过要去主导新政府（国际危机组织，2006）。

然而，选举前的政治和选举情况本应让国际社会对哈马斯的胜利有更好的认识和准备。媒体和其他人没有能预见到哈马斯的胜利，至少在一定程度上是因为它们没有理解选举制度。

巴勒斯坦选举采用一种混合型或是平行型方式，让选民在两份独立选票上选举立法委员：一份是全国政党名单；另一份是本选区名单。在立法机构的 132 个席位中，有一半席位是在

全国比例范围内选举的，另一半则是分配给了多名额选区。那些从全国性政党名单中选举出来的当选人，是按照比例代表制来直接选举的。比例代表制会按照政党在全国投票率来分配党派成员名额。地区胜选者则是按照多选投票方式选举出来。选民要选出其所在选区配额的候选人，胜选者是那些得票相对最高的候选人。①

就在 2006 年，即立法选举前，选举也延迟了六个月后于 2006 年 1 月 25 日进行。民调显示，哈马斯的支持率在不断增高。更有说服力的是，哈马斯虽是近期才参与到选举政治，但它在那一年的地方选举中获得优势，包括在一些关键城市都取得重要的胜利，而那些城市在过去往往被视为法塔赫的支持堡垒。然而，国际社会不但没有认识到哈马斯在选民中不断增高的支持率，而且还没有认识到选举制度是如何将这种支持变成了席位。

71

最终，尽管哈马斯在整个选举中只是勉强地超过了半数，但哈马斯明显夺得了大多数立法席位。② 哈马斯获得了 44.5% 的选票，而法塔赫只获得了 41.4% 的选票，但哈马斯得到了 132 个总席位中的 74 个席位，而法塔赫只赢得了 45 个席位。更进一步地说，法塔赫在全国选票中夺取了 28 个席位，只比哈马斯少了一个席位而已。哈马斯绝大部分选票来自于地方选

---

① 关于巴勒斯坦选举系统更详细的介绍，可参考巴勒斯坦中央选举委员会的网站，www. election. ps/english. aspx。

② 选举结果来自巴勒斯坦中央选举委员会网站，www. elec tions. ps/english. aspx。

区，它在 66 个席位中压倒性地夺取了 45 个席位。

就全国政党票选而言，尽管两者的民调差距并不大，但这种民调评估显然是选错了评估的对象了。在巴勒斯坦的选举制度下，全国票选的失利并不必然会意味地方选举上席位的丧失。选民在地区和全国票选中分别独立投票，他们可以在全国票选中投票给其支持的、不同政党的地区候选人或独立候选人。更重要的是，在这种投票制度下，只要获得略超过半数选票就能赢得某地区的大部分席位。例如，在耶路撒冷，哈马斯候选人获得了 34% 的选票，而法塔赫候选人是 26%，但哈马斯赢得了 4 个席位，可法塔赫只赢得了 2 个席位。剩下来 40% 的选票是支持那些独立候选人的，但他们没有获得一个席位。在图卡瑞姆（Tulkarem），法塔赫候选人事实上要比哈马斯候选人获得选票多出不少，但由于选票在太多的候选人中分散开来，结果法塔赫没有能获得一个席位。

哈马斯充分利用选举法带来的机遇，在绝大多数地方选区都取得了差不多的选票。哈马斯从来就没有在某一个选区提出了超过该地区席位数的候选人人数，而法塔赫的选票往往由于候选人数太多而被分散了，且独立候选人更是进一步地分散了这些选票。哈马斯的选民和活动分子充分利用了投票制度所带来的机会。一份选举后的分析报告揭示出，哈马斯及其盟友平均每个席位提出一个还不到的候选人，而法塔赫及其同盟则会有三位以上的候选人（勃朗，2006）。这揭示出，哈马斯在选举制度中的作为以及选举制度本身的作用。

讽刺的是，在一定程度上，这种选举制度还是在法塔赫不同派别互相间谈判出来的。然而，法塔赫的选举策略揭示出，它根本就没有注意到这种选举制度的意涵。早前的巴勒斯坦选举也使用过集团投票的方式，但是法塔赫在那个时候广受欢迎，足以抵消选举制度带来的任何影响（雷诺兹等人，2005a）。以色列和美国政府对此表示惊讶，其他国家则并不清楚怎么回事。最终，似乎哈马斯是巴勒斯坦唯一认识到这种选举制度意涵的行为体，而对这种新情势，国际社会认为这简直就是一场政变。

巴勒斯坦选举就是一个明显的例子，足以说明选举制度是如何影响到政党制度的发展。在选举中，法塔赫组织不善，内部分裂。由于出现大量候选人，包括法塔赫提名的和其他独立候选人，法塔赫的支持者也有所分化。集团投票制度有利于那些组织良好、效率较高的政党，如哈马斯。就未来巴勒斯坦选举而言，也只有那些严格控制候选人名单、获得选民支持的政党才能赢得胜利。

五、2005 年阿富汗的立法选举

在 2006 年巴勒斯坦地区的选举中，国际社会卷入较深。相对而言，国际社会在阿富汗的选举制度或政治环境塑造上则并没有多大的干预。不过，国际社会还是在 2005 年阿富汗立法选举扮演了直接推动者的角色。然而，国际援助者和建议者又一次没能理解或忽视了选举制度对选举结果、对未来阿富汗政治发展和成功治理的潜在意涵。

阿富汗政府听取了国际社会的建议，决定在 2005 年新国民大会选举中采取了不可转移单票制。这种制度是一种用于复数选区的制度，一个选区有 2 到 33 个议席。每个选民只能投给一位候选人，得票率最高的候选人获胜。①

对阿富汗领导人来说，不可转移单票制是具有吸引力的，主要有以下几个原因。第一，这种制度简单，也便于管理投票和计票过程，也便于向没有接受过多少教育、缺乏投票经验的选民解释选举过程。第二，不可转移单票制也能抑制强势政党和政党联盟的形成，阿富汗担心会出现这样的情况。因为，一个选区的每个候选人都会反对所有其他候选人，包括属于同一个政党里的候选人，所有政党必须要组织严密，避免由于过多候选人而分散了支持者的投票，并确保每个候选人能得到足够的票数当选。第三，该选举制度的设计者也喜欢该制度对较高组织性的要求，一旦在投票中排除了一些政党的资格，阿富汗任何一个年轻政党要想获得大量席位是极其困难的（国际危机组织，2005）。

不幸的是，不可转移单票制的其他特征使得它并不是一个好的选择。由于席位是从复数选区里选举出来，如果有一位广受欢迎的候选人在一个选区里获得了大量的选票，那么剩下来的选票就不多了，且还要在不那么受到欢迎的候选人中间分化。这就可能会让剩下来的席位只需要很小的得票率就能获得（鲁宾，2005）。而且，由于该制度允许有如此多的候选人，很多选民投给了竞选失利的候选人进而最终"浪费了"自己的选票（雷诺兹等人，2005a）。

---

① 更详细的介绍，参考联合选举管理机构（Joint Electoral Management Body，简称 JEMB）网站，www. jemb. org。

　　尽管阿富汗采取不可转移单票制，在一定程度上也是为了削弱强势政党的形成，但这种制度事实上具有相反的效应。以那些更受欢迎、组织不够好的政党或独立候选人为代价，那些能发动支持者的小党活动能力非常强。此外，由于少量的选票也可能是极其宝贵的，这种制度就可能会产生威胁选民、购买选票的现象，这会有利于那些阿富汗新政府正在试图剿灭的武装派别（鲁宾，2005）。最后，由于一个候选人在其选区内可能只要少量的选票就能当选，他们就不会寻求组建更大联盟或超越族群和地方利益（法雷尔，2001；雷诺兹等人，2005a，2005b）。

　　选举的结果反映出选举中的一些缺陷。因为政党联盟关系并没有在投票栏中列出，也没有在官方结果中公布，绝大多数候选人都是独立候选人，所以，很难客观评估政党或联盟的影响。但是，选举进程中缺少政党标识必然会限制政党在阿富汗政府中的影响。而且，大多数候选人事实上只是通过少许的选票就得以当选。例如，喀布尔有 33 个席位，而三分之二多候选人仅靠不到 1% 的选票就当选了。在全国 249 个候选人中，只有 3 个候选人在其所在省份中获得了超过 20% 的选票，而其他省份中获得最多支持的候选人也就获得了不足 5% 的选票。[①] 据新闻报告，很多选民不知道候选人是谁，不知道投给谁票，所以一些选民就将票投给了那些他们认识的候选人。

　　与巴勒斯坦选举中所采用的集团投票制度一样，不可转移单票制已被广泛研究过，其缺点也是众所周知。例如，国际危

---

① 　选举结果来自联合选举管理机构网站，www. jemb. org。

机组织（2005）就曾警告道，"这种选举制度鼓励狭隘的族群利益，而非更广泛意义上的所有选民。新的国民大会也没有召开过有效的预备会议。这进一步引起人们对未来稳定问题的担心"。如果在阿富汗选举前能考虑到这些问题，那么国际社会本可以，也应该可以提出更具有代表性、更少分化倾向的选举制度。

这种选举制度带来的结果就是，很少有当选的国民大会议员有广泛的支持，他们也没有意愿在国民大会中组建一种内在的联盟关系，进而去讨论那些国家重要问题。那些当选的候选人，主要得益于选民认识与否、地方或族群关系。这对阿富汗未来治理可谓意味深长。中央政府至今也没能证明出它有给全体公民提供服务和安全保障的能力。阿富汗的不可转移单票制没有导致暴力冲突，也没有带来人们对选举进程合法性的普遍质疑。但是，它也确实没有为强有力政府和具有凝聚力的政党奠定基础，而这一点对这个国家的未来稳定来说是极为重要的。

六、2005 年伊拉克议会选举

伊拉克后萨达姆时代的第一次选举实行全国普选，采取比例代表制，最终却使得逊尼派在国家政治决策中没有多少发言权，并可能会加剧以后的宗派冲突。不幸的是，逊尼派民众先前曾是前政权的核心支持力量，并在伊拉克与其他族群、宗教群体矛盾重重，其绝大部分民众都拒绝参与选举。由于选举制度采用了全国普选，逊尼派民众的不参与使得他们本身处于整个进程之外。

2005 年 1 月，伊拉克进行选举，组建一个由 275 名成员构成的制宪会议，负责起草一部新宪法。在确定全国比例代表制上，伊拉克管委会主要听取了联合国选举援助处的建议。联合国受邀来指导选举制度的确立，并在与大量利益攸关方商议了之后，给伊拉克管委会提出了三个选择：（1）采取少数、主要的复选选区的制度；（2）按照伊拉克行政区来确立选区，并采用比例代表制度；（3）全国比例代表制度。（联合国选举援助处，2005）

联合国也指出了前两种选举各自的缺陷，包括划分选区的难度、确定代表数所基于的人口数字的不可靠以及在处理迁移人口与国外选民上的问题。联合国赞成第三种选择，并指出了这种选择在行政管理或实践和政治上的好处。

全国比例代表制度较为简单，具有明显的行政管理和实践好处。全国比例代表制度不存在划分选区的问题，也能获得准确的统计数据。由于将迁移人口和国外选民纳入到单一的、全国性的范围内，全国比例代表制度也就避免了此类问题。它也能简化投票过程和计票工作。联合国还列举了这种制度其他几个具有更多政治意义的好处。联合国认为，全国比例代表制度将会对妇女和少数群体更有利，鼓励政党和团体间联盟的形成，并有利于更温和立场的形成。

作为一种回应，伊拉克管委会以 21：4 的投票结果采取了这种全国比例代表制度。但是，到了选举前夕，由于逊尼派发出威胁，不参加选举，所以也出现了大量的批评声音。鉴于逊尼派、什叶派和库尔德人在新伊拉克宪法起草上的不同影响，

75 如果逊尼派参与投票的民众比其他群体明显要少的话，那么逊尼派在议会中就会代表性不足，而什叶派和库尔德人就过于强势。如果少数群体没能参与投票，那么全国比例代表制度并不能给少数群体带来席位。就可能的结果，《基督教科学箴言报》警告道：

> 伊拉克发生暴力最严重的五个省份，也是绝大部分伊拉克逊尼派阿拉伯人的故土，他们约占到伊拉克全国人口的20%。虽然民调显示，近80%的什叶派民众（占到全国人口总数的60%）、70%的库尔德人（占到全国人口总数的15%）表示他们"非常有可能"参加投票，但是只有20%的逊尼派阿拉伯人持有相同立场。事实上，这将会给立法机构带来如下可能，即什叶派阿拉伯人和库尔德人所占有的席位会超出其应有的比例数。从短期来看，这将会引起逊尼派担心其在未来社会中的地位。鉴于暴动主要是由逊尼派阿拉伯人领导的，上述情况将会导致更多的暴力。①

　　如果所有团体都会以近似的比例来参加投票，那么全国比例代表制就会起到预期的作用，但是选举前的情况显然表明这种情况将不会出现。选举机构和国际社会应该认识到，面对逊尼派民众不参与投票，应该有必要提出一种不同的制度来避免

———————————

① 《伊拉克大选如何进行》，《基督教科学箴言报》（Christian Science Monitor），2005年1月28日。

一些严重的问题。例如，可以将伊拉克行政确立为选区，这将会让逊尼派能有较好的代表产生，哪怕逊尼派的投票率不高，因为逊尼派民众会主要集中在少数几个选区。关于一些选民表明拒绝投票，没有一种制度能解决这个问题，但是一个更好的制度至少能缓解由于逊尼派拒绝投票所带来的影响，也能避免一些后来产生的问题。

在伊拉克选举中，逊尼派选民的投票率极其的低，使得什叶派和库尔德人的党派赢得了在国民大会中三分之二多的席位。尽管逊尼派民众占到全国人口总数的 20%，但没有一个主要代表逊尼派民众的政党赢得的席位超过五个。这也就意味着，在负责起草新宪法的机构中，逊尼派几乎就没有代表。在伊拉克治理上，由于逊尼派的缺席所带来的问题非常明显。从一开始，逊尼派就质疑制宪大会的合法性。选举不但没有能促进不同族群和宗教团体间的和解，反而导致了派别间暴力的产生。持续不好的安全形势严重削弱了政府的基本运作。由于美国以及国际社会其他力量的压力，最终迫使获胜党在起草宪法的过程中容纳了逊尼派的代表，但是选举结果还是为新宪法上的缺陷打下了伏笔，新宪法还是不利于逊尼派，也增加了内战频发的危险。

七、政治环境 76

除了选举制度，选举结果还有赖于选举所发生的政治环境。地方政治环境包括选举机构的可信度和中立性、媒体的公正、言论自由程度、活动和合作、活动的性质、给予反对派辩论的机会、选民的便利条件和需求以及对妇女、少数族群、国内流离失所者与其他边缘群体的相对开放。政治领导人和政党的选举活动、战略和效率是政治环境的重要部分，当然也就直接影响到选民的选择以及选举结果。选民教育的性质和效率同样会对选民的选择和期待产生重要影响。

八、选举前的评估

一般来说，国际社会能得知很多关于政治环境的信息。除了情报和类似分析外，选举前评估——对真正意义上的民主选举的评估——可以随手可得。这些评估是民主发展进程中的共有内容。国际选举监督组织会对那些具有重要意义的过渡选举做出此类的选举前评估，并将这些评估呈送给决策者。做此类评估的机构包括有得到诸如欧洲安全与合作组织、美洲国家组织这样的多边组织资助的机构、欧盟支持的那些进行民主援助的非政府组织，如美国全国国际事务民主学会以及卡特中心支持的地方选举监督小组（比约恩隆德，2004）。选举前评估能指出民主选举的潜在障碍以及有效援助的途径。这些评估对有效预测结果有着重要价值，因为在选举前那些长期固存的因素常常会决定选举进程的质量和可接受性（比约恩隆德，2004）。

然而，无论是国际还是国内的选举前评估，很少能根据分析者所能观察到的内容对未来政治结果做出很好的分析。更常见的情况是，这些分析还引述一些相关的轶事，并没有严格界定非法政治资金的范围以及影响，也没有界定什么是政治暴力和政治威胁。这些评估最可取的地方是，对政治环境中问题如何负面影响到少数群体的投票人数或是使得一个党派的选票迅猛增多，然而，计量工具仍然无法让这些评估对政治环境在选举中的具体影响做出判断。决策者需要理解政治环境的影响和选举制度以及选民行为。为了能对这些决策者提供更多帮助，那些评估选举环境的报告需要集中焦点，要对真正影响选民行为的社会和政治因素做出更好的量化分析。例如，确定某个特定环境因素将会影响投票人数，这是很有趣的，如果再具体做出何种比例的举措，那么这一因素将在多大程度上减少某一特定候选人或政党的得票率。

选举前评估至少在一定程度上反映出需求的匮乏。国际社会愿意接受那些并不严谨的选举前分析，因为国际社会似乎并不认为它们能从这些努力中能得到多少有用的东西。选举监督组织甚至还在评估选举前缺陷的影响上研究出定量或其他方法（比约恩隆德，2004）。更多一点的选举意外会激发人们的兴趣，让人们就选举环境对可能结果的影响展开更具有分析性、更详尽和更严谨的评估。

九、选民教育

选民教育既是政治环境的一个重要组成部分，又是改善政治环境的一种手段。在典型的过渡或后冲突环境中，很多公民从没有在真正的选举中投过票，不知道关于选举过程的基本信息，也没有想要去参与的强烈欲望。因此，国际社会需要去明白选民教育如何能影响选民行为。决策者应该要对以下问题做出更好的判断，即全体选民是否明白选举过程？在某种给定的环境中选民可能会做出什么样的反映？而且，国际行为体常常会借助机会去从事选民教育项目来克服或改善潜在的问题。

选举当局、非政府组织、政党和国际组织都可以从事选民知识普及或教育工作。但是，这些组织在展开选民教育活动上可以有不同的优先次序。选举当局重点要放在投票程序上，减少选民的困惑和无效投票，并在选举日的选举活动中保持顺利。非政府组织要在政治权利和政治责任上提供更多的说明。政党要致力于引导人们"走出去投票"，并指导选民如何投票去支持它们的候选人。候选人辩论会可以在强调责任的同时也能对选民进行教育。所有的这些内容彼此可以很好地互相补充，但是有些内容是更为重要，更能得到国际社会的支持。

选民教育效果的性质和信息应该基于对讨论问题的深刻思考。理论上来说，关于选民知识和关切的严谨分析应该为选民教育侧重点提供指导。不幸的是，选民教育常常都是草草了事。往大的方面上说，不能把握侧重点，也没有恰当地确定选民教育内容会浪费资源，并失去提升选举质量的机会。往小的方面上说，如果分析家能更好地提升选民教育工作的效率，他们就更能准确地评估选民教育对选民行为的影响。

十、2006 年海地的总统选举

关于 2006 年 2 月海地的总统选举，国际社会并没有对政治环境做出恰当的评估，也没有能展开有效的选民教育。选举的很多问题都不清晰，如计票要花费多长时间以及是如何计票的。因此，国际社会并没有预料到拖延公布选举结果后民众的反应以及随后得票率领先的候选人的支持率明显受到影响。

2006 年 2 月，经过多次选举拖延之后，海地开始投票确定一位让—贝特朗·阿里斯蒂德（Jean-Bertrand Aristide，被迫于 2004 年下台）的继承者。总统选举制度采用的是常见的两轮投票制，也就是说如果没有一个候选人能在第一轮投票中获得超过 50% 的得票率，那么得票率最高的两位候选人做最后的竞争。这种两轮投票制虽说昂贵，但对海地来说还是有道理的，海地的识字率和教育水平确实很低。

从历史上说，海地的政治和社会环境确实脆弱，充满暴力，甚至联合国维和部队的到来也没有能保障选举前以及后来时期的安宁。由于民众街头抗议，如果说不是真正的骚动，海地显然需要展开广泛和有效的选民教育来对抗那些谣言和不满的扩散。从这个方面上来说，选举机构、市民社会、媒体和国际社会都是失败者。

在选举多次拖延前的几个月期间，前总统勒内·普雷瓦尔（René Préval，被视为阿里斯蒂德的支持者）是总统候选人中的领跑者。2005 年 12 月盖勒普民调揭示其支持率为 37%，远领先于最有力的竞争者，一些分析家预测他在第一轮投票中会获得必要的多数直接当选（汤普森，2006a）。而到了选举时，人们并不清楚普雷瓦尔能否在第一轮选举中直接当选，如果不能，谁将是他在第二轮投票中的竞争者。

一个候选人是否得到 50% 的支持率，计算的时候确实需要一个确定的标准。为了与过去传统保持一致，海地的选举法需要将空白选票——也就是说没有填写的选票——在计算每个候选人有效得票率前计算进来。（空白选票与"无效选票"不同，后者指的是那些做出多个选择或没有标识正确的选票）然而，在选举前，选举委员会在是否将空白选票纳入计票问题上还是留下了一些模糊空间。鉴于这种不确定性，如果一个候选人因为空白选票而没有达到第一轮当选所需票数的话，那么将空白选票纳入到计票就会带来争议。不过，选举机构官员和国际社会建议者并没有对这种计票方式所潜含的模糊性引起重视。

79   有一点也应该了解到，即此次选举的计票也将会比之前的要费时得多。除了总统选举外，海地还要选举出参议院和众议院的议员。选举机构官员和国际社会建议者错误地认为，每个投票站（全国共 9000 个投票站，每个投票站有 400 名选民）的计票和绘表工作不会超过 4 个小时。事实上，每个投票站的计票时间为 8 至 12 小时，严重影响到了正式选票的绘表工作进展。选举前，选举机构和国际社会建议者详尽讨论了长时间计票的可能性及其后果。选举机构本应将这种可能性告知选民，让选民们在等待结果的时候能更有心理准备。

选举组织者和国际社会建议者不但知道后勤问题肯定会推迟计票工作，而且选票绘制、选举历史和近来的投票也都揭示出，基于早期结果所做的预测都可能会有问题。早期结果主要来自城市中心或接近城市中心的地方，这些地方的情况和过去的情况都揭示出，它们是普雷瓦尔的支持堡垒。后来揭示的情况是偏远但非常重要的农村地区，它们则并不怎么支持普雷瓦尔。这些重要情况也被忽视了，且那里的选民教育也较为有限。

在计票的早期阶段，普雷瓦尔似乎有着较大的领先，这在一定程度上要归因于如下事实，即选举委员会在第一次正式发布选举结果的时候犯下了一个不幸的错误，他们没有将空白选票而是将无效选票纳入了计票。后来的选举结果将约4%的空白选票纳入进来，再加上农村地区并没那么支持这位领跑者，因此普雷瓦尔的得票率从最初的62%下降到了48%。因此，这就显然需要又一场角逐。

普雷瓦尔的组织知道民众并更没有对选举进程有任何真正的理解，开始发动支持者走上街头去抗议所谓的计票操纵。随处可见的路障让太子港瘫痪了，全国很多地方都陷入了停顿状态。这些中断加剧了普雷瓦尔支持者和其他制度不信任者的不满（汤普森，2006b）。国际社会屈服于持续的群众暴力活动和不断散布的谣言，并与海地当局有效地密谋，决定在计票中去除那些空白选票，让普雷瓦尔在第一轮投票中就当选，尽管普雷瓦尔可能并没有达到那个标准。选举制度国际基金会（IFES）的选举监督小组曾评论道：

> 因为选举后的国内动荡，人们做出了如下政治决定，即要改变计算空白选票的做法（违反了选举法的第185条）。这一彻底违反选举法的结果就是，宣布勒内·普雷瓦尔以微弱多数赢得了选举。
>
> （IFES，2006）

如果相关责任者能就选举制度问题用心地告知民众，民众对选举进程误解所带来的危险本就可避免。而且，即使普雷瓦尔能以1到2个百分点击败最强对手，他也有可能在第二轮角逐中失利。在一个极化的政治环境中，第一轮得票率高的人在

80

第二轮迎战其他竞争党候选人的时候也可能会失利，这也是常见现象。就海地的情况，我们就不得而知了。

我们也不清楚这种选举结果会给海地的未来带来何种影响。在海地民众中，有相当多的人强烈支持普雷瓦尔，而他的胜利确实是由国际社会操纵的。在对手眼中，普雷瓦尔的合法性是个问题，尽管对手只有少数，但力量不小。没有他们的支持，海地政府要重建治理能力、开始为海地民众提供急需的服务将会困难重重。

十一、选民的抉择

尽管受制于国家的选举制度和政治环境，但是，选民的抉择将最终决定选举的政治结果。伊拉克的选民抉择，也即很多逊尼派民众拒绝投票，使得全国比例代表制流于失败，没有能涵盖所有派系团体进入到政治进程。拒绝投票，再加上选举制度，共同导致了未曾预料到的结果。

渐渐地，甚至在冲突后和过渡政治环境中，过去的选举结果和民意分析使得国际社会得以预测选民的抉择（勒迪克等人，2002）。此外，投票正式开始不久，投票民意调查、诸如平行开票这样的计票手段以及快速计票不但会防止作弊，而且也会让人们得知选举结果的早期信息。

在发达民主国家里，预测政治赢家是一项高度发展了的工作。民意测验家、权威人士、博彩公司、记者和邻居，所有人都会接触到由民意分析、选举历史、当前事态、偏见以及理想化了的愿望共同塑造出来的各种观点，并对之进行思考。相关的分析工具也有各种基于经济、人口统计学、人类学、政治分析以及月相等模式。尽管表面上乱糟糟——甚至没有内在统一性——的方法，成熟民主国家的分析家常常都能运用娴熟，要是有例外则就会成为新闻。国际社会常常也并不会对此感到讶异。不幸但可以避免的是，在发展中的民主国家中，分析家、媒体、外交人员和其他人要是预测错了，则又是另一回事。

二十年前，亚非拉掀起了新一波民主转型浪潮，苏联和其他转型中的民主国家一般来说都很少有过选举历史或确凿的民意调研。没有一个国家曾有过民主选举的历史，在言论表达上一直受到政治上的压抑，调查研究如果说不能作为发展政策的指导，那么也只能说并无用处。

在发展中国家中，它们已经开始了第二次或第三次后过渡时期的选举了，且投票环境有了很大的改善（桑热和斯科托，2004）。在发展中国家进行的调查研究不但变得越来越可信，而且选举方式也正在变得越来越与人口、地区分布更为贴合。先前的选举结果往往会被民调研加以夸大，现在则可以对选民的抉择做出合理的预测。

然而，国际社会要更好地去理解调查研究的有效性和局限性。为了避免得出错误的结论，决策者必必要知晓如下问题，如样本的连贯性、调查表设计和偏见、在农村地区调研方式上的缺陷、样本地区冲突的影响以及其他调研议题的主持者背景。这些问题可以得到确认，并可以允许有一定的误差，甚至在冲突后国家中也可以变通地使用一下调研手段。

至少从一定程度上说，调查研究容易被伪装成一种科学，尤其是在发展中的民主国家。在现代政治环境中，分析家能够

81

也确实可以去做一些真实的调查研究，当然最好还是审视一下调研者方法的简要解释。在不够成熟的环境中，调研方式上的细微差别还是会对研究结果有着很大的影响。认真的政治分析家应该明白这一点，即抛开对方法的粗陋审视不谈，人们从来就没有对数据的获得方式有过什么好的评价。甚至在样本问题上常常也只会这样问道：样本设计如何？调查对象是谁？这些问题是如何排序的？调研经费是谁提供的？在国际社会扮演重要作用的那些国家中，当地的民意测验家可以也愿意在方法上做出解释，且也会讨论他们的分析结论，但上述的情况还是会常常发生。不管出于什么原因，对过渡选举的调查研究常常会成为一种权宜之计，甚至会成为一种流言，而非一种重要的资料来源。

例如，在2006年1月巴勒斯坦选举前几个月中，民意调研和地方选举结果揭示出哈马斯得到了越来越多的支持。到2006年1月，哈马斯的支持率在选举中从少量人数发展到获得了最大一群选民的支持。然而，除了上文所述的那样，即哈马斯没有明白选举制度是如何将支持率变为席位，国际社会依然没有认识到哈马斯获得选民支持的程度到底有多大。

虽然媒体报道说民意调查揭示出，在2005年期间，哈马斯的支持率从20%增长到约40%，但国际观察者还是不看好，并认为这种支持并不足以转变为法律上的多数。选举前两天，《纽约时代》报道说，尽管差距正在变小，但法塔赫在巴勒斯坦的民意调查中依然领先于哈马斯（厄兰格，2006）。

除了过去的经验和民意调查，对选民抉择进行任何合理的评价都应该考虑到对非正式或官方计票的合法性进行评估。从

82

投票结束后的头几个小时开始，谣言、媒体发布、官方声明、媒体调侃以及其他关于谁会当选的信息就会出现。这种几乎注定会互相矛盾的信息会引起不同社会团体、国际行为体、媒体、政党、选举机构和官方政府的不同反应。作为一个表面上中立的行为体，国际社会应该能够确认哪种说法是最可靠和值得信赖的。对将会发生什么，当局是否会做出准确的计票，如果能有很好的准备的话，那么这对规划选举后政策是非常重要的。

十二、结论

虽然经验显示，选举和政治行为体可能会导致或加剧冲突，但民主选举、有效的且具有代表性的政党对脆弱或冲突后国家的治理改善来说依然至关重要。民主选举对建立国内和国际合法性、塑造有效治理来说也极为关键。选举制度对民主选举期望和政治结果也有巨大的影响。政党对民主治理之所以重要，是因为它们是政治代表制度、政府组织以及维持民主的主要力量。它们将国家和市民社会联系了起来，影响到执政当局和公共政策的制定。

国际行为体致力于支持民主结果和改善脆弱和冲突后国家的治理，但常常未能预测到选举制度对选举结果和政党发展的影响。在某个特定的国家，选举制度、政治环境或选民抉择共同决定了选举结果，因此也就决定了制度合法性和治理稳定性的前景。然而，对这三个变量进行综合考虑，我们就应该要让国际社会对选举结果进行更好的评估并做好准备。一份对选举环境有着老道分析的报告，会对选举制度有着详尽的理解，并也会缩小可能的结果范围，进而也就可能在我们所能知道的选民抉择情况下做出比较分析。通过分析这些因素，国际社会就能在给定的选举环境下对可能的政治结果框定出范围。

在特定选民抉择下更好地理解选举制度和政治背景如何影响结果，这会让国际社会得以对那些并不被看好的政治结果做好准备，哪怕不能缓和那些结果所带来的负面影响。而且，国际行为体可以通过选举制度设计建议、选举前评估、选民教育工作等，促进稳定、有效的治理形成。设计精致的选举制度可以带来平稳的选举结果，也能促进稳定、有效政党的发展。选举制度在确立选举和政府合法性上的作用非常重要。选举制度也有助于确定政党的数量、定位和效率。从确保安全、提供基本服务和促进经济发展的角度来看，政府和政党制度的合法性反过来又会直接影响到未来的治理。这样也就肯定会强化安全并促进政治治理的提升。

由于不同的政治结果会带来非常不同的结果，进而影响到民主平稳发展的前景，因此，政党发展和选举制度设计就成了治理重建过程中具有战略意涵的任务，进而也就不能只是当地相关人员在技术领域上的问题了。这些是根本大计，也是具有战略意义的政治决定，而不是战术或技术问题。阿富汗、海地、伊拉克和巴勒斯坦的例子已经揭示出，国际社会常常在冲突后和过渡选举无法有效地应对这些问题。如果国际行为体以后要想在那些国家中避免那些它们所遇到的问题，它们必须要对一些影响因素有着深刻的认识，因为这些因素决定了选举结果，引导着冲突后和脆弱国家的民主化路径和治理改革。

参考文献

1.［美］埃里克·比约恩隆德：《自由与公平之外：选举监管与民主建设》，华盛顿、马里兰州巴尔地摩：伍德罗·威尔逊中心出版社，约翰·霍普金斯大学出版社，2004 年。

Bjornlund, E. (2004) Beyond Free and Fair: Monitoring Elections and Building Democracy, Washington, DC and Baltimore, MD: Woodrow Wilson Center Press, and Johns Hopkins University Press.

2. 安德烈·布莱斯，路易斯·马西科特："选举体制"，收录于劳伦斯·勒迪克，理查德·尼米等（编纂）：《比较民主：选举投票研究面临的新挑战》，伦敦：SAGE 出版公司，2002 年。

Blais, A. and L. Massicotte (2002) "Electoral Systems," in L. LeDuc, R. G. Niemi, and P. Norris (eds) Comparing Democracies 2: New Challenges in the Study of Elections and Voting, London: Sage.

3. J·布朗："巴勒斯坦选举分析：哈马斯如何取得多数"，国际选举制度基金会，参考 www. ifes. org/westbank-project. html? projectid = howhamaswon（2006 年 3 月）。

Blanc, J. (2006) "Palestinian Election Analysis: How Hamas Won the Majority," IFES, available at: www. ifes. org/westbank-project. html? projectid = howhamaswon (accessed April 3, 2006).

4.［美］何塞普·科洛梅尔（编纂）：《选举手册》，纽约：帕尔格雷夫·麦克米伦出版社，2004 年。

Colomer, J. M. (ed.) (2004) Handbook of Electoral System Choice, New York: Palgrave Macmillan.

5. 史蒂文·厄兰格："法塔赫期望在其大本营击败哈马斯的上升势头"，《纽约时报》，2006 年 1 月 23 日。

Erlanger, S. (2006) "In a Stronghold, Fatah Fights to Beat Back a Rising Hamas," New York Times, January 23.

6. 大卫·法雷尔：《选举制度：对比介绍》，纽约：帕尔格里夫，

84

2001 年。

Farrell, D. M. (2001) Electoral Systems: A Comparative Introduction, New York: Palgrave.

7. "伊拉克选举如何运转",基督教科学箴言报,2005 年 1 月 28 日。

"How Iraq's Elections Will Work" (2005) Christian Science Monitor, January 28.

8. 塞缪尔·亨廷顿:《第三波》,诺曼:俄克拉荷马大学出版社,1991 年。

Huntington, S. (1991) The Third Wave, Norman: University of Oklahoma Press.

9. 国际危机组织:"阿富汗选举:结束? 新的开始?",2005 年 7 月 21 日。网址为:www. crisisgroup. org/home/index. cfm? id = 3579 (2006 年 4 月 3 日)。

International Crisis Group (2005) "Afghanistan Elections: Endgame or New Beginning?" July 21, 2005, available at: www. crisisgroup. org/home/index. cfm? id = 3579 (accessed April 3, 2006).

10. 国际危机组织:"走进哈马斯:政治一体化面临的挑战",2006 年 1 月 18 日,网址为:www. crisisgroup. org/home/index. cfm? id = 3886&l = l (2006 年 4 月 3 日)。

Internationd Crisis Groap (2006) "Enter Hamas: The Challenges of Political Integration," January 18, 2006, available at: www. crisisgroup. org/home/index. cfm? id = 3886&l = l (accessed April 3, 2006).

11. 国际选举制度基金会:"基金会针对海地选举状况的反应",华盛顿:国际选举制度基金会新闻稿,2006 年 2 月 21 日。

IFES (2006) "IFES Reacts to Haitian Election Situation," Washington, DC: IFES, Press Release, February 21.

12. 克里希那·库马尔 (编纂):《冲突后选举,民主化与国际援助》,科罗拉多州博尔德:林恩林纳出版社,1998 年。

Kumar, K. (ed.) (1998) Postconflict Elections, Democratization and

International Assistance, Boulder, CO: Lynne Rienner.

13. 劳伦斯·勒迪克，理查德·尼米，皮帕·诺里斯："前言：比较民主选举"，收录于劳伦斯等（编纂）：《比较民主2：选举投票研究面临的新挑战》，伦敦：SAGE出版公司，2002年。

LeDuc, L. , R. G. Niemi, and P. Norris（2002）"Introduction: Comparing Democratic Elections," in L. LeDuc, R. G. Niemi and P. Norris（eds）Comparing Democracies 2: New Challenges in the Study of Elections and Voting, London: Sage.

14. 皮帕·诺里斯：《选举工程：投票规则与政治行为》，剑桥：剑桥大学出版社，2004年。

Norris, P.（2004）Electoral Engineering: Voting Rules and Political Behavior, Cambridge: Cambridge University Press.

15. 安德鲁·雷诺兹，本·赖利，安德鲁·埃利斯（编纂）：《选举制度设计：新版国际民主与选举援助手册》，斯德哥尔摩：国际民主和选举援助研究所，2005年。

Reynolds, A. , B. Reilly and A. Ellis（eds）（2005a）Electoral System Design: The New International IDEA Handbook, Stockholm: International Institute for Democracy and Electoral Assistance.

16. 安德鲁·雷诺兹，露西·琼斯，安德鲁·怀尔德：《阿富汗议会大选指南》，喀布尔：阿富汗研究与评估小组，2005年，参考www. areu. org. af/publications/Guide% 20to% 20 Parliamentary% 20Elections. pdf（2006年4月3日访问）。

Reynolds, A. , L. Jones and A. Wilder（2005）"A Guide to Parliamentary Elections in Afghanistan," Kabul: Afghanistan Research and Evaluation Unit, available at: www. areu. org. af/publications/Guide% 20to% 20Parliamentary % 20Elections. pdf（accessed April 3, 2006）.

17. 巴尼特·鲁宾："失常的投票系统"，《国际先驱论坛报》，2005年3月15日。

Rubin, B. R.（2005）"The Wrong Voting System," International Herald

Tribune, March 15.

18. 马修·桑热，T·J·斯科托："新民主的研究趋势：专业化和质量控制?"，收录于R·约翰斯（编纂）：《公共舆论百科全书》，圣巴巴拉市：ABC - CLIO 出版社，2004 年。

Singer, M. M. and T. J. Scotto (2004) "Trends in Opinion Research in New Democracies: Professionalization and Quality Control?" in R. Johns (ed.) The Encyclopedia of Public Opinion, Santa Barbara: ABC - CLIO.

19. G·汤普森："流亡的阿里斯蒂德依旧影响着海地局势"，《纽约时报》，2006 年 2 月 5 日。

Thompson, G. (2006a) "Exiled Aristide Still Affects Haiti Voters," New York Times, February 5.

20. G·汤普森："随着呼声最高的候选人在计票中下滑，暴力事件频发"，《纽约时报》，2006 年 2 月 14 日。

Thompson, G. (2006b) "Violence Flares as Top Candidate Slips in Haiti Count," New York Times, February 14.

21. 联合国选举援助部门：《伊拉克选举情况说明书》，纽约：选举援助部门，2005 年，网址为：www. un. org/news/dh/infocus/iraq/iraq-elect-fact-sht. pdf。

United Nations Electoral Assistance Division (2005) "Iraq Electoral Fact Sheet," New York: UNEAD, available at: www. un. org/news/dh/infocus/iraq/iraq-elect-fact-sht. pdf.

22. 联合国人权委员会：《推进并巩固民主进程》，2000/47 号决议，纽约：联合国人权委员会，2000 年。

United Nations Human Rights Commission (2000) Promoting and Consolidating Democracy, Resolution 2000/47, New York: UNHRC.

23. 史蒂文·韦斯曼："赖斯承认美国低估了哈马斯的实力"，《纽约时报》，2006 年 1 月 30 日。

Weisman, S. R. (2006) "Rice Admits U. S. Underestimated Hamas Strength," New York Times, January 30.

第五章　冲突国家的民主治理与安全问题

妮科尔·鲍尔（Nicole Ball）

85

民众、群体和国家的安全环境是经济、政治、社会可持续发展和冲突缓和的重要条件。联合国在其人类发展指数中已经揭示出，糟糕的发展与暴力冲突之间的联系，并确认民主治理、和平和个人安全是"人的全面发展"的重要组成部分（联合国开发计划署，2002：85）。20世纪90年代就已开展起来的参与式贫困评估（participatory poverty assessment）认为，安全的匮乏是穷人的主要关切，包括：（1）犯罪与暴力；（2）内战与战争；（3）警察迫害；（4）缺乏公正（纳拉扬等人，2000：155）。

政治化了的、管理糟糕的和无效率的安全机构和司法体系常常是不稳定和不安全的根源。这些不稳定和不安全包括小贪腐以及大规模的人权侵犯、由于暴力冲突造成的生命、生活以及财产损失。① 几乎所有的地区，穷人都在抱怨警察的不负责

---

① 关于冲突动机的个案研究文献非常广泛。国家研究可参考国际危机组织（网址为 www.crisisweb.org）和国际人权观察（网址为 www.hrw.org）。

任、腐败和专横。而在警察尽责的地方，腐败的司法体系可能会严重削弱警察的效率。不充分、充满腐败的公众安全和司法体系常常会使得民众自求安全保障。私人公司、富裕公民和国际社会尤其愿意花钱购买私人的保护。穷人则更愿意求助于"自助"的公正和安全，包括治安委员会的做法。

然而，问题并不仅仅局限于正义和公共安全领域。在整个世界，武装部队是重要政治、经济行为体，并在违反法治，不是保护民众免于外部的威胁或内部的叛乱，武装部队在保护实行压制政策的政府（包括军官领导下的政府）。在某些地方，他们本身就是叛乱的原因。

86　　　不专业和不负责的安全机构在很大程度上保证不了有效民主政治体系的形成。没有民主监管和平衡，安全机构太容易就会为派别政治所利用，或可能直接干预到政治进程。缺乏民主责任制也可能导致安全领域里资源的不当处置，进而可能会抽空安全机构内的资源。在很多国家里，安全部队分配到的相当大比重的财政，无论是预算的还是非预算的，都被转移到了安全部队的小集团或个人手中，且他们常常会与个人或政治精英们紧密合作，挪为己用（亨德里克森和鲍尔，2002）。这种腐败行为在富裕了那些与安全机构联系的个人的同时，也穷了安全机构本身，并导致士兵薪水过低、行动经费和给养不足以及装备匮乏或运转不灵。

对保障可持续发展所需要的安全环境来说，安全领域的民主治理至关重要，且人们的期待在不断增加（联合国开发计划署，2002；布若斯卡，2003；鲍尔和法耶米，2004；经济合作与发展组织，2005）。缺乏对安全领域内民主治理的关注，会导致人们对政治化了的安全部队的容忍，战争也就成为解决分歧的途径，安全部队和政治精英对法治的无视、严重的人权践踏、预算上对安全部队的倾斜以及安全部队在保护民众和群体固有使命上能力的下降。

一、安全、发展援助者的政策与路径

对非经合组织国家的很多人来说，且对经合组织国家和多边组织的学者、政策分析家以及一些决策者来说，安全与发展的联系长期以来是显而易见的，但直到最近，主流发展观点往往还是忽视不同程度上的不安全对发展结果的影响。在冷战期间，东西方阵营主要大国都以优惠条件给盟国或友邦的安全部门，尤其是军队提供了大量的技术、财政和物资支持。绝大部分的支持都是通过援助国的安全部和外交部再经过安全机构或中间商进行转交的。重点是转移技术或武器以及其他安全装备。发展援助者积极寻求避开那些与安全相关的领域，而安全援助者则又很少关注安全领域的治理质量。

20 世纪 90 年代起，主要大国的战略重点就开始随着苏联 87 的解体而转移到东欧国家的政治自由化。从发展援助者开始探索安全领域援助的角度来看，这一侧重点的转移产生了诸多影响。

第一，安全援助规模和世界上的受援国数量有着显著的下降，在某些情况下，这是因为一些长期持续存在的冲突的结束。反过来，这又为那些影响政治和经济发展的因素提供了机遇，以便去从事公共机构改革，改变发展中国家和过渡国家精英们的态度和行为。

第二，两极世界的瓦解也为诸如治理、减贫和预防冲突问题的解决创造了空间，从而经合组织国家也将发展和安全援助议程提了上来。① 反过来，这又使得发展援助者去讨论安全与发展之间的关系，去讨论发展援助在强化发展中国家和过渡国家的安全上的恰当角色，去调整安全援助政策，让发展援助者和安全援助者之间开始了对话。可能最重要的是，冷战的结束也为非经合组织国家当地行为体之间开始讨论发展、治理和安全质量提供了条件，也为公民社会组织和组织联盟的出现提供了条件，公民社会组织和组织联盟要求以人为本的安全政策，并要求采纳民主治理原则。

---

① 早期的影响是在东欧和前苏联过渡国家从事民事—军事关系的民主化，开始于20世纪90年代中期。因为北约（NATO）和欧盟（EU）坚持民事—军事关系的民主化作为成为其成员国的必备条件的原则，候选国有着巨大的动力开始实施这些原则。北约和欧盟也有动力提升其支援能力，加强候选国武装部队的责任感，并改善民选政府对防卫部门的管理。英国军事援助的改变，举个例子，可以参考科泰和福斯特（2004）。关于欧盟和北约的要求，举个例子可以参考欧洲安全与合作委员会（OSCE）（1994）；北约（1995）；罗特费尔德（1995：275～281）；和北约（未注明日期）。也可参考亨德里克森和卡尔科什卡（2002）。

20世纪90年代早期，发展援助者集中关注发展中国家和过渡国家在军事上的花费开支。这是因为治理还没有成为发展议程的一部分，至少部分的导致了人们过于简单的认为，援助者可以迫使政府改变资源分配模式，而不必处理导致资源如此分配的深层次和高政治性的原因。直到90年代末期，治理成为发展的内容，发展援助者才开始关注安全领域的民主治理情况。有关发展中国家在安全领域军事开支情况的简洁回顾，参考布若斯卡（2003：5～10）。

二、冲突国家安全领域的民主治理

关注冲突国家在安全领域内的民主治理尤其的重要，因为这些国家一般在机构能力上都比较虚弱，且"长期有着非民主政治的经历"（勒克姆，2003：14）。[1] 由于受到暴力冲突后政治环境的制约，这些国家的经济和政治制度要想能有效地运行，国家机构就必须要进行强化和重组，以便让政府得以发挥重要作用。在这种环境下，激烈的权力争夺往往会让政府没有精力去解决那些重要问题，政治领导人的合法性很是薄弱，且极化现象严重，人们在国家应该往哪个方向发展也缺乏共识。

由于国家和所有党派、派系的政治领导人常常并不为民众看重，这种局势异常的复杂。民众的这种态度产生于过去的政策和行为，也产生于冲突中的人力耗损。受冲突影响的国家一般都很少有过有效代议制治理的历史。政党几乎就没有提出过明确的纲领或计划，只是控制政府，抽取佣金的一种工具。政治领导人不能或不愿关注核心问题以及他们往往会用权力政治的视角来看待问题，这会阻碍民众在国家发展目标和侧重点上共识的形成。

强化冲突后社会安全领域的民主治理会面临巨大的挑战。

88

---

[1]　关于受冲突影响国家表现出来的种种制度缺陷，参考阿伦（2002）。关于受冲突影响国家面临的治理挑战，参考 UNDP（1999）。排除其他因素，联合国开发计划署（UNDP）强调了在受冲突影响国家加强合法性和治理机构包容性的重要性。关于国家的形成与非洲和欧亚大陆的冲突之间的关系，参考霍洛韦和斯特德曼（2002）。

然而，也有一些指导性意见。本章要论述的就是，如何将安全领域的民主治理纳入到和平建设的努力中去。本章将安全领域的民主治理放置为冲突后重建而塑造一个和平、安全的环境这一大背景下。然后，我们将讨论那些能影响（正面的和负面的）到安全领域民主治理的当地利益攸关方以及那些能参与到强化安全领域民主治理的个人。我们也将讨论那些在安全领域民主治理方面能给当地利益攸关方提供帮助的外部行为体。再然后，我们将描述安全领域民主治理的议程和目标以及实现这一议程的五项原则，这些原则都是从安全改革经验中提炼出来的。结论部分，我们将为地方行为体及其外部伙伴提出了未来的发展方向。

三、安全领域的民主治理是和平建设的重要部分

对巩固民主和促进发展来说，虽然"良治"日益被认为是至关重要的，但直到20世纪90年代，人们对安全领域的民主治理还是较少关注。然而，对巩固民主、减贫以及可持续的经济和社会发展来说，安全领域的民主治理非常关键。对于想为国家及其民众创建一个安全环境来说，它具有重要意义。

从理论上说，国家掌控着并垄断着合法使用武力的权力。合法使用武力需要有一个合法的政府。一个合法的政府应该具有透明性，政府的统治要获得民众的信任，并要能负起责任来。对那些曾经历过或正在经历着重大政治暴乱的国家来说，一个主要的问题就是在一些民众看来政府已经丧失了合法性。

由于不能让民众免于暴力，国家的安全机构被视为合法性丧失的原因之一，且它们往往还是暴力的发动者，或是一个不公正、压制和腐败政治制度的捍卫者。一旦政府丧失其合法性，政府也就开始丧失其对暴力手段的垄断权力，极端的例子如塞拉利昂，该国甚至面临着安全部队自身的叛乱。当政府的暴力垄断权遭到严重削弱的时候，国家就有分崩离析的风险，也只会造成暴力活动的碎片化（勒克姆，2003：11）。近些年来，在不同程度上丧失了暴力垄断权的国家包括阿富汗、布隆迪、科特迪瓦、刚果民主共和国、利比里亚、伊拉克、塞拉利昂、索马里和斯里兰卡。

埃博义·哈切弗（Eboe Hutchful）和鲁宾·卢克汉姆（Robin Luckham）认为，暴力冲突后民用—军事关系和安全领域改革有着大量的挑战，这些挑战包括：

（1）严重的物质、经济、心理和政治伤疤，需要几十年才能愈合；

（2）分裂的加剧，正规军和安全机构的瓦解；

（3）正式的安全机构与准军事、民兵组织之间的互相转换，这会造成非法和暴力行为的增多，而这些正是正式机构希望能避免的行为。

（4）一旦安全机构开始派系化，军队指挥官不能控制军队，要对正式的安全机构进行民主管理就会变得困难重重；

（5）非正式、非法武装团体完全缺乏民主责任；

（6）冲突的地区化会让单一国家内建设或维持民主

89

责任的努力复杂化。

（埃博义·哈切弗和鲁宾·卢克汉姆，未注明日期）

正是由于上述原因，和平进程就需要重视重建一个合法的、有效的政府，也要重视安全领域里的民主治理。和平进程，无论有无和平协议推动，一般都没有对上述两个目标中任何一个给予足够的重视。和平协议往往还包括对安全领域内的变革要求。[①] 有一些要求还会潜在地强化安全领域内的民主治理，如重新修订规定和确立安全部队的任务，其他方面还有，社会管控的优先权，旨在促进人权保护的军队和警察教育制度的改革，文职当局的责任，确立安全部队管控方面的立法以及其他诸如此类。然而，在冲突后环境中，安全领域的民主治理方面的重大变革是极少出现的。[②] 近来的阿富汗和伊拉克的案例显示，人们最关注的是提升安全部队和主管安全部队的部门的运行能力以及对解除武装、复员和重组计划的支持。

在阿富汗，安全领域改革的正式目标是建立有效、负责的安全机构。然而，重建军队和警察的运行能力、建立诸如缉毒警察这样的特别安全小组，都要比建立有效社会管理能力、监管这些机构或确保安全部队的创建要量力而行等放在更为优先

---

① 并非由和平协议支配的和平进程，即某个政党取得了胜利，也有许多类似的相求，但是解决这些需要的压力更小。尽管如此，像乌干达在 20 世纪 90 年代早期的经验，依赖援助的国家逐渐面临来自其发展伙伴的要求，而在安全部门作出一定程度的改变。

② 最主要的例外是 1994 年以来的南非。可以参考考索拉（2003）；威廉（2003）；阿非利加（2004）；劳施（2004）。

的地位（米勒和佩里托，2004；塞德拉，2003，2006）。阿富汗研究和评估小组（Afghanistan Research and Evaluation Unit）于 2004 年 6 月在喀布尔这样说道：

> 依然留待解决的是良治问题，文职政府对武力使用、对国家资源管控、政府高级官员任命以及强化政府和非政府的监管……如果没有确保法律在限制政府和安全部队行为方面的持续努力，政府安全部队可能就是阿富汗民众最为担心的不安全的核心领域。
>
> （巴蒂亚等，2004）

90

这份报告发表 18 个月后，阿富汗的情势依然没有什么变化（塞德拉，2006）。

从很多方面来说，人们都不要去期待那些经历过长期重大政治暴乱的国家，尤其是那些还有民主治理深厚传统的国家会出现重大转型。与其他制度发展形式一样，只要有全面的民主巩固、人力与制度资源的强化，每一个改革中的国家在安全领域的民主治理进展还是可以有所期待的。鉴于在制度和人力资源的严重赤字，深受冲突影响的国家显然会遇到特别的挑战。对这些国家来说，推进安全领域的民主治理似乎是它们的第二或第三次序的议题，也只有在其他治理内容得到更好的处理后才会得到认真对待。

然而，由于安全领域民主治理的不良在很大程度上会导致经济和政治治理的缺陷，进而会带来政治暴乱，因此如果不关注安全领域，就不可能会有全方位治理的强化。事实上，强化安全领域的民主治理议程也正是人力与制度能力建设议程。从定义上，我们可以看出，试图实行这项议程的国家并没有强大的制度或丰富的人力资源。与此同时，强化安全领域民主治理的议程具有高度的政治性。该项议程中的核心问题具有较大的争议性，且需要有应对潜在破坏者影响的战略，并要支持那些具有改革意识的利益攸关方。

四、利益攸关方

对旨在强化安全领域民主治理的努力来说，有三个因素是非常重要的（鲍尔等，2003b）。第一，国家领导层必须要致力于改革进程；第二，原则、政策、法律以及改革进程中形成的结构必须要根植于该国的历史、文化、法律框架和制度；第三，改革进程必须是开放式的，要在政府内部和政府与市民社会间进行协商。因此，强化安全领域的民主治理首先是当地行为体的责任。与此同时，恰当的设计和输入进来的外部支持（诸如建议、信息、分析、资助、技术援助和协调工作）会非常有利于国内在安全领域实现转型的努力。

五、当地行为体

影响安全领域民主治理质量的当地行为体主要分为五大类：（1）可以使用武力的机构；（2）实现正义和公共安全机构；（3）社会管理和监督机构；（4）非国家政府部门的机构；（5）非法定的市民社会机构。前三类机构共同构成了通常所谓的安全领域，参见图5.1。①

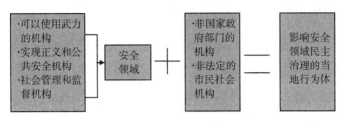

图5.1　安全领域治理与当地行为体

（资料来源：作者）

对很多冲突环境下安全的讨论往往集中于军事部门的作用，因为是它们在负责保卫国家，尤其是军队。这也反映出军队往往会在资源配置中占有优势，这种情况虽然普遍，但也绝非全然如此。这也揭示出，在受到冲突影响的国家里，武装部队在政治生活上的直接和间接影响以及武装部队在冲突根源和发展中的作用。

然而，为国家及其民众提供安全，并不是只靠军队或军事部门本身就能实现的一项任务。其他机构也能为国家和民众提供安全，如警察、宪兵、民间和军事情报部门、边界和海岸卫队、秘密机构以及关税征缴机构，都具有同等重要的作用。此外，安全领域的民主治理也需要文职机构在管理和监督安全机构上发挥积极的作用。只有安全机构隶属于民主选举出来的官

---

① 经济合作与发展组织（OECD）发展援助委员会包括所有的四个，在内部称为"安全体系"（经济合作与发展组织2005）。联合国开发计划署（UNDP）包括前三个，它们称为"正义和安全部门"（联合国开发计划署日期不详）。

员，国家及其民众的安全才能获得最大化的保障。行政职能部门和立法机构应该参与到安全政策的制定和执行。

在推进安全领域民主治理的努力中，管理和监督机构往往得不到重视，却又是极为需要的。例如，安全领域一般都没有正式的政策和贯彻这些政策的计划。安全领域的经费管理往往也不符合国际标准。立法机构在制定和监督安全政策上的作用常常也并不清楚。在某种意义上说，这些缺陷与文职机构能力的缺乏密切相关。从短期来看，可以通过技术援助来得到解决；从中长期来看，则可以通过大量教育与指导项目来加以解决。与此同时，这些文职机构被边缘化的问题，也只有在政府不负责任、行政主导权以及一些或所有安全机构政治参与等问题得到充分解决之后才能加以彻底解决。

在冲突后的环境中，非国家政府部门机构具有重要价值，这一点也不足为奇。这些机构的活动，甚至这些机构本身的存在就已经表明了安全领域的缺陷。自 20 世纪 80 年代的非洲开始后，这些机构不断壮大。这里面主要有以下几个原因，且与安全领域民主治理质量有着密切的关系：（1）地区性的武装冲突；（2）国家安全机构的瘫痪；（3）国内和跨国犯罪的增长；（4）政权的保护（参见鲍尔和法耶米，2004：27～29）。较为常见的非国家部门安全组织包括，敌对的武装派别与非正式准军事和民兵组织。后者有的得到了正式的国家安全机构支持，有的得到了政治精英的支持，有的得到了邻国的支持，有的则是地方群体出于自卫而组建起来的。[①]

正如图 5.1 所强调的那样，如果要想安全领域的民主治理取得成功，所有的这些因素都需要纳入到和平进程中去，并保持中立。2004 年科特迪瓦的情况就可以非常清楚地说明这一点。政党创立的民兵最早出现于 20 世纪 90 年代早期，现在则是"强有力的政治行为体，既没有得到合法化，又尾大不掉"。要想结束政治暴乱，这些民兵组织必须要实现中立化。（国际危机组织，2004：8）。

市民社会的作用也必须要加以强调。从理论上说，市民社会可以在监督安全政策制定和执行以及安全机构的行动上起到重要作用，例如，可以通过参与建议与监督小组、独立监督和分析以及可以向更广大的公众宣传安全政策和具体做法。通过给相关政府机构、巡视小组和其他监督机构提供职员储备，通过为安全部队和社会监督机构的成员提供培训，市民社会也可以成为安全领域内的重要资源之一。然而，在很多冲突后国家里，几乎没有市民社会行为体能处理与安全相关的问题，且所有的市民社会组织也没有民主观念。

不过，也有受到冲突影响国家的市民社会行为体在强化安全领域的民主治理方面起到积极作用的例子，这些国家也比较

①　埃勒（2003），塞拉利昂政府严重依赖国民防卫部队来对抗革命联合阵线叛军，在塞拉利昂武装部队（SLA）崩溃出现的安全真空中，而塞拉利昂武装部队的崩溃很大程度上是由于其政治化的结果。

不同，如危地马拉、塞拉利昂和南非。^① 由于其丰富的合作生活，南非市民社会对上述的所有领域都能发挥积极作用。这里仅举一例。南部非洲防卫和安全管理网络（SADSEM）是一个在南部非洲（包括几个深受冲突影响的国家）重要行为体，它在南部非洲安全领域的规范和能力建设上都有着重要的影响力。南部非洲防卫和安全管理网络主要将精力放在安全机构的民主管控、地区安全合作以及冲突管理与和平任务的多国合作。该组织寻求培养当地研究和制定政策的能力，促进市民社会对和平与安全议题的积极作用以及地区政府在安全领域民主治理和地区安全合作上的能力建设。南部非洲防卫和安全管理网络起源于非洲第一批在防卫和安全上的非政府培训计划，由约翰内斯堡的威特沃特斯兰大学的军事研究小组成员于1993年组建而成，且还得到了丹麦政府的支持。防卫管理项目后来变成了防卫和安全管理中心，现在已经是南部非洲防卫和安全管理网络的合作伙伴。

六、外部行为体

要是数量众多的外部行为体能为了一个共同目标而努力合作的话，旨在强化安全领域民主治理的援助将会更加有效。其

---

① 在塞拉利昂，公民社会逐渐开始扮演起看门狗的角色，而在危地马拉，看门狗的行为还包括向政府提供建议和输入。关于危地马拉，可以参考阿雷瓦洛（2002）及阿雷瓦洛和托雷斯（1999）。关于塞拉利昂，可以参考国家民主研究所（2003）。

中的一项行动就体现在一份政策声明中，且在 2004 年 4 月得到了经合组织发展援助委员会的批准，即需要政府所有部门参与到与安全关联的工作。这就需要在政府部门和机构间建立起伙伴关系，以确保机构能在为改革中国家提供安全方面支持的时候做好准备（经济合作与发展组织，2005：12）。从目前的任务来看，这项行动包括公共管理的专家，包括国防部、情报和司法部门的管理，包括公共开支的管理、警察队伍发展和管理、安全事务（防卫、政策、情报和地区性事务）、立法事务、其他诸如审计这样的监督工作以及非政府领域。

迄今为止，发展中国家所得到的援助主要是通过外部行为体的发展、防卫和司法部门来提供的，也包括联合国开发计划署和联合国维和行动。尤其是在欧洲和加拿大，援助机构被认为是强化安全领域民主治理的主要筹资来源。经合组织发展援助委员会所有的 23 个成员国和对此感兴趣的观察员国①于 2004 年 4 月签署了发展援助委员会的安全领域改革政策宣言。在安全领域改革正式国家政策框架方面，每个发展援助委员会成员国都处在不同阶段，并也会以不同的方式开展在这一领域的工作。然而，我们也不能得出这样的结论，即没有一个发展援助委员会的成员国已经在安全领域改革中，无论是发展领域还是与安全相关的行动中，取得了成功。英国在这方面做的最超前，但是，就落实各种已经达成的政策框架而言，也有相当大的落差。在发展援助委员会的其他大多数成员国里，发展援

94

---

① 发展援助委员会由 22 个双边援助者和欧盟委员会。联合国开发计划署、世界银行和国家货币基金组织拥有观察员身份。

助委员会政策声明和文件中所谓的安全领域改革，几乎就没有渗透到发展援助部门，更别提外交或安全相关部门了。

安全领域改革（并不等同于"安全领域的民主治理"，不过从理论上来说，两者至少有一定程度上的重合）最初是在1997年英国工党选举后由英国国际发展部（DFID）所倡导的。1997年11月英国国际发展白皮书认为，对可持续发展和减贫来说，安全至关重要（英国国际发展白皮书，2002：帕拉斯 3.48，3.49，3.52 and 3.55）。1998年5月，国际发展部国务秘书克莱尔·肖特（Clare Short）宣布，"要在发展领域与军事之间建立一种伙伴关系"，以便处理那些"在安全、发展和冲突预防之间有着内在联系的问题"（肖特，1998）。到1999年初，英国国际发展部已经就贫困和安全领域的援助制定了一项政策，规定在何种条件下发展援助可以进入到安全领域改革以及英国国际发展部开展工作的具体标准（肖特，1999；英国国际发展部，1999）。①

2002年6月，英国同意了一项安全领域改革的战略，进而成为第一个在安全领域改革上采取让所有政府部门都参与进来的国家（英国外交和联邦事务部，国防部和国际发展部，2002）。安全领域改革战略的贯彻主要通过英国全球冲突预防小组（UK's Global Conflict Prevention Pool），并联合非洲冲突

---

① 回顾英国国际发展部（DFID）最初关注防卫领域的 SSR 政策是很重要的。英国国际发展署提出了一个关于安全、保证和接近正义的平行政策（SSAJ）（英国国际发展部，2000b）。这与大约十年前出现的新安全观恰恰相反。然而，英国现在已经采用更宽泛的安全定义，并致力于同 SSR 和 SSAJ 结合的方法。

预防小组（Africa Conflict Prevention Pool，简称 ACPP），整合不同政府部门的资源来支持旨在减少冲突的各种行动。[①] 英国还建立了一个安全领域发展援助小组（Security Sector Development Assistance Team），最初被称为防卫建议小组（Defence Advisory Team）。安全领域发展援助小组隶属于国防部，但它关注对象包括国防、警察、司法、情报和治理专项（UK Security Sector Development Assistance Team，n. d.）。安全领域发展援助小组启动了促进安全领域的民主治理的行动。它的所有活动都是基于国内详尽的分析基础上。其中一个重要的活动原则就是："帮助和促进，而不是直接去做；通过进程、框架和方法，以确保当地的主导性，并不断提升对象国的能力建设"（富勒，2003：帕拉斯 . 13）。

发展援助委员会的成员国现在已经开始在效仿英国某一方面或更多方面的做法，这些成员国包括加拿大、荷兰和美国。此外，2005 年末，发展援助委员会的冲突预防和发展合作网络开始提出一套具体做法来贯彻发展援助委员会在安全领域改革上的政策。迄今为止，英国的一个经验教训是，所有的这些倡议需要面临的挑战实际上是真正介入到与安全相关的工作。

七、强化安全领域民主治理的局限性 95

很多发展中国家和过渡国家都需要强化安全领域的民主治

---

① 对两个冲突预防小组的评估是在 2003/2004 年度。对安全领域改革的评估，参考鲍尔（2004）。

理。长期以来，这已是很显然的，包括那些经历过重大政治暴乱的国家。自从冷战结束以来，这些国家就开始不断试图彻底或部分地在安全领域进行改革。然而，这种努力相对局限于行动能力的强化和安全部队的效率，而不是强化民主监督和强化责任机制。之所以出现这种情况，至少有四个原因，且全都与受到冲突影响的国家密切相关。

第一，和平协定往往涉及重建某一个或多个安全机构。然而，和平协定很少能确保社会管理和监督机构的改革或发挥恰当的作用，且市民社会也无法承担起监督者的角色。近来减少和平进程的谈判时间的做法让这种趋势变得更严重。不过，也有一些例外。危地马拉的和平协定——事实上是一系列就不同目标而达成的协定，且谈判了好几年——在安全领域里就有着不同寻常的详尽讨论，既包括常见的发挥诸如立法机构的作用，又有允许市民社会机构在诸多安全领域事务上向总统建言。后者还被写入了协定（1996 年关于强化行政权力和民主社会中武装部队地位的协定）的第 20 条。在经历这个初步阶段后，2004 年 6 月，安全事务的咨询委员会得以成立。

第二，在绝大多数这样的国家中，政治精英会动用安全部队，尤其是军队去夺取权力。因此，比起强化安全部队的民主责任，确保安全部队能够镇压还处在萌芽状态的政治动乱则会更令人感兴趣。

第三，国际社会常常更倾向于在强化行动能力方面提供援助。自从 2001 年 "9·11" 之后，情势的发展尤其如此。所谓的 "反恐战争" 都集中在强化发展中国家和过渡国家的情报和国内安全能力的援助上。2002 至 2004 年期间展开的一项

对 47 个低收入和贫穷国家的研究发现，这些国家是美国在
"反恐战争"上的主要盟友，它们接受了美国 2002 年～2004
年期间的 90% 的军事和警察部队的援助。93% 的援助给了在
"反恐战争"的国家盟友阿富汗和巴基斯坦。这种援助很像在
冷战高峰时期华盛顿对发展中国家的援助。也就是说，旨在提
升安全机构责任、让它们遵守法治的援助根本就没有人关心
（鲍尔和艾萨克森，2006；也可参见奇弗斯和尚卡尔，2005；
亨德里克森，2005；哈切弗和法耶米，2005）。

最后，但绝不是干系不大的，发展中和过渡国家在应对安
全需要的时候毕竟资源有限。在确定如何利用这些资源的时
候，它们肯定会将重点放在短期的安全需要上。近来的一份调
查认为，虽然非经合组织伙伴国认识到长远目标，诸如提升安
全部队专业化和责任感的重要性，但这些长远目标将会让位给
那些当前的安全需求，如暴力冲突和政治动乱所带来的混乱、
有组织的犯罪和政府镇压（经济合作与发展组织，2005）。然
而，正如勒克姆（2003：21）正确地阐释道："民主责任和法
治是奢侈品，在秩序和安全没有恢复之前，它们只能靠边站；
民主责任和法治又是与秩序和安全不可分割开来的。"

八、强化安全领域民主治理的议程

任何一个国家在强化安全领域民主治理上都要面对四个主
要挑战。第一，这些国家要确定一个与国际法、民主实践保持
一致的法律框架，且要保证该法律框架能加以执行。第二，它
们应该确立有效的社会管理和监督机制，并确保它们能按照预

96

想的那样运转。第三，政府要建立可靠的安全机构，它们能为个人、群体和国家提供安全并能量力而行且能担负起责任来；第四，政府必须确保安全部队的制度文化，尤其是领导层的态度，必须要支持法律框架、国际法、民主原则、社会管理和监督机构的运转和优先地位。

为了应对这些挑战，国家应该在下列任务中做出排序，而排序主要基于发展中国家和过渡国家及其外部行为体所日益接受的原则：（1）强化安全机构的专业性；（2）发展有效和负责的行政机构；（3）培育一个有效且负责的市民社会；（4）较大程度地去遵守法治；（5）从地区角度来解决安全问题。

1. 强化安全机构的专业化

在民主社会中，专业化既有规范又有技术上的内容。在过去，专业化的侧重点放在诸如安全部队在组织、管理和技术上的能力上，而较少放在诸如尊重法治、对社会机构负责和管理方向等规范性领域。虽然专业户安全部队本身并不能确保民主的社会管控得以建立或维持，但从规范和技术两个层次上来建设安全部队专业能力也是非常重要的。

2. 发展负责任的行政机构

在所有领域，政府的行政和立法机构应该有能力去管理和监督安全领域。它们也必须要按照民主原则和法治精神负起责任来。

3. 培育一个有效且负责的市民社会

正如上文所述，市民社会必须要监督安全领域的政策和行动，也应成为安全领域的资源之一。在开展这些活动时，市民社会必须要避免追求狭隘的派系目标，并保证它们的行动在财

97

政上能负担得起。

4. 较大程度地去遵守法治

法治，包括人权保护，是应对上述四个挑战的另一个方面。公民和安全部队都必须要尊重法律。虽然安全部队常常是法治的违反者，但它们的秩序往往取决于寻求维持或获得权力地位的文职精英们。同样地，安全领域的所有行为体都需要遵守透明原则，因为这是负责任治理的基石。虽然某些机密是合法存在的，但基本信息应该向行政机构和公众开放。

5. 从地区角度来解决安全问题

强化对安全部队的社会管控和监督、在安全事务中实现透明化原则、安全经费能够持续得到保障，这些是所有国家要面对的挑战。因此，在同一地区内、有着共同问题和经历的国家非常有必要彼此合作，以便减少紧张，提高互相间的安全。①

九、在受到冲突影响的国家中执行安全领域民主治理的议程

在强化安全领域民主治理的努力中，无论这种努力是当地利益攸关方还是外部行为体做出的，都应该明白五个准则。在发展中和过渡国家的具有改革意识的利益攸关方及其外部伙伴中，他们日益接受了一些经验教训，而这些准则就反映了那些

---

① 每个主题都出自经济合作与发展组织的地区调查（经济合作与发展组织 2005）。也可以参考鲍尔和法耶米（2004）。

经验教训。①

98

（1）地方来主导改革进程非常重要；

（2）强化安全领域民主治理具有高度的政治性，对此，改革进程需要做出准备；

（3）地方主导改革进程的步骤和内容取决于变革国家的客观条件；

（4）确定改革战略和计划需要对环境有着深刻的认识；

（5）将改革努力放置在一个综合、包括诸多领域的框架内，这样可以将改革在安全以及有效资源利用上的作用最大化。

对发展专家来说，绝大多数准则都已耳熟能详了。这里还在重提这些准则，主要有两个原因：第一，政治和安全行为体并不了解这些准则，但它们在受到冲突影响的国家的强化安全领域民主治理方面有着重要的作用；第二，尽管这些准则为发展专家所熟悉，但它们依然还没有整合进国际发展项目中去。

1. 地方来主导改革进程非常重要

地方主导的意思是地方行为体负责决定各种发展政策及其贯彻执行，在此过程中愿意发挥领导作用。虽然在发展领域国家自主原则已获得普遍承认，但是在实践中常常并没有得到很好的贯彻。此外，和平进程不但包括发展行为体，还包括政治和安全行为体，后者对国家自主并没有较好的认知。不过，地

---

① 这些教训可以在下面找到，拉丁美洲驻华盛顿办事处（2001）；鲍尔（2002）；鲍尔等（2003b）；考索拉和勒克姆（2003）；富勒（2003）；鲍尔和法耶米（2004）；及经济合作和发展组织（2005）。

方主导需要在明确国家需求以及满足这些需求所应制定自身战略方面得到帮助，而外部行为体往往就有很好的指导和帮助作用（鲍尔和亨德里克森，2005：3～4，49～52）。

在冲突后环境中，要想实现地方主导是极其困难的，主要有两个原因。第一，和平进程时间表被严重压缩，且还有一种趋势，即绕开政府和其他国家行为体"按时"去从事与和平相关的活动；第二，一般来说，冲突后国家政府的人力和机构能力比较薄弱，尤其是在安全领域里。国际行为体常常也无法在责任和能力之间做出区分。只有按照目标、政策、战略、项目设计和执行方式，负起责任来，并做出决定，地方行为体才能主导进程。在冲突后环境中，如果各方面的能力确实薄弱，就要可以、也应该去强化能力。对地方能力的关切会影响到当地利益攸关方在承担改革全部责任上的意愿。

从短期来看，能力的弥补可以有各种途径。政府可以获得技术援助，更好的做法是从地方或地区安全专家那里获得帮助。南非安全专家已经参与到大量安全领域的改革活动，包括白皮书和法律的起草。危地马拉安全事务咨询委员会也在大量问题上，包括法律上为政府提出诸多建议。要鼓励海外人士回国，哪怕就回国待一两年，这样也能促进能力建设。例如，自从2001年，在某种程度上，阿富汗就曾出现过这一情况。政府也可以外调人员来填补机构内的特殊职位。塞拉利昂政府就曾外调英国警察官员来填补塞拉利昂警察局的监察长。[1] 2006

99

---

① 在这个例子中，这不仅仅是能力问题。政府也关心谋求职位的当地候选人的政治忠诚。

年，利比里亚新当选的总统埃伦·约翰逊·瑟利夫（Ellen Johnson-Sirleaf）任命一名尼日利亚将军来统领利比里亚军队。①

国际社会不应以能力薄弱和冲突后短时段的和平行动为借口，应继续支持那些它们可以加以控制的行动。然而，由于受到冲突影响的国家的和平进程往往严重依赖于外部基金，因此，它们在主导整个进程中并不具有强有力的地位，因为它们可能会认为一旦接管就会影响到外部援助的接受。

在受到冲突影响的国家里，过渡时期通常都是模糊不清的，因为这个时期往往是很长一段时间，十年或是更长时间。在此时期，由于冲突而造成的敌视开始消逝，以前互相发生冲突的政党开始建设性地合作起来。因此，从实现这个目标来说，国家在安全领域的责任、领导和变革不能完全依赖于外部资源，这一点必须要重点强调。事实上，在冲突后环境中，对外部资源进行有效监督是非常重要的。

在援助者的这一方，也有做的比较成功的。上文讨论过的英国安全领域发展援助小组就是其中之一。荷兰外交部曾提出过一个安全领域民主治理框架，以便帮助伙伴国去最好地强化安全领域的民主治理，但是，荷兰外交部从开始就没有试图贯彻该框架（鲍尔等，2003a）。

当地利益攸关方、所有相关机构都需接受领导能力的挑战。如果社会大众认为国家没有一个透明、负责和正义的政

---

① 公民社会组织，非洲安全网，在 2005 年 4 月，为利比里亚政府举办了构建能力系列的首场讲习班，关于安全领域改革。

府，那么就不可能会产生那种促使安全领域发生重大变革的政治意愿（鲍尔等，2003b：274~279）。

很多市民社会的倡导都在帮助领导能力的提升，且常常还得到了援助者的支持。这种情况在非洲体现的不在少数。上文也已经论述过，南部非洲防卫和安全管理网络为防卫与安全管理及规划、政府官员与整个非洲市民社会组织之间的关系提供培训项目。该组织的运转得到了很多援助国的资助。1999 年和 2000 年，在基金会的支持下，加纳、尼日利亚、南非和英国的市民社会组织召开了一些"南南"专题研讨会，以便在决策者、立法者、安全部队高级官员以及西方与南部非洲的市民社会之间分享安全领域的治理经验（CDD, et al. 2000）。这些"南南"专题研讨会召开的非常成功，英国安全领域发展援助小组还借鉴了加纳、危地马拉和乌干达的概念与经验。

英国冲突预防小组已经在培植非洲安全领域网络的组建，其中一个目标就是要强化社会机构在安全政策制定和执行上的能力，并且它还试图在拉丁美洲和亚洲筹建类似的网络。瑞士政府建立的日内瓦武装部队民主管控中心（Geneva Centre for Democratic Control of the Armed Forces）试图在东欧和前苏联地区从事类似的工作（日内瓦武装部队民主管控中心，未注明日期），并在近期已经开始与非洲网络建立了联系。武装部队民主管控中心已经制定多个操作手册，以做训练使用（博恩等，2003；博恩和利，2005）。美国资助的非洲战略研究中心（African Center for Strategic Studies）每年都会参加多个能力建设专题研讨会。2005 年，该中心为非洲中层官员和军事人员增加了安全资源管理课程。

100

2. 强化安全领域民主治理具有高度的政治性，对此，改革进程需要做出准备

在受到冲突影响的国家以及相关的外部行为体中，对政治环境的认知是非常重要的。事实上，正是由于制度改革的政治性，一些重要的利益攸关方才会抵制安全领域的民主治理。

这也是为什么不能仅仅通过技术措施来提升安全领域民主治理的原因所在。反之，重要行为体之间的政治关系、如何决策和决策原因、变革的动机与阻碍，对它们的理解就非常重要了。① 战略的制定需要有两个标准：一是支持改革者；二是最小化破坏者带来的影响。在每一个改革进程中，肯定会有受到既定改革冲击、进而会阻扰改革的人。在这些人中，既有阿富汗的强势军阀和利比里亚的查尔斯·泰勒（Charles Taylor），也有像塞拉利昂的民兵领导人萨姆·博卡里（Sam Bockerie），又有像科特迪瓦拒绝解除武装计划的民兵。这些人也可能会包括改革国家的正式安全机构成员。辨识这些人以及制定可以让他们保持中立的战略，是背景分析的重要组成部分；我们也应该跳出正式的立法和组织机构，去看看地方机构是如何运作的。

在讨论从技术层次去进行安全领域改革所带来的危险的时候，两位资深的非洲政策分析家和市民社会领导人伊博义·哈切弗和卡约德·法耶米（Kayode Fayemi）这样说道：

① 英国国际发展部已经开发了一种"变革的动力"的方法，来加强其发展援助的有效性（英国国家发展部 2004）。这种方法在安全领域是有重要作用的，但是在本文写作时，不知道国际发展部是否已经开始这么做了。

人们尤其没有能很好地提升公民能力，进而能进行战略规划和参与监督。而且安全领域改革背后的一些做法，似乎是有着"改革"的标签，但常常也只是新旧机构的重新运转、国家在安全体系中再次定位为中心的做法，并不是从根本上去重新思考安全、战略概念、战略框架和治理制度。在关于安全领域改革援助国的研究中，满目所见的都是从之前失败的公共领域改革中提炼出来的技术与旧政治概念。然而，就绝大多数非洲国家来说，优先需要解决的问题是安全体系与社会中的权力关系。对那些有过直接或间接军事统治经历的社会来说，这是很常见的，也是文职政府统治、制度文化转型等实现的前提条件。

（哈切弗和法耶米，2005：86）

3. 地方主导改革进程的步骤和内容取决于变革国家的客观条件

强化安全领域民主治理是制度改革的一部分，因此需要十年甚至更长时间才能加以巩固。强化安全领域民主治理必须要符合问题国家的国情，即人力与机构能力、社会和政治变革进展等，而不能按照国际社会或出资方的要求武断地确定一个时间表。这对受到冲突影响的国家来说尤其的重要，这些国家的政治、经济关系已经让战争给扭曲了，需要有相当长的时间去调整这种已扭曲的局面。

国家越是虚弱，改革进程所需的时间也就可能越长。然而，做出必要的投入又是极其重要的。对成功的改革努力来说，为求得在变革需求和变革方向、性质等方面获得共识的协商进程也是至关重要的。要想改革成功，利益攸关方必须要有充足的时间来达成共识。南非安全领域改革具有很强的协商性质，被很多发展中国家，非洲的和非洲之外的国家视为一种样板。自从 1994 年以来，南非就已经制定了关于防卫、情报、安全、参与国际和平任务以及与防卫相关的产业等方面的文件。非政府的专家为此做出了大量的贡献，很多文件在正式推出之前曾被相关利益攸关方进行过广泛的审查。这种协商自然会拖延立法进程，但结果会带来很好的产品，一些关键的利益攸关方也会买账的。除了内阁的协商和立法机构的讨论外，安全白皮书还要经过：（1）省份民众听证会；（2）全国范围的听证会；（3）与某些关键人士进行协商；（4）南非警察局的内部协商（南非安全部门，1998；考索拉，2003）等方面的协商。

　　虽然改革的愿景和方向是不可能完全取得共识，但要想推动真正意义上的重大变革，政府核心利益攸关方、安全机构、市民社会以及政治社会都要支持改革。为了给改革找到切入点，外部行为体可以通过政策对话的形式来开展安全领域的民主治理，这样也能增加变革的可接受度。外部行为体也能确保将安全领域纳入进公共领域，公共开支管理也就会在涉及到安全领域的范围内起作用。外部行为体能辨别且支持政府和安全机构内部的变革，并可以支持那些让潜在破坏者中立化的努力。外部行为体也能帮助市民社会提升分析安全问题的能力，并可以引导市民社会提出变革要求以及支持改革。最后，外部行为体应该探讨如何才能让处于关键地位的利益攸关方去支持那些旨在强化安全领域民主治理的努力。

外部利益攸关方需要做出这些努力，既要有耐心，也要有能力去开展政治意义上的讨论。除非那些关键的利益攸关方在未来的发展方向上取得了一致，否则在安全领域民主治理上开启改革事业将是没有意义的。外部行为体应该集中精力，培育一种支持改革的环境，通过诸如政策对话的形式，支持市民社会，并为改革者提供能力建设。即使在未来发展方向有了相当大的共识，执行过程还得要慢慢来，也不能排除有倒退的可能性（考索拉和勒克姆，2003：308～309）。在改革进程似乎业已向前迈进的时候，外部行为体本身既不要洋洋自得，也不要让当地利益攸关方骄傲自满。不要犯下一个常见错误，即认为好政策本身注定会带来令人满意的结果，而忽视了政策的良好执行，这一点非常重要。

4. 确定改革战略和计划需要对环境有着深刻的认识

外部行为体，尤其是那些发展援助者，往往都会根据不同的种类来划分国家：正在民主化的、脆弱的、受到冲突影响的、濒临失败的、失败的等诸如此类的国家。对辨别一个具体国家的需求或启动一项改革来说，这些分类并无用处。例如，虽然受到冲突影响的国家都有着某些特定的特征，但是它们并不都有相同的需求或能力。当地利益攸关方及其外部伙伴都不应认为，某一个特定的制度解决方案或事态发展是带有普遍性的，仅仅是因为在另一个受到冲突影响的国家有过成功的经历。国家之间可以，也应该互相借鉴。但是，解决方案一定要有方案得以贯彻执行的环境（考索拉和勒克姆，2003）。

事实上，一种变革要是与过去做法越接近，这种变革也就越有可能被实现。例如，很多非洲国家的传统和非正式制度都

103

有利于形成一个治理良好的安全领域。在很多地方，传统司法内容或是共存，或是并入到正式的司法体系中去了。这在农村地区就显得特别的重要，因为那些地区并没有正式的司法体系。此外，非正式的司法机制也在很多城市地区中出现，并有利于问题的解决、仲裁和冲突解决。那些正式司法体系也常常会借鉴传统法律结构和程序。普通民众不但更熟悉这些传统司法机制，而且比起正式法律制度来说，他们常常更倾向于传统司法机制。

对受到冲突影响的国家来说，拒绝不合适的援助和建议是非常困难的，甚至连明白哪些内容是不合适的也比较困难。因此，外部行为体就需要承担一项特殊的任务，即确保它们的援助是符合受援国国情的。针对安全领域，现在开始出现了一些特别设计出来的方法。例如，英国使用联合任务，不同机构（因此也就是来自不同部门）代表执行一项共同安全领域内的改革，这个做法值得去进行评估。这一做法可以让英国得以辨别出问题的优先次序，并确定了提供援助的方向。迄今为止，这种精致的方法还没有进入到纸面上。

第二种做法，也是针对外部行为体的，就是根据七个方面情况来认知一国的主要特征，进而辨析出安全问题所发生的环境。这七个方面包括：政治、心理、规范、制度、社会、经济与地理。每个方面都需要考察，可能的国际援助形式才能确立，但没有办法去确定优先次序以及哪种可能的做法是最合适的（鲍尔，2002）。

第三种做法，就是帮助一个国家去对其需求进行详尽的评估，然后确定优先次序。荷兰国际关系研究所在安全领域民主治理的评估框架中使用了这种做法，主要检测五个可能的切入点：法治、政策制定与执行、安全部队的专业化、监督和财政管理（鲍尔等，2003a）。这一做法用在处于冲突中的国家比较困难，但可以用在正处在巩固和平阶段的国家。

5. 将改革努力放置在一个综合、包括诸多领域的框架内，这样可以将改革在安全以及有效资源利用上的作用最大化 104

虽然不要期待改革进程会涵盖安全领域里的所有行为体和活动，但是，我们应该按照国家安全环境和安全领域民主治理的整体观察，去决定需求的优先次序和资源分配。要想在安全领域里展开持续性变革，我们几乎总是在一个时期将注意力放在某一个方面（防务、公共安全、司法和情报）。在具体的那个方面，重点又会放在某一个部分或某一进程中（例如，相关立法委员会、法院、防卫预算制度等方面能力建设）。然而，由于没有从整个领域范围内来评估安全需求和治理赤字，确定优先次序和决定如何才能最佳地安排改革工作的次序就会比较困难。

虽然目前经验有限，但是仅有的经验也揭示出外部行为体可以有助于改革中的政府去理解安全领域改革的内容以及如何去安排改革内容。在此，有两种评估机构可以使用。第一种就是战略安全评估，这是英国在乌干达（鲁索科，2003）和塞拉利昂最先启动的。遗憾的是，目前还没有正式的方法提出，在本文写作的时候依然没有什么经验可以评论。第二种就是安全领域治理评估框架。该框架是由荷兰外交部提出，供伙伴国在讨论上述问题时使用。在本文写作的时候，该框架还没有在实践中加以检验。经合组织发展援助委员会有一个冲突预防和发展合作网络，该网络在 2005 年末提出一个框架，旨在帮助成员国贯彻 2004 年 4 月批准的安全领域改革战略。该框架是否有助于发展援助委员会成员国去采取一种整体性方法，我们依然不清楚。

外部行为体必须要记住一点。长期目标固然重要，但在贯彻能力上必须要有现实主义态度，这也非常重要。尤其重要的是，确立一个以进程为着眼点的基准，并以此来衡量进展，反映出国家在政治、人力和制度能力上的真实进步。这样的基准不但可以向外部行为体保证进步会得到记录，而且还能帮助当地利益攸关方不被改革议程中的巨大困难压垮。

十、结语

本章已经揭示出，在那些安全领域有民主赤字的国家，外部行为体和国内利益攸关方在强化治理方面起着重要作用。在考虑外部行为体和国内利益攸关方的工作侧重方面，有三个问题是比较突出的。

105

1. 什么是必要的

要实现安全领域的民主治理，有两个辅助进程是必须要完成的。第一，改革议程的确立，必须要依次推进，从价值和原则，到目标，到信条和战略，到政策和规划，再到结构、制度和资源。所有相关地方行为体都应该加入到该进程中来：政府、议会、安全部队、市民和政治社会。虽然政府有可能还需要从地方或区域市民社会以及国际社会那里获得能力建设的帮助，但是政府应该发挥领导作用。

这一进程需要回答如下问题：影响安全政策的价值和原则是什么？这些价值和原则如何才能转化成目标、战略和政策？哪些机构应该参与到安全政策的制定和执行？如果目标是提升民主责任、透明度和社会领域对安全部队的控制的话，那么这些机构——单个或作为整体——应该如何发挥作用？这些机构当前和未来在运转上会有什么样的不同？财政和人力资源在保证这些机构以理想的方式运转上是否充足？如果不够，那么如何确定侧重点？还能有其他资源吗？

第二个进程就是将议程转换成宪法条款、法律、国家政策、部门政策和部门规划。为了贯彻议程，我们必须要给每项确立优先次序的内容做出排列，并制定一系列行动方案来指导执行情况。这些规划文件就是第二个进程中的工作，也要如期更新。政府还是要在这个进程中起到领导作用，也需要进行能力建设。市民社会组织和议会也需要制定它们自己的行动方案。

这些都不是轻松的任务，对受到冲突影响的国家来说，尤其是挑战。当地利益攸关方在推进这些进程的时候，会从外部支持中得到好处。因此，那些提供这些援助的机构就需要注意以下几个方面：第一，给改革进程提供急需援助，不等于要在其间发挥领导作用。外部行为体尤其需要抵制引领改革进程的诱惑；第二，外部行为体必须要以符合地方实际能力的步伐来推进。尤其是在受到冲突影响的国家中，它们可能需要大量的时间去做准备工作，如信心建设，就改革达成共识的对话等等。外部行为体也需要为参差不齐的结果做好准备。在确定必须要做的工作的时候，第一次可能不会在所有问题上都那么详尽清楚。所有相关人员都应该认识到，评估和确定侧重点是反复的过程。第三，要记住，安全领域改革必须要与基本治理能力的发展同步。虽然安全领域不可能会在民主治理领域中带头进行，但从整个国家来看，安全领域也在提升民主治理能力的努力范围之内。

2. 有可用资源吗

一旦基础行动方案制定出来后，政府、议会和市民社会就应该考虑必要的财政、技术和物质资源，以便来处理这些重要问题。在某些时候，某一个或多个领域可能需要援助来调整机构经费或进一步扩大基础行动方案。然而，在确定外部支持理想名单时候持有实事求是的态度、确认那些增值可以最大化的领域，这些方面总是非常重要的。

3. 谁最适合提供必要援助

有了行动计划，确定了外部资源的优先排序，我们就应该去讨论外部行为体了。以下外部利益攸关方可能已经参与进来了，即为评估进程提供支持。重要的是，一些外部行为体在其提供的援助类型上有着非常具体的目标。即使不是很符合自己的侧重点，一些机构常常也会想去接受援助。

一些外部利益攸关方可能需要外部激励才会去提供援助。在强化防卫部门能力、推进安全领域规划或提升相关政府机构在管理安全预算能力等问题上，如果要求发展援助者在上述问题上提供援助的话，那些外部利益攸关方尤其需要外在的激励。虽然发展机构在过去往往会避开卷入上述领域，但是，它们也发现很难无视于这些援助诉求。① 援助诉求越具体、语言上越隐晦，能获得正面反应的可能性就越大。

改革中的政府需要仔细审查每一笔援助，包括援助能带来和不能带来的结果。既定援助的调整应该要进行谈判，进而提高援助满足受援国需求的可能性，并有助于战略性改革规划往民主的方向发展。外部行为体需要认识到，对受到冲突影响的国家来说，不间断的援助是极其重要的。比起其他发达国家来说，制度发展——最好环境下的长期使命——所要花费的时间也要长的多。外部行为体要准备在一个长时间段内提供持续的——却不是无限期的——援助，这一点非常重要。

参考文献

1. 桑迪·阿非利加："南非情报系统重组：转型进程的评估"，收录于克里斯·弗格森，杰弗里·伊西马（编纂）：《保卫人民：在非洲通过警察、司法和情报系统改革提升安全》，英国什里弗纳姆：全球推进安全部门改革网络，2004 年，27 ~ 40，参考 www. gfn-ssr. org/edocs/gfn060_pfsp2. pdf。

Africa, S. (2004) "The Restructuring of the Intelligence Services in South Africa: An Assessment of the Transformation Process," in C. Ferguson and J. Isima, (eds) Providing Security for People: Enhancing Security through

---

① 历史上世界银行在加强金融管理方面处于领先地位，并且避免将安全领域引入这一工作。但是，有迹象显示，世行现在准备响应成员国政府的要求，将安全问题引入政府层面在改善金融管理方面的工作。例如，2004 年，世界银行响应阿富汗政府的要求，将安全问题加入正在对其进行的公共金融管理的评审中。

Police, Justice, and Intelligence Reform in Africa, Shrivenham, UK: Global Facilitation Network for Security Sector Reform, pp. 27 ~ 40, available at: www. gfn-ssr. org/edocs/gfn060_ pfsp2. pdf.

2. 《在民主社会加强民事力量及规定武装部队角色的协议》, 墨西哥城, 11996 年 9 月 19 日, 参考 www. usip. org/library/pa/guatemala/guat_ 960919. html。

Agreement on the Strengthening of Civilian Power and on the Role of the Armed Forces in a Democratic Society (1996) Mexico City, September 19, available at: www. usip. org/library/pa/guatemala/guat_ 960919. html.

3. 莱昂·贝尔纳多·阿雷瓦洛: 《危地马拉的安全与民主: 转型的挑战》, 危地马拉市: 危地马拉拉丁美洲社会科学院, 2002 年。

Arévalo, L. B. (2002) Seguridad Democràtica en Guatemala: Desafios de la Transformacion, Guatemala City: FLACSO Guatemala.

4. 莱昂·贝尔纳多·阿雷瓦洛, 里瓦斯·埃德尔韦托·托雷斯 (编纂): 《冲突对话: 危地马拉的水安全》, 日内瓦和危地马拉市: 联合国社会发展研究所与危地马拉拉丁美洲社会科学院, 1999 年。

Arévalo, L. B. and Torres, R. E. (eds) (1999) Del Conflicto al Diàlogo: El WSP en Guatemala, Geneva and Guatemala City: UNRISD and FLACSO Guatemala.

5. 雅尼娜·阿伦: "在冲突后的非洲构建经济体系", 2002/124 号讨论稿, 赫尔辛基: 联合国大学/世界经济发展研究所, 2002 年, 参考 www. grc-exchange. org/docs/SSl. pdf。

Aron, J. (2002) Building Institutions in Post-conflict African Economies, Discussion Paper No. 2002/124, Helsinki: United Nations University/World Institute for Development Economics Research, available at: www. grc-exchange. org/docs/SSl. pdf.

6. 妮科尔·鲍尔: 《提升安全部门治理: 联合国开发计划署基本概念框架》, 纽约: 联合国开发计划署, 2002 年, 参考 www. undp. org/bcpr/jssr/docs/UNDP_ SSR_ Concept_ Paper_ Oct_ 9_ 2002. DOC。

Ball，N.（2002）"Enhancing Security Sector Governance：A Conceptual Framework for UNDP，" New York：UNDP，available at：www. undp. org/bcpr/jssr/docs/UNDP_ SSR_ Concept_ Paper_ Oct_ 9_ 2002. DOC.

7. 妮科尔·鲍尔：《冲突预防领域评估：安全部门改革策略》，伦敦：国际发展部，2004 年，参考：www. dfid. gov. uk/Pubs/files/ev _ 647a. pdf。

Ball，N.（2004）Evaluation of the Conflict Prevention Pools. The Security Sector Reform Strategy，London：Department for International Development，available at：www. dfid. gov. uk/Pubs/files/ev_ 647a. pdf.

8. 妮科尔·鲍尔，卡约德·法耶米 . 非洲安全部门治理：指南 . 伦敦和拉各斯：民主与发展中心，2004 年。

Ball，N. and Fayemi，K.（2004）Security Sector Governance in Africa：A Handbook，London and Lagos：Centre for Democracy and Development.

9. 妮科尔·鲍尔，迪伦·亨德里克森：《裁军、遣散与重整的国际融资计划评析》，斯德哥尔摩：斯德哥尔摩裁军、遣散与重整倡议第 2 小组报告，2005 年，参考 www. sweden. gov. se/content/l/c6/04/39/67/88c80b75. pdf。

Ball，N. and Hendrickson，D.（2005）"Review of International Financing Arrangements for Disarmament，Demobilization and Reintegration，" Stockholm：Report to Working Group 2 of the Stockholm Initiative on Disarmament，Demobilization and Reintegration，available at www. sweden. gov. se/content/l/c6/04/39/67/88c80b75. pdf.

10. 妮科尔·鲍尔，亚当·艾萨克森："美国向动荡国家提供军事警务援助"，收录于《短期目标：美国的政策与动荡国家》，华盛顿：布鲁金斯学会出版社，2006 年。

Ball，N. and Isacson，A.（2006）"US Military and Police Assistance to Poorly Performing States，" in Short of the Goal：US Policy and Poorly Performing States，Washington DC：Brookings Institution Press.

11. 汉斯·博恩，I·利：《安全情报工作责任的法律标准：最佳实践与进程》，奥斯陆：挪威国会出版公司，2005 年。

Born, H. and Leigh, I. (2005) Legal Standards for Democratic Accountability of Security and Intelligence Services: Best Practice and Procedure, Oslo: Publishing House of the Norwegian Parliament.

12. 妮科尔·鲍尔，齐亚尔·布塔，吕克·范德戈尔：《提升安全领域的民主治理：机制化评价结构》，海牙：荷兰外交部国际关系研究所，2003 年，参考 www. clingendael. nl/cru/pdf/2003＿ occasional＿ papers/ SSGAF＿ publicatie. pdf。

Ball, N., Bouta, T., and van de Goor, L. (2003a) "Enhancing Democratic Governance of the Security Sector: An Institutional Assessment Framework," The Hague: Clingendael Institute for the Netherlands Ministry of Foreign Affairs, available at: www. clingendael. nl/cru/pdf/2003＿ occasional ＿ papers/SSGAF＿ publicatie. pdf.

13. 妮科尔·鲍尔，卡约德·法耶米等：《安全部门的治理》，收录于妮科尔·鲍尔，维贾亚·拉马钱德兰等：《结构调整：非洲发展的体制环境》，纽约：帕尔格雷夫·麦克米伦出版社，2003 年，第 263 ~ 304 页。

Ball, N., Fayemi, K., Olonisakin, F., Williams, R., with Rupiya, M. (2003b) "Governance in the Security Sector," in N. van de Walle, N. Ball, and V. Ramachandran (eds) Beyond Structural Adjustment: The Institutional Context of African Development, New York: Palgrave Macmillan, pp. 263 ~ 304.

14. 汉斯·博恩，菲利普·弗卢里，安德斯·约翰松：《安全领域的国会监督：原则、机制与实践》，日内瓦议会人员的 5 号指南：日内瓦武装部队民主管控中心与议会联盟，2003 年。

Born, H., Fluri, P., and Johnson, A. (2003) Parliamentary Oversight of the Security Sector: Principles, Mechanisms and Practice, Handbook No. 5 for Parliamentarians Geneva: Geneva Centre for the Democratic Control of Armed Forces and Interparliamentary Union.

15. 迈克尔·布若斯卡：《发展援助与安全领域改革理念》，《4 号临时文件》，日内瓦：日内瓦武装部队民主管控中心，2003 年，参考 www. dcaf. ch/publications/Publications% 20New/Occasional_ Papers/4. pdf。

Brzoska, M. （2003） Development Donors and the Concept of Security Sector Reform, Occasional Paper No. 4, Geneva: Geneva Centre for the Democratic Control of Armed Forces, available at: www. dcaf. ch/publications/Publications% 20New/Occasional_ Papers/4. pdf.

16. 加文·考索拉："种族隔离制度废除后南非的安全转变"，收录于加文·考索拉，罗宾·勒克姆等：《安全治理：民主化国家中军事与安全机构的民主控制》，伦敦：Zed 出版社，2003 年，第 31～56 页。

Cawthra, G. （2003） "Security Transformation in Post-Apartheid South Africa," in G. Cawthra and R. Luckham （eds） Governing Insecurity: Democratic Control of Military and Security Establishments in Transitional Democracies, London: Zed Books, pp. 31～56.

17. 加文·考索拉，罗宾·勒克姆："民主控制与安全部门：民主化的范围与局限"，收录于加文·考索拉，罗宾·勒克姆：《安全治理：民主化国家中军事与安全机构的民主控制》，伦敦：Zed 出版社，2003 年，第 305～327 页。

Cawthra, G. and Luckham, R. （2003） "Democratic Control and the Security Sector: The Scope for Transformation and its Limits," in G. Cawthra and R. Luckham （eds） Governing Insecurity: Democratic Control of Military and Security Establishments in Transitional Democracies, London: Zed Books, pp. 305～327.

18. 民主与发展中心（CDD），国防与安全管理中心（CDSM），发展研究所（IDS）：《关于尼日利亚与南非军事与安全机构民主控制的圆桌会议》，2000 年 9 月 20～23 日于约翰内斯堡和拉各斯举办：民主与发展中心。

Centre for Democracy and Development （CDD）, Centre for Defence and Security Management （CDSM）, Institute for Development Studies （IDS） （2000） Roundtable on Democratic Control of Military and Security

Establishments in Nigeria and South Africa. September 20 ~ 23, 2000, Johannesburg, Lagos: CDD.

19. C·奇弗斯, 汤姆·尚卡尔: "实施致命打击的乌兹别克小队曾接受美国训练", 《国际先驱论坛报》, 2005 年 6 月 20 日。

Chivers, C. and Shanker, T. (2005) "Uzbek Units Linked to Deadly Crackdown Got U. S. training," International Herald Tribune, June 20.

20. 安德鲁·科泰, A·福斯特: 《重塑防御: 军事合作与援助的新角色》365 号艾德菲文件, 伦敦: 国际战略研究所, 2004 年。

Cottey, A. and Forster, A. (2004) Reshaping Defence: New Roles for Military Cooperation and Assistance, Adelphi Paper No. 365, London: IISS.

21. 康福特·埃勒: "塞拉利昂: 独裁与政治暴力的遗产", 收录于加文·考索拉, 罗宾·勒克姆: 《安全治理: 民主化国家中军事与安全机构的民主控制》, 伦敦: Zed 出版社, 2003 年, 第 232 ~ 253 页。

Ero, C. (2003) "Sierra Leone: The Legacies of Authoritarianism and Political Violence," in G. Cawthra and R. Luckham (eds) Governing Insecurity: Democratic Control of Military and Security Establishments in Transitional Democracies, London: Zed Books, pp. 232 ~ 253.

22. N·富勒: 《防卫建议小组: 2002/03 年度报告》, 史云顿: 防卫建议小组, 2003 年, 参考: www. mod. uk/issues/cooperation/dat/。

Fuller, N. (2003) Defence Advisory Team, Annual Report 2002/03, Swindon: Defence Advisory Team, available at: www. mod. uk/issues/cooperation/dat/.

23. 日内瓦武装部队民主管控中心 (DCAF) (未注明日期), 参考: www. dcaf. ch (2004 年 10 月 13 日)。

Geneva Centre for the Democratic Control of Armed Forces (DCAF) (n. d.) available at: www. dcaf. ch (accessed October 13, 2004).

24. 全球推进安全部门改革网络 (未注明日期), 参考 www. gfn-ssr. org。

Global Facilitation Network for Security Sector Reform (n. d.) available at: www. gfn-ssr. org.

25. 迪伦·亨德里克森："回顾地区研究结果以及对援助者的政策意义"，收录于《安全系统改革与治理》，DAC 指导文件与参考文献，巴黎：经济合作与发展组织，第 2 部分，第 4 章，2005 年。

Hendrickson, D. (2005) "Overview of Regional Survey Findings and Policy Implications for Donors," in Security System Reform and Governance, DAC Guidelines and Reference Series, Paris: OECD, Part II, ch. 4.

26. 迪伦·亨德里克森，妮科尔·鲍尔：《预算外国防开支与收益：援助者的问题与观点》，CSDG1 号临时文件，伦敦：英国国际发展部国王学院，2002 年，参考 www. dfid. gov. uk/pubs/files/offbudget-military-exp. pdf。

Hendrickson, D. and Ball, N. (2002) Off-budget Military Expenditure and Revenue: Issues and Policy Perspectives for Donors, CSDG Occasional Paper No. 1, London: King's College London for the UK Department for International Development, available at: www. dfid. gov. uk/pubs/files/offbudget-military-exp. pdf.

27. 迪伦·亨德里克森，安杰伊·卡尔科什卡："安全领域改革的挑战"，收录于《斯德哥尔摩国际和平研究年鉴 (2002)：军备、裁军和国际安全》，牛津：牛津大学出版社，2002 年，第 175～201 页。

Hendrickson, D. and Karkoska, A. (2002) "The Challenge of Security Sector Reform," in SIPRI Yearbook 2002: Armaments, Disarmament and International Security, Oxford: Oxford University Press, for the Stockholm International Peace Research Institute, pp. 175～201.

28. 大卫·霍洛韦，史蒂芬·斯特德曼："内战与重建"，收录于马克·贝辛格，克劳福德·扬（编纂）：《不仅是国家危机？以比较视角分析后殖民时期的非洲与后苏联时代的欧亚大陆》，华盛顿：伍德罗威尔逊学者中心出版社，2002 年，第 161～187 页。

Holloway, D. and Steadman, S. (2002) "Civil Wars and State-building," in M. Beissinger and C. Young (eds) Beyond State Crisis?

Postcolonial Africa and Post-Soviet Eurasia in Comparative Perspective, Washington, DC: Woodrow Wilson Center Press, pp. 161 ~ 187.

29. 埃博义·哈切弗，卡约德·法耶米："非洲安全部门改革"，收录于《安全系统改革与治理》，DAC 指导文件与参考文献，巴黎：经济合作与发展组织，2005 年。

Hutchful, E. and Fayemi, K. (2005) "Security System Reform in Africa," in Security System Reform and Governance, DAC Guidelines and Reference Series, Paris: OECD.

30. 埃博义·哈切弗，鲁宾·勒克姆：《非洲军民关系》，文章未发表. 非洲战略研究中心，华盛顿：美国国防大学。

Hutchful, E. and Luckham R. (n. d.) "Civil-Military Relations in Africa," Unpublished paper for the African Center for Strategic Studies, Washington, DC: U. S. National Defense University.

31. 国际危机组织：《科特迪瓦：没有和平》，国际危机组织 82 号非洲报告，达喀尔和布鲁塞尔：国际危机组织，2004 年 7 月 12 日，参考 www. icg. org//library/documents/africa/west_ africa/082_ cote_ d_ ivoire _ no_ peace_ in_ sight. pdf。

International Crisis Group (2004) C? te d'Ivoire: No Peace in Sight, ICG Africa Report No. 82, Dakar and Brussels: ICG, 12 July, available at: www. icg. org//library/documents/africa/west_ africa/082_ cote_ d_ ivoire _ no_ peace_ in_ sight. pdf.

32. 鲁宾·勒克姆："过渡与冲突时期的安全民主战略"，收录于加文·考索拉，罗宾·勒克姆等：《安全治理：民主化国家中军事与安全机构的民主控制》，伦敦：Zed 出版社，2003 年，第 3 ~ 28 页。

Luckham, R. (2003) "Democratic Strategies for Security in Transition and Conflict," in G. Cawthra and R. Luckham (eds) Governing Insecurity: Democratic Control of Military and Security Establishments in Transitional Democracies, London: Zed Books, pp. 3 ~ 28.

33. 劳雷尔·米勒，罗伯特·佩里托：《在阿富汗建立法治》，117 号特别报告，华盛顿：美国和平研究所，2004 年，参考 www. usip. org/pubs/specialreports/srl 17. pdf。

Miller, L. and Perito, R. (2004) Establishing the Rule of Law in Afghanistan, Special Report No. 117, Washington, DC: United States Institute of Peace, available at: www. usip. org/pubs/specialreports/srl 17. pdf.

34. 迪帕·纳拉扬等：《穷人的声音：大声呼吁改变》，纽约：牛津大学出版社，世界银行，2000 年。

Narayan, D. , Chambers, R. , Shah, M. , and Petesch, P. (2000) Voices of the Poor: Crying Out for Change, New York: Oxford University Press, for the World Bank.

35. 全国民主协会：《军民合作研讨会：科诺地区科度镇》（Koidu Town, Kono District），1 月 16 ~ 18 日，华盛顿：全国民主协会，2003 年。

National Democratic Institute (2003) " Civil-Military Cooperation Workshop: Koidu Town, Kono District, January 16 ~ 18," Washington, DC: National Democratic Institute.

36. 北大西洋公约组织：《成员行动计划》（日期未知）. 布鲁塞尔：北约，参考：www. nato. int/docu/facts/2000/nato-inap. htm。

North Atlantic Treaty Organization (n. d.) " Membership Action Plan," Brussels: NATO, available at: www. nato. int/docu/facts/2000/nato-inap. htm.

37. 北约：《北约东扩研究》，布鲁塞尔：北约，1995 年。

North Atlanfic Treaty Organization (1995) Study on NATO Enlargement, Brussels: NATO.

38. 经济合作与发展组织：《安全系统改革与治理》，DAC 指导文件与参考文献，巴黎：经济合作与发展组织，2005 年，参考 www. oecd. org/dac。

Organisation for Economic Co-operation and Development (2005) Security

111 System Reform and Governance, DAC Guidelines and Reference Series, Paris: OECD, available at: www. oecd. org/dac.

39. 欧洲安全与合作组织:《走向新时代真正伙伴关系》,布达佩斯:欧安组织,1994 年,参考 wwwl. umn. edu/humanrts/osce/new/budapest-summit-declaration. html。

Organisation for Security and Cooperation in Europe (1994) "Towards a Genuine Partnership in a New Era," Budapest: OSCE, available at: wwwl. umn. edu/humanrts/osce/new/budapest-summit-declaration. html.

40. 雅尼娜·劳克:"南非警民关系的转变",收录于克里斯·弗格森,杰弗里·伊西马(编纂):《保卫人民:在非洲通过警察、司法和情报系统改革提升安全》,英国什里弗纳姆:全球推进安全部门改革网络,2004 年,第 53 ~ 58 页。参考 www. gfn-ssr. org/edocs/gfn060_ pfsp2. pdf。

Rausch, J. (2004) "Transforming Police-Community Relations in South Africa," in C. Ferguson, and J. Isima (eds) Providing Security for People: Enhancing Security through Police, Justice, and Intelligence Reform in Africa, Shrivenham, UK: Global Facilitation Network for Security Sector Reform, pp. 53 ~ 58, available at: www. gfn-ssr. org/edocs/gfn060_ pfsp2. pdf.

41. 亚当·丹尼尔·罗特费尔德:《欧洲:多元安全进程》,《1995 年斯德哥尔摩国际和平研究所年鉴:军备、裁军与国际安全》,牛津:牛津大学出版社,1995 年。

Rotfeld, A. D. (1995) "Europe: The Multilateral Security Process," in SIPRI Yearbook 1995: Armaments, Disarmament and International Security, Oxford: Oxford University Press.

42. R·鲁索科:《案例研究:乌干达防卫改革》,收录于阿尼察·拉拉等(编纂):《保卫人民:非洲安全部门改革》,全球推进安全部门改革网络 23 号文件,英国什里弗纳姆:全球推进安全部门改革网络,2003 年,第 23 ~28 页。参考:www. gfn-ssr. org/edocs/gfn023_ book. pdf。

Rusoke, R. (2003) "Defence Reform in Uganda: A Case Study," in

A. Lalà and A. M. Fitz-Gerald（eds）Providing Security for People：Security Sector Reform in Africa, GFN Paper No. 23, Shrivenham, UK：Global Facilitation Network for Security Sector Reform, pp. 23～28, available at：www. gfn-ssr. org/edocs/gfn023_ book. pdf.

43. 马克·塞德拉（编纂）：《直面阿富汗安全困境：安全机构改革》，28 号简报，波恩：波恩国际转化中心，2003 年，参考 www. bicc. de/publications/briefs/brief28/brief28. pdf。

Sedra, M.（ed.）（2003）Confronting Afghanistan's Security Dilemma：Reforming the Security Sector, Brief No. 28, Bonn：Bonn International Center for Conversion, available at：www. bicc. de/publications/briefs/brief28/brief28. pdf.

44. 马克·塞德拉："阿富汗安全机构改革：流于形式"，《国际维和》，2006 年，13（1）：第 94～110 页。

Sedra, M.（2006）"Security Sector Reform in Afghanistan：The Slide Toward Expediency,"International Peacekeeping 13（1）：94～110.

45. 克莱尔·肖特：《安全、发展与冲突预防》，伦敦：在皇家防务研究学院发表的演讲，1998 年 5 月 13 日。

Short, C.（1998）"Security, Development and Conflict Prevention,"London：Speech at the Royal College of Defence Studies, May 13.

46. 克莱尔·肖特：《安全机构改革与消除贫困》，伦敦：在国王学院防务研究中心的演讲，1999 年 3 月 9 日。

Shert, C.（1999）"Security Sector Reform and the Elimination of Poverty,"London：Speech at the Centre for Defence Studies, King's College, March 9.

47. 南非安全部门：《提供安全》，比勒陀利亚：安全部门，1998 年，参考 www. gov. za/whitepaper/1998/safety. htm#drafting。

South Africa Department of Safety and Security（1998）In Service of Safety, Pretoria：Department of Safety and Security, available at：www. gov. za/whitepaper/1998/safety. htm#drafting.

48. 南部非洲防卫和安全管理网络（SADSEM）：参考 www. sadsem. net/english/english. htm（日期未知）。

Southern African Defence and Security Management Network（SADSEM）（n. d.）available at：www. sadsem. net/english/english. htm.

49. 英国国际发展部：《贫困与安全》，伦敦：英国国际发展部，1999 年，参考 www. dfid. gov. uk/pubs/files/poverty-security. pdf。

UK Department for International Development（1999）Poverty and the Security Sector, London：DFID, available at：www. dfid. gov. uk/pubs/files/poverty-security. pdf.

50. 英国国际发展部：《安全部门改革与军事支出控制：援助者的高风险，发展的高收益》，国际发展部赞助的国际研讨会上的报告，伦敦，2000 年 2 月 15～27 日，参考 www. gfn-ssr. org/edocs/dfid _ ssr _ management_ expenditure_ 2000. pdf。

UK Department for International Development（2000a）Security-sector Reform and the Management of Military Expenditure：High Risks for Donors, High Returns for Development；Report on an International Symposium Sponsored by the UK Department for International Development, London, February 15～27, available at：www. gfn-ssr. org/edocs/dfid _ ssr_ management_ expenditure_ 2000. pdf

51. 英国国际发展部：《司法与缓解贫困：所有人的安全、保障与实现正义》，伦敦：国际发展部，2000 年。

UK Department for International Development（2000b）Justice and Poverty Reduction：Safety, Security and Access to Justice for All, London：DFID.

52. 英国国际发展部：《变革的动力：信息报告》，伦敦：国际发展部，参考 www. grc-exchange. org/docs/doc59。

UK Department for International Development（2004）Drivers of Change：Informational Note, London：DFID, available at：www. grc-exchange. org/docs/doc59.

53. 英国外交和联邦事务部：《国防部和国际发展部（2002）SSR 战略》，未出版。

UK Foreign and Commonwealth Office, Ministry of Defence and Department for International Development（UK FCO, MOD and D FID）（2002）S SR Strategy, unpublished.

54. 英国安全领域发展援助小组，参考 www. mod. uk/issues/cooperation/ssdat/（未注明日期）。

UK Security Sector Development Assistance Team（n. d.）available at：www. mod. uk/issues/cooperation/ssdat/.

55. 英国国际发展白皮书：《消除世界贫困：21 世纪的挑战》，伦敦：依女王命令由国王大臣向国会提交，2002 年。

UK White Paper on International Development（2002）Eliminating World Poverty：A Challenge for the 21st Century, London：Presented to Parliament by the Secretary of State for International Development by Command of Her Majesty.

56. 联合国开发计划署：《冲突后环境中的治理基础》，纽约：联合国开发计划署，1999 年，参考：www. magnet. undp. org/docs/crisis/monograph. pdf。

United Nations Development Programme（1999）Governance Foundations for Post Conflict Situations, New York：UNDP, available at：www. magnet. undp. org/docs/crisis/ monograph. pdf.

57. 联合国开发计划署：《2002 年人类发展报告：在碎裂的世界中深化民主》，纽约：联合国开发计划署，2002 年。

（2002）Human Development Report 2002：Deepening DemoQ：acy in a Fragmented World, New York：UNDP.

58. 联合国开发计划署：《司法与安全部门改革》（未注明日期），参考 www. undp. org/bcpr/jssr/index. htm。

（n. d.）"Justice and Security Sector Reform," available at：www. undp. org/bcpr/jssr/index. htm.

185

59. 华盛顿拉丁美洲办公室：《从和平到治理：警务改革与国际社会》，华盛顿：拉丁美洲办公室，2001 年，参考 www. wola. org/ publications/police_ reform_ report. pdf. .

Washington Office on Latin America（2001）From Peace to Governance：Police Reform and the International Community, Washington, DC：WOLA, available at：www. wola. org/publications/police_ reform_ report. pdf.

60. 罗克·威廉姆斯："冲突后安全部门转变：1994～2002 年的南非经验"，收录于阿尼察·拉拉等（编纂）：《保卫人民：非洲安全部门改革》，全球推进安全部门改革网络 23 号文件，英国什里弗纳姆：全球推进安全部门改革网络，2003 年，第 11～16 页。参考：www. gfn-ssr. org/ edocs/gfn023_ book. pdf。

Williams, R. （2003）"Post-conflict Security Sector Transformation：The South Africa Experience Between 1994～2002," in A. Lala and A. M. Fitz-Gerald（eds）Providing Security for People：Security Sector Reform in Africa, GFN Paper No. 23, Shrivenham, UK：Global Facilitation Network for Security Sector Reform, pp. 11～16, available at：www. gfn-ssr. org/edocs/gfn023_ book. pdf.

第二篇

重建治理中的行为体

——成熟的、新兴的和发展的角色

第六章　从子弹到选票

——美军在稳定和重建中的作用

塔米·S·舒尔茨（Tammy S. Schultz）

苏珊·梅里尔（Susan Merrill）

　　　　威廉·S·华莱士（William S. Wallace）将军，第五机械化步兵师师长，回忆起 2003 年 4 月到达巴格达的场景，当时萨达姆·侯赛因的雕像已开始被推倒，抢劫也开始了，"有许多次，我站在街角看着这些抢劫，但是这从来没发生在我们身上，否则我们就不得不换掉办公室的家具，或者更换办公地点"（华莱士，2005）。① 2003 年 5 月当被问到对于战后伊拉克的局势发展是否有规划时，华莱士回答到，"好吧……随着我们不断向前推进，我们正在制定相关计划"（盖加克，2003）。在后来的一次访谈中，华莱士说他确实有指导，但是这个指导只是在地理上划分责任区，而不是指导任务。"当你在进攻时"，

---

① 本章表达的观点不一定反映美军、国防部或者其他美国政府部门的观点。本章许多调查是基于塔米·舒尔茨对 100 多位民事和军事领导人进行的广泛采访，主要由于她是布鲁金斯研究所的研究人员，她也很感激能在此工作。舒尔茨博士同样感谢那些民事和军事领导人能为此研究提供如此自由的时间。

华莱士反思到,"你不会考虑战争停止的那一天,因为你依然身处战争之中。而且你采取越多的作战行动,你离冲突结束就越远"(华莱士,2005)。其他资料也证实了指挥官缺乏明确的冲突后方案。詹姆斯·马蒂斯(James Mattis)将军,海军陆战队第一师师长,提到对于冲突后的情况他没有任何指示(马蒂斯,2005)。第三步兵师的战报(after-action report,简称AAR)也证实了华莱士和马蒂斯的说法:"最高指挥部并未向第三步兵师(机械化)提供任何关于第四阶段[冲突后的治理]的计划。结果,第三步兵师在缺乏指导的情况下直接进入第四阶段"(奥汉隆 2005)。[1] 从这些事件中,我们可以很容易的推断出,美军此前从未执行过冲突后的稳定和过渡任务。

从保卫美国边境到20世纪90年代承担冲突后的稳定任务,美军在开进巴格达后就成为这种任务新的行为体。[2] 随着新国家的诞生,美军士兵从战士转化为和平卫士,然后又成为国家建设者,并继续参与到今天阿富汗和伊拉克的行动中。华莱士将军站在伊拉克街角之前,要理解美军在稳定和重建行动中的策略[3],首先需要感激这种职能已走到什么地步(它们还

116

---

[1] 有关战前为战后行动进行策划的不同观点,参考拉斯莫(2005)。

[2] 想获得关于美军在稳定和重建行动方面丰富历史的更多信息,参考沙德洛(2003)和托马斯(2006)。

[3] 很明显,所有服务都通过不同方式参与冲突后的重建行动。本章关注陆军作用的原因有三点。首先,单独考察一项服务可以进行深度分析。其次,在此讨论的行动需要"地面上的靴子",而这些靴子主要来自陆军和海军陆战队。最后,通过对陆军士兵和海军陆战队员的大量采访,海军陆战队员认为他们的任务更冒险,而陆军只是占领(或"停驻")部队。

要继续走多远），因为军队领导需要排除越战以来镇压叛乱相关的所有训练、条令和教育。考虑到冷战后稳定和重建行动的重要性和频繁性①，尽管缺乏相关民事战略的指导，每两年就有士兵就被赋予新的稳定和重建任务：巴拿马、索马里、海地、波斯尼亚、科索沃、阿富汗和伊拉克（参考克兰，2001；多宾斯等，2003；卡西迪2004等）。在这些重复的部署中，战士们获得了关于稳定和重建的宝贵经验，陆军和国防部尝试把这些经验机制化。

本章考察了从越南战争到今天，随着一再面临在失败国家和脆弱国家执行任务的复杂性，陆军观念的转化过程。确实，陆军在稳定和重建方面有很长的历史（参考斯奈德1947；克勒斯和温伯格，1964；厄特利，1978；桑德勒，1998；特温顿，1998；多宾斯等，2003；沙德洛，2003；托马斯，2006）。受众多因素的影响，包括强调决定性、攻击性行动的"美国战争方式"（魏格勒，1977），对其在稳定和重建方面拥有的丰富历史的集体失忆一直困扰着陆军。然而，正如近期行动中日益明显的，陆军的重要作用，不仅仅体现在赢得战争方面，同样也表现在赢得和平方面（埃勒，2004）。在许多冲突后环境中，美国陆军已成为某段时期的实际政府，成为美国推行重建这些国家残缺政府的外交政策的重要工具。尽管美国决策者

① 冷战后所有的总统国家安全战略都优先强调战争。20 世纪 90 年代以来唯一一份宣称可以牺牲战争物资，从而为更可能发生的偶然事件做好准备的国家安全战略报告正是乔治·H. W. ·布什的报告。参考《美国和布什》（United States of America and Bush）（1990：24）

一直把国家建设视为主要来自民间机构的授权，但是"土地上的靴子"（boots on the ground）已经成为在后冲突国家进行治理的关键因素。

这里的分析意在探讨陆军是如何把日益增长的意识，即它在构建和平的过程中具有的同在战争中一样的角色，转化为实践的，并认为陆军应该继续为这些行动发展有效的条令和训练，以增强成功进行稳定和重建行动的机会。[①] 国防部最近的政策决定已经提高了稳定相对于战争的优先性，并授权增加与民间机构的军事合作。这就扩展了稳定和重建行动关注的范围，包括关注那些有助于重建治理的行动——不仅仅是维持秩序和安全——这就对当代美国陆军提出了挑战。

一、从越南到伊拉克的漫长之路

前国防部秘书办公室（OSD）高级雇员理查德·L·库格勒（Richard L. Kugler）说，"为了忘却越南的经历，陆军自身重新定位为单纯的战斗人员，并且巧妙的完成了转型"（库格勒 2005）。本部分在于分析陆军 1976 年后重新单纯关注军事行动的历程。对于陆军而言，越战代表着传统战争条令中镇压

---

① 稳定和重建行动需要国家动用所有的国家实力要素——军事和民事行为体必须包括在内。尽管本章关注军队在这些行动中的作用，但是军队也不可能单独取的稳定和重建行动的成功。此外，本章关注有助于提高军队在稳定和重建行动方面应对能力的军事条令和训练。我们认为这种改进必须通过 DOTMLPF（军事条令，组织，训练，材料，领导，个人和装备）继续下去。

117   民族主义叛乱和要求实际"管理"争议领土的困境。① 越战结束一年后，陆军 1976 年的战地手册 - 105《行动》删除了所有镇压叛乱的内容，预示着军方想"排除如何开展镇压叛乱战争的条令和训练"（巴里，2005）。② 1976 年战地手册 - 105 同所有的军事条令一样，关注常规战争和核战争："陆军在越战后对军事条令的更新，集中关注高烈度战争的挑战，实际上排除了低烈度战争的可能性"（巴切维奇等，1988：6～7）。尽管 20 世纪 80 年代对"低烈度冲突"的关注有所增加（当时对稳定和重建行动的称呼），由于恐惧苏联支持的叛乱威胁到民主政权，因此战争条令在这一时期并未涉及此类行动。1982 年出版并于 1986 年再版的战地手册 - 105，引入了陆空作战的概念。陆空作战，正如名字显示的，强调空军和陆军的紧密合作，机动速度和杀伤力。然而，条令"集中于两类主要行动，进攻和防御，却很少提及协同或者联合行动"（罗斯，2002：73）。在稳定和重建行动的适用性方面，有评论家认为作战手册"包含的概念和程序，明显是为了应对欧洲战争"（科恩，1984：171）。

---

①　军方如何进行的越南战争，美国如何（或者是否）取得了胜利，是许多辩论的主题。有观点认为美国早就应该获得了镇压叛乱的战略，而为什么没有，参考克雷皮内维奇（1988）。萨默斯（1982）为辩论的另一方辩到——如果美军坚持对正确的目标开展常规战争，美国就可能赢得战争。

②　镇压叛乱被视为稳定行动的子集。换句话说，并非所有稳定行动都是镇压叛乱，但是镇压叛乱是一种稳定行动。稳定行动和镇压叛乱共有的一个关键因素是当地居民支持的中心和行动合法性。军方将镇压叛乱的概念从军事条令中清除，也就清除了在这些谋求稳定的环境中如何运作的关键知识。

稳定和重建的教训同样来自越战。尽管这种教训有限，也比较晚才意识到，但是陆军确实在越战中有所收获（赫灵顿，1997；纳格尔，2005）。但是，那些教训并没有保留在系统的记忆或者士兵们的思想中。一位军事指挥和参谋学院的教授于1987年到陆军位于北卡罗莱纳州的约翰·F·肯尼迪特殊军事学院调阅镇压叛乱的材料以便授课。"那里的老人们告诉我，1975年，他被要求远离越南事务，"教授说道（杰夫，2004）。"制度惰性"困扰着军队战争学院的"低烈度冲突"课程，包括维持和平、强制和平和冲突后治理等知识（约翰逊，2001：136）。1975~1989年，《军事观察》（Military Review）共发表1400篇文章，但这些文章中只有43篇涉及"低烈度冲突"（卡西迪，2004：102）。军队委托兰德进行的一项研究表明：

> ［清除军事条令中的稳定和重建概念］影响广泛，虽然基本上转化为一个恰当的可运作的条令（如沙漠风暴），使得这一代士兵相信军队的存在仅仅是为了战争，因此，他们的能量、训练、装备和最终的成功都依赖于常规战争这一主流"概念"。［低烈度冲突］和相关非战斗任务从军队意识中清除，被划分给一部分行走在主流之外的人员，他们清楚这些有损于他们的职业生涯。
>
> （托和莱希特，1992：22）

仅集中于战争的陆军理念、条令和训练，在20世纪90年代形成了一条陡峭的学习曲线，因为此时军队面临大部分稳定和重建行动。

118

二、冷战后美军对军队使命的重新认识

对传统冲突的处置在柏林墙倒塌后依然持续不断。由于依旧遵循越战后净化了稳定和重建内容的军事条令，部队在1989年巴拿马行动和1991年伊拉克"提供安慰行动"中受到困扰。然而，事情已经在发生改变。正如沙利文（Sullivan）将军（1991年至1995年任军队总司令）所言，"一切皆开端于索马里"（沙利文，2005）。美军按照战地手册－105《行动》向索马里进行部署，此作战手册自1986年强调陆空作战，士兵在此次行动中一直遵照此作战手册。遵照1986年战地手册－105《行动》，"清楚的强调采取进攻性的行动以维持并最大限度的使用战场主动权，"美军地面部队迅速扩大了在索马里的武力活动（法雷尔，1995：208）。根据战争条令，一旦遭遇抵抗，士兵即可扩大武力的使用。2003年，战地手册3－06《城市行动》（Urban Operations）的一份附件确认了这一事实并强调了代价：

> 为了成功控制并达到政治目标，强制执行和平同样需要约束和公正。武力使用的扩大导致平民伤亡的增加，这就反而降低了索马里人对美国合法性的认同。结果，大量温和的索马里人开始站在艾迪德及其支持者一边。
>
> （陆军部，2003a：Section C－25）

如果军事行动不是处在行动的政治目标之下，武力的使用

会迅速偏离潜在的战略目标。武力的升级最终会破坏美国行动的合法性、有效性和安全。此外，尽管联合国索马里行动（简称 UNSOM）对国家建设承担基本责任，即在地方、省和国家层次建立政治和管理结构，但是由于对达成政治转变、社会和解和机制建设缺乏关注，也威胁到和平协议的成功。因此，尽管人道主义取得暂时的胜利，但是暴力活动重新出现，国家再次陷入混乱状态。

沙利文将军相信稳定和重建行动，如在索马里和海地，将会继续增加："我知道这并不是一个过渡时期"（沙利文，2005）。作为应对索马里形势的直接后果，苏利文采取了两项行动以增加军队的稳定能力。首先，在 1993 年年中，沙利文将军创办了美国军事维持和平协会（U. S. Army Peacekeeping Institute，简称 PKI），这个想法"产生于索马里……我很早的时候去过索马里，并接触到一些非政府组织，人民也向我传递了这一信息，使我坚定认为"与非政府组织合作是困难的（沙利文，2005）。首任美国军事维持和平协会会长将该机构描述为"一个智囊团，以帮助美军高级领导分析这些"涉及稳定和重建行动的问题（魏因申克，1993：2）。

第二，条令开始又一次吸收稳定和重建的行动材料，也是越战后第一次。三份手册试图整理美军在实战中获得的经验。第一份手册公布于 1993 年，其中包括了战地手册 100 - 5《行动》中部分非战争行动（简称 OOTW，代替了 20 世纪 90 年代中期"低烈度冲突"一词）。我们只有回到 1954 年和 1962 年，才能见到这份首要的手册中包含类似的内容（约翰逊，2001：155～156；Rose 2002：72）。1994 年 6 月，被称为战地手册 100 - 1《陆军》的第二份手册出现，其中将非战争军事行动（简称 MOOTW）作为三个行动部分之一。军方第一次试图制定和平行动可遵循的条令是在 1994 年 12 月，军方发布了第三份手册，命名为战地手册 100 - 23《和平行动》。尽管这是在正确方向上迈出的一步，但是这三份手册依然强调战斗的首要性。战地手册 100 - 23 很好的总结了军方完成稳定和重建任务的途径："条令主要用来决定在多大程度上和什么时候对非战争行动的训练是最恰当和最及时的"（陆军部，1994：86；italics in original）。

认为士兵们不需要为冲突后行动进行培训的想法在许多访谈中浮现出来。一位受访者做了个类比，消防队员接受灭火训练，但是有时候也会从树上救下一只猫（巴里 2005）。换句话说，士兵必须为战争训练，但有时候在冲突后的任务中，也不得不把一个国家从无政府状态的边缘拉回来。随着 20 世纪 90 年代国内冲突的增加，国家很少显示出从战争到和平的直接路径，而冲突的循环往复需要更持久和多样的稳定和重建行动。正如最近在伊拉克、阿富汗和波斯尼亚显示出的，从活跃的行动到冲突后的稳定这一段任务期更依赖稳定和重建行动。① 稳定和重建行动同样表现为不同的形态和规模。这些行动包括广泛的功能——包括重建国家政府，选举进程，地方政府管理，公共服务的恢复，和基础设施的重建。认为这些良性的任务不需要严格训练的设想对于当地人民和美国武装部队具

---

① 大型军事行动过去常常需要数年时间，而美国近期参与的战争却近持续数周或数月时间。相反，成功的稳定和重建行动却要持续数年。

有同样的危险。

陆军条令的缺陷在波斯尼亚展现出来。正如美国和平协会的一份报告所言：

> 美国陆军是一个依据条令开展行动的机构。在波斯尼亚，陆军的军事条令在这个环境中存在很大的缺陷，部队指挥官需要处理稳定行动中的政治、外交和军事需求。几乎从 IFOR 行动一开始，美军指挥官就发现他们身处未知的领地。为了描述这一挑战，威廉·纳什（William Nash）少将把这种情况称为"内耳问题"，接受了三十年阅读战场的训练，纳什发现将官们现在被要求阅读"和平场"。SFOR 指挥官埃里克·K·新关（Eric K. Shinseki）将军认为他不得不面临一种"文化偏见"。以军事条令为基础的训练使他可以应对各层级的战斗和领导，但是"却没有明确的条令指导稳定行动。我们正在使用波斯尼亚的经验发展它，来形成可以指导大规模稳定行动的条令。但是对于依据条令展开行动的机构，正是在缺乏相关条令的情况下进入这个环境中。在那里你就处在一种自主活动的境况中。"

> （奥尔森和戴维斯，1999：2）

波斯尼亚事件之前的数年内，美军已经执行过很多次冲突后行动，但是依然处在"未知领地"上。相较于之前在巴拿马、索马里和海地的部署，波斯尼亚任务的规模、范围和时间跨度意味着此次行动对美军和特殊行动产生了更广泛的影响。

120

陆军不仅试图进一步发展军事条令，强调这些属于非战争军事行动，同样还包括其他一些军队应该做的事，军方使条令朝着另一个方向发展，即加强士兵和和平卫士的统一。

陆军开始修订战地手册 100－5《行动》，试图将陆军过去的稳定和重建任务概念化为非战争军事行动。修订草案中使用四个一般范畴的行动取代了非战争军事行动：进攻、防御、稳定和支援行动（法斯塔本德，1997，2004）。这种全方位的武力结构"直接来源于波斯尼亚"，一位起草小组成员说到（法斯塔本德，2005）。全方位武力结构的思想认为"在进攻、防御、稳定和支援行动中，'单一的'行动将会很少见。作战单位的任务通常是在不同时间、不同梯队之间展开的这几种作战类型的联合"（法斯塔本德，1997：81～82）。将稳定和重建条令同战场上的士兵结合起来的愿望显示了这类任务在越南战争中未曾显现的严重性。

尽管军方希望在 1998 年出版新版战地手册 100－5，但是新的军队行动手册直到 2001 年才出现——距离上一份行动手册将近十年的时间。据一位官员说到，军方的主要困扰是一个基本问题："我们还是战斗部队吗？"（奥利弗，2005）。经常被部署到战场，需要部队具有一些战斗精神之外的技能，这使得很难回答这个问题。命令、条令和战场的行动都在提醒士兵们，稳定和重建行动并不属于他们认知的行动范围。例如，在科索沃，一群妇女靠近美军士兵，试图提交一份权利列表。列表中包含一项"具体的要求：三台缝纫机……第二天，这份文件送达 101 空降师指挥官面前。'缝纫机！我们不生产缝纫机！'"指挥官抱怨到（普里斯特，2003：B1）。因为小规模盈

121

利项目并不在军事条令和行动指南中，但提供缝纫机可能会对人民的喜好产生积极的、直接的影响，并有助于和平和稳定。

由于经常部署到波斯尼亚和科索沃，陆军开展了一次研究，分析现有的应对常规战争的连排训练是否适用于稳定行动。由联合兵种中心（简称 CAC）于 1999 年开展的这次研究，确认了连排级士兵在常规战争或者冲突后治理行动中需要执行的 1300 项工作。分析人员从现存的军事条令中挑选了这些任务，《陆军通用任务列表》（简称 AUTL），（指挥官从中创建他们的《使命基本任务列表》（简称 METLs），后者就是部队的训练清单），《陆军训练和评估计划》（用于训练评估），一些训练任务挑选自联合战备训练中心（简称 JRTC），和来自其他地方的文件（比如说，军队教研中心，英国，第三军）（斯蒂尔，2001）。研究团队将决定是否把所需的稳定行动任务添加到任务训练计划（简称 MTP）中，使得冲突后训练成为军队的制度。

这项研究的结论是，常规战争行动和稳定行动的任务在连队一级 84% 是相符的，在排级 87% 是相符的（斯蒂尔，2001）。然而许多稳定行动的任务不同于常规行动：对国内骚乱的控制；设立检查站；保卫线路安全；举行谈判；进行巡逻；搜查房屋；查抄文件、装备和材料以及设置观察哨（斯蒂尔，2001）。分析人员建议把这些任务增加到任务训练计划中，但是反对对任务训练计划的其他部分进行变更。研究提到，"增加的与现有任务训练计划任务相关的'条件'和'标准'的内容，会使大部分训练和评估大纲可以满足所有美军任务的需要"（斯蒂尔，2001）。一位研究人员谈到，"那些任

务都是正确的，"只是现有任务训练计划中那些任务在应用到
冲突后行动时，需要增加一些限定语（班宁，2005）。

然而，环境的不同可能导致巨大的差异：

> 具体的任务可能是一样的，但是条件和标准却不同。
> 例如，双方都会进行巡逻，但是条件和标准却有很大区
> 别。进行巡逻在保卫和平的任务中基本是为了显示武力或
> 表明存在，而在常规战争行动中秘密行动是主要的，而且
> 一旦被敌人发觉，后果将是灾难性的。
>
> （弗拉万和班库什，2004）

在不同的环境中，交战规则（简称 ROE，决定作战单元
何时使用武力）和交流规则（简称 ROI，在执行稳定和重建
任务时管理人际交往的准则）同样会发生改变。在上文巡逻
的例子中，如果某个士兵恢复到战时状态，遵循允许最大限度
使用武力的交战规则，那么就会对整个行动造成危害。

许多研究人员陷入"战争就是战争"的思想，或者说最
好的和平卫士也是最好的士兵，他们把这种情况比作一名职业
棒球选手能够轻松应对低级别联赛。分析人员对这种观点持保
留意见，"我不确定如果他们打橄榄球的话，会发生什么，但
是我认为如果团队有着同样的命令和控制，就如同规则做出的
改变一样，那么这些运动员也能够适应"（班宁，2005）。安
东尼·津尼（Anthony Zinni）将军谈到伊拉克自由行动时，说
出上述逻辑的潜在问题："我们来玩足球，但是足球并不完
整。然后有了棒球，但是我们还在玩足球"（津尼，2005）。

如果一个人希望成为五项全能运动员（正如陆军参谋长彼得·斯库梅克（Peter Schoomaker）谈到美军士兵时经常提到的），必须具备两件事。第一，运动员必须训练他/她计划参加的所有运动。第二，他必须在这些运动中足够出色，并在当前游戏中获得认可。正如卡尔·冯·克劳塞维茨（Carl von Clausewitz）提到的："首先，也是最重要的，政治家和指挥官不得不做出的最有影响的判断，是通过测试确定他们正在从事哪种战争，并非将它错认为，或者试图将它变为，违背其本质的东西"（克劳塞维茨，1993：100）。同样的推论也适用于稳定和重建行动。

联合兵种中心的研究至少存在两个缺陷。首先，过分依赖现存训练资料，研究未能充分定位稳定行动中新颖而不同的要求。虽然包含了一些来自军队教研中心等组织的研究，但是研究中的绝大多数资源来自条令（写于 1993 至 1994 年），《陆军通用任务列表》以及《陆军训练和评估计划》。把旧条令和现存任务作为判断军队缺乏何种稳定和重建任务的基本依据会导致问题不断。"稳定和支援行动（简称 SASO）研究"的第二个缺陷是它拒绝考虑支援任务（或者，用本书的语言就是，许多治理或重建任务）。研究负责人写到，"存在太多的支援行动确保，或者支援行动任务训练计划的发展，或者甚至是支援任务、条件和标准（简称 TCS）"（斯蒂尔，2001）。进行飓风救灾，处置森林火灾，分发救灾物资，以及控制危险品等都是能够证明此逻辑的例子。当然，人们可以轻易的说同样存在太多的战斗行动（例如，两栖突击，机降突击，沙漠战争），但是这不能阻碍为这些行动增加训练。更为重要的是，截止

123

1999 年，必要的重建任务已经在巴拿马、索马里、海地、波斯尼亚和科索沃显现。安全、政治和经济真空导致的动荡阻碍了稳定工作和重建计划。成功施行支援任务（类似 1994 年美国在海地的行动中提供电力）有助于稳定工作（在海地，电力的恢复使抢劫停止了）（布勒希曼等，1997：47）。当美国进入阿富汗和伊拉克之后，合法性、效率和安全之间的联系会逐渐展现出来。

三、我们不参与国家建设

2000 年大选期间，布什的高级国家安全顾问康多莉扎·赖斯说，"履行民事管理和警察职能只会降低美国做本应承担的事情的能力。我们不需要第 82 空降师护送孩子们上幼儿园"（戈登，2000：A10）。作为对布什团队在竞选期间这些和其他言论的回应，参谋长联席会议（简称 CJCS）主席，亨利·谢尔顿（Henry Shelton）将军说到，"认为军事应该仅仅关注那些影响核心国家利益的领域，是十分幼稚的。"当然谢尔顿"区分了所谓的国家建设和维持安全的环境。"就国家建设而言，谢尔顿继续说到，"士兵们本身并不会做那件事。……我们可以提供安全可靠的环境，但是我们不执行法律，我们不参与司法体系，我们不会重振经济。这就是我所认为的国家建设需要做的事情"（2000）。在大选前夕，总统候选人布什表示同意将军关于国家建设的观点，"我曾担心会有反对者将国家建设同军队等同起来"（克莱因，2003：25）。民事和军方领导人在布什的两个任期内将会共度一段漫长而艰难的时期。

美国在阿富汗和伊拉克的战争把陆军在国家建设中的角色提到面前和中心位置，这之前美军出版的两份手册显示出美军在稳定和支援行动上观念的改变：1994 年，战地手册 100－1 成为战地手册 1《陆军》，而 1993 年的战地手册 100－5 重命名为战地手册 3－0《行动》。① 不同于包含稳定和重建概念的 1962 年军队手册，在其随后的修订版中删除了这些概念。2001 年包含稳定和重建条令的手册第一次在手册中连续保留了关键概念（罗斯，2002：77）。这种重复是重要的，因为"军事条令是军队中有组织转变的指导，因为它影响着许多方面的军事职能。一种军事文化或者理念系统化的出现在条令手册及其训练和教育项目中"（罗斯，2002：58）。前陆军参谋长戈登·沙利文（Gordon Sullivan）指出，不仅仅是文化指示器，条令也会推进文化的改变。以稳定和重建行动为例，确实做到了这两点。1993 年和 1994 年手册帮助向武装部队灌输稳定和重建的原则，通过继续在连续的首要手册中保留这些概念，条令表明文化的改变正在发生。

124

　　然而陆军文化的转变还有很长的路要走。战地手册 1《陆军》改进了全方位行动概念，或者改进了陆军应该执行进攻、防御、维定和支援行动的意识。然而在先前的手册中，全方位行动列表中存在的层次，使得稳定和支援明显落后于进攻和防御。手册中写道：

---

① 陆军手册编号方式的改变反映联合司令部对其印刷品的编号方式，这是由于戈德华特—尼科尔斯法案（Goldwater-Nichols）（1986）以来联合作战的增多。

> 我们必须为所有行动做好坚实准备。但是首先，我们要准备战斗并赢得战争——这是我们对美国人民义不容辞的责任。陆军是，并始终是，世界上优秀的地面作战部队。我们始终捍卫我们的生活方式。作战部长伊莱休·鲁特（Elihu Root）写道，上个世纪开端，"陆军的主要目标就是为战争做准备"。
>
> （陆军部，2001a：1）

考虑到对赢得战争的狭义解释，进攻和防御显得更重要：稳定和支援行动可以起到战争清扫功能，而不是赢得国家战争和维持和平必须的一部分。

战地手册1有时依然按照严格的惯性思维执行任务："武装部队必须能够从战争的执行转变威慑，再到战后的重建——无间隔的"（陆军部，2001a：31）。划分行动阶段（进攻、防御、稳定和支援）的观念，既不同于美军先前执行任务的方式，也不同于大部分冲突的现状。第二次世界大战期间，在其他部队前进的同时，美军已开始在德国城镇恢复秩序（沙德洛，2003：90）。拥有"暂时实现战争计划的方式"使得决策者可以把"第四阶段行动"（稳定和重建行动）放在次要地位（沙德洛，2003：91）。军事条令同样认为进攻行动能够产生"决定性胜利"（陆军部，2001a：31）。尽管战地手册指出指挥官应该同时考虑这些任务，但是行动说明建议区分两类使命：战争（进攻和防御）和危机（稳定和支援）（陆军部，2001a：31）。事实上，正如20世纪90年代的大部分国内冲突（索马里、安哥拉、海地）中表现出来的，需要保卫和平技能的循环往复的冲突或暴力活动更加频繁。因此，现实中的任务会很快变得模糊，而敌人也会利用这些人为的划分。

战地手册3-0《行动》和战地手册1有许多共同的概念，但是一位军方官员指着他破旧的战地手册3-0，说到"没有这个，我们可能哪也到不了"（奥利弗，2005）。每一类任务，包括稳定和支援，都占到整整一章的篇幅。与战地手册1一样，2001年的战地手册3-0（类似于1982年、1986年、1993年三个版本）也认为进攻行动是决定性任务（布莱克韦尔，2001：111）。战地手册3-0确认了训练的重要性，称之为"应对战略的关键"（陆军部，2001b：3-11）。然而在确认了训练的重要意义后，手册规定禁止军级中将以下指挥官在《使命基本任务列表》中挑选稳定和重建任务（陆军部，2001b：3-11）。未将稳定和重建任务放进《使命基本任务列表》，军事条令强调"作战单位优先考虑战斗任务和条件训练"以及"指挥官应该发展关注战斗的《使命基本任务列表》"（陆军部，2001b：3-11）。这些命令对基层士兵而言，意味着在处于戒备状态之前他们不能接受稳定和重建任务的训练，这严重压缩了他们在这些行动方面的训练时间（贾尔和欣茨，2005）。

导致的结果就是，举个例子，一个士兵在俄克拉荷马州的Ft. Sill并未接受稳定和重建训练，随后他被部署到阿富汗，在那里他发现自己需要领导一支信息作战军民小队管理财政，基本上是三个省份的市长——所有这些都是在缺乏正式训练（应该如何实施这些职能）的情况下进行的（弗拉万，2005）。在伊拉克的民政事务（简称CA）职员经常发现他们在地方政府需要扮演许多角色——市长、地方委员、收税员和公共工程管理人员，而他们仅仅经过六个星期的民政事务培训。派往伊拉克的新的民政事务职员的训练时间已经从九个星期减少到六个星期，以便能迅速把这些职员派往战场，而且并不是所有部队都拥有民政事务官员，由于缺乏这种军事占领专业。因此，那些在地方治理上缺乏经验或训练的部队指挥官，同样发现他们成为其作战区实际的政府。

2001 年 6 月份，陆军公布战地手册 3 - 0 不久，就开始起草新的稳定和重建行动手册，命名为战地手册 3 - 07《稳定行动和支援行动》，以代替 1994 年战地手册 100 - 23《和平行动》。手册明确把战斗和冲突后行动融合在一起，写道："我们的军队首先是战斗组织，同时也能很好的执行稳定行动和支援行动"（陆军部，2003b：1 - 1）。战地手册 3 - 07 同样指出："法治是和平稳定的基础"，但也对此进行限制，提到"民事组织负责民事法律和秩序。但是军队可以提供有限帮助"（陆军部，2003b：4 - 26）。条令反映了军方在法律和秩序方面的不快，后者是冲突后社会重建治理的重要因素。战地手册 3 - 07 认为在当地缺乏本土力量，又缺乏国际犯罪调查培训援助计划（简称 ICITAP，一个美国司法部的项目）的情况下，美国"应该考虑从多国部队成员国那里接手民事法律的执行权，并领导此类任务。这允许宪兵继续其他更优先的任务"（陆军部，2003b：4 - 26）。但是，阿富汗和伊拉克的情况，显示出依赖他国或其他民间机构来填补安全鸿沟的危险。

126

四、阿富汗：持久自由军事行动（简称 OEF）

2001 年 10 月 7 日，美国在阿富汗发动持久自由军事行动。11 周过后，2001 年 12 月 22 日，汤米·弗兰克斯（Tommy Franks）将军访问喀布尔，并在庆典中向阿富汗过渡政府表示祝贺。白宫得意洋洋的宣布："仅仅数周时间，军队已基本破坏了基地组织对阿富汗的的控制，并把塔利班赶下台"（全球反恐战争：第一个 100 天 2001：11）。在"帝国坟墓"（比尔登，2001）取得如此的成就理应获得应有的赞誉，但是数月后发生的事显示了在阿富汗实现重建之前，美国和阿富汗依然有很长的路要走。

2003 年，联合国宣称在阿富汗 32 个省份中，包括大部分南方省份在内的 16 个省"太危险以致其员工不能开展工作"（"恩将仇报"2003：41）。阿富汗叛乱分子开始刻意攻击救援人员以阻碍重建工作，血腥的警示安全和国家建设之间的联系。阿富汗面临着一个特别困难的国家建设方面的挑战，因为成功国家具备的许多前提条件即使在战前也并不存在。这个国家由于 23 年的战争而变得支离破碎，通常表现为一个虚弱的中央政府和严重的种族分裂，这也就意味着部落、犯罪分子和军阀控制各个省份。2002 年几乎没有国家机构能够运转，而且基础设施也在数年的冲突中被削弱或破坏。

正如 20 世纪 90 年代的其他任务，一些美军拒绝承担持久自由军事行动的重建任务，至少在最初阶段。关于对抗贩毒网络及其生产，一位军方人士说到，"他们只是不想和那些事情纠缠在一起……你只有这么些资源，然后他们希望你开始从事一些实际的执法工作"（斯卡伯勒，2004：8）。持久自由军事行动联盟建立了国际安全援助部队（简称 ISAF）保卫喀布尔地区，"其他地区则由地方国民军进行保护，大部分地区逐渐被中央支持的地方部队指挥官和省长控制"　　　　（科林斯，2004a）。到 2004 年，国际安全援助部队的人数已经达到 8000 名，但只有 20% 的士兵"定期巡逻"（科林斯，2004a）。美国未能说服其他国家增兵。沮丧的拉姆斯菲尔德告诉顾问们："我已经厌倦了在这个问题看起来像个坏人。我不反对扩大国际安全援助部队。但是，我们没有部队。"（科林斯，2004b）。

127　　　　在不扩大国际安全援助部队的情况下，美国想到了另外一个"扩大国际安全援助部队的效果"的办法：临时重建小队（简称 PRTs）（科林斯，2004b）。临时重建小队由 50～100 名军事人员组成，同时还包括外交、救援、农业和警务方面的专家（科林斯，2004a：9）。一些军队内部人士也开始认识到重建的必要性，参谋长联席会议迈尔斯（Myers）在 2002 年 11 月的一次演讲中说道："是时候使军队将其首要任务从战斗行动'转移到''阿富汗的重建任务了'"（格雷厄姆，2002：A20）。临时重建小队提供了关注重建的方法，同时也将美军的影响扩展到各个省，那里也是阿富汗新政权在合法性和控制方面的问题所在。

　　　　第一支临时重建小队于 2003 年 4 月被部署到加德兹，危险地区之一（科林斯，2004b）。虽然进展缓慢，但是阿富汗仍于 2004 年 10 月成功举行了总统大选。2005 年 9 月，国会大选结束，许多地区受到中央政府的控制。关键的发展指标也有所改善：受过训练的接生员降低了婴幼儿的死亡率，新建447所学校，可容纳大约30万学生上学，454所诊所每月救助34万位病人，主要的交通基础设施（道路、桥梁和高速公路）也逐渐恢复。

2003年8月，五角大楼对于临时重建小队的印象非常好，他们希望增加到12支到15支小队（贾菲和科珀，2003：A4）。扩大临时重建小队的问题在于缺乏组建高效团队的高要求/低密度（HDLD）的军事技能。[①] "一位从事人事工作的军方高级官员说，如果军方坚持民政事务士兵部署年限为一年，那它很快就将无兵可派［2004］"（贾菲和科珀，2003：A4）。2003年8月，时任陆军参谋长彼得·斯库麦克尔将军同意这个评估："在这里我要冒一点险，我要告诉你的是，凭直觉，我认为我们需要更多［民政事务人员］。我的意思是，就是这么简单"（贾菲和科珀，2003：A4）。阿富汗的指挥官同意这一说法，认为"他们需要三倍以上的民政事务团队，才能足够覆盖阿富汗所有'狂野西部'省份，即国际安全援助部队控制的喀布尔以外的地区"（施魏斯，2004：24）。然而高要求/低密度单位需要花费很长时间进行招募、培训和部署。不幸的是，由于之前没有增加高要求/低密度部队的数量，这类单位在阿富汗和伊拉克的行动中很难满足需求。

此外，因为关于军民互动缺乏明确的行动概念和指导，阻碍了工作进展（杰齐茨和塞德尔，2005）。稳定和重建同战争

---

① 冲突后重建行动急需的高要求/低密度单位种类包括民政事务、宪兵、心理战、工程师和医生。

一样需要各种工作的联合，但是对临时重建小队（PRT）的角色却缺乏真正的了解，其主要包括：（1）协助保护安全可靠的环境；（2）促进重建工作；（3）帮助阿富汗政府扩大其在全国范围的存在和权威。这种联合工作的要求直接违背了许多救援机构的要求，后者要求对军队和人道主义工作者进行明确的区分（佩里托，2005）。最新的报告指出，过去并将继续缺乏长期的规划，以使临时重建小队将他们的职权移交给阿富汗政府和阿富汗人民（佩里托，2005；美国国际开发署，2006）。

128　　　尽管如此，2005 年末，军方同意把临时重建小队扩展部署到阿富汗全国，并开始在伊拉克进行部署。随着认识到行动环境内在的困难，临时重建小队的战略重心已经开始从喀布尔转移到阿富汗各省份。由于中央政府对这些地区的控制有限，临时重建小队继续充当美国政府（简称 USG）和国际援助的基本途径，同时也在稳定动荡的南部和东南部方面发挥着重要的作用。就军方而言，这被证实是一块宝贵的训练场，有益于那些缺乏经验的民政事务职员，进行地方治理行动和跨机构行动的训练。最近针对临时重建小队的一项评估指出"稳定的改善需要政治—军事全方位的行动"（美国国际开发署，2006）。

　　临时重建小队概念的扩展需要军队向那些临时重建小队成员提供充分的军事占领培训，比如民政事务。在斯库麦克尔参谋长的领导下，军方计划在 2004 年和 2009 年两个财政年度（FY）调整 10 万军队职位。这一计划需要军方减少其战斗资产（包括野战炮兵、防空力量、装甲和军械）以及其他变化，其中增加许多高要求/低密度单元。截至 2009 年财政年度，武装部队将增加 149 个宪兵单元，9 个民政事务单元和 7 个心理战单元（美国陆军协会 2005）。再平衡行动同样计划减轻国民警卫队和预备役的压力，通过增加现役高要求/低密度专业的数量。通过用高要求/低密度单元替换军事占领单元，陆军明显表明了自巴拿马行动以来其取得了多大的成就。然而将冲突后进行治理的能力植入部队需要很长时间，而且这些部队也不会总是能及时出现在，军方第二次世界大战后至伊拉克战争期间需要采取的大型稳定行动中。

五、伊拉克自由行动（简称 OIF）

国防部长拉姆斯菲尔德选择阿富汗作为伊拉克进行重建的模板；"有人问，我们在阿富汗获得了哪些经验教训，可以用来为可能出现的后萨达姆时期的伊拉克服务？总统尚未决定在伊拉克动用武力。但是如果他这么做，那条原则将被适用：即伊拉克属于伊拉克人——我们并不渴望占领它或者控制它"（拉姆斯菲尔德，2003）。就在那时，美国于 2003 年 3 月 19 日发动了对伊拉克的战争，美国共向那里派遣了 17 万 5 千名士兵（派克，2005）。陆军参谋长，埃里克·新关将军，2003 年 2 月在参议院军事委员会作证时认为在伊拉克的行动将需要"数十万士兵"，尽管他也有所保留，他说："来自朋友和盟友的援助将会很有帮助"（"军队指挥官：美国占领军数量将达成千上万"2003）。但是，当美军参加战争时，他们并没有获得或感到需要的来自盟友的帮助。

缺乏与民间机构进行合作的准备和计划阻碍了行动的进

129

展，因为对民间机构在巴格达之外行动能力的时机和范围存在根本性误解（戴蒙德，2005b；戈登和特雷纳，2006）。"掌管战场"的美军指挥官和重建伊拉克地方机构的其他美国政府机构对彼此之间的关系也缺乏认识。而且，由于远远低估了战后维持稳定工作的需要，美国政府各部门变得非常混乱（布林克霍夫和塔代斯，2005）。

所有这些事情都报告给华莱士将军（第五机械化步兵师师长），他正站在陷入劫掠中的巴格达的街角。华莱士将军说很难描述政权倒台后发生的那些事以及那段时间在他的经验中有多么不平常（华莱士，2005）。例如，华莱士描述说，在科威特，当宪兵从船上下来时，他就不得不决定在接下来的五六天里把这些宪兵部署到哪里。所有这些都发生在所谓的向巴格达"急行军"时期，所以一旦有事偏离预定计划，"你就必须承担战术错误的责任"（华莱士，2005）。结果，五个宪兵连队（大约2000名士兵）首先被派遣到巴格达，但是却证明很难制止抢劫行为（巴里等，2003：34）。抢劫很快就不再是个战术错误，而达到了战略层面，因为美国对抢劫行为的无所作为助长了暴乱行为。

华莱士将军说他没有干预抢劫行为的原因有二，第一个原因比较"虚幻"（华莱士，2005）。许多抢劫者把目标锁定在代表旧政权的政府大楼，使得形势几乎是"庆祝般的抢劫"（华莱士，2005）。华莱士将军不想把自己的军队置于保护旧政权的标志，而对抗美国前来解放的人民。华莱士将军没有进行干预的第二个原因是"从未宣布任何戒严令，所以并不明确我们需要干预哪个权威"（华莱士，2005）。当被问到应该由谁宣布戒严令时，华莱士回答，"我不知道，但那应该是一个警务决策——决策者的决定。但我所知道的就是不存在这样的戒严令，所以权威不明确"（华莱士，2005）。按照条令而言，华莱士是正确的。战地手册 3 - 0《行动》写道："美国武装部队通常不具备在行动地区执行国内法的权威和能力"（陆军部，2001b：2 - 25）。据华莱士所言，他收到的计划中并不包括执行法律的指示。但是，战地手册 3 - 0 同样宣称"在策划统一任务时，指挥官从美国和多国政治领导者那里寻求明确的法律执行指示"（陆军部，2001b：2 - 25）。华莱士并未寻求这类指示。

国际法要求占领国向人民提供安全。《海牙公约》规定 130 "合法政权的权威已经在实际上转移到占领者手中，后者在其管理期间应该采取措施，尽最大可能重建和确保公共秩序和安全"（"战争法：战争在陆地上的法律和习俗（黑格2）：1899 年 7 月 29 日"1899）。其他国际公约要求提供食物和医疗用品等生活必需品。[1] 根据定义，政权变化意味着旧政府停止存在，因此，必须有东西填补政府的真空。作为在场最大的存在，这个责任自然就落在了军队身上。（塔克和兰布，1996：332；沃尔查克，1992：8）。兰德在最近一项研究提道：

　　　　未来，美国陆军不能指望其他组织，无论是来自美国

---

① 《日内瓦第四公约：关于战时保护平民（1949 - 8 - 12）》。更多关于占领军责任的讨论，参考塔克和兰布（1996：322）；友（2004）；罗西瑠（1995：122）；沃尔查克（1992：4 ~ 8）。

政府还是东道国，会在过渡时期承担提供法律、秩序和安全的责任，过渡时期即从常规作战行动结束直到建立起普遍安全的环境。在民用机构能在安全环境中运转之前，军事人员必须接受培训，并准备承担一些公共安全责任——包括监督当地警察的行动，提供短期培训，甚至直接打击犯罪活动。

（格雷厄姆和里克斯，2005：A3；汤姆森，2005：6）

华莱士意识到了法律和秩序崩溃的严重后果，他说："我们错过了一次为伊拉克人民解决问题的机会，但我们却置身事外观望事情的发展"（库恩，2004）。不幸的是，许多伊拉克人却没有置身事外，暴乱从希望幻灭而与之同谋的人民和松散而无报酬的军队那里获得力量。

2002年8月，时任国务卿科林·鲍威尔警告说，伊拉克"会像高脚杯一样破碎，而拾捡碎片将是个问题"（格迪，2005）。事实上，伊拉克的问题已经不仅是战争破坏的问题。数十年来，萨达姆政权的忽视使得公共基础设施一团糟，高度集权的独裁政府，政治权利集中在复兴社会党的政治精英手中，地方政府缺乏权威，军队支配着安全状况。正如拉斯莫（2005）所言，无论是民间的还是军事上的，当地的伊拉克建设者远比预期更加虚弱。此外，基本不存在社会信任以帮助建设更加民主的伊拉克（布林克霍夫和梅菲尔德，2005）。

一些指挥官理解稳定和重建之间的联系，但是却并不认为军队必须参加重建行动。法兰克斯将军回忆到其惊奇的发现，在那些民间"组织"开始土木工程项目以"使愤怒的年轻人远离街道的地方，就只需要很少的军队"（戈登，2004）。所有"组织"从哪里出现尚不清楚，因为诸如国务院或者促进国际发展的美国机构等民事机构，并不像军队一样，它们在战争或危机时期并不具备强大的能力（戴维逊和舒尔茨，2005）。民事机构也不能在"糟糕的"环境中行动，因为持续的动乱使它们很难开展正常的政治和经济援助计划。

再次，当民事机构的人员和资源达到极限，稳定和重建联合行动计划遭遇失败，糟糕的安全状况使民事机构不能工作，最初的重建在很大程度上就留给了具备能力的机构——军队。即使拥有巨大的军事资源，最初还是缺乏资金以承担项目和启动重建工作。指挥官的应急基金（简称 CERPs）以及俘获的伊拉克财产，就用来为重建工作提供资金。尽管相对于伊拉克重建所需的巨大数额，这些无异于杯水车薪，但是它们作为最初的资源，能够"赢得伊拉克人的感情和心理"。由于在如何分配这些资金和评估其影响方面缺乏训练和指导，这些资源并没有实现原本应起到的作用。花费在重建上的每个美元，大约只有 27 美分能用到直接影响伊拉克人民的项目上。

六、在发动机运转时调试汽车

陆军参谋长斯库麦克尔将军队在战争时期的变化比作"在发动机运转时调试发动机，这不仅是复杂的，也是十分危险的"（贾菲，2004：A1）。在美国，国防部和陆军继续在考虑这种变化，在持久自由军事行动和伊拉克自由行动依然在进行的情况下。2004 年 3 月 14 日，五角大楼发布《战略规划指导》(简称 SPG,即先前的《国防计划指导》),要求陆军和海军陆战队检查他们的冲突后行动能力。尽管这份文件属于机密,但是重新修订文件的一部分很快在非机密简报中出现:"陆军和海军陆战队将会建立一支关注稳定行动的常备军,或者发展迅速集结的能力,在依然保持各自的能力的情况下,以模块化力量元素,从而达到常备军的效果"。简单来说,陆军和海军陆战队能:(1)创立一支特殊部队(例如警察部队)以应对冲突后的行动;或者(2)继续使用一般部队,在这些行动中根据任务进行组合。

　　陆军为解决《战略规划指导》的选择而创设的聚焦点(简称 FA)迅速排除了创建特殊部队的选项,因此,它将研究集中在如何提升陆军的一般部队应对冲突后任务的能力。聚焦点的一个主要建议是将冲突后治理任务加入军级《使命基本任务列表》。涉及的军级《使命基本任务列表》将会写到"执行稳定行动,及向重建行动提供支援"(军队重点区域稳定和重建的操作,2005)。越到指挥体系的低级层级,《使命基本任务列表》就越具体。如上文提到的,先前的条令中特别不允许,甚至反对,部队任务列表中包括冲突后治理行动任务,这就增加了聚焦点提议的重要性。现存《使命基本任务列表》中不包括冲突后任务,军队仅需按照他们要部署的使命进行训练即可,并且随时都可以进行。这种训练模式——警报、动员、训练、部署——意味着当部队完成进行部署必要的训练后,很少(或者没有)时间用来训练稳定和重建任务。取而代之的是,部队将会"训练、警报、部署",这就在理论上允许部队能进行包括战斗和冲突后任务在内的全方位训练

（斯库梅克和布朗利 2004）。小唐纳德·里森贝（Donald Lisenbee，Jr.）陆军中校，在聚焦点的指挥和参谋学院优等生，问到："如何使有组织的军队为稳定行动做好准备呢？"他自己回答道："把它放到他们的任务列表中"（里森贝，2005）。华莱士将军，现在是陆军训练和条令司令部（简称TRADOC）司令，同意稳定行动应该出现在每个军的《使命基本任务列表》中（华莱士，2005）。

许多受访士兵表示，《使命基本任务列表》对军队的重要性不能被低估。在采访中，沃尔尼·吉姆·华纳（Volney "Jim" Warner）将军，陆军聚焦点的负责人，问道："为什么军队要做他们做的事情？"他说道，"从战士们来到这，我们反复的向他们灌输，如果你任务失败，那么共和就会死亡，而这就是你的错。使命是重要的。钱不重要。前进也重要，但是处在边缘。使命是最重要的。我宁愿死，也不愿意在任务训练中得到 U［意味着"未受训"或者未完成］，也预示着我也许无法完成任务"（华纳，2005）。但是，华纳警告到，仅仅改变任务训练是不够的。作战计划也必须进行改变，这需要五角大楼采取行动。华纳说到，如果《使命基本任务列表》和作战计划不能匹配，结果会是"很多'U'"，意味着未接受任务训练。当然，高度机密的作战计划的内容不可能透露，但是华纳说作战计划尚未作出重大变化以"推进"稳定和重建行动（华纳，2005）。

作战计划没有与包括冲突后重建和治理任务的《使命基本任务列表》相匹配，另外存在的一个问题是希望《使命基本任务列表》方案能快速提升陆军执行稳定和重建任务的能力。为什么一般部队士兵将大部分时间用于战斗任务训练，合理的解释是战争训练需要大量时间。负责战略、规划和政策的副教官，凯文·赖安（Kevin Ryan）将军指出步兵、装甲兵和炮兵部队需要维护他们的车辆调配场和进行体育锻炼，在普通的一天演练各种任务。赖安说道，几周的时间很快就过去了（赖安，2004）。聚焦点学生代表里森贝认同这种担心，他说每天就那么几个小时，向训练任务增加东西就意味必须丢掉一些东西："把这些东西装进你的背包，那么把什么拿出来呢?"（里森贝，2005）。查尔斯·查克·巴里（Charles "Chuck" Barry），国防大学（NDU）研究者，同样对训练任务对问题的解决表示关注。军队总部依然是战争总部，冲突后的任务仅仅作为一项训练任务被包括在内。因此当总部为战争做好准备，它会集中关注战斗态势（巴里，2005）。① 最后，正如赖安所言，事实上《使命基本任务列表》类似一种速成法，显示了训练任务能变的多快……包括将冲突后行动从训练任务中清除。

陆军调整其在战争期间稳定和重建行动能力的另一种方法，是编写关于镇压叛乱的新的手册——临时战地手册（FMI），临时战地手册 3 – 07. 22《镇压行动》，有效期两年（霍瓦特，2005）。陆军在暴乱发生一年后希望编写发行手册的事实在于，同数十年前肯尼迪总统试图将 COIN 概念写进陆军条令相比，已经有了显著的进步。战地手册 I 3 – 07. 22 强

---

① 巴里（2005）建议在每个战区设立一个二星级行动总部，其唯一目的就是负责整个行动的冲突后治理部分。

调在这类行动中政治目标、军民行动和高要求/低密度单元的重要性。手册把"美国的战争方式"界定为"大面积、快速和高精度智能武器的使用",但是指出国家面临的大多数冲突与那种观念相反(陆军部,2004:6)。

戴维·麦金尼斯(David McGinnis)将军准确的认识到伊拉克暴乱"从我们对这场战争的视角来看,是应该禁止的"。他接着说道,"如果你按照孙子(中国古代的军事家)迂回的观点来看,即从叛乱分子的角度看,就能节省很多兵力"(格罗斯曼,2004:1)。对于叛乱分子和镇压叛乱的军队来说,人民才是重心——人民会最终决定战争的结果。因此,民事—军事行动才是镇压暴乱的核心,因为这类行动能构建本土政府的合法性(陆军部,2004:2-8,3-2)。更重要的是,只有由伊拉克人民选出的政府才能获得权威和支持,然后才能采取艰难而冒险的政治军事行动来平息和挫败日益严重的暴乱(戴蒙德,2005a)。民事—军事行动的重要性和重建合法政权的最初行动对于长期的稳定工作是至关重要的。根据临时战地手册,高要求/低密度单元如情报工作、民政事务和心理战行动小组等对于赢得民心十分重要(陆军部,2004:2-7,2-8,4-5)。条令在越战中缺乏的内容,承诺将在 COIN 手册中进行改善,战地手册 3-07.22 的作者詹·S·霍瓦特(Jan S. Horvath)陆军中校正在征集士兵们的反馈,包括那些正在战场的士兵。一旦手册产生意料之外的次级和三级效应,就会在 2006 年的 COIN 手册再版中进行修改(霍瓦特,2005)。此外,大卫·彼得雷乌斯中将 2006 年 2 月在联合兵种中心举行了一次会议,会议邀请了许多知名的民间和军方的稳定和重建方面的专家，会议主要收集对战地手册（暂定）草案的回馈。

134

尽管陆军在调整其执行稳定和重建任务的方法，比如增加训练任务和临时战地手册 3 - 07.22，一项国防部的研究总结到"国防部还没有将稳定和重建行动当做一个明确的任务，还没有给予类似战斗行动的重视"（国防科学局等 2004：45）。报告中提到，冲突后社会的行动，并不是"战斗任务的低级组成任务"，而是"具有独特的装备和训练要求的"完全不同的任务（国防科学局等 2004：50）。它建议，为了赢得和平，传统的士兵们需要训练国家构建的任务、文化理解和经济恢复任务。

1995 年以来，陆军已经开始适应包括稳定和重建任务在内的一系列新型任务，主要通过被称为模块化的结构调整，它推动美军的组织原则从师级向旅级转变。模块化"指的是一种部队结构的设计理念，即为了适应陆军不断变化的需求，而建立一种能够提供可替换、可扩展和可调整的部队组成要素的方法"（美国陆军训练和条令司令部，1995，章节 3 - 1）。每个美军师包含大约 10 000 名～18 000 名士兵，或者 3 个 3 000 名～6 000 名士兵组成的战斗旅。与如苏联等具有类似结构的对手相比，美军师被证明是最佳的，因为他们是固定的作战单位，并在专家部门存在联系单元。当指挥官想部署一支师级以下规模的部队，特别是当任务需要特定类型的能力（比如说 HDLD 小队在冲突后治理行动中的必要性），他们在组合和匹配不同的专业单位时就会面临困难。陆军的第一支模块旅成立于 2004，根据提议到 2007 年度末，将建立总共 42 支常备战斗旅。

　　尽管国防科学局（DSB）的报告高度称赞了模块化，但是作者们警告"模块化，无论其自身还是内部，都不能确保有效的稳定能力"（国防科学局等2004：48）。陆军必须使"稳定模块"具有明确的冲突后治理能力。然而作者们进一步，提倡把陆军指定为冲突后治理行动的执行机构（国防科学局等2004：48）。这一建议并不意味着陆军成为唯一的执行稳定和重建行动的机构，但是将成为领导这项工作的负责机构。

　　国防科学局的研究具有重要的意义。其中，这份报告成为国防部指南（简称DODD）3000.05，《向稳定、安全、过渡和重建提供军事支持》（简称SSTR）的基础（麦金，2005）指南宣布：

　　　　稳定行动是美国军队的一项核心任务，国防部应该准备执行和提供支持。应该给予它们相对于战斗行动的优先性，并予以明确处理并整合进所有的国防部行动，包括条令、组织、教育、训练、培训、练习、材料、领导、人员、设备和规划。

　　　　　　　　　　　　　　　　　　（国防部长办公室，2005：2）

　　指南是雄心勃勃的。它把冲突后稳定行动的最终目标设定为"保证必要服务安全的本土能力，可行的市场经济，法治，民主制度和一个强健的公民社会"的发展（国防部长办公室，2005：2）。更为重要的是，指南并不是简单把这些任务移交给那些具备或者不具备能力的民事机构，或者那些在这种环境中能或者不能安全执行这些行动的民事机构。指南确认"当民

135

事机构无法行动时，美国军队应该准备执行，重建或者维持秩序时所有必要任务"（国防部长办公室，2005：2）。指南授权地区作战指挥官，和其他人，将稳定行动并入所有阶段的军事计划中（国防部长办公室，2005：3，9）。因此，美国联合部队司令部的联合作战中心（简称 JWFC）和美国国务院重建和稳定协调办公室（简称 S/CRS），准备了一份联合《美国政府关于重建、稳定和冲突转换的规划框架草案》。吸收了军队的基本任务，文件包含一个"基本任务矩阵"（简称 ETM），在此描述了哪些冲突后治理任务可能由军队执行，及哪些任务是民间机构、非政府组织和东道国的责任。文件认识到这些任务都是"特定案例"，主要的任务可能有变化，这就需要军队根据形势进行调整。

国防部指南 3000.05 的早期草案指定陆军作为稳定行动的执行机构，这是国防科学局的建议，但是，在最终版本中并未包含在内（助理国防部长办公室的稳定操作和低程度冲突 2005：1）。相反，国防部长办公室的政策办公室被要求负责指南的执行。① 对于那些先前将稳定行动当做战争"低级构成"的组织而言，国防部把稳定行动和军事行动放在同等地位的事实有着重要的意义。

---

① 国家安全政策 44 号指令（NSPD44）决定由国防部负责冲突后稳定行动的全局协调，并提供环境框架以使军队发挥更广泛的稳定和重建功能。

七、巴格达等：提高陆军作为冲突后重建者的能力

如果陆军真心希望继续扩展其冲突后重建和治理的能力，那么 2005 年之前必须做到 5 件事。第一，陆军必须继续增加常备军和预备役部队的高要求/低密度单元。对陆军现有职能的调整应该在 2009 年度之前完成，当然正如国防科学局所指出的，需要更进一步的调整。第二，陆军应继续升级其条令，以向此类行动提供必要的授权，同时向部队提供行动指导。战地手册 3 - 07《稳定行动和支援行动》应该继续更新，而且陆军必须使冲突后治理的概念出现在其修订的首要手册中，即战地手册《陆军》和战地手册3 - 0《行动》。冲突后行动的概念必须保留在首要手册中，而且后续版本中必须消除进攻行动是决定性的这一错误观念。在今天的战争中，只有进攻、防御、稳定和支援行动联合一致才是决定性的行动。

第三，国防部的个体行为者必须完成国防部指南 3000.05 中的种种建议。因为指南中没有包含陆军作为这些行动执行机构的条文，种种改善需要大量行为者。第四，陆军必须把稳定和重建任务写进军级训练任务列表中，为冲突后治理任务开展实际的训练，并把这些任务保留在训练任务列表中。

第五，假使涉及下一次冲突后行动，它无疑会在 2015 年出现，按照历史发展可能很快就会到来。20 世纪 90 年代频繁的部署，关于冲突后治理任务这个职能，尚未训练或者充分计划（或者广为扩散这些计划），最终导致冲突后重建和治理时

136

间短且问题重重。如果陆军真的意识到稳定和重建任务的重要
性，那么士兵就会为下次冲突后行动做好准备，因为他们会接
受稳定和重建任务的常规训练，行动前有完善的任务规划并及
时传达给指挥官，并将赢得战争的指标扩展为赢得和平。美国
致力于帮助的人，和美国的服役人员，都依赖于士兵们持续的
转型。

参考文献

1. 军队指挥官："美国占领军数量将达成千上万"，美联社，2003 年
2 月 25 日。

"Army Chief: U. S. Occupying Force Could Number Hundreds of
Thousands" (2003) Associated Press, February 25.

2. 陆军关注领域："稳定与重建行动"，多媒体简报由伯恩将军制
作，2005 年 3 月 31 日。

Army Focus Area-Stability and Reconstruction Operations (2005)
"PowerPoint Briefing Entitled IPR to Gen Byrnes," March 31.

3. 美国陆军协会：《21 世纪部队的模块化》，美国陆军协会陆战研究
所，2005 年。

Association of the United States Army (2005) "A Modular Force for the
21st Century," Institute of Land Warfare at the Association of the United States
Army.

4. A·巴切维奇，詹姆斯·哈勒姆斯，理查德·怀特，托马斯·扬：
《美国在微型战争中的军事政策：以萨尔瓦多为例》，华盛顿：帕加蒙—
布拉西出版社，1988 年。

Bacevich, A. J., Hallums, J., White, R., and Young, T. (1988)
American Military Policy in Small Wars: The Case of El Salvador,
Washington, DC: Pergamon-Brassey's.

5. 塔米·舒尔茨对班宁的采访，2005 年 5 月 12 日。

Banning, R. B. F.（2005）Interview with T. S. Schultz, May 12.

6. 塔米·舒尔茨对巴里的采访，2005 年 3 月 29 日。

Barry, C. C.（2005）Interview with T. S. Schultz, March 29.

7. 约翰·巴里，埃文·托马斯："伊拉克的混乱"，《新闻周刊》，2003 年 10 月 6 日：第 34 页。

Barry, J., Thomas, E., Wolffe, R., Hosenball, M., and Nordland, R.（2003）"The Unbuilding of Iraq," Newsweek, October 6：34.

8. 米尔顿·比尔登："阿富汗，帝国的坟墓"，《外交事务》，2001 年，第 17～30 页。

Bearden, M.（2001）"Afghanistan, Graveyard of Empires," Foreign Affairs 17～30.

9. 恩将仇报：《经济学人》，2003 年 10 月 4 日：41。

"Biting the Hand That Feeds"（2003）The Economist, October 4：41.

10. 詹姆斯·布莱克韦尔："职业化与军事条例：必败之仗"，收录于劳埃德·马修斯（编纂）：《军队职业化的前景》，波士顿：麦格劳·希尔公司，2002 年。

Blackwell, J. A.（2002）"Professionalism and Army Doctrine：A Losing Battle?," in L. J. Matthews（ed.）The Future of the Army Profession, Boston：McGraw-Hill.

11. 巴里·布莱克曼等：《从和平行动到维持和平的高效转换：最终报告》，1997 年，DFI。

Blechman, B., Durch, W., Eaton, W., and Werbel, J.（1997）"Effective Transitions from Peace Operations to Sustainable Peace：Final Report," DFI.

12. 德里克·布林克霍夫，詹姆斯·梅菲尔德："伊拉克民主治理情况？重整国家—社会关系的机遇与危险"，《公共行政与发展》，2005 年，25：第 59～73 页。

Brinkerhoff, D. W. and Mayfield, J. （2005） "Democratic Governance in Iraq? Progress and Peril in Reforming State-Society Relations," Public Administration and Development 25：59～73.

13. 德里克·布林克克霍夫，S·塔代斯："冲突后伊拉克的军民合作：地方治理重建的经验"，《第 7 号经验总结报告》，2005 年 5 月，北卡罗来纳州国际三角研究所：国际三角研究所。

Brinkerhoff, D. W. and Taddesse, S. （2005） "Military-Civilian Cooperation in Post-War Iraq：Experience with Local Governance Reconstruction," Lessons Learned Brief No. 7, May, Research Triangle Park, NC：RTI International.

14. "布什助手暗示：相对于军队，警察能更好地维护和平"，《纽约时报》，2000 年 11 月 17 日：A7。

"Bush Aide Hints Police Are Better Peacekeepers Than Military"（2000） New York Times, November 17：A7.

15. 塔米·舒尔茨对 P·贾尔与 W·欣茨的采访，2005 年 2 月 7 日。

Cal, P. and Hintz, W. （2005） Interview with T. S. Schultz, February 7.

16. 罗伯特·卡西迪：《维和的深渊：美英冷战后的维和条例与实践》，康涅狄格州韦斯特波特：普雷格出版社，2004 年。

Cassidy, R. M. （2004） Peacekeeping in the Abyss：British and American Peacekeeping Doctrine and Practice after the Cold War, Westport, CT：Praeger.

17. 卡尔·冯·克劳塞维茨：《战争论》，纽约：普通图书馆，1993 年。

Clausewitz, C. V. （1993） On War, New York：Everyman's Library.

18. 埃利奥特·科恩："美国在微型战争中的制约因素"，《国际安全》，1984 年，9：第 151～181 页。

Cohen, E. A. （1984） "Constraints on America's Conduct of Small Wars," International Security 9：151～181.

19. 哈里·科尔斯，阿尔伯特·魏因贝格：《民政事务：士兵成为管理者》，华盛顿：军事历史办公室，陆军部，1964 年。

Coles, H. L. and Weinberg, A. K. (1964) Civil Affairs: Soldiers Become Governors, Washington, DC: Office of the Chief of Military History, Department of the Army.

20. 约瑟夫·科林斯：《阿富汗：赢得三个领域的战争》，（2004a）.10：第 21～23 页。

Collins, J. J. (2004a) "Afghanistan: Winning a Three Block War," October 21～23.

21. 塔米·舒尔茨对约瑟夫·科林斯的采访，2004 年 11 月 10 日。

Collins, J. J. (2004b) Interview with T. S. Schultz, November 10.

22. 《关于战时保护平民的日内瓦公约》，1949 年 8 月 12 日，参考 www. yale. edu/lawweb/avalon/lawofwar/geneva07. htm。

"Convention (Ⅳ) Relative to the Protection of Civilian Persons in Time of War, August 12, 1949" (1949) available at: www. yale. edu/lawweb/avalon/lawofwar/geneva07. htm.

23. 查理·库恩："将军：美国不认为伊拉克政权在被占领后会迅速改变"，《星条旗报》，2004 年 9 月 30 日。

Coon, C. (2004) "General: U. S. Didn't Note Post-invasion Iraq Power Shift Quickly Enough," Stars and Stripes, September 30.

24. 康拉德·克兰：《地面武装与危机：20 世纪 90 年代军队在小规模突发事件中的角色与任务》，宾夕法尼亚州卡莱尔军营：美国陆军战争学院战略研究中心，2001 年。

Crane, C. C. (2001) Landpower and Crises: Army Roles and Missions in Smaller-Scale Contingencies During the 1990s, Carlisle Barracks, PA: Strategic Studies Institute U. S. Army War College.

25. J·戴维森，塔米·舒尔茨："军队到底需要什么？"，《华盛顿邮报《，2005 年 12 月 17 日：A23。

Davidson, J. and Schultz, T. S. (2005) "What the Troops Really

Need," Washington Post, December 17: A23.

26. 国防科学局，人力资源策略特别小组以及国防部下属采购、技术与后勤办公室：《国防科学局特别小组关于敌意转换的研究》，华盛顿：国防部下属采购、技术与后勤办公室，2004 年。

Defense Science Board, Task Force on Human Resources Strategy, and Office of the Under Secretary of Defense for Acquisition Technology and Logistics (2004) The Defense Science Board Task Force on Transition to and from Hostilities, Washington, DC: Office of the Under Secretary of Defense for Acquisition, Technology, and Logistics.

27. 陆军部：《战地手册 100 – 123：和平行动》，华盛顿：美国陆军总部，1994 年。

Department of the Army (1994) Field Manual 100 – 23: Peace Operations, Washington, DC: Headquarters of the Department of the Army.

28. 陆军部：《战地手册 1：陆军 (2001a)》，华盛顿：美国陆军总部。

Department of the Army (2001a) Field Manual1 the Army, Washington, DC: Headquarters of the Department of the Army.

29. 陆军部：《战地手册 3 – 0：行动 (2001b)》，华盛顿：美国陆军总部。

Department of the Army (2001b) Field Manual3 – 0 Operations, Washington, DC: Headquarters of the Department of the Army.

30. 陆军部：《战地手册 3 – 06：城市行动 (2003a)》，华盛顿：美国陆军总部。

Department of the Army (2003a) Field Manual3 – 06 Urban Operations, Washington, DC: Headquarters of the Department of the Army.

31. 陆军部：《战地手册 3 – 07：稳定行动与支援行动 (2003b)》，华盛顿：美国陆军总部。

Department of the Army (2003b) Field Manual3 – 07 Stability Operations and Support Operations, Washington, DC: Headquarters of the Department of the Army.

32. 陆军部:《战地手册 3-07. 22:镇压行动 (2004)》,华盛顿:美国陆军总部。

Department of the Army (2004) Field Manual-Interim 3-07. 22 Counterinsurgency Operations, Washington, DC:Headquarters of the Department of the Army.

33. 拉里·戴蒙德:"只是看起来死了:伊拉克宪法起草 (2005a)",《新共和国周刊》,8 月 17 日。

Diamond, L. (2005a) "It Only Looks Dead:Drafting Iraq's Constitution," The New Republic, August 17.

34. 拉里·戴蒙德:"浪费的胜利:美国占领却并没将民主带给伊拉克人 (2005b)",纽约:《泰晤士报》。

Diamond, L. (2005b) Squandered Victory:The American Occupation and the Bungled Effort to Bring Democracy to Iraq, New York:Times Books.

35. 詹姆斯·多宾斯等:《美国在国家建设中的角色:从德国到伊拉克》,加州圣塔莫尼卡:兰德公司,2003 年。

Dobbins, J., McGinn, J. G., Crane, K., Jones, S. G., Lai, R., Rathmell, A., Swanger, R., and Timilsina, A. (2003) America's Role in Nation Building:From Germany to Iraq, Santa Monica, CA:RAND.

36. 迈克尔·杰齐茨等:"阿富汗地区重建团队及其与国际组织和非政府间组织的军事关系",《美国和平研究所 147 号特别报告》,2005 年 9 月。

Dziedzic, M. J. and Seidl, M. K. (2005) "Provincial Reconstruction Teams and Military Relations with International and Nongovernmental Organizations in Afghanistan," United States Institute of Peace Special Report 147, September.

37. 特奥·法雷尔:"滑向战争:索马里乱局与美国军事和平行动条例",《国际维和》,1995 年,2:第 194~214 页。

Farrell, T. (1995) "Sliding into War:The Somalia Imbroglio and

U. S. Army Peace Operations Doctrine," International Peacekeeping 2：194
~214.

38. 大卫·法斯塔本德："冲突的分类"，《参量》，1997 年，27：第
75～87 页。

Fastabend, D. A. （1997）"The Categorization of Conflict," Parameter
27：75～87.

39. 塔米·舒尔茨对大卫·法斯塔本德的采访，2004 年 11 月 17 日。

Fastabend, D. A. （2004）Interview with T. S. Schultz, November 17.

40. 塔米·舒尔茨对大卫·法斯塔本德的采访，2005 年 2 月 7 日。

Fastabend, D. A. （2005）Interview with T. S. Schultz, February 7.

41. 作者对弗拉万的采访，2005 年 4 月 15 日。

Flavin, W. J. （2005）Interview with author, April 15.

42. 威廉·弗拉万，布伦特·班库什："训练美军成为和平卫士"，
《微型战争与叛乱》，2004 年，15：第 129～139 页。

Flavin, W. R. and Bankus, B. C. （2004）"Training U. S. Army
Peacekeepers," Small Wars and Insurgencies 15：129～139.

43. 罗宾·格迪："鲍威尔批评伊拉克部队的水平，与欧洲关系出现
裂痕"，《伦敦每日电讯报》，2005 年 2 月 26 日。

Gedye, R. （2005）"Powell Criticises Iraq Troop Levels and Rift with
Europe," London Daily Telegraph, February 26.

44. T·戈盖克思："走向无政府状态"，《新闻周刊》，2003 年 7 月
2 日。

Gegax, T. T. （2003）"Road to Anarchy," Newsweek, July 2.

45. 迈克尔·戈登："2000 年大选：军事；布什将终止美国在巴尔干
的维和行动"，《纽约时报》，2000 年 10 月 21 日：A1，A10。

Gordon, M. （2000）"The 2000 Campaign：The Military；Bush Would
Stop U. S. Peacekeeping in Balkan Fights," New York Times, October 21：A1,
A10.

46. 迈克尔·戈登："避免伊拉克爆发第二次战争的策略"，《纽约时

报》，2004 年 10 月 19 日：A1。

Gordon, M.（2004）"The Strategy to Secure Iraq Did Not Foresee a 2nd War," New York Times, October 19：A1.

47. 迈克尔·戈登，伯纳德·特雷纳：《哥普 2：侵占伊拉克的内幕》，纽约：诺夫出版社，2006 年。

Gordon, M. and Trainor, B.（2006）Cobra II：The Inside Story of the Invasion and Occupation of Iraq, New York：Knopf.

48. 布拉德利·格雷厄姆："五角大楼计划削减阿富汗驻军"，《华盛顿邮报》，2002 年 11 月 20 日：A1，A2。

Graham, B.（2002）"Pentagon Plans a Redirection in Afghanistan," Washington Post, November 20：A1, A20.

49. 布拉德利·格雷厄姆，托马斯·里克斯："五角大楼抱怨在伊拉克缺乏战后规划"，《华盛顿邮报》，2005 年 4 月 1 日：A3。

Graham, B. and Ricks, T. E.（2005）"Pentagon Blamed for Lack of Postwar Planning in Iraq," Washington Post, April 1：A3.

50. 伊莱娜·格罗斯曼："在伊军官：军事战术使我们成功在望"，《五角大楼内刊》，2004 年 9 月 30 日：第 1 页。

Grossman, E. M.（2004）"Officers in Iraq：War Tactics Offer Little Prospect of Success," Inside the Pentagon, September 30：1.

51. 斯图尔特·赫林顿：《围捕越共，深入凤凰行动：个人视角》，加州诺瓦托：普雷西迪奥出版社，1997 年。

Herrington, S. A.（1997）Stalking the Vietcong：Inside Operation Phoenix：A Personal Account, Novato, CA：Presidio Press.

52. 舒尔茨对霍瓦特的采访，2005 年 5 月 9 日。

Horvath, J. S.（2005）Interview with T. S. Schultz, May 9.

53. 格雷格·贾菲："伊拉克战场，艾尔斯上尉谱写自己的故事：在新型战争中，基层军官成为军队的权威专家；与村落酋长的危险合作"，《华尔街日报》，2004 年 9 月 22 日：A1。

Jaffe, G.（2004）"On Ground in Iraq, Capt. Ayers Writes His Own

140

Playbook：Thrust into New Kind of War, Junior Officers Become Army's Leading Experts; Risky Deal with Village Sheik," Wall Street Journal, September 22：A1.

54. 格雷格·贾菲，克里斯托弗·库珀："变型后军队在阿富汗如鱼得水"，《华尔街日报》，2003 年 8 月 1 日：A4。

Jaffe, G. and Cooper, C. （2003）"Stretched Army Makes Do in Afghanistan," Wall Street Journal, August 1：A4.

55. 雷·约翰森：《越南与美国小型战争条例》，曼谷：白莲，2001 年。

Johnson, W. R. （2001）Vietnam and American Doctrine for Small Wars, Bangkok：White Lotus.

56. 乔·克莱因："是时候推行强力维和了"，《时代周刊》，2003 年 11 月 24 日：第 25 页。

Klein, J. （2003）"It's Time for Extreme Peacekeeping," Time, November 24：25.

57. 安德鲁·克雷皮内维奇：《军队与越南》，马里兰州巴尔的摩：约翰霍普金斯大学出版社，1988 年。

Krepinevich, A. F. , Jr. （1988）The Army and Vietnam, Baltimore, MD：Johns Hopkins University Press.

58. 舒尔茨对库格勒的采访，2005 年 2 月 10 日。

Kugler, R. L. （2005）Interview with T. S. Schultz, February 10.

59. 《战争法：陆战法规和惯例公约》（海牙第二公约），1899 年 7 月 2 日。参考 www. yale. edu/lawweb/avalon/lawofwar/hague 02. htm。

"Laws of War：Laws and Customs of War on Land（Hague II）：July 29, 1899 "（1899）available at：www. yale. edu/lawweb/avalon/lawofwar/hague02. htm.

60. 舒尔茨对里森比的采访，2005 年 5 月 10 日。

Lisenbee, D. G. , Jr. （2005）Interview with T. S. Schultz, May 10.

61. 舒尔茨对麦吉恩的采访，2005 年 2 月 8 日。

McGinn，J. G. J. （2005）Interview with T. S. Schultz，February 8.

62. 舒尔茨对马蒂斯的采访，2005 年 6 月 15 日。

Mattis，J. N. （2005）Interview with T. S. Schultz，June 15.

63. 约翰·纳格尔：《学会用刀喝汤：在马来亚和越南学到的镇压叛乱经验》，伊利诺斯州芝加哥：芝加哥大学出版社，2005 年。

Nagl，JA. （2005） Learning to Eat Soup with a Knife：Counter insurgency Lessons from Malaya and Vietnam，Chicago，IL：University of Chicago Press.

64. 迈克尔·E·奥汉隆："缺乏规划的伊拉克局势"，《政策评论》，2005 年。

O'Hanlon，M. E. （2005）"Iraq without a Plan," Policy Review.

65. 舒尔茨对奥利弗的采访，2005 年 5 月 24 日。

Oliver，G. （2005）Interview with T. S. Schultz，May 24.

66. 霍华德·奥尔森，约翰·戴维斯：《训练美国陆军军官掌握和平行动：波斯尼亚经验》，华盛顿：美国和平研究所，1999 年。

Olsen，H. and Davis，J. （1999）Training U. S. Army Officers for Peace Operations：Lessons from Bosnia，Washington，DC：United States Institute of Peace.

67. 罗伯特·卡梅隆·奥尔（编纂）：《赢得和平：美国冲突后重建战略》，华盛顿：国际战略研究中心出版社，2004 年。

Orr，R. C. （ed.）（2004）Winning the Peace：An American Strategy for Post-conflict Reconstruction，Washington，DC：Center for Strategic and International Studies Press.

68. 罗伯特·M·佩里托："美国与阿富汗地方重建团队的交流：认同经验"，《美国和平研究所 152 号特别报告》，2005 年 10 月。

Perito，R. M. （2005）" The U. S. Experience with Provincial Reconstruction Teams in Afghanistan：Lessons Identified," United States Institute of Peace Special Report 152，October.

69. J·派克：　《美国地面部队撤退》，2005 年。参考 www.

globalsecurity. org/military/ops/iraq_ oibat_ es. htm，10 月 9 日。

Pike，J. （2005）"U. S. Ground Forces End Strength，" available at：www. globalsecurity. org/military/ops/iraq_ oibat_ es. htm，October 9.

70. D·普里斯特："国家建设，特殊部队"，《华盛顿邮报》，2003 年 3 月 9 日：B1，B4。

Priest，D. （2003）"Nation Building，at Its Very Corps，" Washington Post，March 9：B1，B4.

71. 安德鲁·拉斯梅尔："冲突后伊拉克重建规划：我们可以学到什么?"，《国际事务》，2005 年，81：第 1013～1038 页。

Rathmell，A. （2005）"Planning Post-conflict Reconstruction in Iraq：What Can We Learn?" International Affairs 81：1013～1038.

72. 唐纳德·罗斯："战地手册 3 - 0：美国陆军条例中人道主义行动的效果"，《微型战争与叛乱》，2002 年 13：第57～82 页。

Rose，D. G. （2002）"战地手册 3 - 0 Operations：The Effect of Humanitarian Operations on U. S. Army Doctrine，" Small Wars and Insurgencies 13：57～82.

73. 威廉·罗西瑙："和平行动，紧急状态法的执行与警察部队"收录于安东尼娅·汉德勒·查耶斯，乔治·拉什（编纂）：《和平行动：充实美国战略》，华盛顿：国防大学出版社，1995 年。

Rosenau，W. （1995） "Peace Operations，Emergency Law Enforcement，and Constabulary Forces，" in A. H. Chayes，and G. T. Raach （eds）Peace Operations：Developing an American Strategy，Washington，DC：National Defense University Press.

74. 唐纳德·拉姆斯菲尔德：《国家建设之外》，2003 年 2 月 14 日。

Rumsfeld，D. H. （2003）"Beyond Nation Building，" February 14.

75. 舒尔茨对凯文·赖安将军的采访，2004 年 12 月 15 日。

Ryan，K. （2004）Interview with T. S. Schultz，December 15.

76. 斯坦利·桑德勒："欢迎其到来，不愿其离去：美国陆军民政事务和军事管制的历史（1775～1991）"，北卡罗拉纳州布拉格堡：美国陆军特种作战司令部。

Sandler, S. Glad to See Them Come and Sorry to See Them Go: A History of U. S. Army Civil Affairs and Military Government. 1775～1991, Fort Bragg, NC: U. S. Army Special Operations Command.

77. 罗恩·斯卡伯勒："军队的阿富汗缉毒战：一些军官回避'法律执行工作'",《华盛顿时报》, 2004 年 10 月 14 日：第 8 页。

Scarborough, R. (2004) "Military Resists Afghan Drug War: Some Officers Balk at Doing 'Law-Enforcement Job'," Washington Times, October 14: 8.

78. 纳迪亚·沙德洛："战争与治理艺术",《参量》, 2003 年, 第 85～94 页。

Schadlow, N. (2003) "War and the Art of Governance," Parameters 85～94.

79. 彼得·斯库梅克, 莱斯·布朗利："在战争之国服役：一只具备远征能力的勇猛部队",《参量》, 2004 年：第 4～23 页。

Schoomaker, P. J. and Brownlee, L. (2004) "Serving a Nation at War: A Campaign Quality Army with Joint Expeditionary Capabilities," Parameters 4～23.

80. 克里斯蒂娜·施魏斯:《挑战美国霸权：欧盟在国家建设与民主方面的比较优势》, 2004 年 3 月 17～29 日。

Schweiss, M. C. M. (2004) "Challenging U. S. Hegemony: The European Union's Comparative Advantage in Nation building and Democratization, March 17～29.

81. 詹姆斯·斯奈德："美国警察的建立和行动",《历史小节 C－3》, 美国警察, 1947 年。

Snyder, M. J. M. (1947) "The Establishment and Operations of the United States Constabulary," Historical Sub-Section C－3, United States Constabulary.

82. W·M·斯蒂尔:《幻灯片演示标题：机动部队和协同稳定与支

141

援行动研究》，2001 年 3 月 8 日。

Steele, W. M. （2001）"PowerPoint Presentation Entitled: Maneuver Platoon & Company Stability and Support Operations （SASO） Study," March 28.

83. 舒尔茨对戈登·沙利文将军的采访，2005 年 2 月 25 日。

Sullivan, G. R. （2005）Interview with T. S. Schultz, February 25.

84. 哈里·萨默斯：《战略研究：越战评析》，加州诺瓦托：普雷西迪奥出版社，1982 年。

Summers, H. G. , Jr. （1982）On Strategy: A Critical Analysis of the Vietnam War, Novato, CA: Presidio Press.

85. 珍妮弗·托，罗伯特·莱希特：《世界新秩序和陆军条例》，加州圣塔莫妮卡，兰德，1992 年。

Taw, J. M. and Leicht, R. C. （1992）"The New World Order and Army Doctrine," Santa Monica, CA: RAND.

86. 威廉·特温顿：《美国警察历史》，肯塔基州帕迪尤卡：特纳出版公司，1998 年。

Tevington, W. M. （1998）The United States Constabulary: A History, Paducah, KY: Turner Publishing Company.

87. 国防部维稳行动和低烈度冲突办公室：《国防部指南 3000.05》，华盛顿：作者，2005 年 2 月 28 日。

The Assistant Secretary of Defense for the Office of Stability Operations and Low Intensity Conflict （2005）"Draft Department of Defense Directive Number 3000. ccE," Washington, DC: author, February 28.

88. 《全球反恐战争：最初的一百天》，华盛顿：联合信息中心，2001 年。

The Global War on Terrorism: The First 100 Days （2001）Washington, DC: The Coalition Information Centers.

89. 国防部长办公室：《国防部指南 3000.05：向稳定、安全、过渡和重建提供军事支持（SSTR）》，华盛顿：作者，2005 年 11 月 28 日。

The Office of the Secretary of Defense（2005）"Department of Defense Directive Number 3000. 05: Military Support for Stability, Security, Transition, and Reconstruction（SSTR）Operations," Washington, DC: Author, November 28.

90. 特洛伊·托马斯："控制吠犬：未来冲突中的治理行动"，《军事评论》，2006 年，1/2 月：第 78～85 页。

Thomas, T.（2006）"Control Roaming Dogs: Governance Operations in Future Conflict," Military Review, January-February: 78～85.

91. 詹姆斯·汤姆森：《伊拉克：翻译课程进入国防部未来政策》，加州圣塔莫尼卡，兰德公司，2005 年 2 月 7 日。

Thomson, J. A.（2005）"Iraq: Translating Lessons into Future DoD Policies," Santa Monica, CA: RAND Corporation, February 7.

92. 大卫·塔克，克里斯托弗·兰姆："和平诺言"，收录于罗伯特·康纳等（编纂）:《美国武装部队：现在和未来能力手册》，康涅狄格州韦斯特波特：格林伍德出版社，1996 年。

Tucker, D. and Lamb, CJ.（1996）"Peacetime Engagements," in S. C. Sarkesian and R. H. Connor（eds）America's Armed Forces: A Handbook of Current and Future Capabilities, Westport, CT: Greenwood Press.

93. 美国国际开发署：《阿富汗地区重建团队：跨部门评估》，华盛顿：美国国际开发署，联合部队司令部，以及作为重建与稳定协调方的美国国务院，PN－ADG－252 报告，2006 年 6 月。

United States Agency for International Development（2006）"Provincial Reconstruction Teams in Afghanistan: An Interagency Assessment," Washington, DC: USAID, Joint Forces Command, and State Department Office of the Coordinator of Reconstruction and Stabilization, Report No. PN－ADG－252, June.

94. 美国陆军与陆军训练与条例司令部："军事行动：模块化概念"，《陆军训练与条例司令部宣传册》，1995 年 1 月 10 日，第 525～568 页。

United States Army and Training and Doctrine Command（1995）"Military

Operations. Concept for Modularity," TRADOC Pamphlet 525 ~ 568, January 10.

95. 美国与乔治·布什：《美国国家安全战略报告》，华盛顿：白宫，1990 年。

United States of America and Bush, G. (1990) National Security Strategy of the United States, Washington, DC: The White House.

96. 罗伯特·厄特利："边疆对美国军事传统的贡献"，收录于詹姆斯·塔特：《在边疆的美国军队：第 7 届军事历史研讨会，美国空军学院，1976 年 9 月 30 日~10 月 1 日》，华盛顿：美国空军总部，空军历史办公室，1978 年。

Utley, R. M. (1978) "The Contribution of the Frontier to the American Military Tradition," in J. P. Tate (ed.) The American Military on the Frontier: The Proceedings of the 7th Military History Symposium, United States Air Force Academy, 30 September - 1 October 1976, Washington: Office of Air Force History, Headqartel USAF.

97. 亚历山大·沃尔查克：《终结冲突——从战士到警察的转变：初级认识》，1992 年 4 月 15 日。

Walczak, C. A. M. (1992) "Conflict Termination-Transitioning from Warrior to Constable: A Primer," April 15.

98. 舒尔茨对威廉·华莱士将军的采访，2005 年 5 月 10 日。

Wallace, W. S. (2005) Interview with T. S. Schultz, May 10.

99. 舒尔茨对沃尔尼·吉姆·华纳将军的采访，2005 年 5 月 12 日。

Wamer, V. J. (2005) Interview with T. S, Schultz, May 12.

100. 罗素·弗兰克·魏格磊：《美国战争方式：美国军事战略与政策史》，布卢明顿：印第安那大学出版社，1977 年。

Weigley, R. F. (1977) The American Way of War: A History of United States Military Strategy and Policy, Bloomington: Indiana University Press.

101. A·魏因申克："军方官员正在准备详细介绍索马里教训的报告"，《防务周刊》，1993，NO.1：2，8。

142

Weinschenk, A. (1993) "Army Officials Are Preparing Report Detailing Somali Lessons," Defense Week, November 1: 2, 8.

102. 约翰·友: "伊拉克重建与占领法",《加州大学戴维斯分校》,国际法律与政策, 2004 年, 11: 第 7~22 页。

Yoo, J. (2004) "Iraqi Reconstruction and the Law of Occupation," UC Davis Journal of International Law and Policy 11: 7~22.

103. 舒尔茨对安东尼·津尼将军的采访, 2005 年 1 月 31 日。

Zinni, G. A. C. (2005) Interview with T. S. Schultz, January 31.

第七章　个人行为体与冲突后
社会的重建

弗吉尼亚·霍伊夫勒（Virginia Haufler）

143

国家从冲突中恢复过来，并力图阻止冲突再次发生，需要尽快重建有效的政府机构。这些机构面临的一项重要任务就是重建国家经济，从而将再次爆发冲突的可能性降到最低。决策者们需要确保重建基础设施，向公民提供各类公共服务，确保有充足的工作机会——特别对于那些老兵，确保税务基础得以建立以支撑这些任务。但是冲突后社会公共资源缺乏，国家储蓄枯竭，经济发展主要依赖外部援助，那么在这种复杂的情况下如何开展上述任务呢？许多人都认为应该依靠外国投资者，特别是那些经济发展主要依靠自然资源的国家。虽然环境恶劣，但是依然会有许多外国投资者乐于进入那些冲突后依然动荡不安的市场。① 然而，考虑到新生政权经常面临严峻的政治和安全需求，领导者们不可能马上把他们的注意力集中在构建良好的投资环境上，因为他们还有其他看似更为紧迫的问题

---

① 电信领域乐意在刚刚经历过冲突的国家进行投资。在冲突后的阿富汗大约有 1.3 亿元资金投资到这一领域，2003 年有超过 200 家公司参与了伊拉克电话许可证的招标（卡瓦略和梅列姆，2005）。

（施瓦茨等，2004）。

　　冲突后外国投资政策上的真空既带来了机遇，也带来了挑战。机遇是对于国外投资者进入这个国家而言，因为这一时期缺乏监督管理和市场竞争。但是，挑战主要是新的领导人可能在缺乏完善政策和制度框架的情况下，热情的欢迎外国投资者。在缺乏完善的指导和管理的情况下，对外国投资在政策和规划上过度的支持，会破坏良好的治理，进而导致社会回到暴力冲突的局面。外国投资者进入一个治理虚弱国家的方式会加剧或增加冲突，导致腐败和犯罪问题的恶化。缔造和平的任务，如罗兰·帕里斯（Roland Paris）所言，意味着政治民主化和市场自由化，但是在许多情况下，"这些却在无意中加剧了社会紧张局势，或者再次产生那种在这些国家历史上曾引发暴力的情况"（帕里斯，2004：6）。吸引投资者的政策必须有相应的政策框架，包括规范、惯例和章程等。

144

　　接下来，我将分析冲突的政治经济学意义，和个人投资者和交易商在冲突后社会所起作用的相关问题。由于我更关心外国投资者对和平和治理起到的破坏作用，因此，在这里集中关注投资的消极影响。但这不是说，在冲突后新建立的国家中，所有的，或者说是大部分投资只带来消极影响。对于冲突后国家的重建而言，重建经济是关键因素。但是，我想再次提醒大家。为了避免外国投资对脆弱国家的消极影响，需要三个相互依赖的行为体采取积极行动。私人企业需要对冲突更加敏感；他们过去常常忽视或低估其对地方政治发展的作用。东道国政府需要制定高效但不繁杂的政策，特别是消除投资项目中那些最不稳定的因素。而国际社会需要制定得到国际组织和援助国支持的规范和规则，从而为东道国和企业采取行动提供良好的环境，而在这方面，国际社会做的还远远不够（联合国全球契约 2005）。这里提及的许多问题并不仅仅适用于冲突后国家，也同样适用于许多脆弱国家。

一、冲突政治经济学

冲突结束后，力图在法律范围内重建运转良好的经济是很困难的。这时存在的是已经受到国内外的政策变化破坏的战时经济。战时经济可能源于政府自身的政策选择，政府希望实现经济的军事化，并且同敌对的外部世界隔绝；现代社会中最极端的例子就是朝鲜。经济行为集中于国家并由国家进行统一管理；如果国家陷入混乱，其经济也同样陷入混乱。当国际社会采取经济制裁或者将一个特定政权与外部的经济资源隔离的措施，从而把战时经济强加到一个国家时，相似的情况也会发生。经济行为通常会变得集中，但是制裁也往往会导致非法的贸易和金融交易的产生。由于战争的特殊性以及外部世界强加的制裁，这些非法行为在这时通常会被赋予合法性。国家经济在一些方面同世界经济相隔离，但是在另外一些方面，它又受到地区非法走私和洗钱网络的渗透和影响（安德烈亚斯，2005；巴伦坦和尼奇克，2005）。那些在战时经济中获益的人们不希望参加正常的政治经济。

完全隔绝的战时经济越来越少了。在国内冲突主导世界政治的今天，国家的边界通常并不是完全封闭的，冲突也越来越多的溢出国家边界。脆弱国家对其领土不能进行有效的管辖，而为管理资金、货物和人员流动而设立的警察一般也不能有效发挥作用。在其他情况中，稳定国家也可能会因为邻近地区冲突的扩散而变得动荡，如巴尔干地区和非洲大湖地区。在这些情况中，当自然资源成为暴力活动、武器走私和毒品贸易的资金来源时，情况会变得更加糟糕。在许多冲突后国家，正是非法经济加剧了政府治理的弱化（弗里曼和安德烈亚斯，1999）。

实证研究和政策研究表明通过一些基础性机制，外国贸易和投资会导致产生冲突的政治经济条件，主要通过创造条件促进暴力活动的爆发和延续（贝达尔和马隆，2000；科利尔，2003b；巴伦坦和尼奇克，2004；汉弗莱斯，2005）。一些机制在本质上是普遍适用的，而一些机制仅适用于自然资源的发展和开发。主要的机制包括：（1）通过一些机制，资源自身既可以吸引投资者，也会破坏其余经济部门；（2）外国投资者进入一个国家的方式可能会导致经济分配的不公平，这种情况又会因为种族差异而加剧，进而产生导致分裂和政治灭亡的动力；（3）向项目、社区和国家层次的参与者提供保护性服务的方式可能会产生或者加剧政治分裂和敌对情绪，这往往产生在国家和地方社区之间；（4）政府向外国投资者提供合同及随后的监督可能会破坏政府的合法性以及项目本身。这些都会由于战时经济的存在而加剧。①

----

① 作为现代国内冲突的因素，人们对"贪婪"和"不满"展开了广泛的讨论。一些最初的作品包括基恩（1998），贝达尔和马隆（2000），和科利尔（2000a）。这些可以联系到关于"新型战争"的深层次分析，由达菲尔德（2001）和卡尔多（1999）提出，纽曼（2004）进行批判。

人们已经习惯把高价值的自然资源同动荡和冲突联系在一起。由自然资源可以衍生出两种问题：政府和反叛组织都会把高价值商品交易中获得的收入使用到战争和犯罪活动中；主要的长期资源发展项目（如天然气和石油等）的收入管理和分配过程中存在的不公平和腐败行为。保罗·科利尔（Paul Collier）在最近的研究中描述了自然资源发展加剧冲突的六种模式：（1）自然资源的发展项目成为"蜜罐"，不仅吸引了妄图控制资源的精英前来寻租，也同样会吸引新的定居者来到这些发展地区，而这些变化将会产生冲突；（2）自然资源的发展会导致冲突，因为可以增加那些控制资源的集团的财富，其中地区分离主义会由于控制资源而增强其实力；（3）自然资源发展获得的财政收入使得反叛组织可以进行持续的冲突，而不必完全依赖于外部资金的支持；（4）自然资源发展的收入为政府的活动提供了财政支持，从而使得政府不必依赖公民税收；这种自治往往导致执政精英缺乏责任感和合法性，进而导致政治系统的崩溃；（5）在自然资源领域突然增加投资会导致其他经济领域缺乏资金；这种反差会产生通货膨胀、失业问题和微观经济的混乱，进而引起人们的普遍不满；（6）如果一个经济体的财政收入过分依赖单一的商品和领域，它就会过分暴露于外部经济的震荡，这会使一些脆弱集团受到巨大伤害，进而变得更加咄咄逼人或者倾向于采取暴力活动（科利尔，2003c）。在所有这些模式中，正是资源的巨大价值导致了国家经济发展缓慢和政治动荡不安。

高价值的自然资源可以分为"可获取的"和"不可获取的"，这两种类型与冲突的爆发之间有不同的联系（罗斯，

2002；巴伦坦和尼奇克，2005）。可获取资源可以很容易获得，通常是非法的，然后从一个地方转移到另一个地方。它们也因为大小和重量的差异而具有不同的价值。通过"可获取资源"支持冲突的经典案例是钻石。尽管深矿中钻石的获得和非法交易是很困难的，但在西部非洲许多地区的金刚石砂矿并不需要挖掘很深。在这一地区，很多钻石贸易都是人们进行手工开采，然后他们把钻石卖给中间商。这些都是钻石销售链条的一部分，后期人们对钻石进行打磨，然后在全球合法的和非法的市场和公司进行交易。在初始环节，钻石可能落入反叛组织或者分离运动之手，他们将钻石收入用来购买武器，向军队提供资金，促进战争的继续发展。[①] 钻石收入同样会落入政府精英手中，他们会用来打击叛军，或者支撑他们的政权而忽视民众的支持。在钻石行业中，既需要拓展合法产业，也需要对非法产业加强监督和控制，以防止冲突发生。[②]

固定资源（"不可获取资源"）的开发，例如天然气、石油或者深层矿藏等，一般需要政府和投资者之间的协商。在合同中进行详细的规定，其中投资者必须通过税收和其他费用向政府提供一定比例的收入。这些收入对于政府而言无异于一种意外收获，这就使得政府会放松财政控制，扩大政府开支，并通过优惠政策把利润分配给亲朋好友。如果不能进行有效的管

---

① 关于冲突中资源（特别是钻石）流通地位的最详实的综述，参考斯迈利等（2000）；勒比扬等（2002）；和汉弗莱斯（2005）。

② 关于怎样处理所谓的冲突钻石的政策讨论承认区分合法和非法钻石和钻石贸易是非常困难的。担心在于反对冲突钻石的行动都可能破坏合法市场和那些有着运转良好的钻石部门的国家。

理，资源开发就会破坏经济并导致政府出台不好的微观经济政策。① 政治上，由于政府不必依赖于公民的税收，因此，他们也不必向公民承担太多责任。在许多情况中，这种收入还会引起政治精英之间相互竞争、官僚腐败以及由于政治原因导致的公民之间分配的不平等。这种被许多人称为"资源诅咒"的情况，与冲突的爆发有着紧密的联系（卡尔，1997；罗斯，1999；德索伊萨，2000）。这些项目的大量收入使独裁者获得资金支持，从而可以增加国家镇压反叛的能力。比如，当在乍得修建一条新的天然气线路的交易达成后（有关这次交易下文将展开详细的论述），腐朽的统治者迅速将签约金用以购买武器。结果，来源于合法交易、本应用于积极发展目标的收入却导致了政治冲突和经济欠发展。脆弱国家更容易受到缺乏管理的资源开发带来的消极的影响。

资源开发的不平衡主要是由于资源的地理分布不均导致的。我们看到资源在一些地区集中分布，例如，尼日利亚的石油主要分布在南部地区，结果导致了种族分歧的加剧。但是一般说来，贸易和投资（不仅仅指自然资源领域）对于一个国家不同地区的影响是不同的，而当地居民可能会把这些看作是不公平的。致力于吸引外国投资的政策可能更偏向城市而不是农村，支持一个地区而不是另一个地区。投资具有消极的外部效应，比如一些污染严重的工业，可能处于一些地区而不是其他地区。良好的经济发展形式可能存在于一些政治上获益的地

---

① 这经常涉及"荷兰病"，讲的是荷兰由于石油资源的开发而陷于微观经济陷阱的教训。

区，而一些地区可能基本没有任何投资。资源开发项目，通常是宏大的，可能会吸引国家其他地区的人涌入这些发展地区寻找工作。而这经常会导致原住民和这些突然涌入的新来者之间的冲突。

在冲突后的环境中，由于缺乏安全，这些问题变得更加严重，而安全问题是新政府面临的最棘手的问题之一。对于私人贸易和投资来说，固定资产投资面临更大的安全风险。大多数轻工业会选择离开冲突地区，但是，大企业可能选择留下，尽管大部分情况下，当冲突严重时，他们也停止经营。[①] 尽管面临冲突带来的危险，但是石油管道和采矿等行业可能会持续运营，因此其人员和资产都面临着巨大的威胁。在许多案例中，受到与当地政府合同的限制，外国公司不得不使用政府提供的军队和警察来保护安全。在一系列备受瞩目的事件中，特别是在尼日利亚和苏丹，这些特殊武装被证实是对民众的一种威胁。政府武装经常使用公司设施——私人机场、直升机和卡车——镇压地方势力。[②] 在其他情况中，比如在哥伦比亚，外国公司为了避免受到政府侵犯人权和镇压行为的牵连，他们会雇佣私人安保公司。[③] 在其他一系列有巨大影响的事件中，这

---

① 大部分商业逃避暴力，但是一些却不会。如果暴力发生在国家的偏远地区或者禁区，或者公司不会成为攻击的目标，那么商业就会尽量继续下去。比如，安哥拉内战期间，石油工业一直持续运营，因为它并不是攻击的目标，而且大部分战斗都远离产油区（伯曼，2002）。

② 关于公司在这些镇压行动中直接参与的程度，存在一些相互矛盾的报道。实际上，在这些案例中的共谋包括开展的活动。拉姆斯特里（2002）。

③ 有关全球私人安保的详实分析，阿文特（2005）。

种私人武装同样被证实对于民众是危险的。① 在所有这些事件中，公司及其员工与地方社区之间安全状况的不平等可能会导致强烈的不满情绪。

148　　　冲突后社会的安全状况通常是动荡的。只有安全环境在更大范围得到改善，外国私人投资才可能发挥更重要的作用。大部分早期投资通常是为政府服务或者援助政府的合同，而非自发投资到更具潜力的经济领域。正如我们在伊拉克看到的，私人投资者需要保护他们自己和公司设备。无论是公共的还是私人的安保服务（在伊拉克大部分是私人安保），如同我们在尼日利亚、苏丹和哥伦比亚看到的一样，都会经历同样的风险：权力滥用，对无辜人员的暴力，腐败和严重的错误。如同在其他案例中发生的，对商业而不是地方社会的保护很容易转变为对政府的不满。对这些合同的监督管理，需要一个高效的政府机构，但是在冲突后早期的社会重建中这些往往被忽视了。

事实上，合约的执行者是援助国政府和国际机构而不是东道国政府，这使得安全和合约问题变得更加复杂。援助国可能和东道国存在利益上的分歧。他们纠结于，是使用冲突后的重建合同来促进自身的发展，还是建立一个有活力的商业区域并促进地方就业。旨在稳定政治秩序的重建过程中，急于展示进展也许同建立高效、合法和透明的监督管理体系相矛盾。

---

① 关于公司管理者与政府和私人安全部队的准确关系存在争论。一些公司内部人士通过对同伴的暴行视而不见来保护自己，而其他人指责他们完全了解在如此不安定环境中使用任何类型的安全部队的危险。

二、重建治理：投资领域

战后政府重建需要重新构建治理机构的合法性和效率。布林克霍夫（第一章）介绍了这一进程中比较困难的因素：扩大政治参与，减少不公平，建立问责制，消除腐败，引进竞争性选举等。外国投资适合出现在列表中的什么位置呢？有观点认为，外国投资在重构合法性过程中没有积极意义，甚至会通过奖励精英阶层，增加不平等，培养腐败和恩庇以及支持独裁统治等破坏合法性。然而，世界大多数人认为外国投资发挥了积极的作用。"在接受调查的43个国家中，有33个国家的大多数民众认为外国投资一般对本国的有着积极的影响"（皮尤民众与新闻研究中心，2003：97）。其中也包括接受调查的非洲国家。但是这个概况却掩盖了事实上不同类型的投资，不同公司，会在法治和治理方面发挥不同的作用。正如上文提到的，这些方面在冲突社会中表现更为明显。

外国投资通过嵌入社会的方式，影响现存机构和政权合法性。最低限度的合法性可能来源于经济领域表面的成功：如果投资可以促进就业，利润重新投资于本地经济，服务有益于当地人民，那么这种经济成功就可以培养社区支持和认同。然而，经济成功的利益可能很轻易的被政治动荡击毁。如果投资导致腐败加剧，精英缺乏责任感以及会导致不满情绪的不公平，那么要建立合法性就很困难了。

近年来，人们呼吁采纳"企业冲突预防"模式。目标在于通过推动企业的实践，帮助扭转或者缓解投资的消极影响，

149

特别是在脆弱国家。同时，人们呼吁政府和国际机构提供刺激机制培养企业对冲突的敏感性。这一进程的推动者主要是联合国全球公约，它已经举办了一系列关于冲突地区商业问题的政策对话（联合国全球公约，2002，2005）。以英国为代表的许多政府和利益团体（例如冲突解决非政府组织，国际警信协会）也积极推进这一进程，此外还包括利益团体，全球证人组织等。今天已经有许多性质和效果方面的企业冲突行为，但是尚未体现连贯性和一致性。例如，在联合国人权大会上，人们曾经尝试建立商业和人权方面的通用框架，但是这并没有被采纳。当这一问题于 2005 年在联合国安理会上被提及时，也没有采取后续行动，尽管可以寄希望于新的建设和平委员会更多关注企业在建设和平中发挥的作用。目前，最持久的行动是联合国支持的认证钻石的金伯利进程；人权和安全的自愿原则；英国的采掘业透明度倡议。但是，这些倡议没有连结成为一个主要的结构。它们存在一些通用的基础原则，包括透明度，尊重人权和企业社会责任的通用承诺等。

政治分析家已经认真分析了发展中国家关于投资的措施，这些对于国家的战后重建具有特殊的价值。这些措施关注：为了接受"冲突敏感的商业实践"，个体行为者应该做些什么；政府和国际组织应该做什么，从而为国际投资提供更好的公共政策框架（国际警信协会，2005；联合国全球公约，2005）。这些建议的大部分主要适用于采掘业和他们的经济伙伴。接下来将讨论有关这一主题的政策报告中的主要原则以及一些主要案例。

1. 透明度与国际认证

越来越多的压力迫使公司对其在脆弱国家的经营活动进行信息公开。在外国投资领域，公司被要求提供三类主要信息。首先，是比较直接的信息，即它们实际的经济运行过程和在某地进行的并对当地产生影响的长期规划。这一信息主要是响应与利益相关者进行对话的号召。第二种需要公开的信息，同样是近年被广泛关注的信息，即需要公布公司某项投资的收益，向政府支付的资金和费用，收益的分配情况。这种信息的公开也许会导致对利润管理系统的诉求，这将在下文单独进行论述。最后，第三种需公开的信息，涉及一个关于贸易控制的更大的结构，即某些类型的贸易将被视为不合法的，而合法贸易的货物将通过一个认证体系。认证包括特定信息的公布以及在其他透明度类型中缺失的强制执行体系。

外国投资领域所有这些透明度形式的目的在于增强投资者的合法性和责任感以及投资者所处政治系统的合法性和责任感。信息的披露使相关方可以约束其他行为者对其行为负责。当治理机构虚弱时，对于公众和个体行为者而言，信息透明是对腐败强有力的监督手段。当公民和消费者在经济、政治和社会方面做选择时，他们会使用这些信息。透明度可以加强行为者之间的信任与合作。理想的情况下，这种责任意识有助于加强机构能力，从未进一步减少社会的不满和不信任（弗洛里尼，1998；格里戈雷斯库，2003）。在那些缺乏民主机构的国家，公司的透明度通常被视为更广泛民主改革的开端。

透明度的好处为社会行为体享有的同时，那些公开信息的组织也在享有潜在的利益。有一个"商业法案"就是为了支持公司参与对话，信息公开和支持认证体系而设立的。对于那些可靠的并意在解决共同关心问题的行为体，透明度可能成为一个信号。提供更多信息的企业在政策选择方面可能得到更广泛的活动范围，因为信息的提供可以减少其他公司所面临的质疑。由于私人行为体与其身处其中的社会之间可能存在巨大的分歧，公司的透明度就可以帮助私人行为体提高其与所处社会的沟通能力。它同样可以保护在发展中国家进行投资的企业"经营许可权"，因为在那里投资往往包括与政府部门或者国有企业的直接谈判。

151　　　近年来，政府和企业之间合同谈判的保密性变得尤为严重，特别是在冲突后重建领域。通常，在发展中国家和冲突后国家，主要投资项目的实施需要政府首脑和投资者的直接谈判。他们之间的谈判主要涉及大型项目，例如基础建设，电信通信以及采掘业（包括石油、天然气和矿产等）。这些合同通常选择避开公众的视线，而且往往包含一些不能公开的特定条款。政府和企业都希望保持合同的秘密性。政府精英不希望公众准确了解交易的金额，因为这将引起新的问题如公布开支情况等。他们同样不希望分享他们对某个公司的让步信息，以保护未来与其他公司进行谈判时的地位。企业经营者同样倾向于保守秘密，是为了避免竞争对手得到相关信息，并为未来保留谈判地位和战略。一些企业经营者也许仅仅是不想因为提供太多信息而卷入政治困境。因此，东道国政府和投资者都不愿意把透明度当做行事原则，尽管这已经开始发生改变。

　　投资领域的透明度发挥作用的实例，既包括非常宽松、自愿的行动，也包括传统的监管结构。松散的行动即推动外国投资者和当地社会之间对话的工作。在微观层次上，国际警信协会多年来一直与阿塞拜疆的石油投资者合作，致力于发展一种地区导向性的投资进入渠道（基利克，2002）。致力于保护受到投资威胁的本土和种族集团的各式各样活动，包括要求更多的利益相关者参与到规划中。这种社区参与，尽管受到诸多限制，可以被视为缺乏民主国家民主参与微弱的替代品。不幸的是，太多努力并非正式的，它们组成了公共关系，而不是公共政策。

一项致力于更广泛的推进透明度的活动是一系列非政府组织发起的"公布你的支出"（简称PWYP）组织。这一活动最初由乔治·索罗斯（George Soros）资助，以推进他提出的向社会开放采掘业的倡议。这一活动在得到英国政府的支持后，影响得到进一步增强。布莱尔首相发起采掘业透明度行动计划（简称EITI），推动企业和东道国政府的透明度。这两项活动要求公布采掘业发展收入的数据，以及支持更详细的报告，关于资金来自哪里，流向何方。这些活动同反腐活动紧密联系在一起，例如透明国际（非政府组织）的活动。"公布你的支出"组织已经拥有众多追随者，并致力于进一步扩大其覆盖范围和影响力。采掘业透明度行动计划已经被许多存在严重腐败问题的国家采纳，包括尼日利亚，阿塞拜疆和安哥拉，并且得到了来自世界银行的支持和积极参与。虽然采掘业透明度行动计划基于自愿，但是它却为报告和审计的请求提供了准则。① 虽然大部分的注意力集中在采掘业的透明度上，这一问

---

① www. eitransparency. org。

题在基础设施建设和金融领域等其他领域是类似的。

目前，大多数透明度活动是自愿性的，缺少强制性措施。但是包括认证在内的贸易控制活动包含了深层次的制度化，而不仅仅局限于报告层面。认证体系在许多环境和劳工标准方面存在已久，但是在冲突领域还很少见。利益团体成功发起一次反对裸钻贸易的运动，非洲（特别是塞拉利昂）的裸钻贸易一直在支持战争。他们称之为"血钻"并呼吁消费者停止购买。虽然面临失去市场的可能，这一产业最终同意建立认证体系，以向消费者提供关于钻石成品的原产地信息。这一构想在于切除叛乱、犯罪和军阀进行战争的能力，战乱国家的军阀往往占领一部分领土，通过出售裸钻进行战争。联合国召集了一次更大规模的国家间谈判，意在传播政府间的共识，即不得进口未经认证的钻石。认证是透明度的一种形式，因为这也是报告货物来源信息的途径。然而仅仅提供信息是不够的，因为一个高效的系统需要对区域性和全球范围内的贸易流动进行广泛的控制。金伯利进程，正如人们提到的，存在许多不足，但是许多观察者认同它在削弱反叛者继续斗争的动机方面的作用（斯迈利和贝里耶，2001；勒比扬等，2001）。类似的认证体系也被要求应用到其他高产值行业，比如木材和铁矿（斯迈利，2005）。

目前，关于投资者—政府关系的透明度对冲突后政权的合法性和稳定性的实际影响还缺乏系统的研究。一些支持透明度的倡议具有唯心主义的倾向。虽然得到了许多支持，企业透明度的原则，特别是考虑到外国投资者和东道国政府之间的合同和收入，尚未在国际范围内建立。至今关于哪种类型的透明度是最重要的，或者在冲突后社会重建进程中的哪个阶段采取透明度，还没有一致的看法。一般来说，我认为在最开始就应该采用这样的原则，从而为未来投资者建立框架。在尼日利亚，政府试图实施采掘业透明度行动计划的原则，是在最初的石油投资合同签署以后很久，而那些合同中包含有长期存在的需要重新进行谈判的秘密条款。

2. 收入管理

资源诅咒表明需要政府来确保高价值项目（例如，石油和天然气）的收入被良好的管理，而不至于动摇政治经济系统。这一点在战后重建过程中显得尤为正确，因为这时对资金的需求十分迫切。在伊拉克，占领当局最初宣称，重建的资金将全部来自石油收入。现在政治领导人指出石油收入对于重建的重要性，尽管石油部门自身也需要巨大的投入和重建才能达到顶峰。面对需要迅速增加石油产量以便为重建提供资金的压力，决策者们可能忍不住鼓励投资，而忽视收入管理的问题。公司们会争取有利的产量分配协议，尽管许多公司还在犹豫是否深入投资到这个局势还不稳定且安保花费如此之高的国家。雪上加霜的是政府合法而机制化的框架还处在过渡时期。宪法中关于收入管理等重要因素的规定也是模糊不清的，比如国家所有权，对新旧油田的处理等（比纳，2005）。在侵略前和整个重建时期，许多观察家公开表示了担心，伊拉克的石油收入是否可以实现透明管理，从而造福于伊拉克人民（人权观察，2003；开放社会研究所，2005）。由于伊拉克的石油主要分布在库尔德人和什叶派控制的地区，所以，政治动荡的可能性非常高，因此，对石油管理的需求就成为更广泛的政治一体化进

153

程的一部分（比纳，2005）。

收入管理计划过去在工业化国家曾用于分配石油资金，例如美国阿拉斯加的石油收入和挪威的石油收入，这些例子常常被当做发展中国家的模型。建立公平、透明和可持续的收入管理体系的一个重要尝试是由世界银行在一个世界最贫困国家实施的。这个项目致力于在治理虚弱并十分贫穷的乍得发展天然气资源。这一项目包括建立一条从乍得的气田通往喀麦隆港口的天然气管线。乍得—喀麦隆天然气管线涉及埃克森美孚国际公司主导的一些主要石油公司。当时，乍得没有其他途径来满足这个项目巨大的资金需求。世界银行要求乍得政府同意一个广泛的收入管理计划，并写入其国内法律中，而不仅是在一个标准合同中。通过这项计划，大部分收入将流向以发展为目的的项目中，并由一个"名人小组"进行监督。一定比例的收入将为未来几代人留出，当时的资源也许已经耗尽。目的在于通过对收入的监控、监督和透明性减少腐败，从而确保收益归于国家广泛的人口，而不仅仅是精英。目标在于减少贫穷，推进扶贫发展以及在法律框架下对财富进行公平分配。这次尝试已经被当做未来类似项目潜在的学习资源。不幸的是，腐败的乍得政府一直在尽力破坏这一体系，包括最近试图大幅度修改支撑收入管理系统的国家法律。作为回应，世界银行迅速停止在乍得的所有放贷业务。①

154

———————————

① 更多信息，可参考世界银行的网站（www.worldbank.org）；案例分析和研究工具，可查阅哥伦比亚大学（www.columbia.edu/itc/sipa/martin/chad-cam/）以及近期学术分析佩格（2006）。

一些观察家认为，在脆弱国家的所有采掘业的发展，包括战后新出现的那些，都有可能导致腐败、冲突和犯罪；他们完全不必承担责任。一些人权组织、发展组织和环境组织积极提倡应设立不允许资源开发的"禁入"地带。例如，世界资源研究所呼吁矿业公司"明确保证不在一系列扩大的'禁入'领域开发资源"，引用环境、社会和法律问题（米兰达等，2003）。然而，很难看出这能怎样强制实施。收入管理系统可以为冲突后国家建设提供实用的缓冲地带。

3. 企业管理和标准

提高收益的努力取决于私人企业和他们的管理。这些可以被归为"企业的社会责任"，并体现在企业的行为准则中。与冲突后建设和平相关的准则和经营方针，有两条主要原则：冲突敏感性和无害原则。

一些组织为公司提供如何进行冲突风险评估方面的指导。通常，在政治动荡地区寻找机遇的投资者会进行政治风险评估。他们评估当地因素对于投资规划和公司的风险。而冲突风险评估则从另一个方面进行评估：公司规划对于当地社区的影响。很少有公司在开始某个计划前会系统的进行冲突风险评估。然而，一些组织已经制定行动指南和检查表鼓励企业在施行一项新的投资之前采取这一步骤（联合国全球公约，2004；国际警信协会，2005）。其理念是那些对当地情况以及规划对地方动态的潜在影响有着更详尽评估的投资者，更有可能采用冲突敏感性商业模式。其中涉及微观层次的管理，包括雇佣警察，环境保护以及社区发展和对话。目前，冲突风险评估和冲突敏感性模式并未获得大规模和系统的实践，所以，还很难评估他们的影响。①

155企业行为准则中一个重要的组成部分即为获取安保服务制定标准。在过去的十年间，由于与安全部队的关系，许多公司被控告参与犯罪活动。习惯上，当投资者需要保护人员和设施的安全时，他们依赖公共安全部队，警察或者军队。但是，这些武装自身也许并不具有合法性——他们可能直接卷入人权虐待和对特定族群的镇压。一些公司被控告在这些罪行中有意帮助安全部队，而在其他案例中军队可能为了这些非法目的直接接管公司财产。为了避免与这些公共安全部队产生牵连，一些公司开始雇佣私人保安。但是这同样有其自身的问题，比如一些私人卫队会卷入腐败和滥用权力（阿文特，2005）。

为了避免出现被视为共谋的外交问题，美国和英国政府曾召集一小部分企业代表、人权和劳工代表和其他一些人士商讨制定企业在寻求安全服务时合适的标准。他们对人权和安全方面的自愿原则进行了协商，并最终于 2000 年达成协议。这些原则既向企业，也向东道国政府提供指导，应用于私营部门和公共部门在安全问题上的关系。参加的国家和企业数量不断增加，已超出最初的集团，而且现在自愿原则也有规范的参与者会议和指导委员会（弗里曼，2005）。考虑到许多冲突后地区严峻的安全需求，建立协调东道国政府和企业之间在安全问题上关系的规范就显得十分必要。在今天的伊拉克，私人保安的增加，已经引起责任和控制等敏感问题，而且一直没有得到解

---

① 协作开发行动（简称 CDA）正尝试建立这个问题的标准。更多信息参考 www.cdainc.cazzz。

决。随着投资者更加充分的投资到石油部门，他们将会面临艰巨的任务，在危险的环境中重建和发展石油资源。他们如何保护人员和财产安全将是关键问题；他们不能以牺牲当地人的安全为代价增加他们自身的安全。

立足于冲突预防和建设和平的私营企业政策的变化，可能包括大量通常称为企业社会责任的行为。但是，他们全部集中于一些关于特定公司和其所在环境关系的事情。这些政策不仅仅局限于传统的社区发展项目（诊所、学校等）。政策的目标在于处理企业运营对当地即时的影响，并确保政策落到实处以缓解消极影响。最后，这些政策是为了增加企业及其运营的合法性。

三、冲突后重建，弱政府和外国投资　　156

外国投资在冲突后重建中是一个关键因素，在于能建立一个运转良好的市场经济和帮助政府实现经济增长、提供工作和机遇。但是，很明显在一些情况下，外国投资也会成为不稳定因素。资源开发十分敏感，并且存在许多弊病。[①] 战后国家建设的任何计划都需要关注外国投资潜在的消极影响，特别是资源领域。正如在本文开篇提到的，在这一进程中有三个行为体是重要的：个体行为者，他们需要了解并缓解其对动荡社会的

---

① 然而需要指出的是，并不是所有发展中国家的资源开发都是消极的。例如，很多观察家指出博茨瓦纳作为一个贫穷国家，其收入主要依赖钻石的出口，但是它并没有其他钻石开发国家存在的弊病。

现有影响；新建立的东道国政府，他们不能太急于吸引外部投资而忽视对于适当管理框架的需求；国际社会，包括援助国和国际组织，可以通过建立更广泛的规范、规则和刺激机制来引导企业和东道国政府的行动。很明显，东道国政府在冲突后形势中是最薄弱环节。有两种方法来处理政府的虚弱问题：一个是政府自身的重建，并加强其合法性和能力，正如本文其他章节讨论的。另一个即促进个体行为体和国际社会共同承担责任。这一章主要关注企业，企业到目前还没被当做真正的和平建设者。

上文的例子显示了目前可以称之为"企业冲突预防演练"。这包括纯自愿的、公司层面的活动，例如冲突风险评估。但也包括更加强制性和机制化的努力，包括把东道国政府归入更大的国际行为框架中，例如有代表性的金伯利进程和乍得—喀麦隆天然气管线项目。所有这些行为尚处于实验的初级阶段，并且正如上文提到的，乍得—喀麦隆天然气管线项目在本文创作期间由于受到威胁而中断。大部分行为都是自愿的，而且没有很好处理捐助国政府和东道国政府政治承诺的需求，他们承诺管理资源开发对于冲突动机的影响。虽然企业规范和标准得到扩散，但是它们也只是涉及很少的公司和问题，并且缺乏足够的权威来使其起作用。许多规范都是公司自己选择的，也就是公司选择是否采取这些规范。它们也是自我执行的，这就意味着执行力很弱或者根本不存在执行力。在更高层次上，金伯利进程的例子说明当政府和企业在国际层面上协商建立管理框架，鼓励东道国政府和公司遵守行为标准。然而，一般来说，各国政府在贸易和投资的监管方面基本没有协调，

反映了国家间集体行动的困境。联合国全球公约一份近期报告
提到，国际社会在向个体行为者和东道国政府提供激励方面可
以做得更多，鼓励它们更好的处理一些投资的消极影响（联
合国全球公约，2005）[①]。

157

战后重建必须包括对微观监管框架的关注。正如罗兰·帕
里斯提到的，我们想在冲突后建立稳定的自由市场民主，就需
要关注"自由化之前的制度化"（帕里斯，2004）。这就包括
完善监管机制，最小化发展对公民的风险，并在过渡期提供一
些核心的稳定性。当然，最主要的需求是重建每个人的安全。
可以这么说，在重建时期，东道国政府是最弱小的政策行为
体，但是它们确实最关键的。东道国政府是许多投资者在动荡
地区进行经营活动主要的合作者。同时，在一些情况下，正是
那些政府承担了动荡最重要的责任。他们如何处理与外国投资
者的关系影响着他们的合法性，也是重建持久和平的关键
因素。

参考文献

1. 彼得·安德烈亚斯："宣布制裁的后果：禁运及其后果"，《国际
研究季刊》，2005 年，49（2）：第 335~360 页。

Andreas, P. (2005) "Criminalizing Consequences of Sanctions：
Embargo Busting and Its Legacy,"International Studies Quarterly 49（2）：335

[①] 联合国全球公约发布一个关于政策框架的报告，这个框架可以而且应该
得到政府和国际机构的推进，这也是作者的贡献所在（联合国全球公约，
2005）。

~ 360.

2. 德伯拉·阿文特：《武器市场》，剑桥：剑桥大学出版社，2005 年。

Avant, D.（2005）The Market for Force, Cambridge：Cambridge University Press.

3. 凯伦·巴伦坦，海科·巴奇客："内战与冲突转换的政治经济学意义"，收录于大卫·布罗姆菲尔德，玛蒂娜·费舍尔等：《贝格霍夫手册：冲突转换》，贝格霍夫：建设性冲突管理贝格霍夫研究中心，2004 年，第 1 ~ 24 页。

Ballentine, K. and Nitzschke, H.（2004）"The Political Economy of Civil War and Conflict Transformation," in D. Bloomfield, M. Fischer, and B. Schmelze（eds）The Berghof Handbook for Conflict Transformation, Berghof：Berghof Research Center for Constructive Conflict Management, pp. 1 ~ 24.

4. 凯伦·巴伦坦，海科·巴奇客：《从和平中获益：内战资源层面的管理》，科罗拉多州波尔德：林恩林纳出版社，2005 年。

Ballentine, K. and Nitzschke, H.（eds）（2005）Profiting from Peace：Managing the Resource Dimensions of Civil War, Boulder, CO：Lynne Rienner.

5. 莱昂内尔·比纳：《伊拉克与石油：地区间财政共享》，纽约：外交关系委员会，2005 年。

Beehner, L.（2005）Iraq and Oil：Revenue-sharing Among Regions, New York：Council on Foreign Relations.

6. ［英］马茨·贝达尔，大卫·马隆：《欲望与抱怨：内战中的经济议程》，科罗拉多州波尔德：林恩出版社，200 年。

Berdal, M. and Malone, D. M.（eds）（2000）Greed and Grievance：Economic Agendas in Civil Wars, Boulder, CO：Lynne Rienner.

7. 乔纳森·伯曼："合作与冲突：管理者眼中的战争"，《哈佛国际评论》，2000 年，第 28 ~ 32 页。

Berman, J. (2000) "corporations and Conflict: How Managers Think About War," Harvard International Review Fall: 28~32.

8. 安东尼奥·卡瓦略，梅列姆：《冲突后国家引资：电信业的重要性》，已存档的讨论，华盛顿：世界银行，2005 年。

Carvalho, A. and Melhem, S. (2005) "Attracting Investment in Post-conflict Countries: The Importance of Telecommunications," Archived Discussion, Washington, DC: Word Bank.

9. 保罗·科利尔："不错的战争：经济的视角"，收录于马茨·贝达尔，大卫·马隆：《欲望与抱怨：内战中的经济议程》，科罗拉多州波尔德：林恩出版社，2000 年，第 91~112 页。

Collier, P. (2000a) "Doing Well Out of War: An Economic Perspective," in M. Berdal and D. Malone (eds) Greed and Grievance: Economic Agendas in Civil War, Boulder, CO: Lynne Rienner, pp. 91 ~112.

10. 保罗·科利尔：《打破冲突陷阱：内战与发展政策》，华盛顿：世界银行，2003b。

Collier, P. (2003b) Breaking the Conflict Trap: Civil War and Development Policy, Washington, DC: Word Bank.

11. 保罗·科利尔：《自然资源，发展和冲突：因果关系和政策干预》，未发表，2003c。

Collier, P. (2003c) Natural Resources, Development, and Conflict: Channels of Causation and Policy Interventions, Unpublished ms.

12. 因德拉·德索伊萨："资源的诅咒：内战起因于贪婪还是困乏?"，收录于马茨·贝达尔，大卫·马隆：《欲望与抱怨：内战中的经济议程》，科罗拉多州波尔德：林恩出版社，2000 年，第 113~136 页。

De Soysa, I. (2000) "The Resource Curse: Are Civil Wars Driven by Rapacity or Paucity?," in M. Berdal and D. Malone (eds) Greed and Grievance: Economic Agendas in Civil War, Boulder, CO: Lynne Rienner, pp. 113~136.

159

13. 马克·达菲尔德:《全球治理与新型战争: 发展与安全的融合》, 伦敦: ZED 出版社, 2001 年。

Duffield, M. (2001) Global Governance and the New Wars: The Merging of Development and Security, London: Zed books.

14. 安·弗洛里尼: "秘密的终结",《外交政策》, 1998 年, 111: 第 50 ~ 63 页。

Florini, A. (1998) "The End of Secrecy," Foreign Policy 111: 50 ~ 63.

15. 本内特·弗里曼:《企业的社会责任——混合还是多分支?》, 国会人权问题核心成员简报: 华盛顿, 2005 年。

Freeman, B. (2005) "Corporate Social Responsibility-Confusion or Multi-Pronged Approach?" Congressional Human Rights Caucus Members' Briefing, Washington, DC.

16. 理查德·弗里曼, 彼得·安德烈亚斯 (编纂):《非法的全球经济和国家权力》, 马里兰州拉纳姆: 罗曼和利特尔菲尔德出版集团公司, 1999 年。

Friman, R. and Andreas, P. (eds) (1999) The Illicit Global Economy and State Power, Lanham, MD: Rowman & Littlefield.

17. 亚历山德罗·格里戈雷斯库: "国际组织与政府透明度: 连接着国内外领域",《国际研究季刊》, 2003 年, 47: 第 643 ~ 667 页。

Grigorescu, A. (2003) "International Organizations and Government Transparency: Linking the International and Domestic Realms," International Studies Quarterly 47: 643 ~ 667.

18. 人权观察:《伊拉克石油管理思考: 人权观察简报》, 华盛顿: 人权观察, 2003 年。

Human Rights Watch (2003) Considerations for the Management of Oil in Iraq: A Human Rights Watch Background Briefing, Washington, DC: Human Rights Watch.

19. 麦卡坦·汉弗莱斯: "自然资源、冲突与冲突解决",《冲突解决季刊》，2005 年，49（4）：第 508～537 页。

Humphreys，M.（2005）"Natural Resources，Conflict，and Conflict Resolution," Journal of Conflict Resolution 49（4）：508～537.

20. 国际警信协会：《冲突敏感的商业实践：采掘业指南》，伦敦：国际警信协会，2005 年。

International Alert（2005）Conflict-sensitive Business Practice：Guidance for Extractive Industries，London：International Alert.

21. 玛丽·卡尔多：《新型与传统战争：全球时期有组织暴力》，牛津：政治出版社，1999 年。

Kaldor，M.（1999）New and Old Wars：Organized Violence in a Global Era，Oxford：Polity Press.

22. 特里·林恩·卡尔：《石油业的繁荣与石油国家》，洛杉矶和旧金山：加州大学出版社，1997 年。

Karl，T. L.（1997）Oil booms and Petro-states，Los Angeles and San Francisco：University of California Press.

23. 大卫·基恩：《内战中暴力的经济效用》，牛津：牛津大学出版社，国际战略研究所，1998 年。

Keen，D.（1998）The Economic Functions of Violence in Civil Wars，Oxford：Oxford University Press，for the International Institute for Strategic Studies.

24. 尼克·基利克：《第 4 号案例分析：阿塞拜疆石油与天然气的发展》，伦敦：发展问题的商业合伙人，2002 年。

Killick，N.（2002）Case Study No. 4：Oil and Gas Development in Azerbaijan，London：Business Partners in Development.

25. 菲利普·勒比扬，杰克·谢尔曼，玛西亚·哈特维尔：《控制流向内战的资源：评析现存政策及法律文书》，意大利贝拉吉欧：国际和平学院报告，2002 年。

LeBillon，P.，Sherman，J.，and Hartwell，M.（2002）Controlling Resource Flows to Civil Wars：A Review and Analysis of Current Policies and

Legal Instruments, Bellagio, Italy: International Peace Academy Report.

26. 玛尔塔·米兰达等：《矿业与鉴定体系：描绘风险》，华盛顿：世界资源研究所，2003 年。

Miranda, M., Burris, P., Bincang, J. F., Shearman, P., Briones, J. O, La Vina, A., and Menard, S. (2003) Mining and Critical Ecosystems: Mapping the Risks, Washington, DC: World Resouces Institute.

27. 爱德华·纽曼："'新型战争'辩论：必备历史视角"，《安全对话》，2004 年，2：第 173～189 页。

Newman, E. (2004) "The 'New Wars' Debate: A Historical Perspective in Needed," Security Dialogue 2: 173～189.

28. 开放社会研究所：《伊拉克的石油财富：治理与发展问题》，伦敦：开放社会研究所，2005 年。

Open Society Institute (2005) Iraqi Oil Wealth: Issues of Governance and Development, London: Open Society Institute.

29. 罗兰·帕里斯：《战争的终点：内部冲突后与和平建设》，剑桥：剑桥大学出版社，2004 年。

Paris, R. (2004) At War's End: Building Peace After Civil Conflict, Cambridge: Cambridge University Press.

30. 斯科特·佩吉："政策干预能否打破资源诅咒？乍得—喀麦隆天然气管线计划研究"，《非洲事务》，2006 年，105：第 1～25 页。

Pegg, S. (2006) "Can Policy Intervention Beat the Resource Curse? Evidence from the Chad-Cameroon Pipeline Project," African Affairs 105: 1～25.

31. 皮尤民众与新闻研究中心：《变化中的世界》，2003 年 6 月，华盛顿：皮尤民众与新闻研究中心，2003 年。

Pew Research Center for the People and the Press (2003) Views of a Changing World, June 2003, Washington, DC: Pew Research Center for the People and the Press.

32. 安尼塔·拉姆斯特里："企业共谋：从纽伦堡到仰光，研究强制劳动案例及其对跨国公司责任的影响",《伯克利国际法期刊》,2002 年,20（1）:第 91 ~ 159 页。

Ramasastry, A. （2002） "Corporate Complicity: From Nuremberg to Rangoon. An Examination of Forced Labor Cases and Their Impact on the Liability of Multinational Corporations," Berkeley Journal of International Law 20（1）:91 ~ 159.

33. 迈克尔·罗斯:"资源诅咒的政治经济学意义",《世界政治》,1999 年,51（2）:第 297 ~ 323 页。

Ross, M. L. （1999） "The Political Economy of the Resource Curse," World Politics 51（2）:297 ~ 323.

34. 迈克尔·罗斯:《石油、毒品与钻石:为什么自然资源在内战中有着不同的影响》,手稿,加州洛杉矶市,2002 年,第 1 ~ 36 页。

Ross, M. L. （2002） "Oil, Drugs and Diamonds: How do Natural Resources Vary in their Impact on Civil War?," ms, Los Angeles, CA, pp. 1 ~ 36.

35. 乔丹·施瓦茨,谢利·哈恩,伊恩·班农:"私营企业在向冲突后国家提供基础设施方面的作用:模式与政策选择",《社会发展论文集:冲突预防与重建》,华盛顿:世界银行,2004 年,第 1 ~ 46 页。

Schwartz, J. , Hahn, S. , and Bannon, I. （2004） "The Private Sector's Role in the Provision of Infrastructure in Post-conflict Countries: Patterns and Policy Options," Social Development Papers, Conflict Prevention and Reconstruction, Washington, DC: World Bank, pp. 1 ~ 46.

36. 伊恩·斯迈利:"从金伯利进程我们可以学到什么?",收录于凯伦·巴伦坦,海科·巴奇客（编纂）:《从和平中获益:内战资源层面的管理》,科罗拉多州波尔德:林恩出版社,2005 年,第 47 ~ 68 页。

Smillie, I. （2005） "What Lessons From the Kimberly Process Certification Scheme?," in K. Ballentine and H. Nitzchke （eds） Profiting from Peace: Managing the Resource Dimensions of Civil War, Boulder, CO: Lynn Rienner, pp. 47 ~ 68.

160

37. 伊恩·斯迈利，兰萨纳·吉卜力：《肮脏的钻石与国内社会》，非洲加拿大伙伴组织，第四届世界公民组织大会，加拿大卑诗省，2001 年。

Smillie, I. and Gberie, L. (2001) "Dirty Diamonds and Civil Society," Partnership Africa Canada, Fourth CIVICUS World Assembly, Vancouver, BC.

38. 伊恩·斯迈利，兰萨纳·吉卜力：《问题的核心：塞拉利昂、钻石与人身安全》，渥太华：非洲加拿大伙伴组织，2000 年。

Smillie, I., Gberie, L., and Hazleton, R. (2000) The Heart of the Matter：Sierra Leone, Diamonds, and Human Security, Ottawa, Ont：Partnership Africa Canada.

39. 联合国全球公约：《关于冲突地区商业的对话》，主讲人报告，纽约：联合国，2002 年，第 1~5 页。

United Nations Global Compact (2002) Dialogue on Business in Zones of Conflict：Rapporteur's Report, New York：United Nations, pp. 1~5.

40. 联合国全球公约：《商业对冲突影响的评估》，纽约：联合国，2004 年。

United Nations Global Compact (2004) Business Guide to Conflict Impact Assessment, New York：United Nations.

41. 联合国全球公约：《实现和平经济：促进冲突敏感型经济发展的公共政策》，纽约：联合国，2005 年。

United Nations Global Compact (2005) Enabling Economies of Peace：Public Policy for Conflict-sensitive Business, New York：United Nations.

第八章　冲突后社会行政部门的
重建与改革

哈利·布莱尔 （Harry Blair）

现代国家与公民之间社会契约的底线在于，国家必须保护
公民的生命，而公民必须首先忠诚于国家。[①] 在暴力冲突中，
因为能力不足或是无意，双方一般都未能履行这些责任，而社
会契约的重建则需要许多年时间。按理说，接下来冲突后国家
首要的战略投资目标一般是维持国家稳定和实施扶贫导向型计
划。实现这一目标最主要的途径是重建（或构建）一个对公
民负责的国家，或者说建立一个民主政治系统。这一进程中最
重要的机构建设在于行政部门的建设，其职责在于面向公民履
行国家责任，并鼓励公民支持国家。然而令人惊讶的是，近年
来国际援助集团往 往关注冲突后社会重建的一般问题，却很

---

① 本章是最初向美国国际开发署的发展信息与评估中心（简称 CDIE）提交
的一份报告的修订版，与华盛顿的米切尔集团的合作项目。文章观点仅
代表作者个人观点，与美国国际开发署的立场无关。

少关注行政部门的重建和改革。[①] 本文旨在填补这一空白。

　　本章开篇界定"行政部门"这一概念，并将冲突后国家归于脆弱国家一类，通过介绍几种类型和重要概念，特别是行政部门作为代理人的"代理人问题"。第二部分探究冲突后社会对官僚机构的监管和问责途径。第三部分和最后一部分讨论援助者的战略选择。

162

一、定义和类型

1. 行政部门

　　行政部门的定义广泛，既包括英国殖民地时期的概念，即作为帝国"骨架"的精英管理阶层中小部分的技术骨干，也是一个包括政府中全体人员的宽泛术语。为了简化的需要，我将采用世界银行的定义，即公务员指的是"那些由中央政府提供工资的人员（国营企业除外）"（世界银行，1999：1）。它包括所有政府部门（例如健康、教育和农业部门）的职员以及军队和警察职员。[②]

2. 国家的主要职能

　　在本书的引言部分，布林克霍夫列举了国家必须履行的三个主要职能，如果它想保持长久的统治：确保安全、发挥效用

[①] 例子参考库蒂洛（2006）。这一雄心勃勃的研究专著，由国际和平协会委派，涉及 15 年来的冲突后干预，长达 66 页，但一次都没有提及"行政部门"或者"官僚机构"。

[②] 有时，根据实际情况，地方政府的工作人员也会包括在内，但是在大多数情况下，"公务员"只包括中央政府的工作人员。

和塑造合法性。这三个职能都集中于行政部门。安全需要运转良好的警察和司法系统；此处提到的效用是指政府提供基本服务，诸如水、健康、公共卫生、电力和教育等；合法性需要国家提供民众自愿认可其有效性的政治治理。本章我们将集中关注政府提供的服务。

3. 国家合法性和责任

如果一个国家想维持长治久安，并促进全体人民的福祉，就必须对人民负责。世界银行认为存在两条实现责任的路径，见图8.1。[①] 在"短路径"中，公民/消费者与供应商（私人公司、非政府组织、国际非政府组织、国际公共机构和国家）直接联系以获得服务，通过购买或者救援物资的分发（特别

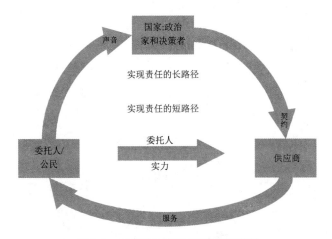

图 8.1 实现服务供应责任的长短路径

（资料来源：来自世界银行（2004：49））

---

① 世界银行（2004）。精彩的总结，马尔（2005：16~19）。

是在冲突后早期的援助）等途径。在"长路径"中，消费者尝试使用"声音"来影响国家（比如立法机关或者行政机关），使之通过与供应商之间的安排（一种契约）提供服务。

短路径比较直接，而且，当国家可以保持必要地运转条件（财富和契约权，质量检测标准，比如医药行业）它就可以通过市场最有效的分配商品和服务。对于那些不能通过市场分配的服务——特别是上文提到的"主要职能"——长路径就更为有效，因为它允许公民代表政府设置行为规则。即使当市场管理的短路径处于最优的时候，长路径也必须运转以保证短路径能保持良好的运转。

163　　　行政部门的核心作用在于保持长路径的正常运转，并为短路径的顺利运转创造条件，如图8.2所示。这种作用可以是十

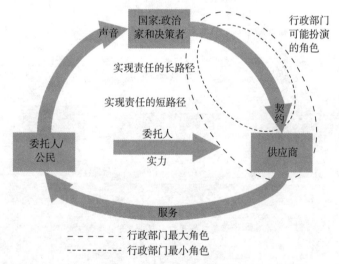

图8.2　实现服务供应责任的长短路径：行政部门的角色

（资料来源：来自世界银行（2004：49））

分宏观的，即为各级行政部门制定规划，以执行政治领导人制定的广泛的政策，维持机构的运转来提供服务，最终向消费者提供。

这类例子包括维持治安，公共教育，或者修建公共铁路。行政部门的作用也可以是很微观的——但依然是至关重要的——比如监督制药工业的私人业主，并保证所有药物都合乎标准。

4. 代理问题

过去的几十年间，分析组织行为的主流范式是"委托代理"的概念。这种范式中，委托人（如市议会）设定目标（固体垃圾的处置），并指派代理人（环卫工人）执行这一任务。代理人是被假定为可以实现最大效用的人，一旦给与机会，他们就会竭力使自己而非委托人获益，他们会推卸责任，外包，提供看似质量较差的产品等。因而委托人的责任在于塑造代理人的激励机制，从而使后者的利益与其保持一致（比如通过密切的监管，实行计件工资，征求消费者投诉等）。

图 8.1 和 8.2 中展示的长短路径可以轻易用委托—代理关系进行解释。[①] 这里首要的委托人是人民，他们在长路径中通过"声音"把国家作为其代理人。接下来，国家在与供应商的"契约"关系中成为委托人。在短路径中，人民/委托人直接把供应商作为其代理人。

委托代理关系中一个重要的假定是"个人主义方法论"，

---

① 此处的论述受到福山（2004：esp. ch. 2）的启发，尽管他并没有采用世界银行长短路径的概念。

即每个代理人在本质上都会追求自身利益的最大化，而这必然与委托人的利益发生冲突（或者那些组织的利益与委托组织的利益不一致，比如官僚机构之间争权夺利的斗争）。根据公共选择理论这一居主导地位的分析理论，委托人需要做的，就是加强对代理人的透明度和监管，以保持利益的统一。福山（2004：61ff）指出，一个古老的办法就是，委托人制定一系列规则，鼓励代理人在共同的事业上进行合作，就如同运动队或者军队一样。

委托—代理关系在发展中国家面临两个问题，即使是在正常时期。首先，个人主义方法论在很大程度上是西方国家过去两个世纪发展的成果。存在"新恩庇文化"的许多国家，或许是在大部分发展中国家存在一个可以被称为"客户方法论"① 的流行趋势，其中个人的根本动机并不是为了自身，而是为了家族集团——核心扩大化的家庭，然后是更大范围上的社区、种姓和部落，它们的运作方式并不是一个成功导向型的集团，而是类似于客户与投资者之间的关系，投资者会提升客户的利益，以换取忠诚和支持。② 并不是说个人不重要（那些目睹发展中国家精英生活方式的人可以证明），但是，贿赂与它的女仆腐败相比，在社会中至少是同等重要的，甚至更为重要。

---

① 某种程度上，"家庭主义方法论"可能是一个更好的概念，受到爱德华·班菲尔德的"不道德的家庭主义"的启发。班菲尔德（1958）。
② 就他们在系统中的运作来说，个人倾向于成为资助者，通过支持他们自己顾客来构建自身的地位。

第二个问题源于所有提供服务过程中具有的自由裁量权和
事务发生频率，如图8.3所示。[①] 在提供服务的过程中，机构
都具有一定程度的自由裁量权，它可能非常有限（例如在一
次卫生活动中向学生注射疫苗或者提供学校午餐），也可能非
常广泛（决定在多大程度上在诊所中采用预防性还是治疗性
药物或者教育小学生）。前者很容易进行监管及测量产出和成
果。而后者却很难进行这些任务（谁能说明乡村级别预防和
治疗的真正平衡，或者小学生能学到多少真正的生活技能？）。
这一数据构成了图8.3的纵轴。

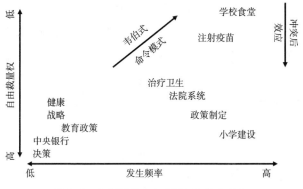

165

图8.3　各领域的自由裁量权和发生频率

（资料来源：作者）

横轴表示的是事务发生的频率。一些活动需要作出很少的
决定（尽管每个决定可能十分复杂），比如中央银行利息的制

①　这里的基本思想来自普里切特和伍尔科克（2002）。福山（2004）采用了
　　类似的方法，承继了伊斯雷尔（1987），但是使用"特异性"（结果可以
　　被测量有多特异）而不是自由裁量权作为纵轴。使用伊斯雷尔的概念分
　　析开发支持的例子，布莱尔（2001）。

定或者国家健康战略的设置。然而其他一些活动可能每天需要数十次甚至数百次决定，比如，巡逻警察或者小学课堂上的老师。早期行政机构的改革希望向上向右移动（图 8.3）；就是说，减少自由裁量权而增加提供的服务，或者说是通过训练使过程机制化以及通过提高行政效率使公众更易接受。这就是表中的"韦伯式的重要性"，其最终模式是位于右上角的泰罗制。①

166

5. 冲突后社会的区别

一般在脆弱国家，特别是在冲突后国家，长路径往往受困于公民在直面国家时使用话语方面的困难以及国家和供应商之间在契约安排中存在的贿赂和腐败问题。一个虚弱的政府不太可能开始履行职能，如果事物发生频率降低而自由裁量权的幅度加大以致监管不能顺利进行。即使最常规化的过程，如果存在的话，也会增加贿赂和腐败，个人及其家族非常希望成为委托人，从而攫取任何有可能的公共服务。如图 8.3 所示，事情向下向左移动。结果是，国家的能力急剧下降。

6. 援助者和战后援助

援助者来到冲突后的社会，一般都带着大量的初始援助，这些援助对于最初的救济是至关重要的，然后是重建，特别是因为私人投资（无论是来自国内还是国外）尚处在低谷。在冲突后的最初阶段，官方的发展援助迅速增加，接下来的几年迅速减少，然后随着援助者不再关注，同时伴随其他世界危机

---

① 泰勒主义所指的 20 世纪初的"科学管理"运动，试图消除工人的自由裁量权，通过把任务划分为常规组件，并预先设定如何实现。

的出现，资金流向其他地区而导致这种援助急剧减少。[①] 私人投资的发展轨迹则恰恰相反，最初他们是因为胆小（一些获益很快的行业除外，比如手机行业），然后随着条件的改善，投资环境貌似更加安全，个人投资逐渐迅速增加。这个策略意味着援助者在冲突后初期获得一个狭小的政策窗口，使他们可以凭借其援助要求行政（或其他）改革。然而，仅仅几年后，个人投资者就成为主要的行为体，并开始使用他们手中的资源来影响东道国政府的政策，取代援助者成为主要的催化剂。

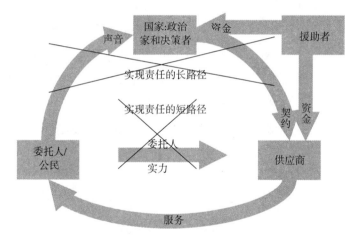

图 8.4　冲突后社会的服务供应责任

（资料来源：来自世界银行（2004：49））

　　冲突后初期被要求提供救援物资和必要服务的援助者，发现他们必须做出选择，即是通过相关机构还是成立特设机构来

[①]　施瓦茨等（2004），可以看到一项关于八年间可以获得冲突后数据 10 个国家的研究。

开展工作。考虑到国家机构的衰朽，如果没有彻底消亡的话（当然是在冲突后的早期阶段），第二个选项无疑是最优选。这两个方案可能类似于前图 8.1 中的长短路径，而做出的选择貌似包含短路径，但事实上却是构成对提供服务挑战的第三种答案，以援助者本身代替那两条路径，如图 8.4 所示。现在援助者已经成为委托者，他们的特设机构成为代理人，既在国家机器中，也是直接的供应商（也就是图 8.4 中两个"资金"的箭头）。消费者对供应商几乎没有权力，供应商现在直接对援助者负责。[①]

167　　援助者知道他们必须尽快建立国家提供服务的能力，要达到这个目的，一般来说有四种不同的方式（麦基奇尼，2003）：

（1）通过投资政府机构直接构建能力；

（2）通过雇佣侨民或者外国人构建暂时的能力；

（3）通过承包给私营部门或非政府组织提高能力（国内的或者更可能是国外的）；

（4）绕开虚弱的政府，由援助者自己来做。

第一种方式实际上是重建（如果前政府是民主政体）或者构建（如果不是）前图 8.1 中的长路径。其他三种方式是短路径的不同形式。在一些地区，特别是对于前文提到的第一个和第三个国家核心职能，援助者没有机会。这些职能——安

---

① 除非他们可以使供应商成为可控的赞助者。参考斯科特（1985）。

全/公正，及政治治理——必须由国家提供。[1] 在任何不是最短的情况下，长路径都是提供这些服务的唯一途径。只有第二项职能——基本服务——允许在这两种路径中进行选择。

"基本服务"包含国家必须向民众提供的绝大多数服务——健康、教育、交通和能源，其在国家预算中占据最大比重，在各级政府雇员中比例最高，正是在这一部分援助者可以从上文所列选项中进行选择。在健康领域的急切任务（例如，控制疫情，清洁受到污染的饮用水），交通（维修主要的道路和桥梁），能源（重建电网），甚至农业（重建种子分销网络）也可以得到迅速恢复，在援助者支持的承包商、非政府组织，甚至是援助者直接的帮助下（例如，军事工程师更换损坏的桥梁）。当然，需要一些监管来确保基金得到妥善使用，但最初的援助者也可能实行这一职能。

总结迄今的讨论，冲突后社会的境况具有以下特征：

168

---

[1] 就第一项和第三项职能而言，对于外部的供应存在一些短期的可能性。首先是政治领导功能，第一次或者第二次选举可以由外部顾问和在选举机构受过快速培训的当地员工组成的团队进行管理，一些急切的安全需求可以通过花费巨资雇佣外国私人承包商来满足，正如在阿富汗和伊拉克的案例。至少在某些情况下也有可能空降一些熟练的技术专家，由他们建立一个可运行的中央银行体系，然后这个体系可以转交给国内的经济学家和财务经理，他们有幸在哈佛或者麻省理工学院学习过，或者可能在世界银行工作过。然而诸如国家行政机构的管理、立法机构的运转以及一般法律和刑事司法系统的运作这类任务——都需要大量的工作人员——就必须由某种行政机构来执行。开展外交、维持军队、管理法院系统和部署警力都是政府不能外包的职责。这些领域能力的建设必须通过国家自身的投资。

（1）从安全到食品供应，再到健康，各个领域都有着大量的迫切需求。

（2）人们对于援助感到绝望，特别是在基本需求方面，例如饮用水和紧急医疗救助以及在很大程度上，人们更愿意放弃韦伯式的命令而倾向于委托—代理关系来分配服务。

（3）行政部门十分缺乏技术型人员，装备，甚至基本的必需品，比如光、纸和铅笔等。

（4）低迷的经济，就业率低下或者缺乏流动性资产。

（5）服务供应商自由裁量权的急剧增加，使他们可以把能力用来在大量急切的需求者中分配稀缺的必要服务转化为寻租的机遇。

（6）腐败的程度急剧升级，由于人民会尽一切努力得到有限的服务；根据韦伯式的官僚规范（可能很轻微的贿赂，例如，电气连接或者车辆登记）无论分发什么，都会受到激烈的争夺，并导致更严重的贪赃枉法。

在这种情况下，援助者迅速依赖外部供应商以保证基本服务的提供和运行，甚至有些冲突后国家发现自身和由非政府组织和承包商组成的"第二个行政部门"一起执行那些原本属于真正的行政部门执行的任务，也就不足为奇了。[①] 其弊端在于：

（1）"第二个行政部门"的代价远高于第一个，因为这些外派人员不会提供他们的专业技术，如果没有优厚的薪水和生活条件。

（2）为了控制开销，援助者在一些有条件的地方，会雇

_____

① 我采取了克利夫和曼宁的说法（即将出版）。

佣当地的技术人员，但是这也就意味着冲击本已毁掉的首要的行政部门，使之更加虚弱。

（3）只能由援助者行使的问责制是什么，如前图 8.4 所示。长路径完全失效，甚至短路径也只是零星起作用，因为绝境中的公民没有任何针对供应商的问责制。

（4）每个人都知道首要的行政部门需要彻底的改革，而且许多人理解任何重要的改革最好在（大部分可能只能在）冲突后最初时期，在事情安定下来之前；但这注定是一项长期的任务，然而必须立即提供相关服务，所以改革很有可能被搁置起来。

（5）同时，随着首要的行政部门慢慢恢复元气，其成员在恢复稳定过程中产生的混乱状态中，具有的自由裁量权越来越广。腐败的危机越来越严重。

主要的挑战在于，如何减少参与大宗贸易的服务供应商的自由裁量权，并不是韦伯式标准的必要条件（具有如此多的自由裁量权而依然向小学教学一样运转，无论如何都是不可能的），而是至少要达到这样一种地步，即能有效地提供服务，寻租式发展降低到一个可接受的程度（如果认为这可以一步到位，就是一种乌托邦），在一些有效的方式中，供应商是负责任的。捐献者有许多战略应对这些挑战，无论是职能的履行，还是确保责任的，这都是现在就可以实施的。

二、服务提供监管和问责制的路径

在代理人/供应商的工作达到标准和寻租行为降低之前，

必须有一些方法使委托人可以确定他们做了什么和没有做什么——简单地说，就是监管。弗朗西斯·福山（2004：59ff）提出了一系列监管模式。另外，它们按照监管的难易程度呈现在这里，开始是最简单的，如图8.5所示。首先是服务供应机制，见表8.1；然后是审查机制，见表8.2。

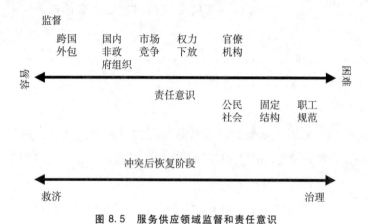

图 8.5　服务供应领域监督和责任意识

（资料来源：作者）

表 8.1　冲突后服务供应机制

战略	优势	缺陷	行政部门的角色	监管主体
对外承包（"外包"给外国人）	启动迅速 工作质量高 腐败率低	高成本 不利于东道国能力建设 依赖性对国家或公众不负责任	被"第二行政部门"边缘化	援助者
国内非政府组织	工作质量高相对于外国成本低 工作灵活 腐败率较低	相对于国家成本较高 不能满足所有的需求	同上被边缘化	援助者，然后是表 8.2 中列出的问责机制

续表 8.1

战略	优势	缺陷	行政部门的角色	监管主体
私营部门竞争	买方市场确保物美价廉市场监管	市场失灵消费者认知缺陷内部抛售	最低限度的参与易产生腐败	市场
权力下放	因地制宜灵活性高民众控制易于问责	地方精英成为委托人腐败地区化增加地区间不平等反对分权	地方政府扩张职业服务碎片化	地区公民
官僚机构	经验丰富便于扩张	长期的坏风气重要的改革越晚越困难	主要的服务供应机构	表 8.2 中列出的问责机制

资料来源：作者

表 8.2　冲突后服务供应问责机制

战略	优势	缺陷	行政部门的角色
行政部门	公民成为委托人援助成本低容易进行	依赖有利环境和媒介精英社会的偏见	受到公民社会组织的监督
宪政机构	合法性——问责的理想路径受到代表机构和法治的监督	成本高耗时长援助者的兴趣慢慢降低难以获得正确的宪法构成	受制于行政机关的指导、立法权和司法监督
政府职工规范	专业的自我监管不需要长路径	缺乏社会资本建构时间框架恩庇主义的道德经济学	通过清廉获得合法性

资料来源：作者

1. 服务供应和监管

（1）外包给外国人。援助者可以使外国私人企业和/或非政府组织提供服务，通过与值得信赖的组织（它们可以对自身的所作所为高度负责）。由于十分熟悉国际标准，它们可以

171

保持业务的快速增长，保持良好的记录，进行自我监管，管理良好的采购流程，坚持高度的廉洁。

当然，这些外国承包商同样是代价高昂的，它们一般不会帮助构建东道国政府的能力（事实上它们经常通过雇佣更有能力的政府职员，破坏政府的能力），并逐渐独立于受益人群和东道国政府。而且由于作为代理人，它们对作为委托人的援助者负责，它们永远不会对国家负责，因为国家可能永远不能承担它们的成本。行政部门依然处于边缘地位，逐渐被外国供应商组成的"第二个行政部门"取代。

（2）国内非政府组织。尽管国内非政府组织需要很长时间才能达到可接受的水平，它们依然有许多优势。它们同样可以做许多工作（如果不需要太多技术），并且比外国承包商成本更低。相较于行政部门，它们不会轻易产生腐败，同时它们更加灵活，因为它们的员工没有权力使用权或者使用权力的正当程序，并且在冲突后不稳定的情况下，他们渴望保住他们的工作，不过这只是暂时的。在许多方面，当援助者开始逐渐减少它们的援助预算，国内非政府组织都是外国承包商的良好的继任者。

然而，它们逐渐变得比行政部门更加重要，并且像外国承包商一样，它们会逐渐边缘化行政部门，可能更加严重，在那些它们可能长期占有的服务供应领域，这些服务在冲突前往往由官僚机构供应。虽然非政府组织可能效率很高，但是他们不能满足国家的所有服务需求。① 监管可能依然是援助者的权力，至少在初期当外部集团在提供服务的时候，尽管东道国政府期望随着时间的推移，它们可能发挥更重要的作用。

（3）竞争。一些服务可以推行部分或者全部的私有化，使消费者成为了直接委托人，而由市场进行监督。为了同政府公交企业竞争可以引进私人交通公司，允许建立私立学校同公立学校进行竞争。在公交方面，乘客可以选择乘坐公共交通或者私人交通，这就要求二者之间展开竞争。关于学校，事情可能并不这么直接。公立学校一般是免费的，而私营学校则会收取学费等，因此两者间竞争也许并不公平，尽管在许多国家，公立学校书本、器材和校服的费用会弥补部分差异以及为奖励老师在弥补公立学校课堂上不足方面的贡献而向老师支付的额外费用（同时也是非法的），更加大双方的差异。美国在20世纪90年代开始试行教育补贴制度，向每个孩子的家长提供补贴，这些补贴在公立和私立学校都可以使用，从而有利于进一步营造公平的环境，但是这种计划在大部分发展中国家都难以实施，更不必说冲突后社会了。如果在某个部门整体推行私有化，就会产生更激烈的竞争，比如公交线路或者某个政府航线。在这些情况中，市场被指望发挥监管的作用，督促企业提

---

① 即使是在孟加拉国这样的国家在服务供应领域也存在庞大的非政府组织，根据最慷慨的估计，可能有80％的村庄，35％的农村人口可以接触非政府组织。这是一个给人印象深刻的高效记录，但是依然存在许多工作需要其他机构（比如国家）来做。桑顿等（2000：2）。兰德尔·米尔斯等（2002：60）。另一方面，估计非政府组织在孟加拉国不到一半的农村有着强劲的表现——依然是显著的成就，但是公共行政部门需要做到更多。

供优秀的服务并更加繁荣，而那些提供劣质服务的公司会逐渐衰退。世界银行短路径中的问责制正好满足需求。①

　　官僚机构将面临私营部门大规模的失业，而日益减少的公务员可能会反应强烈，甚至采取暴力。那些留下的人将承担对新近私有化活动的监管，以确保他们达到可接受的标准（例如绿色公交，安全航班，学有所成的学生）。很自然的，这样的安排同样会为寻租行为的泛滥提供机会，凭此国家检查人员接受贿赂，而发行虚假的许可证。

　　有时市场可以有效的进行监管，但同样会有产生这样那样问题的风险。会不会某个竞争者获得垄断地位，然后利用这种地位攫取公共利益？会不会两三个竞争者相互勾结，形成一个寡头然后进行同样的勾当？② 消费群众是否有足够的智慧区分不同的供应商（假定他们可以区分公共交通，但是对于没有文化的父母而言，他们可能并不能区分学校的差别）。第二个问题总是会伴随着最初的私有化进程产生。公共资产可能通过暗中操作被低价出售给内部人士，然后他们就不会悉心管理他们低价获得的资产，相反他们会获取那些有着即时价值的，而忽视或着抛弃其他的东西。服务不像过去那样被提供，问责制也一并消失了。行政部门与外包相比，没有什么更多的价值。

---

① 许多其他服务也可以私有化，比如医疗卫生，供水系统，垃圾处理和电力供应。第一个类似于教育和陆地交通，而后者在多数情况下本质上是垄断的，因此就受制于垄断行业的监管问题。

② 即使是规模小的运营商也会联合起来反对公共利益，比如说菲律宾上千个独立经营的小型公共汽车（小巴士）司机，他们数年来成功的反对引进昂贵的无铅汽油。

至多也只是代表国家对服务供应进行监管（例如确保私营公交车队坚持节能标准，监督学校遵守教育测试标准），但是在这样的安排中，腐败问题会随时发生，此外还有一些权力寻租机会，行政部门基本不会发挥更大的作用。

（4）权力下放。分权，如果实施顺利的话，会把服务供应的责任和资源传递到次级政府。[1] 地方政府机构成为委托人，而地方行政部门职员成为代理人。服务可以根据当地情况进行调整，这是集中管理永远无法做到的，而且供应商就他们所做的事情向地方议会负责。长路径的整个流程就缩短了，并且更易管理了。

然而，权力下放同时面临谁是委托人的问题。代理人真的向在决定公共政策时热情表达自己意见的公众代表负责吗？或者地方精英们是否试图获得对新机构的控制，并把它转变为使用援助的另一种方式？腐败能否得到控制，或者它只是以不同的方式继续存在？当然也存在进一步的问题。权力下放是否会导致令人难以接受的地区发展不平衡，因为随着时间推移，有些地区必然比其他地区发展的更好，进而增加爆发新的冲突的可能性？公务员的总体数量很可能增加，因为地方政府在回应公民在公共服务的需求方面承担更多的责任。但是，现在已经与上属部门以及先前的职业展望断绝联系的行政部门，发现他们处于分散之中，并向地方议会报告情况。最终能晋升为首都

[1] 限制条件在这里是至关重要的。通常，分权行动是不完全的，可能权力向下转移了，但是资源（或者甚至是当地资源）却没有。胎死腹中的分权计划有着悠久的历史。马诺尔（1999）和布莱尔（2000）。

（在许多情况中，贪污越严重，排名越高）的期望也破灭了。面对这种倒退，他们又作何反应，并产生什么结果呢？

（5）官僚机构。这个选项对大多数国家而言意味着恢复原状。行政部门继续提供（或者恢复它在服务供应中的地位）健康、教育、基础设施等基本服务。一旦安全形势变的稳定，行政部门会迅速利用它的经验和技术，并迅速接管承包商和非政府组织短期提供的服务。如果需要扩大，增加招聘可以带来新的集团，他们必须适应和平协议或者事实上的平和，而官僚机构可以按需增加新的任务（例如环境保护）。

当然，缺点是所有消极因素——腐败、效率低下、推卸责任——也会恢复。答案当然是彻底的行政机构改革，但是在援助者看来，改革官僚机构可能比这里列出的其他三个选项更难。外包，私有化，甚至是权力下放看起来更简单。

174　　2. 服务提供和问责

表8.2中显示的选项并不是服务供应机构，而是"长路径"中的问责机制，用以确保通过前面讨论的四种方法，使服务供应维持在一个可接受的质量水平上。

（1）公民社会。当竞争起作用时，它会迫使代理人监督彼此关注委托人的利益，委托人就是那些服务的消费者。公民社会以不同的方式发挥作用，实际上有组织的委托人通过联系在一起，来推进他们相对于供应商的利益。家长通过成立家长协会向学校施加压力。用水者通过同样的方式应对管理灌溉系统的机构。社区组织要求更好的废物回收，饮用水供应以及治安维护。

公民社会倡议的成功，依靠合适的政策环境以保证集会的权利和独立于国家控制等。这同样依赖一个自由媒体，使公民可以获取和共享国家作为和不作为的信息。它在对服务供应的监管和问责领域对援助者最主要的吸引力在于，其相对低廉的成本和在民主化中的重要角色。一般来说，至少已经出现了一些公民社会组织（简称CSOs），或者至少是一些经过短期培训就可成为公民社会组织的集团，这些计划的成本低廉，准备时间也不长。此外，公民社会长期作为民主发动机，要求其他势力对公民负责。它不受选举周期或者具有长期拖延性质的司法系统的影响。

因此，这就很好解释为什么在冲突后社会，援助者会把公民社会作为一种有吸引力的战略选择。

但是，公民社会组织能否代表整个社会呢？援助者趋向于强调他们公民社会计划中的贫穷和边缘因素，这很正确，但是他们如何帮助公民社会组织建立代表性呢？妇女组织是致力于普通妇女的权益还是更倾向于精英女性（她们往往正是这些组织的领导核心）？人们可以向少数族群的公民社会组织，专家集团或者小农群体提出同样的问题。人们可以换个问法，公民社会组织是否可以帮助减少公务员（或者其他服务提供者）的自由裁量权，并把他们引领到韦伯式行为规范，还是引导他们更关注他们自身集团的利益——可能甚至是他们集团中精英分子的利益——而以牺牲公共利益为代价？换句话说，他们是否导致了更多的僵局和非公共利益的实现？①

———————————

① 这个术语引自劳赫（1994），表示民主动脉的硬化，即社会团体为了满足自己的民众会损害公共利益。

前表8.1所列出的任何一条途径（外包除外）中，公民社会组织都可以充当系统内主要的监管机构。在所有其他三项中，问责都属于国内，所以公民社会组织在竞争，权力下放，宪政结构或者职工规范等方面，都可以令人信服的起到看门狗的作用。但是只有在国家本身成为主要的服务供应者时，公民社会才能发挥最有效的作用，作为行政部门履责的监督者和要求问责的力量。私营部门往往不太透明，而不便于公民社会进行很好的观察，权力下放导致服务提供如此分散，导致公民社会很难实现有效的监督。但是在下文讨论的重要官僚机构和宪政结构中，公民社会却可以发挥至关重要的监管作用。

（2）宪政机构。选举，代议制和司法体系本身并不提供服务，但是，他们构成监管的主要政治结构（相对于公民社会）和公民进行问责的权威机构。选民集体驱逐那些未能令人满意的提供服务的人，而选民个体可以通过法定程序要求强制执行。毕竟，这是长路径中问责的必要因素。

近年来，构建选举结构已经成为援助者的一种生产线工业，从全面考虑，质量控制给人留下的印象最深刻。即使在那些基本没有选举经验的国家，同样有可能建立和运行一定程度上自由和公正的冲突后选举，例如在莫桑比克，尽管选举结果并非总是援助者喜欢的。在那些有一定选举历史的国家，这些进程几乎已经机制化了，选举援助中许多成功的案例也证实了这点。正是自由和公正选举后的事情产生了如此多的困难。相对于选举，要求代表公民利益的行政机关负责的立法机关和对此强制执行的法院需要更长的时间和解决更大的困难才能建立。此外，不仅仅这类机构建设需要很长时间，安全的获得需

176

要更大的成本和更高的政治意愿。如果援助者、政治精英和公民社会能在结构发展中坚持到底，问责的长路径才能实现，行政机关才能成为行政领导、立法规则设置和司法监督的主体。伴随着有效的行政监督，这确实是问责的良好形式，但是这一过程所需时间太长，以致在大多数国家都很难融入冲突后的整体重建中。例外情况存在于克罗地亚或者塞尔维亚之类已经存在大量宪政基础并能重建的国家。

（3）职工规范。鉴于委托—代理理论假定代理人都是天生的利己主义者，一旦有可能他们就牺牲委托人的利益，因此需要监管，福山（2004：63ff）则关注其他内容，他考虑到为什么许多机构的代理人在条件具备的时候并没有这样做，反而好像他们按照某种行为规范在行事。为什么终身任职的教授们不在工作时间睡觉？为什么职业荣誉如此频繁的诱导工人们做大量额外的工作？为什么警察承担额外的风险？最极端的例子，为什么士兵会为了战友牺牲自己？他的答案是：社会资本产生了一种道德秩序，在许多机构内它作为决定行为的过滤器；在成功的机构内，领导人强化了集团规范。

就其运行状况而言，职工规范是最好的监管方式，因为它们相当于自我监管。并且它们需要最高的问责标准，因为它们是自我强化，而行政部门通过坚持职业操守和真诚获得合法性。但是这些规范假定社会资本，事实上它们是假定某类特殊的社会资本使用同事和专业人员的利益强化个人的利益。此外，更多同类别的社会资本会加强与家庭、社区，部落和家族的联系。① 第一种能够（已经）导致一种公众本位的道德标准，第二种推动了被称为家庭主义的道德标准。后一种类型在冲突后社会十分普遍，引导代理人管控他们的行为远超韦伯式标准，不仅仅是个人的贪婪。确实，它使"个人主义方法论"看起来就像善行一样。它确实产生了一种问责的长路径，但是这种不正当的"新恩庇主义"道路，兴起于特定家族（或者种姓/亲属）集团通过向国家捐献以及通过供应商向代理人和消费者让步，见前图8.1。问责制虽然存在，但是只是扭曲的形式，并只向那些结成庇护网络的人负责。

如何在公民社会建立第一类社会资本呢？这确实发生过，比如18世纪末在印度的康沃利斯改革，这次改革使印度逐渐从罗伯特·克里夫时期传奇性的腐败殖民主义富豪（"nabobs"）发展到以专业、统一和社会资本闻名的行政部门——大部分措施在1947年印巴分裂后继续存在在印度和巴基斯坦的行政部门。人们同样可以提及英国和美国在国家层级官僚机构的转变，从19世纪中后期惊人的腐败发展到20世纪初期已然成为令人信赖的机构。可能更显著的案例是台湾。其"中央政府"在大陆执政时期和到达台湾地区的早期因为其腐败问题臭名昭著，但是到了21世纪初期在清廉指数排行上，它已经排在意大利之上了。另一个近期的例子是朱迪斯·滕德勒（Judith Tendler）（1997）报道的关于巴西东北部的情况，在那里良好的领导和（她认为更为重要的）分权、地方公民社会和高级政府的参与结合在一起，显著地促进了行政部门的发展和政

① 福山（2004）只谈到了第一种社会资本。

绩。但即使是这里，整个进程的效果也是在将近 10 年后才显现出来。所以，这些都是长期的过程，不可能由只会关注短期项目的捐献者来实施。然而伴随民主宪政结构的职业工人规范的意义在于指明了改革前进的方向。最后，如果行政部门内部不能形成一些内在的规范，那么无论什么程度的外部监督都不能有效的与之进行整合。

三、援助挑战

援助者在冲突后的干预中面临的战略性挑战随着援助者的利益从救济向治理转变，评估沿着前图 8.5 中的轴能走多远走多快。然而，在进一步讨论之前，我们必须清楚前图 8.5 中的八种状况（对应着前表 8.1 中的五行和前表 8.2 中的三行）并不是紧密衔接在一起的，也不是按等级发展的。比如说，权力下放并不能替代竞争，无论如何它也不是比后者更有效。当然，前图 8.5 是从容易完成到难以完成渐进排列的，所以，对于援助者而言这是有意义的，无论是概念上考虑选择哪个，还是在一定程度上按年代顺序显示出来。

1. 援助者和服务供应机构

在冲突后援助的早期阶段，援助机构无论是当下，还是从重返家园到提供基础服务都感到巨大压力，同时这一时期的援助相对丰富，外包就成了显而易见的选择。当然各国对承包商的需求差别很大，从阿富汗（经过数十年的战争和暴政，国内的官僚机构基本被摧毁了）或者东帝汶的情况（这里大部分是选择留下的印度尼西亚侨民）到许多巴尔干国家如马其

178

顿（官僚机构基本保持完整）的情况。在前两个例子中，外包基本涉及每个部门，而在后一个例子中，则基本不需要外包。外包大量存在的地方，早期存在的行政部门，由于有着丰富资源和高薪酬的外国人的大量进入，会感到被边缘了。然而由于他们的成本如此之高，这些承包商会被迅速的取代，由此减少"第二行政部门"的威胁。

国内非政府组织对于援助者而言是非常有吸引力的。随着当地非政府组织迅速发展起来，外国承包商和非政府组织可以很顺利的移交经营权，援助者可以通过他们的援助机构实现相当程度的控制，成本变得合理（至少同外国承包商比较而言），而且工作在质量上基本可以接受。此外，援助者感到与非政府组织一起工作很惬意；这方面有许多经验——大部分都是相当成功的——可以借鉴。

但是，边缘化问题依然存在，公务员们感觉不到援助者的帮助并且抱怨国内非政府组织员工的高工资。同样可能存在一个"乳化"问题，因为非政府组织通过高工资得到最优秀的人（通常来自于官僚机构）并选择最合适的地方提供服务（城市地区、发展良好的村庄和有着少数并非真正穷人的地方）。只能做剩余的服务供应者的行政部门，基本没有优秀的员工和在不太中意的地方开展工作。从短期来看，同非政府组织一起作为服务供应机构开展工作，使得援助者可以推迟行政改革面临的混乱和不尽人意的前景。

私营部门竞争执行起来也相对容易，同时与"华盛顿共识"的发展政策十分匹配。此外，私有化提供了一个消除浪费性补贴的好机会。最后，一些服务由私营部门运营更好，例如公共交通，或者进口农产品供应。但是援助者和东道国政府在私有化过程中面临一些严重的障碍。第一，对于失去公交费用补贴和人为控制的价格低廉的灌溉用水，消费者会十分愤怒。第二，下岗的公务员肯定会抗议，可能具有破坏性。第三，私有化本身可能由于内部操控而扭曲（这在无数的案例中都发生过）。第四，新成立的私营部门会受制于小商贩相互勾结和集中造成的市场失灵。最后，那些负责监管新私营部门的国家部门非常想进行寻租。

但是，在所有这些问题之外才是私有化行为的真正限制，那就是许多政府部门的行为根本就不能竞争。司法（特别是包括警察）、道路和污水处理都是劳动密集型的活动，不能进行私有化，并且即使是那些可以进行大规模私有化的部门，也必须继续进行公共管理，比如健康和教育，使这些部门能正常的应对所有需求。最终，援助者和东道国政府不能避免通过私有化构建或者重建重要行政部门能力的需求。

权力下放。分权如此吸引援助者主要有两个原因。首先，正如前文提到的，权力下放意味着有关服务供应的决策权更靠近公民，使当地决定他们想要什么以及他们可以付出多大代价。在许多方面，这种满足各地不同需求的灵活性相对于从遥远首都传来的"一刀切"方式更加有效（贝舍，2002）。此外，使当地群众管理他们自己的政府有难以抵抗的吸引力，特别是对于美国的援助。我们都知道，陷阱比比皆是，公务员会抗拒被贬低到乡村，中央的管理者会尽力摧毁偷盗他们地盘的行为，地方精英会尽力控制来自中央政府的任何

179

慷慨的赠与。① 但是，奖励同样有很多。

权力下放吸引援助者的第二个原因是不会奉承援助者，就是说分权——比如私有化——提供了一种避免与官僚机构基础改革的需求相冲突的方式，这种改革将会处理那些每个人都知道其存在，并且一旦面临挑战就会产生巨大问题的腐败和"新恩庇主义"。如果责任可以转移到农村地区，那么就没有迫切的需求来面对喧嚣和动荡，如果在行政部门的中间过程采取重大举措，就必然会发生这种动荡。此外，分权必然出现的问题将会发生在农村，因此放眼望去都是安全的，至少在短期内。

对于任何熟悉问题国家的人而言，官僚机构改革看起来是最困难的。不同于东帝汶任何事情都需要从头开始的情况，大部分国家存在行政部门，其可以继续运转并通过紧急招聘招募到所需的职员。当然速度是关键，无论是国家机器重新运转的速度（特别是诸如警察等部门），还是预计援助者援助水平下降的速度。

但这正是问题之所在，往往从援助者本身开始，他们很可能已经梳理了每种可以接受的方式使训练有素的人们管理他们自己的包括官僚结构在内的救援行动。因此，为了吸引足够的人运行政府机构，网必须被拉长并放低。但是，如此匆忙的招聘可能导致灾难性的结果。系统外招聘（直接对外招聘高级职位员工而不是通过系统内的提拔）以及迅速提拔一些不适合的员工到较高的职位。对候选人匆忙的审查会导致贿赂和腐败问题比平时的招聘更加突出。这些问题以及援助集团在冲突

---

① 这些困难在文献中有大量的记载。详细论述可参考布莱尔（2000）。

后重建的早期往往关注于"挣钱",相当于是对规章之外的欺诈和贪赃枉法行为的公开邀请。此外,一旦形成并与先于他们存在的腐败系统紧密联系,这些脆弱的协定和狠毒的实践就会迅速成为体制结构的一部分,因此确保如果它们没有造成严重的损害,就不能消除。

为了排除——或者至少是减少——这些糟糕的剧情,策划和启动一次彻底的行政部门改革的时机必须是在冲突后援助的最开始阶段,在其他更迫切的优先事项轻易地把这一任务完全挤出援助者的雷达的时候。官僚机构改革看起来是一个挑战,可能会被拖延到恢复稳定之后,但是,正如上文指出的,这时可能就太晚了。最开始应该是创办一所管理人员培训学校(或者全面改造已有的学校),从而可以培养高水平的可以胜任的公务员(这肯定会比冲突前的标准要高),并培养他们的团队精神,这就提供了职工规范,即前图8.5中最后也是最难的步骤。

2. 援助者和问责机制

类似于提供服务的非政府组织,公民社会组织也为援助者提供了很好的选项。建立和训练公民社会组织的成本并不高,他们能吸收大量的人才,并且他们非常符合援助者的多元民主理念。① 通过公民社会组织,活跃的公民成为长路径中的委托

① 现在的大学毕业生都比较理想化,经常在冲突后经济中找不到工作,这对于许多冲突后国家的公民社会组织而言就形成了完美的招聘基础(当然也有例外,比如柬埔寨或者阿富汗,那里高等教育已经搁置很多年)。随着经济形势的好转,许多公民社会组织的职员就会跳槽到其他职业,但是同时它们也为行政部门提供了优秀的员工。

人，使得服务供应商更加负责。这是西方援助者擅长的领域，也是他们乐享其中的领域。

所以，并不难见到援助者如何倾向于公民社会，不仅仅把它作为其他在此讨论的机制的补充，而是作为他们的替代品。毕竟，资助公民组织更使人满足并且起效迅速，相较于陷入官僚机构改革和司法重建的努力而言。公民社会拥有一个朴素的吸引力，即相对于前图8.5中右侧更难的任务，支持公民组织是很容易的。

公民社会的第二个问题在于它与现存政治体系的联系；它并不是独立的机制。为了能正常发挥作用，或者说能发挥作用，公民社会需要一个由言论自由、集会权和媒体开放构成的民主的能动环境，这些反过来又依赖于高层的政治意愿。在冲突后的形势下，这种政治意愿很难找到，并且即使它自己宣称自己的存在，其持续时间也是很短暂的。简单地说，不能指望公民社会提供足够的问责制，使其可以替代宪政结构，或者从长远来看作为职工规范。

宪政结构需要大量的投入和长时间的酝酿才能形成长路径中问责机制，特别是与公民社会相比较。一两次选举并不难管理，但是，建立确保自由公正的定期举行的选举体系更加困难。不仅仅是选举，选民选出的行政机关和立法机关通常对援助者的构建或重建工作构成较大的挑战，司法系统可能更是如此。所以，在这些领域成功的故事很少也就不足为奇了，而且援助者的兴趣在重大改革有机会发生之前已经开始衰减。

然而，正是定期选举使得选民成为委托人，向作为他们代理人的行政机关和立法机关授予（或者保留）广泛的权力，然后这两个部门反过来成为委托人，监督和管理作为其代理人的官僚机构。独立的司法机关作为与公民接触较少的（也就是说，是必不可少的，假定它是真正独立的）机构而发挥作用，反过来（类似于行政机关和立法机关）成为帮助管理官僚机构的机制。因此，如果冲突后国家要建立稳定的政治体系，这些结构就必须加强，而且在这一进程中需要彻底的重建，因为极可能正是作为公民代表的它们在管理国家方面的失败，成为最初导致冲突的关键因素。最终，这种挑战不亚于国家建设。当这些都做到了，事情也就解决了。

前图 8.5 中的最后一个机制，官僚机构中的职工规范，确实是最难实施的，因为他尝试改变文化，既包括传统文化——"新恩庇主义"和扩大的家族网络，也包括公共选择理论的现代解释，公共选择理论认为个人会不计集体福利的代价来追求自身效用的最大化。但是，经过长期艰难的工作，专业的领导者和积累的社会资本会形成一种组织，在这里道德秩序整体创造的价值远高于部分的总和，在这里工人持续超额完成任务。这就是冲突后社会行政部门改革的真正结局，也应该是援助者参与的目标。正是这些使得国家建设保持长久的稳定。

参考文献

1. 爱德华·班菲尔德：《落后社会的道德基础》，纽约：自由出版社，1958 年。

Banfield, E. C. (1958) The Moral Basis of a Backward Society, New York: Free Press.

2. 罗伯特·贝舍：《冲突后环境下重建行政部门：关键问题与经验教训》，华盛顿：世界银行，冲突预防与重建小组 1 号传播文件，2002年 3 月。

Beschel, R. B. (2002) "Rebuilding the Civil Service in a Post-conflict Setting: Key Issues and Lessons of Experience," Washington, DC: World Bank, Conflict Prevention and Reconstruction Unit, Dissemination Notes No. 1, March.

3. 哈里·布莱尔："边缘群体的参与和责任：6 个国家的地区民主治理"，《世界发展》，2002 年，28（1）：第 21～39 页。

Blair, H. (2000) "Participation and Accountability at the Periphery: Democratic Local Governance in Six Countries," World Development 28 (1): 21～39.

4. 哈里·布莱尔："公共管理与政治制度上的多元主义：玻利维亚及其他地区"，《公共管理与发展》，2001 年，21（2）：第 119～129 页。

哈里·布莱尔 (2001) "Institutional Pluralism in Public Administration and Politics: Applications in Bolivia and Beyond," Public Administration and Development 21 (2): 119～129.

5. 萨拉·克利夫，尼克·曼宁：《冲突后的机构建设》（即将出版），纽约：国际和平学院。

Cliffe, S. and N. Manning (forthcoming) Building Institutions after Conflict, New York: International Peace Academy.

6. 阿尔伯特·库蒂洛："国际社会对冲突后国家的援助：评析 15 年来的干预与未来和平建设"，政策文件，纽约：国际和平学院，2006 年 2 月。

Cutillo, A. (2006) "International Assistance to Countries Emerging from Conflict: A Review of Fifteen Years of Intervention and the Future of Peacebuilding," Policy Paper, New York: International Peace Academy, February.

7. 英国国际发展部：《我们为什么需要推进在脆弱国家的工作？》，

伦敦：国际发展部，2005年，参考 www. dfid. gov. uk。

Department for International Development, United Kingdom（DFID）（2005）"Why We Need to Work More Effectively in Fragile States," London：DFID, January, available at：www. dfid. gov. uk.

8. 弗朗西斯·福山：《国家建设：21世纪治理与世界秩序》，纽约州伊萨卡岛：康奈尔大学出版社，2004年。

Fukuyama, F.（2004）State-building：Governance and World Order in the 21st Century, Ithaca, NY：Cornell University Press.

9. 阿图罗·伊斯雷尔：《制度发展：执行动因》，马里兰州巴尔的摩：约翰霍普金斯大学出版社，世界银行，1987年。

Israel, A.（1987）Institutional Development：Incentives to Performance, Baltimore, MD：Johns Hopkins University Press, for the World Bank.

10. 皮埃尔·兰德尔·米尔斯等：《驯服利维坦：孟加拉国政府改革》，华盛顿：世界银行，2002年。

Landell-Mills, P., K. Alam, J. Barenstein, N. Chowdhury, P. Keefer, R. Messick, S. Pasha, H. Rahman, V. Saghal, R. Schware, and G. Wood（2002）Taming the Leviathan：Reforming Governance in Bangladesh, Washington, DC：World Bank.

11. 阿拉斯泰尔·麦基尼奇：《冲突后国家的能力建设》，华盛顿：世界银行，社会发展、冲突预防和国家重建第14号文件，2003年12月。

Mckechnie, A. J.（2003）"Building Capacity in Post-conflict Countries," Washington, DC：World Bank, Social Development Notes, Conflict Prevention and Reconstruction, No. 14, December.

12. 詹姆斯·马诺尔：《民主分权的政治经济学意义》，华盛顿：世界银行，1999年。

Manor, J.（1999）The Political Economy of Democratic Decentralization, Washington, DC：World Bank.

184

13. ［法］帕特里克·马尔：《脆弱国家的服务供应：问题框架》，马里兰大学：IRIS中心，关于脆弱国家的第5号工作文件，2005年。

Meagher, P. (2005) "Service Delivery in Fragile States: Framing the Issues," College Park, MD: IRIS Center, Working Papers on Fragile States No. 5.

14. 兰特·普里切特，迈克尔·沃尔考克：《解决成为问题的解决方案：安排混乱的发展》，华盛顿：全球发展中心，第 10 号工作文件，2002 年 9 月。

Pritchett, L. and M. Woolcock (2002) "Solutions When the Solution is the Problem: Arraying the Disarray in Development," Washington, DC: Center for Global Development, Working Paper No. 10, September.

15. 乔纳森·劳赫："民主扩散：美国政府的无声杀手"，纽约；时代周刊，1994 年。

Rauch, J. (1994) Demosclerosis: The Silent Killer of American Government, New York: Times Books.

16. 乔丹·施瓦茨，谢利·哈恩，伊恩·班农：《私营企业在向冲突后国家提供基础设施方面的作用：模式与政策选择》，华盛顿：世行社会发展论文集：《冲突预防与重建》，16 号文件，2004 年 8 月。

Schwartz, J., S. Hahn, and I. Bannon (2004) "The Private Sector's Role in the Provision of Infrastructure in Post-conflict Countries: Patterns and Policy Options," Washington, DC: World Bank Social Development Papers, Conflict Prevention and Reconstruction, Paper No. 16, August.

17. 詹姆斯·斯科特：《弱者的武器：农民起义的普遍形式》，康涅狄格州纽黑文，耶鲁大学出版社，1985 年。

Scott, J. C. (1985) Weapons of the Weak: Everyday Forms of Peasant Resistance, New Haven, CT: Yale University Press.

18. 朱迪斯·腾德勒：《热带地区的良好治理》，马里兰州巴尔的摩：霍普金斯大学出版社，1997 年。

Tendler, J. (1997) Good Government in the Tropics, Baltimore, MD: Johns Hopkins University Press.

19. 桑顿，迪瓦恩等：《合作伙伴：评析孟加拉国大型非政府组织》，伦敦：英国国际发展部，2000 年 2 月 13 日至 4 月 6 日。

Thornton，P.，J. Devine，P. Houtzager，D. Wright，and S. Razario（2000）"Partners in Development：A Review of Big NGOs in Bangladesh，"London：DFID，13 February to 6 April.

20. 世界银行：《行政部门改革：评析世界银行援助》，华盛顿：世界银行，行动评估部门，1999 年 8 月。

World Bank（1999）Civil Service Reform：A Review of World Bank Assistance，Washington，DC：World Bank，Operations Evaluation Department，August.

21. 世界银行：《2004 年世界发展报告：为穷人服务》，华盛顿：世界银行，2004 年。

World Bank（2004）World Development Report 2004：Making Services Work for Poor People，Washington，DC：World Bank.

第九章 信息化侨民对于脆弱国家 治理重建的贡献
——潜力和希望

珍妮弗·M·布林克霍夫 （Jennifer M. Brinkerhoff）

185

如果不了解 20 世纪 90 年代和 21 世纪头十年全球化带来的巨大影响，就不可能清楚的了解那些在冲突后治理重建中出现的新现象。全球化加强了经济政治的相互依赖，同时也向一些国家和地区提供了迅速发展的机会，而其他国家则发展缓慢。随之产生的边缘化和/或有意识的社会排斥运动，加剧了在经济、政治以及社会层面发生冲突的危险（莱克和罗斯柴尔德，1996；基辛格和格拉蒂奇，1999）。导致民族国家内部冲突的社会紧张局势时有发生，全球化使得通过外部干预导致冲突升级的结果和风险持续增加。本章主要考察信息技术（IT）和不同社会间的人员流动对受冲突影响或冲击的社会的影响。

在当今社会，信息和人口以前所未有的速度和数量穿梭在国家之间。一些人对这些现象产生恐慌，特别是 2001 年 9 月 11 日之后。传统观点认为，信息技术，特别是随着其应用的日益国际化，对国家的主权和治理能力构成了威胁。信息技术已经"突破了多孔的地理和政治边境和国家管辖权的边界"（蒙哥马利，2002：26）。关于信息技术和恐怖主义的最新研究证实了，互联网确实有助于恐怖主义的特性，包括它容易获取、匿名性和国际性（茨法蒂和魏曼，2002）。有些人甚至宣称信息技术凸显了了全球化产生的边缘化问题，加剧了南方国家的绝望和无望，因此导致了恐怖主义的产生（埃尔诺，2003）。

人口流动对于冲突的解决既是挑战也是机遇。人口流动增长迅速，从1965年的7500万人到2000年增长了一倍，达的1.5亿人（IOM 2000），到了2005年则达到了1.85亿人（IOM 2005）。科利尔和赫夫勒（2001）发现侨民充分影响了再次发生冲突的风险；经过五年的和平之后，侨民的出现使得母国再次发生冲突的可能性增加了六倍。除了经济上的挑战，移民会面临社会心理方面的挑战，他们要以新的文化方式进行思考以及在保持对原有文明认同的同时构建一种新的认同（弗里德曼，1994；拉维和斯韦登伯格，1996）。对于许多人来说，同化是一个在文化上、社会上和经济上压力重重的过程（纳尔逊·琼斯，2002）。同化无力便会产生暴力。加尔通（1996）认为暴力结构包括排斥、不平等和轻视。被边缘和被排斥的感觉会导致暴力行为，并加剧现存冲突（勒马尔尚，2000；巴伯，2001等）。当移民的母国卷入冲突时，国家认同和本土认同就成为了问题，进而导致压力和边缘感的增强（埃斯曼，1986；科恩，1996等）。

侨民同样可以对冲突后的重建和发展做出突出的贡献。最显著也得到普遍认可的贡献包括为了建设国家的目的回国，经

186

济汇款和国际宣传。一些贡献与治理重建密切相关：效率、合法性和安全。回国对于那些从冲突中恢复的国家尤其重要，例如阿富汗和伊拉克，在这里过渡政府和发展部门的职位都寻求拥有相应技能的侨民；在前苏联和东欧地区也是一样（金和梅尔文，1999~2000等）。保持和动员侨民集团的目的可能就是为了影响国际社会的看法和构建对人权和政治自由的支持（沙因，1999）。不管怎样，母国政府认为即使是定居的侨民"也可以在国外为加强国家的稳定和发展做贡献"（莱维特，2001：204）。有组织的侨民可以使用信息技术促进这些议程。

本章在于探讨侨民如何通过信息技术为冲突后国家和脆弱国家的治理重建做出贡献。首先是简短的文献综述，关于侨民的认同、动员、对信息技术的使用等，然后用例子分别展示对治理的三个方面的贡献。阿富汗裔美国人的行动展示了对于政府效率的贡献（有效而稳定的服务供应和政策执行）。埃及科普特人的例子显示了侨民和当地社会如何通过沟通网络加强政府的合法性（减少不平等，明确责任，确保服务供应以及保护人权）。索马里网（Somalinet. net）展示了网络草根组织，特别是信息化侨民（在网络上组织起来的侨民），在阻止冲突加剧和反复方面的潜力，解决了安全方面的问题（阻止冲突反复，支持法治）。本章最后会讨论其政策意义。我并不否认侨民利用信息技术对冲突后社会具有破坏性影响的可能性。本章的案例和分析在于强调信息化侨民在冲突后治理重建中发挥建设性贡献的潜力和希望。

187

一、我们所了解的侨民、认同和信息技术

1. 侨民和认同

侨民共同具有的一些特征将成员紧密连接在一起，并有可能采取共同行动。科恩（1997：515）确认了一些特征，包括：

（1）关于祖国的共同历史和神话。

（2）对于故土的眷恋以及对其维护、重建、安全和繁荣，甚至建国的承诺。

（3）归国运动的发展得到了共同的赞许。

（4）长久以来基于特殊感，共同的历史和对于共同命运的信念之上的强烈的民族意识

（5）与在其他国家定居的同族成员之间的共同情感和团结。

这些特征有助于集体认同的发展，成员会加强彼此与祖国文化及相关价值观的联系。对祖国的忠诚"提供了情感支持和认同资源"（卡斯托里诺，1999：198）。

有关全球化背景下文化认同的文献呼吁并证实了文明的交融（弗里德曼，1994；拉维和罗斯柴尔德，1996）。移民既没有全盘接受东道国的文化，也没有为了抵制其他文化的影响而机械的坚持传统的民族文化。侨民组织的一个重要作用，就在于提供了协商文化认同的机会（布雷纳德和布林克霍夫，2004；布林克霍夫，2004），并通过交流和集体行动表现出来。约西·沙因（1999）在其对美国国内侨民的研究中提出，美国对归化人的宽容——即非裔美国人、亚裔美国人和阿拉伯

裔美国人——为侨民提供了较大的机会，允许其在美国身份下，追求自己的文化认同以及基于认同的政治议程。他认为，侨民可以赋予美国外交政策"人性"和"美国性"双重属性，通过反对孤立主义的倾向，基于自由民主的美国价值观。通过这么做，他们可以长远的促进其祖国人民生活质量的提高（例如就对外援助、财政拨款等进行游说，和/或提出政策和项目）。

动员起来帮助祖国表现出移民认同的一种表达方式。对一些人而言，对祖国认同的表达仅仅基于一种归属感，是对在移居社会中边缘化感觉的一种反应。对于其他人而言，动员是一种可能包含自由价值在内的混合认同的表达。许多移民到美国的人接受了多元主义、民主和人权等美国的价值观。根据多元融合模型，移民会保护"与自由主义兼容的文化实践"（强调在前）（斯平纳，1994：76，引自沙因，1999：26）。自由主义既是一种假设，也是一种行为准则。一方面，它提出"不同文化……更喜欢、传播和坚持同一种民主价值观，当允许自由发展并选择最好的时"（沙因，1999：26）。另一方面，它希望民众"可以把他们宣称的权力同等的扩展到其他人"（同上）。即使是传统文明不那么宽容的地区，拉斯（1994）声称他们会面临美国多元文明社会的压力，从而符合更加自由的趋势。

认同在动员支持或者反对冲突中有作用。冲突文化模式被认为是共享现实的崩溃（韦于吕宁，2001）。由于统一的认同优于冲突的认同，因此认同的交汇可以推进普遍的认同和理解，并最终形成一种新的认同（布鲁尔，2000）。交叉认同性之所以能阻止冲突，是因为"他们创造多元忠诚，相互依赖和共同利益"（科赛尔，1956，引自莱瑟曼等，1999：59）。这些新的认同能加强不同群体之间的信任，有助于社会资本的结合和联系（帕特南，1993）。社会资本的结合可以应对社会边缘化的不稳定性（吉特尔和维达尔，1998）；社会资本的联系可以培养理解，进而阻止其他人人性的丧失（诺斯拉普，1989；瓦什尼，2001）。

2. 动员和信息技术

文化认同导致的政治活动，无论是对于祖国还是东道国，可能源于移民在母国和东道国国同时享受的权力和义务（尼贝里·索伦森等，2002）。在接收国获得地位和安全的成本越高，侨民社区越可能割裂对祖国的支持（埃斯曼，1986）。

成功的动员依赖于一系列因素，包括构建共同的社会认同（普拉凯尼斯和特纳，1996），提供组织化或者网络化的基础（克兰德曼斯和奥吉玛，1987）以便产生效能感及相应影响（凯利，1994）。为了集中个体的注意力和精力，并且有效协调他们的行动，必须恰当的设置议题框架（斯诺等，1986）。

学者已经确认了一些有助于侨民参与祖国发展的因素。埃斯曼（1986）提到了三个：可用的材料、文化和组织资源；东道国可用的"机会结构"；"维持团结和发挥集团影响的倾向和动机"（p. 336）。经济资源对于汇款和经常发生的归国行为至关重要。组织资源，比如老乡会，具有影响政治动员和独立发展的能力，和影响东道国和国家社会决策层的能力。对于有效动员最常见的确定因素是培养团结意识和组织认同（金和梅尔文，1999～2000；沙因，1999 等）。

信息技术，比如网络草根组织（CGOs）可以促进有效动

189

员的先决条件（布雷纳德和布林克霍夫，2004）。[①] 尽管存在数字鸿沟，但是研究显示互联网向那些偏远地区的人口提供了接触他们居住地之外信息的机会，并使这些人能够"使用资源解决真实和迫切的问题"（米尔，1999：305）。许多研究证实，互联网对于那些小型边缘化组织十分重要，通过互联网他们组织在一起，并推进其政治议程（本内特和菲尔丁，1999）。互联网不仅促进信息交流以协调集体行动，而且还对沟通网络进行重新配置，使之更强更广泛，并影响沟通形式和信息。最后，信息技术议题框架的促进，不仅通过构建社会规范，也通过构造规范参与的互动组件和规章（沃肯廷和明斯特，2000）。互联网提供组织化和网络化的基础，促进信息的传播，进而产生效能感和影响，将志趣相投的侨民联系在一起，形成一种紧密但是多样的社会资本网络。

互联网通过匿名或者公开的方式传播个人主义、言论自由等自由主义价值观。雅各布森和劳森（1999）提到信息技术可以促进世界大同，或者形成"一种超越国家边界和利益的普遍的道德规则"。互联网已经成为测试自由主义价值观的试验台。事实上，许多网络草根组织在活动中专门宣扬民主（布雷纳德和布林克霍夫，2004等）。

最重要的是，在文化传承中创造效能感和团结方面，互联网提供了重要的机会。就是说，它提供了一个协商和加强族群认同的论坛（布雷纳德和布林克霍夫，2004；布林克霍夫，

---

① 网络草根组织（CGOs）是指仅在网络空间存在的草根组织（布雷纳德和布林克霍夫，2004）。

2004）。莱茵戈德（1993）阐释了互联网的互动单元如何提供场所进行思想交流、辩论和传播观念，可能最终形成紧密的社会团结和联系（韦尔曼和古利亚，1999）。有许多证据支持麦考密克的猜想（2002：12），"如果互联网提供一块画布，国家可以在上面勾画他们的社会、语言、文化和政治信念，那么争夺安全文化天堂和边界的斗争可能对于它们的生存和发展就不那么必要了"。

190

　　总而言之，侨民接受了包括自由价值观在内的复合认同。对祖国的代表常常就是这种认同的表达——不仅与祖国文化相联系，也包含自由主义价值观，后者往往在接收国获得或加强。其中的平衡可能会发生改变。当侨民被共同的国家认同而不是族群认同动员起来，他们就将社会资本与冲突和冲突预防联系在一起。代表祖国的动员决定于，至少是隐含的，侨民对其在接收国生活质量的成本和风险的成本—收益分析。动员更可能发生在集团拥有共同文化认同的地方，并且它们可以接近组织化、网络化的基础，这些基础可以促进问题和意识框架的构建，形成效能感，进而产生影响。信息技术对动员活动的促进，主要通过提供组织化基础，促进问题框架，为包含自由价值观的认同协商提供对话空间。接下来的三个例子阐释了有关冲突后政府治理重建中的效率、合法性和安全问题的发现。

二、信息化侨民与冲突后国家和脆弱国家的治理重建：三个案例

　　所有这些案例的描述来源于对创办人的访问，对历史数据

的分析和对其网站的访问，包括对其链接和讨论区的分析。通过得到网站创办人的许可，研究团队注册成为使用者，从而得以进入网络草根组织的论坛，但是并没有参与任何的讨论和交流。引自网页和论坛的资料包含一些未经修改的语言，也有一些标点和拼写的错误。

1. 效率：阿富汗裔美国人对政府能力和服务供应的贡献

三个阿富汗侨民组织展现了侨民可以为提高政府效率做出许多贡献。① 阿富汗在线组织强调共同的成员利益，或者来自与他人拥有共同情感或共属某个族群的联盟优势。它有着活跃的论坛，并提供了大量的与阿富汗相关的信息。重建阿富汗组织同样是一个关于阿富汗的信息源，并且通过信息链接，促进同阿富汗重建相关的目的性明确的行动。阿富汗人争取明天组织有明确的任务，和更传统的网络形象（更多的是从事信息宣传），和更庞大的现实存在。

阿富汗在线组织有着大量链接，建立成员和访问者与一些网站和组织的联系，其中包括那些在促进阿富汗发展方面发挥积极作用的网站和组织。一些链接中包含了特定行动信息，通

---

① 对阿富汗在线组织的探讨参考了卡齐（2002）的研究和对网站的一篇实证分析。我们用有代表性的三个月时间观察论坛（2002 年 8 月 1 日至 11 月 1 日）；接下来在 2003 年 6 月 1 日至 9 月 12 日对其进行了粗略的回顾。2003 年 9 月 10 日进行了一次链接分析。对重建阿富汗组织的描述是以梅拉杰（2002）的研究为基础。关于重建阿富汗组织的实证数据覆盖了其至 2003 年 9 月 12 日的历史。A4T 的例子参考了梅耶尔等（2003）的研究，对其 2003 年 9 月 12 日网页内容的分析以及奥马尔（2003）的研究。案例描述参考了布林克霍夫（2004）的研究。

过这些链接个人可以支持阿富汗的发展和重建。主要包括传统的金融捐献（帮助阿富汗儿童企业，战争儿童组织和阿富汗妇女和教育等）；资源募集（阿富汗学校物资）；援助者工作，例如关于孤儿的萨纳姆基金会或者关于雷区的接受雷区组织以及志愿机会（萨纳姆基金会，接受雷区等）。

阿富汗在线组织同样提供了一个"阿富汗综合论坛"，在这里个人可以提出或者表达他们自己的想法。许多想法都涉及阿富汗的发展，阿富汗的未来，历史，文化以及关于阿富汗的个人记忆。一些想法是寻找一些专业人员（例如一个翻译公司寻找说普什图语的人，某个未知组织寻找一系列技术人员），可能是为了向阿富汗的项目提供人员。2003 年 7 月，宪法委员会秘书处准备了一次调查问卷，希望获得阿富汗裔美国人对其准备的宪法草案的反响。

重建阿富汗组织成立于 2011 年 9 月 11 日之后。它的宗旨是"成为那些希望参与阿富汗重建的人的虚拟空间和联络点"。由于明确表明关注阿富汗重建，重建阿富汗组织也被列在发展门户基金会关于阿富汗重建网页的"合作组织"一栏中。它的首页包含其他与阿富汗和重建有关的组织的链接。其首页一个明显的特征是有一个工作和简历数据库，尽管这个数据库在研究期间并不活跃。

重建阿富汗组织的首页也提供了讨论的机会。创办者提出并限制讨论的主题。想法是关于阿富汗重建面临的特定挑战：教育、医疗卫生、经济和政府改革。这些论坛主要用来张贴公告。还是存在一些相对比较活跃的论坛，例如，那些与援助学校有关的论坛。在"职位空缺"中，一位来自国际移民组织的官员宣传了其"阿富汗专业人员归国计划",并指明个人可以在哪申请。

阿富汗人争取明天组织建立于 1999 年,并于 2001 年正式注册为 501(c)3 非营利组织。它是一个"致力于阿富汗重建和发展的非营利组织……它利用生活在国外的那些年轻阿富汗专家的专业技术、知识和奉献向国民提供基础服务。"阿富汗人争取明天组织是一种媒介,通过它,阿富汗裔美国侨民辞职或者利用工作的假期来到阿富汗,为重建工作贡献自己的时间、力量和技术。它的欢迎短信明显是指向阿富汗侨民:"对于全球的阿富汗专家而言,是时候动员起来帮助重建工作了"(在开头进行强调)。

阿富汗人争取明天组织仅仅是一个志愿者组织。活动领域包括农业、教育、医疗和人道主义服务。阿富汗人争取明天组织促进每个部门的组织化,"从而为阿富汗人民更好的生活构建坚实的网络",并确保得到必要的技术。大约有 30 个志愿者占据着组织内常规职位,此外还有来自其他阿富汗裔美国人提供周期性和临时性的志愿支持。随着项目数量和范围的扩展,居住在阿富汗的志愿者职工也增加了,现在有大约一半的员工居住在阿富汗境内。阿富汗人争取明天组织的主席目前也居住在阿富汗。在阿富汗的一些职员都在其他致力于阿富汗重建工作的组织有正式工作,只是兼职作为阿富汗人争取明天组织的志愿者。

阿富汗人争取明天组织在阿富汗已经执行的项目包括为财政部提供培训和员工以及对学校的援助。对于财政部而言,阿富汗人争取明天组织的员工与财政部直接合作,提供办公软件的培训，并帮助一个美国国际开发署的承包商向财政部提供合格的侨民员工。那些通过阿富汗人争取明天组织的工作而进入财政部的个人，一进入阿富汗，即被要求为该组织在当地的项目做志愿者。

教育是其活动最积极的领域之一。阿富汗人争取明天组织为学校提供基本的设备、书籍和教师工资，有些时候直接接手被选中的学校。阿富汗人争取明天组织（在它的网页上呼吁对其校园计划进行捐助。它同样支持建立新学校，并已经与其他组织开展了有效的合作，满足了当地的需求，并引进了先进的技术。例如，通过与工程师无国界组织的合作，阿富汗人争取明天组织在布斯坦建造了一所新学校。村民提供了土地。其与教育部密切合作，确保学校有老师。在与村民的协商中，它们调整了村民建造学校的传统技术，融合了新的盖屋顶的技术，这些都是由工程师无国界组织提供训练和原料。

在提高政府提供高效稳定服务的能力方面，这些阿富汗裔美国侨民组织拥有巨大的机会。他们通过与国际上和地方上的非政府组织和公民社会组织进行合作，也与政府和族群的直接合作，把侨民的技术同工业发展项目和计划的环境下对服务供应的迫切需求联系起来。这三个案例在一定程度上，代表了官方发展组织通过网页框架寻求侨民的贡献。包括对专家的招募，和对归国项目的参与。对其他组织提供项目和对其他组织链接的讨论进一步推动了行为体在捐献、招聘和志愿方面的发展。

阿富汗人争取明天组织发挥了积极的媒介作用。它在以下方面发挥中介作用：（1）工业项目和侨民之间——寻求专业

193

知识和特定岗位招聘，例如为财政部提供职员；（2）政府专业技术和能力的需求和侨民的可用专业技术之间；（3）地方族群和其他发展行为体，例如在教育部门开展工作的国际非政府组织和承包商。阿富汗人争取明天组织同政府的紧密合作确保了其项目的稳定。

2. 合法性：埃及科普特人，侨民和交流网络①

美国科普特人社团是通过网络聚集在一起的人，他们辩析、讨论、策划并采取行动倡导和改善埃及科普特人的人权。建立于 20 世纪 90 年代中期，它的任务是促进"国内外科普特人生活的改善"（美国科普特人协会，2003）。科普特人在埃及基督徒中占多数，达 8% 到 10%。

美国科普特人社团关于其改善所有埃及基督徒的目标有19 项主要诉求。这些需求集中于结束对科普特人的歧视，增加科普特人获得政府服务的机会和提高其在政府中的重要性以及尊重所有科普特人的基本人权。根据其宗旨，对科普特人的歧视和暴行"是长期存在的，是一种犯罪，是埃及政府和一些被误导和轻信谣言的穆斯林，有意为之或者故意否认和忽视

---

① 案例描述来源于对作为美国科普特人社团创始人和首席执行官的迈克尔·默尼耶（Michael Meunier）的采访和二手的报告和文献。两次访问的时间：2002 年 11 月 25 日和 2001 年 12 月 17 日（迈克尔·默尼耶，美国科普特人社团主席和首席执行官）。二手资料包括美国国务院报告，期刊文章和媒体报道。其他有关美国科普特人社团的信息来源于其网站，Copts.com。案例描述参考了布林克霍夫（2005）的研究。资料搜集还包括一份对实证数据的回顾和对其网站、邮件系统和论坛在 2003 年 1 月 1日至 4 月 1 日长达三个月的观察。

的"（美国科普特人协会，2003）。尽管有如此指控，宗旨中宣称："我们坚定的相信，对科普特人有益的同样有益于埃及，而对埃及有益同样有益于科普特人，因为二者的过去和未来都是不可分割的"（同上）。

美国国务院（2002）报告称埃及政府（GOE）持续"改善政府对保护宗教自由的关注"。然而，依然有例外存在（同上）。1856年的奥斯曼法令和1934年的内务部规章规定非穆斯林在建造宗教场所时需要得到总统的批准。在执行过程中，政府必须就宗教场所的地址及其所在社区的人员组成进行裁决。受到1999年12月一项法令的影响，修缮教堂的审批程序得到改善；然而科普特人宣称这依然必须得到地方安全当局的批准，而且审批程序耗时而低效。

美国科普特人社团依靠一系列通信技术对埃及科普特人进行教育，收集信息，在歧视和暴行发生时予以公开以及促进个人对组织目标的参与。它拥有一个电话网络，并依靠地方层面的信息共享。一些埃及村庄可能只有一台电脑，但是，科普特人网站上的文章和信息——以及它的邮件文摘——通过口口相传和打印截图得到广泛的传播。创建者估计通过一两台电脑，就会有三四十人得到传播的信息。社团同样依赖埃及国内的人脉，通过他们将国内的信息和人权虐待的文件资料传送到美国。

例如，2002年11月，创建者收到一个来自埃及的联邦快递，里面有关于某个被当地埃及政府勒令停止修缮的教堂的照片。当地村庄的某个家庭有成员现居住在比利时，后来他与他们通过电话，正是这位成员将这一问题的资料邮递给《文

194

摘》，并告诉默尼耶那个牧师的电话号码。牧师收集了相关的所有文件资料、申请许可证和照片信息，并把它们交给了开罗的一个开普特人，然后这个人把这些送交美国开普特人社团。后来创建者安排了牧师和埃及政府的会谈，从而得到重新修缮的正式许可。

科普特人网站的互动组件已经成为讨论和表达人权问题的中心论坛。这突出表现在对于 El-Kosheh 大屠杀的讨论中。1999 年 12 月 31 日，一名科普特老板和一名穆斯林顾客之间的争吵演变为两天的暴力事件，导致 21 名科普特人死亡，260 间科普特房屋和商店被破坏。科普特文摘的成员就等待埃及法庭对此案的处理，还是将此案提交到海牙的国际刑事法庭（简称 ICC）展开讨论。2003 年 2 月，96 名被告中有 93 名被无罪释放。到 2003 年 3 月，成员之间的邮件表达了对释放的恐惧，并就如何通过自身的行动把此案的详情提交到国际刑事法庭，寻求美国科普特人社团的指导。

社团的支持举动，导致埃及政府采取会增加其合法性的行动。这些行动增加了话语权和责任，包容和公正。社团的工作可以帮助埃及政府确认并应对，那些会导致国家动荡的的社会因素，进而促进政治稳定。更大的问题在于，埃及政府需要抵制来自社会或特殊利益集团的压力，而独立制定政策。国家宪法规定埃及是穆斯林国家。一些法律和政策不利于少数宗教团体。美国科普特人社团积极动员民众，呼吁法律改革的通过和执行。通过搜集和传播信息，社团建立了问责制。它呼吁重视那些中央政府政策在地方层级不能有效实施的地方，和政策实施不符合国际标准的地方，因为这些会损害了埃及政府在国际体系中的合法性。

美国科普特人社团促进透明和责任的方式是战略性的。即它希望扮演一种幕后的角色，正如在前文提到的修缮教堂的案子中一样，确认政治的敏感性，特别是它会利用政治精英和国家社会压力的影响。这种暗中交流的选择反映了对于卡拉希和博厄斯（2003）警示的深刻认识：如果腐败问题普遍存在，使用信息技术促进透明度可能导致合法性危机。通过以有选择并不引人注意的方式解决政策和执行问题，美国科普特人社团给了埃及政府悄悄改正错误的机会，并通过执行意愿和能力的显示构建它的合法性。

3. 安全：索马里侨民和冲突预防

索马里网是一个大型侨民网站，每个月大约有 370 万的浏览量，有着 126 个讨论版块和大约 2 万名成员。[①] 其讨论版块对所有人开放，表现出近乎混乱的极度的言论自由，有时候，某个部落被其他部落成员攻击、诋毁和侮辱的现象十分普遍。

有时候成员会要求讨论者不要进行谩骂。在研究样本中，这样的要求通常出现在关于索马里认同和索马里重建的道路等

---

① 资料包括一份个人访谈和创建者的回应，和对实证资料以及对索马里网（www. somalinet. com）观察信息的整理，包括对其链接和论坛的分析。2003 年 5 月至 8 月三个月的时间内对选择的帖子（363 篇，与研究问题相关的话题）进行了系统的分析。为了增加分析并避免选择面过窄，我们随机选择了一些帖子，考察信息化侨民的一般想法。选择的这些帖子中大约 12% 不是英语的，从未分析的 318 篇。案例描述参考了布林克霍夫（2006）的研究。网站每个月的数据由阿卜迪・奥斯曼提供，来源于他的互联网数据供应网站；个人访谈由珍妮弗・布林克霍夫于 2003 年 10 月 2 日进行。

问题的实质性讨论中，这些问题是占了大约三分之一的帖子。对个人和部落攻击的限制和认知在个人的思想中在不断调整。例如，在回应部落主义时，一名成员写道，"目前在这里我没有看到部落主义，而只看到一些刺耳的令人不快的真相。我们在这里不是为了提供援助和舒适，而是使人们清楚的思考和分析现状"。

有关索马里未来预期和选择的想法包括：我们需要原谅彼此什么？非暴力的抗议活动在索马里是否有效？你认为索马里需要外国帮助吗？索马里重建：所需帮助。一位成员就非暴力的话题首先温和地提出了十种想法。其中一种：

> 一个没有部落区别的统一的索马里是我希望居住的地方，我知道许多人有着同样的梦想。我们如何实现我们的梦想？一个简单的答案是我们在国家建设中应该从共同的习俗开始，比如语言、信仰和文化。这在以前从未发生过（从独立到上一个政权），是时候开始做了。
>
> （我们是谁，索马里吗？）

另一位成员强调共同的索马里认同："归根结底，我们是索马里人。我们在移民处会被拉到一边，被肯尼亚哈巴市警察拦下，因为我们还是没有护照……我们有着相同的外表，并受到同样的严厉对待"（我们知道怎么做）。成员们经常强调那些索马里国内的索马里人在决定祖国未来方面的重要性，认为"那些居住在国外的索马里人不具备做决定的知识和理解"（前索马里应该分离！）。

196

混合认同主要涉及自由主义价值观。例如，在一篇名为《阿布迪卡西姆在他到达后很失望》的帖子中，成员们讨论到如果总统是合法选举产生的，就有必要接受他。一个成员写道："整个美国都重视个人的权利和自由，所以不会攻击它，对于有机会居住在那里的我们来说，我们应该充分利用我们的机会"（美国的价值观是什么）。另一个成员提到一则美国文化的标志，即约翰·F·肯尼迪的著名言论，"不要问你的国家能为你做什么。问问你能为你的国家做什么。"这个成员鼓励人们努力工作，反对打劫和福利，不禁令人想起新教的工作理论（前索马里应该分离！）。

一些帖子比其他帖子得到更多的关注。例如，一个帖子，"我们需要原谅彼此吗？或者怎么样"，没有回复和区区 28 人浏览，而我们的研究对象平均有 23 条回复和 378 人浏览。另一个主题相近的帖子"非暴力的抗议活动在索马里是否有效？"仅有 4 条回复，36 人浏览。第一条回复是消极的，引用了军阀的例子，虽然也提到了索马里许多地区和平游行的例子。这个帖子最后建议每个索马里公民解除一个"mooryaan"（广泛定义为枪手，暴徒或者青年劫匪）的武装。

更多的兴趣集中在有关如何重建索马里的利益讨论中（索马里重建：所需帮助），有 49 条回复，749 人浏览。在此，成员们关注问题解决，汇报对索马里访问，对部落在未来索马里角色的讨论，表达未能为问题解决做出贡献而产生的内心的愧疚。另一个帖子表达了有益的观点，关于索马里侨民为什么帮助索马里的重建，涉及家庭对汇款的需求（和平和你的口袋：你的钱很好）。成员在争论中可能会表达绝望的情绪，同时对于未来的和平又有着共同的利益。在"12年来索马里首家医校"中，一个成员在回复中谈到如此努力是没用的，因为受到训练的医生可能会被暗杀，"仅仅因为他们穿着好看的衣服"。争吵过后，那个成员希望发帖者所表达的乐观态度是正确的。

讨论最激烈的主题是索马里兰的分离倾向和部落的恰当作用。关于分离倾向的讨论往往包含严重的辱骂和图形语言。也有一个例外，"我们知道怎么做"讨论比较友善，关注一些实际问题，比如边界的划定，难民是否能够返回家园，索马里兰的名字等。参与者们不时提及愉快的讨论氛围，并称赞了主要的讨论者。大约一个月后，当辱骂开始出现，一名参与者就宣布退出讨论。尽管索马里兰的分离倾向是讨论的热点问题，大多数参与者支持一个统一的索马里的共同未来。对成为南索马里的担心经常被提及。

调查期间最流行的一个帖子（370条回复，3707人浏览）关注的是部落关系。讨论包含人身攻击和一些索马里语回复。一个成员比较了侨民对部落主义的观点和他自己对索马里部落主义的看法：

> 我不认为部族能解决我们的问题。看看论坛里一些人是多么的极端。我不认为回国的索马里人会受到人们在这里谈论其他部族时说到的厄运。当我和回国的人交谈时，我感到了希望，并且他们好像了解部族主义的无效，可能当我们享受着在舒适的家中或驾驶着豪车时，他们已经经历了很多，这也是为什么我不会认真对待人们在这里所说

的。那些整天都在索马里的人才是真正的索马里人。

大约75%的回复（不包括上文引用的这段）都是匿名回复，这也显示出这个话题的敏感性。

索马里网的成员看起来有种倾向，他们不喜欢暴力等破坏性的方式，并且它们倾向于沟通而不是激化彼此的分歧。很明显，索马里网并不能消除潜在的冲突。讨论的氛围，经常性的人身攻击和侮辱，显示了持续的紧张关系和挫折感，也可能指示出一种边缘化的亚文化。然而，这些频繁的敌对性攻击只是出现在网络言语上。没有证据显示这些在现实世界中也有发生。调查期间在任何地点都没有成员们召集进行的有关索马里现状的暴力活动。唯一一个呼吁暴力的例子，即一本涉及亵渎伊斯兰教的书的作者呼吁暗杀，这次呼吁由于穆斯林非暴力的天性而迅速停息了。

虽然对非暴力抗议活动的容忍及前景的讨论显示出成员们对此没有兴趣，一些成员提出这些话题及其他人并不进行攻讦的事实显示出成员可能并不倾向采取或者至少是容忍暴力活动。人们对这些话题不感兴趣可能部分由于成员们的悲观和无助，正如表达出来的对未来的挫折感和愤世嫉俗。许多成员一再呼吁建设未来应该围绕着共同的索马里认同，超越部落忠诚和地理区域。成员们会回避他们认为不现实的话题，而采纳更可行的活动，比如参与到特定的项目建议中。

组织规章允许成员表达挫折感和绝望，甚至是愤怒，这可以促进健康的发泄；同时允许成员自我规约，以促进相互尊重和理性的讨论。当然，这种自我规约可以为发展和民主实践扩

198

展行为体的范围和提高技能。部落等地区组织在处理涉及自身的问题和需求方面以及煽动冲突升级方面能力不足。这些不足源于个人主义、平等和积极参与的文明。成员们通过质疑他人观点的可信性和引用其他信息和资源，进行相互交流。

索马里网不可能阻止任何一个企图采取暴力行动的人。然而，它可以通过解决他们的归属需求（反对敌人）改变那些正在考虑是否采取暴力行动的人心中的成本—收益等式，重构他们的认同，并在各个党派之间针对潜在冲突发展一种交叉共通的理解，都是在经历自由价值观的表达和实行。

三、混合认同，动员，信息技术

是否有意识的为加强政府的效率、合法性和安全做出了贡献，上面三个例子显示了侨民是如何形成混合认同以及动员起来使用信息技术促进这些治理内容。阿富汗裔美国侨民组织 2011 年 9 月 11 日之后代表侨民全体对其祖国的重建给予了关注。同时 A4T 意识到通过官方招聘或者归国来参与重建的机会，对于侨民而言可行性或兴趣不大。美国科普特人社团维持的联系着祖国和侨民社会的沟通网络，使得成员可以参与到治理进程中，共享和传播国内事件的有关信息。索马里网可能是混合文化认同显现并影响着人们对祖国未来看法的最好的例子。涉及成员的索马里认同和美国认同两者的特性，也用来联结有分歧的部落认同。

199　上面每个例子都说明了使侨民愿意代表祖国行事的隐含其中的成本—收益关系。例如，一些阿富汗裔美国人选择回国，在阿富汗政府或者支持政府的发展部门长期工作。其他人渴望做出贡献，但不会放弃他们在美国的工作。美国科普特人社团谨慎开展其人权事业，不至于损害在埃及生活的科普特人的生活质量和安全。这个例子中，在埃及生活的科普特人相较于侨民可能面临更高的成本。索马里网上对特定讨论的兴趣差异显示出侨民可能认为参与某个问题对于他们的美国生活是个威胁；或者他们仅仅认为潜在的奖励太不确定。不管怎样，他们在现实世界中不愿意代表祖国，表现在他们支持索马里国内人民自我决定未来，并寻求在美国生活的利益。

每个侨民组织都使用信息技术促进共同利益，提供组织化或网络化基础，产生效能感（例如 A4T 在其网页上宣示其业绩），并管理相关问题以便分流建设性能量。重建阿富汗组织和 A4T 目的在于鼓励侨民在阿富汗重建过程中做出贡献；美国科普特人社团明确支持科普特人和埃及政府的共同未来，交往邮件中总是这类问题的重复。索马里网的成员持续协商其网上社区的秩序；庞大而异质的成员群体排除了任何一个部落为其他部落管理问题和行动议程的机会。成员不能容忍对暴力行动的呼吁。

这些组织的共同特性，他们的水平架构及成员的混合认同强化了自由价值观，其包含了善治诸如民主实践、回应、平等和对人权的尊重等特征。

四、信息化移民：潜力和希望

冲突后的重建工作在国家的境内进行，但是重建的成功在不同程度上都受到了境外行为体和环境的影响。这些境外因素可能是很近的，如邻国的影响，比如巴基斯坦的利益和行动强烈的影响了阿富汗的重建。他们也可能是遥远的，但是依然很重要，如侨民的作用，他们依靠信息技术参与到冲突进程或者重建的努力中。虽然很多人集中关注这些外部因素的风险和潜在的消极影响，本章阐释了信息化侨民为治理重建作出重要贡献的潜力。特别是，侨民可以使用信息技术：（1）把祖国对技术知识和能力的需求，同有技术、合适的并且对提升治理效率（无论是通过构建能力还是直接提供服务）感兴趣的移民联系起来；（2）完善沟通网络以支持对人权关注的责任和反应，提高政府合法性；（3）尽可能阻止侨民参与现有的或者煽动新的国内暴力活动。

信息化侨民在现实世界的活动往往很少，可利用的资源有限。大部分侨民缺乏治理相关的技术和经验。另一方面，尽管不是灵丹妙药，信息化侨民依然就治理目标向感兴趣的侨民进行承诺，动员侨民支持这些目标，并把技术和资源投向这些目标。信息化侨民有着丰富的信息、人力资源技术和网络，可以用来支持冲突后治理的重建。他们同样是就绪的组织良好的网络，向分散的异质的侨民集团传递信息、建立公共联系，并为重建治理的规划招商引资。

侨民组织成为日益积极地跨国行为体。由于通信和交通技术的更新，他们的范围和活动也在不断扩张。并非威胁政治稳定和破坏或者反对重建规划的邪恶力量，一些侨民组织正在为其祖国的重建奉献力量，发挥潜力补充和改进现存网络和策略。信息化侨民的活动提醒重建规划和决策者需要转变他们的观念，即认为侨民的贡献仅限于归国和汇款的观念，这样才能更好地协调和利用这些未开发资源的创造性和影响。本研究致力于更好地理解侨民为冲突后治理重建做出贡献或干预的动力和能力。侨民参与重建的历史经验的匮乏显示了对其研究的必要性，需要对现状有更多的认识并为损害控制考虑潜在的战略。

参考文献

1. ［美］布莱恩·巴伯："政治暴力，社会融合与青年作用：在暴乱中成长起来的巴勒斯坦青年"，《社区心理学杂志》，2001 年，29（3）：第 259 ~ 280 页。

Barber, B. (2001) "Political Violence, Social Integration, and Youth Functioning: Palestinian Youth from the Intifada," Journal of Community Psychology 29 (3): 259 ~ 280.

2. ［美］丹尼尔·本内特，帕姆·菲尔丁：《网络效应：网络宣传如何改变政治状况?》，纽约：资本优势，1999 年。

Bennett, D. and Fielding, P. (1999) The Net Effect: How Cyberadvocacy Is Changing the Political Landscape, New York: Capital Advantage.

3. ［美］洛丽·布雷纳德，珍妮弗·布林克霍夫："迷失在网络空间：关注草根组织的阴暗面"，《非盈利与志愿部门季刊》，2004 年，33（增刊3）：第 32S ~ 35S 页。

Brainard, L. A. and Brinkerhoff, J. M. (2004) "Lost in Cyberspace: Shedding Light on the Dark Matter of Grassroots Organizations," Nonprofit and Voluntary Sector Quarterly 33 (3 Supplement): 32S ~ 53S.

4. ［美］玛丽莲·布鲁尔："通过交叉分类消除偏见：多元社会认同效用"，收录于斯图尔特·奥斯坎普（编纂）：《消除偏见与歧视》，新泽西州莫瓦市：厄本姆出版社，2000 年，第 165～184 页。

Brewer, M. B. （2000）"Reducing Prejudice Through Cross-categorization: Effects of Multiple Social Identities," in S. Oskamp（ed.）Reducing Prejudice and Discrimination, Mahwah, NJ: Erlbaum, pp. 165～184.

5. 珍妮弗·布林克霍夫："信息化侨民与国际发展：阿富汗裔美国人和阿富汗重建"，《公共管理与发展》，2004 年，24（5）：第 397～413 页。

Brinkerhoff, J. M. （2004）"Digital Diasporas and International Development: Afghan-Americans and the Reconstruction of Afghanistan," Public Administration and Development 24 （5）: 397～413.

6. 珍妮弗·布林克霍夫："信息化侨民与半威权国家的治理：埃及科普特人案例"，《公共管理与发展》，2005 年，25（3）：第 193～204 页。

Brinkerhoff, J. M. （2005）"Digital Diasporas and Governance in Semi-authoritarian States: The Case of the Egyptian Copts," Public Administration and Development 25 （3）: 193～204.

7. 珍妮弗·布林克霍夫："信息化侨民与冲突预防：以索马里网为例"，《国际研究评论》，2006 年，32（1）：第 25～47 页。

Brinkerhoff, J. M. （2006）"Digital Diasporas and Conflict Prevention: The Case of Somalinet. com," Review of International Studies 32 （1）: 25～47.

8. 罗宾·科恩："侨民与民族国家：受害者成为挑战者"，《国际事务》，1996 年，72（3）：第 507～520 页。

Cohen, R. （1996）"Diasporas and the Nation-state: From Victims to Challengers," International Affairs 72 （3）: 507～520.

9. 罗宾·科恩：《全球侨民介绍》，西雅图：华盛顿大学出版社，1997 年。

Cohen, R. （1997）Global Diasporas: An Introduction, Seattle:

University of Washington Press.

10. 保罗·科利尔，安克·赫夫勒："内战中的欲望与抱怨"，《2355号政策研究报告》，华盛顿：世界银行，2001年。

Collier, P. and Hoeffler, A. （2001）"Greed and Grievances in Civil War," Policy Research Working Paper, No. 2355, Washington, DC：The World Bank.

11. 刘易斯·科赛尔：《社会冲突的效用》，伊利诺伊州格伦科：自由出版社，1956年。

Coser, L. （1956）The Functions of Social Conflict, Glencoe, IL：The Free Press.

12. 易卜拉欣·埃尔诺："9·11与南北差距拉大：全球恐怖主义的根源"，《阿拉伯研究季刊》，2003年，25（1和2）：第57~70页。

Elnur, I. （2003）"11 September and the Widening North-South Gap：Root Causes of Terrorism in the Global Order," Arab Studies Quarterly 25 （1 and 2）：57~70.

13. 米尔顿·埃斯曼："侨民与国际关系"，收录于加布里埃尔·谢菲尔：《国际政治中的现代侨民》，伦敦和悉尼：克鲁姆·赫尔姆出版社，1986年，第333~349页。

Esman, M. J. （1986）"Diasporas and International Relations," in G. Sheffer （ed.）Modern Diasporas in International Politics, London and Sydney：Croom Helm pp 333~349.

14. 乔纳森·弗里德曼：《文化认同与全球进程》，伦敦和加州千橡市：SAGE，1994年。

Friedman, J. （1994）Cultural Identity and Global Process, London and Thousand Oaks, CA：Sage.

15. 约翰·加尔通：《和平手段实现和平：和平与冲突，发展与文明》，加州千橡市：SAGE，1996年。

Galtung, J. （1996）Peace by Peaceful Means：Peace and Conflict, Development and Civilization, Thousand Oaks, CA：Sage.

202

16. 兰韦格·基辛格，尼尔斯·彼得·格拉蒂奇："全球化与冲突：福利，分配和政治动乱"，《世界体系研究》，1999 年，5：第 274 ~ 300 页。

Gissinger, R. and Gleditch, N. P. (1999) "Globalization and Conflict: Welfare, Distribution, and Political Unrest," Journal of World Systems Research 5：274 ~ 300.

17. 罗斯·吉特尔，阿维斯·维达尔：《组织社区：建立作为发展战略的社会资本》，加州千橡市：SAGE，1998 年。

Gittel, R. and Vidal, A. (1998) Community Organizing: Building Social Capital as a Development Strategy, Thousand Oaks, CA：Sage.

18. 国际移民组织：《2005 年全球移民报告：国际移民的成本与收益》，日内瓦：作者，2005 年。

International Organization for Migration (2005) World Migration 2005：Costs and Benefits of International Migration, Geneva：Author.

19. 国际移民组织：《2000 年全球移民报告》，日内瓦：作者，2000 年。

International Organization for Migration (2000) World Migration Report 2000, Geneva：Author.

20. 迈克尔·雅各布森，斯蒂芬妮·劳森："全球化与地区化：人权与主权的案例研究"，《全球治理》，1999 年，5（2）：第 203 ~ 220 页。

Jacobsen, M. and Lawson, S. (1999) "Between Globalization and Localization：A Case Study of Human Rights Versus State Sovereignty," Global Governance 5（2）：203 ~ 220.

21. ［美］尚蒂·卡拉希，泰勒·博厄斯：《网络打开，政权倒台：互联网对威权统治的影响》，华盛顿：卡内基国际和平基金会，2003 年。

Kalathil, S. and Boas T. C. (2003) Open Networks, Closed Regimes：The Impact of the Internet on Authoritarian Rule, Washington, DC：Carnegie Endowment for International Peace.

22. 莉娃·卡斯托里诺："西欧穆斯林移民"，《南大西洋季刊》，

1999 年，98（1 和 2）：第 191～202 页。

Kastoryano，R.（1999）"Muslim Diaspora（s）in Western Europe，" South Atlantic Quarterly 98（1 and 2）：191～202.

23. 卡洛琳·凯利，约翰·凯利："谁参加了集会？个体参加游行的社会心理学决定因素"，《人际关系》，1994 年，47：第 63～88 页。

Kelly，C. and Kelly，J.（1994）"Who Gets Involved in Collective Action？：Social Psychological Determinants of Individual Participation in Trade Unions，" Human Relations 47：63～88.

24. 查尔斯·金，尼尔·梅尔文："移民政治：欧亚大陆的民族联系，外交政策与安全"，《国际安全》，1999～2000 年，24（3）：第 108～138 页。

King，C. and Melvin，N. J.（1999～2000）"Diaspora Politics：Ethnic Linkages，Foreign Policy，and Security in Eurasia，" International Security 24（3）：108～138.

25. 波特·克兰德曼斯，德克·奥吉玛："潜力、网络、动机和障碍：参与社会运动的步骤"，《美国社会学研究》，1987 年，52：第 519～531 页。

Klandermans，B. and Oegema，D.（1987）"Potentials，Networks，Motivations，and Barriers：Steps Towards Participation in Social Movements，" American Sociological Review 52：519～531.

26. 大卫·莱克，唐纳德·罗斯柴尔德：《民族冲突在全球扩散：恐惧、扩散与增长》，新泽西州普林斯顿：普林斯顿大学出版社，1996 年。

Lake，D. A. and Rothchild，D.（eds）(1996) The International Spread of Ethnic Conflict：Fear，Diffusion，and Escalation，Princeton，NJ：Princeton University Press.

27. S·拉维，泰德·斯维登伯格（编纂）：《转移、移民和地域认同》，北卡罗来纳州达勒姆：杜克大学出版社，1996 年。

Lavie，S. and Swedenburg，T.（eds）(1996) Displacement，Diaspora，and Geographies of Identity，Durham，NC：Duke University Press.

28. 詹妮·莱瑟曼等（编纂）：《打破暴力循环：国内危机的冲突预防》，康涅狄格州西哈特福：库马里安出版社，1999 年。

Leatherman, J., DeMars, W., Gaffnew, P. D., and Vayrynen, R. (1999) Breaking Cycles of Violence: Conflict Prevention in Intrastate Crises, West Hartford, CT: Kumarian Press.

29. ［法］勒内·勒马尚尔：《排斥、边缘化与政治动员：走向地狱的大湖地区》，波恩：发展研究中心，2000 年。

Lemarchand, R. (2000) "Exclusion, Marginalization and Political Mobilization: The Road to Hell in the Great Lakes," Bonn: Center for Development Research.

30. 佩吉·莱维特："跨国移民：储备为了未来"，《全球网络》，2001 年，1（3）：第 195 ~ 216 页。

Levitt, P. (2001) "Transnational Migration: Taking Stock and Future Directions," Global Networks 1 (3): 195 ~ 216.

31. 布雷纳德和珍妮弗·布林克霍夫对梅耶尔（执行主席与公关主管）、哈基姆（财务主管）和阿迷耶尔（信息技术主管）的个人专访，2003 年 7 月 28 日。

Mayel, T. (Acting President and Public Relations Director), Hakim, F. (Financial Director), and Amiryar, H. (Information Technology Director) (2003) Personal interview by L. A. Brainard and J. M. Brinkerhoff, July 28.

32. 麦考密克："无政府国家：'我发誓效忠……?'"收录于迈克尔·马萨拉（编纂）：《信息技术与世界政治》，纽约：帕尔格雷夫·麦克米伦，2002 年，第 11 ~ 23 页。

McCormick, G. M. (2002) "Stateless Nations: 'I Pledge Allegiance To …?'," in M. J. Mazarr (ed.) Information Technology and World Politics, New York: Palgrave MacMillan, pp. 11 ~ 23.

33. 克里斯托弗·米尔："网络空间与弱势群体：互联网成为集体行动的工具"，收录于马克·史密斯，彼得·克劳克：《网络社交》，伦敦：

203

劳特利奇出版社，1999 年，第 290～310 页。

Mele，C.（1999）"Cyberspace and Disadvantaged Communities：The Internet as a Tool for Collective Action，" in M. A. Smith and P. Kollock（eds）Communities in Cyberspace，London：Routledge，pp. 290～310.

34. 布雷纳德与布林克霍夫对梅拉杰的采访，2002 年 10 月 2 日。

Meraj，A.（2002）Personal interview by L. A. Brainard and J. M. Brinkerhoff，2 October.

35. 约翰·蒙哥马利："过渡政府"，收录于约翰·蒙哥马利，尼尔·格莱泽（编纂）：《政府如何回应：面临挑战的主权》，新不伦瑞克省和伦敦：事务出版社，2002 年，第 3～30 页。

Montgomery，J. D.（2002）"Sovereignty in Transition，" in J. D. Montgomery and N. Glazer（eds）How Governments Respond：Sovereignty Under Challenge，New Brunswick and London：Transaction Publishers，pp. 3～30.

36. 理查德·纳尔逊·琼斯："多元咨询与治疗的不同目标"，《咨询心理学季刊》，2002 年，15（2）：第 133～143 页。

Nelson-Jones，R.（2002）"Diverse Goals for Multicultural Counselling and Therapy，" Counselling Psychology Quarterly 15（2）：133～143.

37. 泰雷尔·诺斯拉普："个人与社会冲突中的认同动机"，收录于泰雷尔·诺斯拉普等（编纂）：《棘手的冲突及其转变》，纽约州锡拉丘兹市，雪城大学出版社，1989 年。

Northrup，T.（1989）"The Dynamics of Identity in Personal and Social Conflict，" in L. Kriesberg，T. Northrop，and S. Thorson（eds）Intractable Conflicts and their Transformation，Syracuse，NY：Syracuse University Press，pp. 55～82.

38. 尼贝里·索伦森，尼古拉斯·范赫尔等：《移民—发展关系：现象与政策选择》，国际移民组织移民研究系列之八，日内瓦：国际移民组织，2002 年 7 月。

Nyberg-Sorensen，N.，Van Hear，N.，and Engberg-Pedersen，P.

（2002）The Migration—Development Nexus：Evidence and Policy Options，IOM Migration Research Series，No.8，Geneva：International Organization for Migration，July.

39. W·奥马尔（阿富汗人争取明天组织教育部门主管）："教育部门：3/4 月报告"，2003 年，阿富汗人争取明天组织，教育部门，网络资源参考：www.afghans4tomorrow.com（2003 年 9 月 12 日）。

Omar，W.（Director of Education Department，Afghans4 Tommorow）（2003）"Department of Education：Report for the Months of March/April，" Afghans4Tomonow，Department of Education.Available online at www.afghans4tomorrow.com（accessed 12 September 2003）.

40. 安东尼·普拉凯尼斯，马琳·特纳："信念与民主：增加协商性参与和进行社会转变的战略"，《社会问题》，1996 年，52：第 187～205 页。

Pratkanis，A.R.and Turner，M.E.（1996）"Persuasion and Democracy：Strategies for Increasing Deliberative Participation and Enacting Social Change，"Journal of Social Issues 52：187～205.

41. 罗伯特·帕特南：《使民主运作起来》，新泽西州普林斯顿：普林斯顿大学出版社，1993 年。

Putnam，R.（1993）Making Democracy Work，Princeton，NJ：Princeton University Press.

42. 布雷纳德和布林克霍夫对 J·卡齐的个人访问，2002 年 10 月 2 日。

Qazi，A.（2002）Personal interview by L.A.Brainard and J.M.Brinkerhoff，2 October.

43. 约瑟夫·拉斯："多元主义：一个自由主义者的视角"，《异见》，1994 年，第 67～79 页。

Raz，J.（1994）"Multiculturalism：A Liberal Perspective，"Dissent：67～79.

44. 霍华德·莱茵戈德：《虚拟社区：电子边界上的国家》，马萨诸塞州雷丁：艾迪生·韦斯利出版公司，1993 年。

Rheingold, H. （1993） Virtual Community: Homesteading on the Electronic Frontier, Reading, MA: Addison-Wesley.

45. ［以］约西·沙因：《向国外兜售美国价值观：在美侨民与其祖国》，剑桥：剑桥大学出版社，1999 年。

Shain, Y. （1999） Marketing the American Creed Abroad: Diasporas in the U. S. and Their Homelands, Cambridge: Cambridge University Press.

46. 大卫·斯诺，伯克·罗奇福德，史蒂文·沃登："联系进程，微型动员和运动参与"，《美国社会学研究》，1986 年，51：第 464～481 页。

Snow, D. A., Rochford, Jr. E. B., and Worden, S. K. （1986） "Frame Alignment Processes, Micro-mobilization, and Movement Participation," American Sociological Review 51: 464～481.

47. 杰夫·斯平钠：《国籍的界限》，马里兰州巴尔的摩：约翰霍普金斯大学出版社，1994 年。

Spinner, J. （1994） The Boundaries of Citizenship, Baltimore, MD: Johns Hopkins University Press.

48. 亚里夫·茨法蒂，加布里埃尔·魏曼："www. terrorism. com：恐怖主义活动在网络上"，《冲突与恐怖主义研究》，2002 年，25（5）：第 316～332 页。

Tsfati, Y. and Weimann, G. （2002） "www. terrorism. com: Terror on the Internet," Studies in Conflict and Terrorism 25 （5）: 316～332.

49. 美国科普特社区，www. copts. com. 2003 年 5 月 24 日。

U. S. Copts Association （2003） www. copts. com （accessed 24 May.

50. 美国国务院："埃及：国际宗教自由报告"，华盛顿：民主、人权与劳动局，2002 年，网络参考 www. state. gov/g/drl/rls/irf/2002/13994. htm （10 月 7 日）。

U. S. Department of State （2002） "Egypt: International Religious Freedom Report," Washington, DC: Bureau of Democracy, Human Rights,

and Labor. Available online at www. state. gov/g/drl/rls/irf/2002/13994. htm
(accessed 7 October).

51. 亚述托什·瓦什尼："民族冲突与国内社会：印度等",《世界政
治》, 2001 年, 53: 第 362~398 页。

Varshney, A. (2001) "Ethnic Conflict and Civil Society: India and
Beyond," World Politics 53: 362~398.

52. 塔利亚·韦于吕宁:《文化与国际冲突缓解：对约翰·波顿作品
的评析》, 曼彻斯特和纽约：曼彻斯特大学出版社, 2001 年。

Vayrynen, T. (2001) Culture and International Conflict Resolution: A
Critical Analysis of the Work of John Burton, Manchester and New York:
Manchester University Press.

53. 克雷格·沃肯廷, 凯伦·明斯特："互联网时代的国际制度, 国
家与全球公民社会",《全球治理》, 2000 年, 6 (2): 第 237~256 页。

Warkentin, C. and Mingst, K. (2000) "International Institutions, the
State, and Global Civil Society in the Age of the World Wide Web," Global
Governance 6 (2): 237~256.

54. 巴里·韦尔曼, 米莱娜·古利亚："虚拟社区：不要独自网上冲
浪", 收录于马克·史密斯, 彼得·克劳克:《网络社交》, 伦敦：劳特
利奇出版社, 1999 年, 第 167~194 页。

Wellman, B. and Gulia, M. (1999) "Virtual Communities as
Communities: Net Surfers Don't Ride Alone," in M. A. Smith and P. Kollock
(eds) Communities in Cyberspace, London: Routledge, pp. 167~194.

第三篇

改革和重建治理

——集中关注地区层次

第十章　拉美国家的分权、地方
治理和冲突缓解

加里·布兰德（Gary Bland）

　　过去的二三十年间，拉美地区各国分权进程和地方民主机构的发展非常显著。① 在一些国家，这些发展已经导致了新规范的产生，例如，哥斯达黎加在 2002 年的宪政改革中产生了新宪法。而其他国家的改革更具戏剧性，也更吸引人们的关注，玻利维亚在 1994 年改革了公民参与法，哥伦比亚通过一系列法律变革，将集中的政治、管理和财政资源转向专门机构和地方。分权使得地方的治理权在广泛的领域得到加强；一些国家（比如巴拉圭以及后来的秘鲁）建立起新的民选政府。考虑到拉丁美洲长期存在的政治和社会经济方面的集权传统（贝丽斯，1980），分权是本地区在 20 世纪晚期和 21 世纪初期具有转折性质的改革运动之一。

---

① 本章中，"地方"（Local）指的是国家以下的所有地方政府，相当于"次国家"。分权就是指权力从中央政府向由普遍选举产生的次国家政府。

拉丁美洲在这一时期也经历了大规模的冲突。① 事实上，从 20 世纪 80 年代到 90 年代，中美洲就成为了冷战对立双方的战争试验场。这一地区吸收了大量有争议的美国军事和经济援助，并成为了世界关注的焦点。不同于今天的中东地区，哥伦比亚近四十年来由于缺乏有效的解决途径，从而长期受困于残忍的国内冲突和毒品相关的暴力。人们同样会想到秘鲁的"光辉道路"反政府组织（由于 1992 年其领导人被捕而解散）以及其他反抗独裁政府的运动。在这一地区，边境争端时有发生。马岛战争（1982 年）和秘鲁与厄瓜多尔之间的短期战争（1995 年，和 1981 年的冲突），这些案例提醒我们，在这一地区依然存在爆发常规战争的可能性。

拉美地区政治改革和冲突的同时发生，显示出暴力冲突和地方治理之间存在着联系。确实，完全可以假定两者在某些领域存在紧密的联系，在这一章，我选择了三个案例：哥伦比亚、危地马拉和萨尔瓦多。经过数十年的改革，哥伦比亚在 1991 年宪法中确认国家是"统一的、权力分散的共和国"。哥伦比亚过去是高度集权的国家，现在已经变成分权统一国家的典型，也是本地区所有国家中分权最彻底的国家之一。虽然游击队叛乱活动和毒品暴力像永无止境的噩梦一样不断发生。在危地马拉，经过 36 年各种规模的内战，各方于 1996 年在同意加强地方治理的基础上达成和平。尽管萨尔瓦多依然是高度集

208

---

① 我把"冲突"视为一个内涵丰富的概念，包括在不同层次的强度下爆发的武装活动，其主要目标就是重新分配权力。本文提到的三个案例无疑都属于冲突。

权的国家，但有意思的是，它的政治机构却一再支持世界上最成功的变革，即从战争状态向民主稳定的和平状态转变。

鉴于当今国际社会对失败国家和衰败国家的大量关注，拉美地区冲突和次国家机构改革之间的关系引起对一些重要问题的思考。下面三个问题是至关重要的：首先，分权或者地方治理与冲突之间关系的本质是什么？其次，这些机构改革对于冲突有什么影响（或者冲突带来什么影响）；它们是加剧冲突还是有助于冲突的解决？最后，通过分析拉美实例，针对以地方治理改革来解决冲突的前景，我们可以得出什么结论？

长期以来在理论分析和实证研究层面，分权和地方治理都是和冲突缓解联系在一起的。主要的论点认为分权推动了包容：对政治系统的改革推动了公民参与，系统也变得更加开放。通过把权力下放到地方层级，中央允许地方政府和社区更多的管理自己的事务，掌管自己的命运。这表达了一个强有力的信息，向那些存在种族和民族冲突的地区以及长期被国家忽视或者不存在政府管理的地区。例如，赖克（1964）提出所有的联邦系统都出现在武装冲突之后。冲突导致联邦解决方案的出现，允许地区行政机关行使至少形式上独立的的行政职能。当然相反的论点认为，在合适的条件下，正是分权导致了国家的分裂。

另一种论点则关注加强地方政府权力的权力划分。它可以推翻独裁政体（或者仅仅名义上是民主制度的民主体制），并使得复辟变得相当困难。分权可以缓和中央和地方之间的零和政治，并允许关于局部问题的低强度冲突在地方层面上解决；全国性的危机也不会冲击到地方社会。与之对应，有些人认为地方精英和武装团体会利用分权建立独立的封邑。第三种论点认为，加强地方权力可以提升国家形象，特别是提供公共服务，这反过来使社区保持对国家的信念，或者说是对未来的筹码，并消除人们拿起武器的动力。这种观点的批评者们认为地方权威的弱小会产生浪费和腐败，进而导致公众的失望，增加人们对于任何不忠行为的支持。认为分权可以缓解冲突的最后一种论点，是地方政治进程允许成员通过讨论和妥协来解决纠纷。然而，反对者认为特别是在冲突发生时，社会团体会迅速的改变态度进而采取行动。

一、哥伦比亚：应对冲突的地方和部门管理改革

长期以来，大范围、多层次的分权改革和持续不断的冲突共同存在于哥伦比亚境内，这在整个世界都是独一无二的。分权改革正式出现于1983年，作为政府回应不断升级的治理危机的一种手段。在接下来的20年间（甚至可以说直到现在），加强市政和部门管理的进程已经不可避免的同下面这些相关因素（虽然不止这些）联系在一起：

（1）在某种程度上，哥伦比亚政府承诺把政府改革作为和平协议的一部分。

（2）历届政府的愿望和国内社会的要求，就是要实行民主政治，允许包括游击队在内的广大哥伦比亚人民参与公共决策。

（3）政府希望通过加强地区治理削弱叛乱的理论基础，

最终削弱游击队的动力和支持。

（4）政府希望通过减少裙带关系、完善财政管理、强化公共服务管理职能，以及通过其他方式使国家更好的满足公民需求，从而增强国家的合法性。

有两次重要的事件限定了哥伦比亚当代的分权改革。第一次是1986年宪法修正案提出了许多重要的举措，其中最重要的是规定市长通过直接选举产生而不再由他们的上级主管部门任命。第二次则是1991年新宪法的颁布。1983年的哥伦比亚，迅速城市化带来了深刻的社会变革，进而给政府造成了巨大的压力；日益恶化的公共秩序，各种类型反政府运动的出现，贩毒集团和准军事组织敢死队；日渐强烈的公民抗议活动；公众对于由自由党和保守党长期支配的集权的、排他的两党政体的强烈不满。这种体制是1958年国民阵线协议的产物，协议规定决策权掌握在少数精英群体手中。为了维持政权的稳定，政府越来越依赖通过镇压手段，达到控制合法的政治反对派和叛乱分子的目的（切尔尼克，1989：56~57）。

过去的几年里，政府一直在寻求财政和行政方面的改革，但是在贝利萨里奥·贝坦库尔总统（President Belisario Betancur）（1982~1986）的第二个任期里，他转而采取"开放性民主"政策，将政府机构的改革进程同与叛乱分子进行广泛的并在一定程度上取得成功的和平谈判联系在一起。在实践中，开放民主进程意味着，大赦政治犯和游击队，与反对派武装进行谈判，举行国家所有行为体之间的对话以及为政治参与和政治反对派制定新的规则。这一概念在20世纪90年代大大改变了哥伦比亚的政治环境和政治分裂的局面（切尔尼克，

210

1989：53～54）。

市长通过直接选举产生，早年已被提倡过，如今成为国家政策讨论和与游击队谈判中的主要议题。作为一项历史性的变革——第一次真正意义的哥伦比亚改革——这一政策得到了越来越多的支持，并逐渐抵消了国会成员的反对，后者感到他们仍然可以继续控制市政管理（安格尔等，2001：25）。政府在1982年通过一项大赦法令，至1984年同四个游击队组织达成了和平协议（这些注定会以失败告终），其中政府承诺将进行政治改革。同哥伦比亚革命武装力量（简称 FARC）长达18个月的停战期间，政府保证将进行一系列民主改革，包括直接选举市长和部门首脑（切尔尼克，1989：71～72）。正如欧若拉所描述的，"对市长的选举和广泛参与的新方式开始被广泛提及，这些都有助于开放政治舞台，从而使政治集团可以获得表达政治诉求的合法途径，把自己融入到广大人民中去"（参考杜加斯，1994：18）。这一提议最终以宪法修正案的形式上升为法律（1986年第一立法法案），并于1988年举行了第一次选举。

1986年的附加改革使人们可以轻易感觉到参与扩展到何种程度，建立负责任的、民主的地方政府是此次改革的重点。这些措施受到了不少批评，实施过程中也受到诸多限制，改革具体包括：社区成员可以请求进行地区性公民投票；通过地方管理委员会实现对公共服务的监督；授权当地消费者代表进入地方公共服务公司的董事会；允许非营利性社会团体得到有关地方公共工程建设和服务提供方面的合同。同时，在行政管理方面，1987年，巴尔科（1986～1990）颁布总统法令，把一系列重要的功能下放到市政管理中，包括提供饮用水、建设学校和维护港口等。在接下来的两年里，国家改革继续进行，教育和卫生方面的责任同样转移到市政和专业部门手中。财政分权进展十分顺利，1983 年开始的改革加强了地方财政创收的潜力，提高了借贷能力，并能为扩大生产提供便利，虽然条件不是很充分，国家的权力还是逐渐实现了向地方层级的转移（杜加斯，1994：25～27，29～32）。

211

1990 年，召开的国民制宪大会重新修订了哥伦比亚宪法，而这源于一次学生运动，其利用了人们对危机普遍的不满情绪。在 20 世纪 80 年代，来自游击队的越来越多的暴力活动和政治压力表达了要求变革的诉求。事实上，大会的举行为 M－19（他们本有望在这次大会中获得 26.4％ 的选票）和其他小的游击队提供了巨大的动力，他们同意在大会召开前夕重新融入到政治生活中——对于巴尔科（Barco）政府以及后来塞萨尔·加维里亚（César Gaviria）政府（在 1990 年和 1994 年连任）而言，这也是本次政治进程最大的成绩（安格尔等，2001：27～28）。关于制宪会议与和平之间的关系，加维里亚本人指出：

> 这是十分重要的。不仅仅是因为新的游击队有可能在这一进程中放下武器而回到文明社会，而且也因为那些事实，即那些继续武装斗争，那些不好好利用这一历史性机会的人，将会发现自己离人民越来越远，并且不得不面对更加强大、更加具有合法性和代表性的政府。
>
> （引自奥尼尔，2005：115）

　　然而以麦德林贩毒集团为代表的毒品贩子具有非同寻常的影响力和野蛮的暴力行为，正是其政治影响使得哥伦比亚变得更加不稳定。到了1989年，与这些组织之间的战争已经引起了公众对于政府的强烈不满，与此同时，毒枭对国会的影响也被视为导致巴尔科宪政改革失败的部分原因。这种强烈的、与日俱增的不满情绪转化为对更加民主的政治系统的广泛要求（杜加斯，1995：26～27）。

　　1991年宪法及随后的法律大大加深了早期的分权改革，并进一步推进了更加开放的、有效的和负责任的地区治理的完善。新的国家宪章允许对部门长官进行直接选举——这是对这个统一国家具有里程碑意义的改革——不仅给予各部门相当大的自主权，同时确认了他们作为协调中央政府和市政府关系的角色。这些重要的改革包括：卫生和教育系统的改革，一系列类似于市政层级采纳并得到加强的参与机制①以及免除了省长任命辖区内国家机构负责人的权力。新宪法支持这种改革，到2002年，22%的财政收入将投入市政层面，并且通过特殊的税收减免保证各省推行其卫生和教育改革。与此同时，国家财政方面向地区的深层次转移表现在，改革废除了国家预算配额，这些被国会议员掌管，并往往用于他们的老主顾。新的法律规定了新的宪法条款，完善了新系统，这套法律影响了几乎整个20世纪90年代和新的世纪（杜加斯，1994：28；安格尔

212

----

① 1994年实施的法律赋予公民立法创制权、投票权、公共协商权、参与城镇大会的权利，要求行政候选人提出他们的政府计划的质询权，成立城镇议会和地方管理委员会的权力等（安格尔等，001：28）。

等，2001：28～29）。

这次改革曾被人们寄予厚望，希望它可以削弱叛乱活动以及与贩毒集团和准军事民兵组织之间不断升级的暴力，但是那些致力于解决冲突的人一定对实际结果感到非常失望。两个最强的游击队组织，哥伦比亚民族解放军（ELN）和哥伦比亚革命武装力量（FARC），在20世纪90年代实力大为增强，伴随而来的暴力绑架、贩毒和恐怖主义活动一直持续到现在。帕斯特拉纳政府（1998～2002）四年的和平努力以失败告终，虽然乌里韦政府（2002～2006）曾在解散准军事组织方面取得进展。地方上的政治恐吓和暴力也不断增加。截至1997年，有622个市出现过游击队，从1988年（直选市长的第一年）到1995年，有25个市长被暗杀，102个遭到绑架（引自安格尔等，2001：37）。

在哥伦比亚，关于分权和加强地方政府治理对冲突的影响，已经引发了激烈的讨论。通过促进旧制度的民主化和改善地方公共管理，改革是否削弱了游击队继续战斗的理论根基？或者，从另一方面讲，改革是否导致各种武装组织获得地方资源和机构，来加强他们与国家斗争的能力？希顿（2005）明确指出，分权对安全的影响是非常消极的，因为武装组织可以利用分散的资源来破坏国家的稳定。其他人注意到宪政改革的积极意义，他们认为如果没有分权改革，情况可能变得更糟（安格尔等，2001：38）。

基本上，人们认为哥伦比亚政治分权和地方治理的民主化在缓和冲突方面的作用，主要取决于新的地方机构在多大程度上履行改革的承诺。当然，这种作用并不明显。至少在开始的时候，选举参与程度的增长，地方多元主义的扩大以及游击队向合法政治社会的回归都是好的征兆。1988 年，第一次直接选举时，有超过 100 名当选市长来自自由党和保守党之外的其他的政党（14 名市长原来是游击队员），而且投票率高于两年后举行的总统选举（希顿，2005：13）。在 20 世纪 90 年代早期，回归政治生活的反叛组织在 1988 年的选举中都提名了候选人，包括作为哥伦比亚革命武装力量政治分支的爱国联盟党（UP）。然而从 80 年代末开始，选民投票率持续下降，新型政党也没有得到更多发展（尽管在两大政党控制下允许多名候选人参加），而爱国联盟党几乎被针对该组织的暗杀行动完全消灭。

基于其他拉美国家的经验，哥伦比亚地方政府的领导能力和专业水平可能得到了提高，因为其他地区在地方层次上存在更多的风险。越来越多的哥伦比亚人希望他们选出的领导人能有所作为，而这些领导人们也似乎感到了这种压力。然而，新的参与机制并不会导致地方政治中存在的严重的裙带关系产生变化（布兰德，2000，1998；安格尔等，2001：36～37，39）。

二、危地马拉：追求和平和基层民主化

与哥伦比亚一样，危地马拉之所以得到世界的广泛关注，也是由于权力分配同公民社会发展之间的紧密联系，特别是使处在社会最边缘的人可以参与地方决策的机制。危地马拉对于基层民主参与性、包容性的强调，主要是受到国家历史的影响，长期以来在国内存在着寡头政治，集权统治，政府控制力

弱，社会整合度低以及常年的内战。这些因素导致人们在改革中优先考虑权力分配和赋予公民权利。危地马拉与哥伦比亚最大的不同就在于改革的时机。哥伦比亚的改革是处在持续不断的战争中取得的阶段性胜利，最终还是无法避免走向失败的命运，但是，危地马拉的改革则是广泛的和平谈判中不可分割的一部分，并推动了冲突的结束。

1985 年通过的新宪法致力于改变 20 世纪 80 年代早期存在于危地马拉的残酷的军事独裁统治。在这种背景下，维尼西奥·塞雷索（Vinicio Cerezo）（1986～1990）上台，标志着危地马拉开始了民主化进程。为了最大限度削弱独裁统治的影响，政府采取了一系列重要的改革，包括区域化，完善议会法，重新修订地方章程，并通过了一部选举法，允许各地建立公民委员会参加市政选举。在接下来的十年里，中央政府权力在财政、教育、卫生和环境等领域开始向地方政府转移。

在经历了 36 年的冲突后，这些早期的改革为最终的和平奠定了基础。冲突主要源于人们对于政府在制定政策时将公民、土著民和妇女排斥在外的强烈不满。改革反映了公民社会积极寻求通过公民大会等形式参与规则的制定的努力。1994年进行的宪政改革，为权力分配、政治参与和尊重地方风俗提供了坚实的基础。1996 年底，一系列两年前通过的协议（谈判开始于 1991 年）最终被完全签署。这些协议反映了人们渴望改变的意愿，其在社会经济方面的规定如下：

214

　　　　本协议旨在建立或完善相关的制度和条件，从而保证人们可以有效的参与政治生活，同时也为政府行动设定了优先目标，以推动公民政治参与的发展……我们应该时刻记住，只有那些居住在省市中的公民才有权决定对他们生活构成影响的政策措施，为此我们必须进一步完善相关制度，推进社会经济决策方面的权力分配。[①]

协议中的具体规定如下：

（1）修改市政章程，规定对副市长的任命应基于市民在市民大会上的推荐，这样有利于加强地方领导与市民之间的联系。

（2）通过权力分配和提高政府行政、管理和财政能力促进公民的政治参与。

（3）尽快建立政府人员培训项目。

（4）重建地方发展委员会，修改相关法律，为委员会的运转提供充足的资金支持。

（5）保证危地马拉妇女在各层次政治决策中的参与权。

（6）推进卫生服务领域的权力分配。

（7）加强地方政府增加财政收入的能力。[②]

1995年，和平谈判尚在进行，在危地马拉第二大城市举行了一场规模空前的本地市长选举，反映了民主化的新趋势。

十年后，为了早日实现和平，立法体系开始发挥重要作

---

① "1996年5月6日，危地马拉政府总统和平委员会同危地马拉全国革命组织之间，在社会和经济以及土地状况的方面达成协议"，美国和平协会，www. usip. org/library/pa/guatemala/guat_ 960506. html，1。

② "社会和经济方面的协议，" 2，4，7.

用。尽管推迟了很长时间，但是危地马拉国会最终于 2002 年通过了对市政规章、权力分配法案以及其他相关法律法规的修订，并重新修订了发展委员会法。中央政府在 2004 年开始施行一项有关权力分配的政策，指导省市的权力改革。发展委员会被视为公民参与政治决策的重要途径。各级政府中都建立了发展委员会，但是它们并未有效地为公民提供一个畅所欲言的场所。市政规章提供了或者说是改变了社区组织、副市长、市长办公室的作用，召开城镇会议、开放市政议程、与地方权威的协商，应本地领导人要求进行协商等。虽然这些不是和平协议的结果，但是其积极作用就在于促进地方公民团体的壮大，推进地方多元化选举的发展。在 1985 年的选举中，该国 325 个市政岗位选举中，公民团体参加了其中的 53 个（占总体的 16%），并且每 8 个候选人中有 1 个当选；到了 1999 年，在 331 个岗位中，公民团体参与其中的 174 个（比例达到了 52%），并最终有 25 人顺利当选（普恩特和利纳雷斯，2004：257）。

然而执行过程中的耽搁和失误以及变革面临的巨大的挑战，都使得政府和地方机构的改革远未达到预期的效果（屈尔魏因，国际城市管理协会/美国国际开发署，2004：3～8，28；诺伊霍夫，2005：7，11）。[①] 尽管出现了对政治参与价值的广泛认同，但实际上公民的政治参与依然十分有限（屈尔魏因—诺伊霍夫，2005：7，11）。伴随着新型公共参与机制的

---

① 这些观察报告中部分是基于作者于 2002 年 5 月和 2004 年 2 月的实地考察。

出现（国际城市管理协会/美国国际开发署，2004：3～26），
由于存在土地纠纷、治安维持会以及一些被视为腐败的地方官
员假公济私行为，地区性的冲突出现了。权力分配的改革几乎
毫无进展，中央依然控制着（地方依赖着中央）地方财政，
公共服务效率低下，市政府缺乏创收能力等都是严重的问题。
市政管理的专业化水平依旧十分低下（屈尔魏因—诺伊霍夫，
2005：19）。危地马拉的改革运动在一定程度上促进了地方自
治的发展，但是大部分和平承诺依然没有实现。

三、萨尔瓦多：冲突后成功转型中的市政管理

1992 年 1 月，萨尔瓦多政府与法拉本多·马蒂民族解放
阵线（简称 FMLN）达成和平协议，结束了长达 20 年的内战，
实现了和平。相对于哥伦比亚和危地马拉的情况，萨尔瓦多冲
突各方的和平协议中并未提及任何权力分配、市政管理或者政
治参与方面的内容，这多少令人感到有些意外。萨尔瓦多的和
平进程与民主化进程不同于我们在哥伦比亚和危地马拉见到的
情况。在萨尔瓦多，和平协议仅仅是政治精英之间的和解，谈
判也仅仅局限在政府和解放阵线领导人之间。公民社会几乎毫
无作用。事实上，危地马拉和平进程中对公民社会意见的重
视，是萨尔瓦多政府应对自身面临的合法性问题的一种对策
（阿恩森，2001：44）。冲突双方在和平协议中主要关注：解散
武装，把法拉本多·马蒂民族解放阵线改造成一个政党，改革
军队和其他人权保护机制，建立一支全国性的国民警卫队，改
革国家选举制度和司法制度，推进造福于前战斗人员和战区的

216 社会经济改革。人们普遍认为法院、军队，国家选举机构等机构会导致出现如践踏人权、军事惩罚以及剥夺选举权等情况，进而导致冲突的发生。所以，这些政治机构的改革都遇到了巨大的阻力。

此外，签订和平协议之后的 15 年间，萨尔瓦多一直是拉丁美洲权力最集中的国家之一。政党也是高度集权的。萨尔瓦多是本地区唯一没有地方税收的国家，地方政府依赖于国家的财政拨款。而且根据法律规定，在地方议会选举中，不允许政治反对派参加，这一特征在拉丁美洲同样是独一无二的。而且，在当代的萨尔瓦多貌似也不存在积极推动政府改革的强烈政治愿望（布兰德，2005）。

精英阶层对于权力的分配和加强地方政府的治理，如建立参与性政治、权力分配和提高政府执行能力等，并没有太大兴趣。也正是和平进程的成功和精英阶层的冷漠态度导致了萨尔瓦多特殊局面的出现。虽然 1992 年开始的政府改革步履缓慢，但是萨尔瓦多仍然是一个典型案例，因为伴随着和平协议的实施而发生的促进地方发展运动，确保了协议的成功和民主的转变进程。20 世纪 80 年代萨尔瓦多充满了战争和对人权的践踏，为了边缘化法拉本多·马蒂民族解放阵线，美国资助支持进行多元选举。20 世纪 80 年代晚期，萨尔瓦多采取的一系列自由主义性质的措施，因为政治原因，基本上成为了对外宣传的工具（特别是针对美国国会），而不是用来结束战争，推进地方民主治理。

透过战后政治生活中市政府或者地方发展组织影响力的上

升，我们可以看到地方治理在不断发展。① 地方治理在不同方面影响着民主化进程。首先，地方政府为主要的反对党提供政治空间。由于不允许合法的反对派参与政治选举，法拉本多·马蒂民族解放阵线在将近 70 年的时间里不断进行武装斗争，战争结束后，它获得巨大的发展。其候选人还击败了主要的竞争对手，极右翼政党——全国共和党联盟（简称 ARENA），赢得总统选举。至现任总统萨卡（2004～2009）任期结束，全国共和党联盟已经把持政坛 20 年之久。虽然全国共和联盟在国民议会的席位有所下降而法拉本多·马蒂民族解放阵线席位增加，但是全国共和联盟依然控制着国民议会，并赢得了 2003 年的选举。然而在市政一级，法拉本多·马蒂民族解放阵线已经取得巨大的成就。更重要的是，法拉本多·马蒂民族解放阵线从 1997 年开始一直控制着首都圣萨尔瓦多的市政大权，并于 2006 年 3 月获得接下来 3 年的权力。市政治理已经确保了参与性政治获得成功，并为在国家政治中因"赢者通吃"而出现的暴力情绪提供了发泄的途径。

　　其次，虽然尚未在国家层次发生，但是在地方政府层面权力的更替已经有序展开，并显示了政权在政党之间更替并不必然与暴力同行。在图 10.1 中，我们可以看出，在地方选举中各党派实力变化的趋势，全国共和联盟的影响力减少，法拉本多·马蒂民族解放阵线的影响有升有降，而军方背景的国家联合党（简称 PCN）实力则明显增加。此外，2003 年，105 个

217

———————

① 　接下来的论述是基于作者于 2003 年 5 月和 2005 年 4 月在萨尔瓦多的实地调研。

市长职位（40%）由在野党的新市长们获得（中美洲研究中心，2000：244）。全国共和联盟在 1994 年控制着 14 个省府中的 13 个，到了 2003 年，全国共和联盟只控制着 4 个，法拉本多·马蒂民族解放阵线和盟友一起控制着 8 个省府（中美洲研究中心，2000：276 和最高选举法院的数据）。在冲突后的萨尔瓦多，示范作用是十分明显的，因此这些结果表明民主化规范正日益制度化。

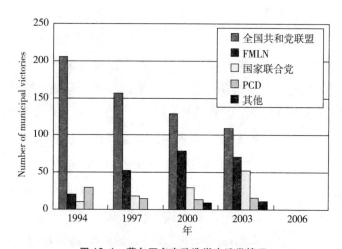

图 10.1　萨尔瓦多市政选举中政党情况

（资料来源：中美洲研究中心整理（2000：44）和最高选举
法庭的数据）

第三，市政管理为新出现的国内政治的横向联系创造了便利条件：地方领导人和国家决策者一起通过跨地区的合作获得共同利益。萨尔瓦多共和国市政委员会（简称 COMURES）和萨尔瓦多全国市政联合会积极倡导权力分配、政治参与和地区经济的发展。战后初期萨尔瓦多在以下方面发展迅速：政府的组织化程度，巨额国际经济援助，国际援助对市政管理的重视，非政府组织（NGOs）以及其他个人或者公共组织。萨尔瓦多共和国市政委员会之所以有巨大的影响力，是因为它代表着所有市长的利益，虽然市长们所属阵营不同，但是他们在许多方面存在着共同利益，他们还具有市长的共同身份。萨尔瓦多的市长们有稳定的政治基础，这样他们就可以把选票转给同一选区的议员候选人（市长和议会选举在同一天举行）。

当萨尔瓦多共和国市政委员会为了更多的财政拨款游说国会时——在这件事上，市长们高度一致——国会需要作出回应。在 1998 年，萨尔瓦多共和国市政委员会借口将采取宏伟的权力分配方案，试图将国家预算对市政管理的拨款从 1% 提到 6%，这遭到了执政党的发对，总统也予以反对。① 萨尔瓦多共和国市政委员会的主席由全国共和联盟，法拉本多·马蒂民族解放阵线和国家联合党的代表轮流担任，这进一步反映了党派间的合作和对轮流领导制的认可。

冲突结束初期，萨尔瓦多共和国市政委员会成立的同时，大量的非政府组织也应运而生，它们致力于国家社会和经济的发展，特别强调加强市政职能。人们越来越关注发展问题，公民在和平进程中扮演着越来越重要的角色，这就推动了非政府组织的建立，而来自国际社会的支持进一步促进了他们的发展。通过对政府和市政改革的研究，对市政职员的培训，对地区的技术性支持等，这些组织已经成为行政改革和技术发展的

218

① 目前正在进行中的另一项尝试是谋求国家财政向地方拨款增加 2%，这同样被总统否决了。

主要倡导者。

1997年，政治反对派在选举上取得的巨大成就，迫使索尔政府（1994～1998）重新评估自己的执政策略。全国共和联盟作为执政党，在这一年在国民议会中失去了11个席位，法拉本多·马蒂民族解放阵线增加了6个，国家联合党增加了7个（中美洲研究中心，2000：244）。同年举行的市长选举中，全国共和联盟丢掉了46个市，而法拉本多·马蒂民族解放阵线和一些小党派组成的联盟增加了38个市，包括首都圣萨尔瓦多（中美洲研究中心，2000：244）。国家联合党在占有量上也有所增加。如何保持政府稳定以及总统所属的全国共和联盟正在失去对政治结构的控制的状况受到越来越多的关注，这些状况突然出现在索尔面前。他的对策是制定一项广泛促进国家发展的计划，而这是其他政党难以反对的。最终，成立了国家发展委员会，并在十四个省通过一系列措施建立与社会的密切联系，在全国范围内举办各种研习班，建立与各省市长委员会，地方和地区的领导者，各行业的代表等之间的联系。各省发展委员会为国家与地方之间的互动构建了一个平台。这项计划在得到数百个社会代表同意后开始实施。

执行这个计划的工作和创造了这个计划的协商也许会随着索尔政府的下台而变得没有价值，但是这个计划已经把权力分配和促进地方发展归入到国家政策日程中。萨尔瓦多共和国市政委员会在1998年对权力分配提案进行了修改，并重新提交到仅成立一年的立法议会市政委员会进行审议（同样发生了许多变化）。与此同时，五个主要的非政府组织①成立了地区发展组织，目标在于：倡导对地区发展事务的积极参与，同国际援助组织建立联系，提出有关市政规章、权力分配和其他立法创制权改革的意见。当 1999 年卡尔德隆·索尔下台时，他谈到，新的弗洛雷斯政府（1999~2004）将会继续"这项目光长远和包含强烈政治意愿的政策，就如同对待地区发展不均衡和国家的统一一样"（地区发展网络，2003：102）。

弗洛雷斯政府在成立初期就明确承诺把权力分配作为政府工作的重中之重。促进地区发展的社会投资基金（简称FISDL），作为最早的致力于推进地区发展的机构，主要负责制定发展计划，并发挥了十分重要的作用。促进地区发展的社会投资基金召集政府、非政府机构的代表以及萨尔瓦多共和国市政委员会组成咨询集团，帮助制定国家的地区发展策略。这项主要强调政治参与和权力分配的策略后来得到政府采用。但是，政府很快就中止了这项政策，有关这项政策执行上的分歧也日益明显（地区发展网络，2003：106~110）。2001 年，袭击了圣萨尔瓦多的那场毁灭性的地震使人们认识到，市政府可以在危机中很好的满足人民的需求。而来自非政府组织和国际社会的援助，使得市政府在关注儿童成长等领域同样发挥着重要的作用。但是，弗洛雷斯政府在推行国家权力分配中并未推

---

① 这五个非政府组织分别是：萨尔瓦多一体化发展基金（简称 FUSAI）；国家发展基金（简称 FUNDE）；地区发展咨询和培训组织（简称SACDEL）；吉列尔莫·曼努埃尔·温戈基金会（简称 FUNDAUNGO）；萨尔瓦多促进城市发展基金（简称 FUNDAMUNI）。

出实质性的举措。前政府的承诺在萨卡政府时期（2004～2009）得以继续，为了继续推进政府改革，萨卡政府成立了促进地区发展国家委员会。

这些成果为萨尔瓦多地方改革的第四次积极的发展奠定了基础：参与市政管理和形成地方共识的机制得以完善。受到促进地区发展的社会投资基金、RDL 和国际援助的影响，萨尔瓦多的市政府广泛推行规章中规定的机制，包括：进行自由讨论，提供公共咨询，成立地区发展委员会，召开社会集会以及举行听证会等。更为重要的是，政治参与（计划建立同社区进行合作的权威政府）变得更加制度化。例如，萨卡时期，萨尔瓦多发展基金（简称 FODES）和促进地区发展的社会投资基金的建立，要求市政府必须实行一个可以吸引广泛参与的发展计划，从而使社团可以获得更多资源。社会投资基金同样对项目进行划分，市政府负责投资、设计和监督过程。在一个地方投资项目中，70% 的投资用于这样的进程中。维持这种局面的法律问题已经引起人们的注意，萨尔瓦多地方领导人和非政府组织对参与计划有了进一步了解，颁布了相关条例，并予以实施。人们认识到那些中远期发展项目更易得到维持。因此，mancommunidades（与其他社团合作行使包括提供服务在内的功能）变得更加受人欢迎，也更加持久（国际城市管理协会/美国国际开发署，2004：2～14，32～33）。

最后，考虑到市政改革方面出现的良好发展。毫无疑问，萨尔瓦多各市政府变得更加重要，并且它们促使立法机关获得了其他公共机构（比如司法机关和政党）不具备的发展。伴随着公众对国家机构越来越满意——这是非常重要的（克鲁兹，2003：31～33）——考虑到在民主转变期保持对系统的支持是至关重要的，人们对于市领导的支持同样是十分重要的。支持者认为整个拉丁美洲，人们历来更支持市政府而不是国家机构。另外，在萨尔瓦多，伴随着市政服务和对新资源的投资从国家转移到市政层面，市长、市议会和市民的能力都得到了提高。一些由非政府组织赞助进行的调查显示，相对于中央政府，萨尔瓦多人认为只有市政府在发展教育和维持社区安全方面承担更大的责任，才能获得更好的效果（国际城市管理协会/美国国际开发署，2004：2-48-50；美国国际开发署，2005：50）。在一项民意调查中，47.4%的调查对象认为市政服务是"好"、"非常好"（33.2%中立），考虑到萨尔瓦多权力的集中程度，这是令人惊讶的（美国国际开发署，2005：126），但是，这也反映了市政府花费了大量的时间和工作以满足人们的需要，从而获得更多的支持。一些基本的公共服务继续向地方转移进一步加深了人们这种印象。

四、总结

哥伦比亚、危地马拉和萨尔瓦多的事实表明，在决策者、地方官员和公众看来，权力分配和地方政府改革是减少和缓解冲突以及阻止冲突再发的重要手段。在哥伦比亚和危地马拉，反对武装和前军事领导人都把分权和建立强大开放的地方政府作为最主要的战略目标。同样，从20世纪80年代初至今，哥伦比亚政府已把他们的和平倡议和其他结束战争的尝试同深化权力分配和地区机构发展计划紧密的联系在一起。在缓和冲突 221

和 20 世纪 90 年代初成功解散反对派武装方面，这些机构改革发挥了重要作用。因为允许游击队和其他反对武装接近丰富的政治资源，所以这种改革也可能会加剧冲突。

在危地马拉，政府权力分配的成果以及发展委员会和其他政治参与机构的成立，显示了政府希望在 1985 年后民主化的早期阶段进行改革的愿望，而这些也成为 1996 年达成和平的重要基础。在萨尔瓦多，受到国际社会援助影响的政府间的政治联系和公民社会的努力，使得权力分配和政治参与已经出现在国家的政策议程中。虽然国家层面的改革进展缓慢，但是地方改革却促进了市政体系的发展，也增加了公众对于市政体系的信心，在这三个例子中，缓解冲突、维持民主绝不是国家改革的唯一动力，但却是最主要的那个。

在这些例子里，武装反对派或是谋求参与政权，或是力求推翻政府。[①] 权力分配指的是对地方权力进行重新分配，这就允许游击队通过合法的政治竞争获得权力，而不用通过与政府直接协商，获得部分权力。哥伦比亚政府权力分配和增加地方自主权的承诺，虽然取得了一定成绩，但是想靠此结束战争还是远远不够的。在危地马拉，类似的承诺却起到了积极作用，产生了一系列缓解冲突的协议。在萨尔瓦多，公民参与政府决策，加强地方自主权的情况并不是在战后立刻出现，而是在几年后才发生，政府承诺将适时进行国家层面的讨论。

---

① 切尔尼克（1989：78）将哥伦比亚和危地马拉的反对武装称为"少数人的武装暴动"，中央政府受到的威胁有限，这完全不同于萨尔瓦多的内战。

权力分配和地方改革在寻求和平中的重要性，在很大程度
上总是同加强国家合法性和有效性联系在一起的。大规模抗议
和其他公众不满情绪的表达，包括参加游击队等，清楚地表
明，许多哥伦比亚民众认识到，政府是难以接近的，不负责任
的，或者说是毫不关心民众参与政治决策的需求。国民阵线建
立的政府同样难以满足人民的要求，民众希望能结束战争，改
善落后的公共服务，改变国家缺乏有效管理的现状等。随后，
一个激动人心而漫长的政府改革开始了。同样，危地马拉人民
长期以来在政府决策中也没有实质性的地位，因此关注公民社
会意识的多元主义和扩大政治参与成为政府改革关注的焦点。
在萨尔瓦多，冲突的结束和地方自治的出现之间并没有直接的
联系。然而，地方政府合法性和有效性的增加，市政管理得到
民众的广泛支持以及公众对国家政府机构支持的下降，都显示
了地方政府变革作为成功的战后民主改革的延续的重要性。

222

需要强调的是，在这三个例子中（尽管萨尔瓦多的进展
缓慢），权力分配和加强地方自治得到广泛关注，人们普遍认
为这些改革是有益的。民主体系的建立和改善，无论在过去还
是现在一直是改革的主要目标。在冲突中及随后的民主化进程
中，各级政府官员和战斗人员都接受了自由民主思想，正如上
文提到的，权力分配和加强地方治理可以提升政治包容性；促
进集权政府的分化；加强地方政府的执行能力；扩大彼此之间
的共识。

在这三个国家中，由于具有极大的不确定性，政府改革对
冲突的影响值得认真考虑。考虑到实际运行中的问题、成本和
改变，很难说哥伦比亚的改革没有为地方机构发展带来有益的

因素，它带来的强有力的领导，专业的管理，功能的完善都是地区层面有益的改变。这种进步也为维持和平协议奠定了坚实的基础。然而，在冲突缓和方面，权力分配同样会加剧冲突或游击队的反抗，因此虽然在不断推行改革，但是冲突在今天依然存在。在危地马拉和萨尔瓦多，权力分配和加强地方治理的承诺已经帮助结束了前者的冲突，并保证了后者和平的进程。然而在很大程度上，特别是在萨尔瓦多，改革的基础还不稳固，权力的重新分配还没有实现。

权力分配和地方改革是一个长期的，通常也是复杂的过程，它进展缓慢并需不断做出调整。改革的影响也许在几十年后才会得到显现，而每隔几年就会出现新的机构。需要指出的是，这仍然不是万能的。加强地方政府治理，就是逐渐改变机构的运作从而使它们更负责任，更有效率。仅仅靠权力分配，既不能消除贫困，重建对民主的信心，也不能结束战争。它甚至会加剧暴力冲突。正如我们在哥伦比亚、危地马拉和萨尔瓦多见到的，在极端战乱的情况下，政府改革最大的功效莫过于它带来和平的希望：在这三个案例中，权力分配的理想环境和对建立地方自治政府的探索令人印象深刻。如果解决冲突的条件还不成熟——可能是军事对峙，来自国际社会的压力，新的领导机构的产生或者其他促进冲突缓和的进展——改革可能是有益的，但却不能完全指望通过改革解决冲突。

参考文献

1. 阿兰·安格尔，帕梅拉·洛登，罗斯玛丽·索普：《分权发展：

哥伦比亚与智利机构改革的政治经济学意义》，纽约：牛津大学出版社，2001 年。

Angell, A., Lowden, P., and Thorp, R. (2001) Decentralizing Development: The Political Economy of Institutional Change in Colombia and Chile, New York: Oxford University Press.

2. 辛西娅·阿恩森："萨尔瓦多与哥伦比亚：和平进程的经验"，收录于玛加丽塔·斯图德迈斯特（编纂）：《萨尔瓦多：和平协议的执行》，华盛顿：美国和平研究所，2001 年。

Arnson, C. (2001) "El Salvador and Colombia: Lessons of the Peace Process," in M. S. Studemeister (ed.) El Salvador: Implementation of the Peace Accords, Washington, DC: US Institute of Peace.

3. 阿尔瓦罗·阿蒂加·冈萨雷斯：《精英主义竞争：萨尔瓦多选举二十年（1982 ~ 2003）》，圣萨尔瓦多：中美洲出版社，2004 年。

Artiga-Gonzaléz, A. (2004) Elitismo Competitivo: Dos Décadas de Elecciones en El Salvador (1982 ~ 2003), San Salvador: UCA Editores.

4. 加里·布兰德：《政治掮客再现：智利与委内瑞拉的分权和民主》，博士论文，华盛顿：约翰霍普金斯大学高级国际研究学院，1998 年。

Bland, G. (1998) "Political Brokers Revisited: Decentralization and Democracy in Chile and Venezuela," Ph. D. Dissertation, Washington, DC: Johns Hopkins University, School of Advanced International Studies.

5. 加里·布兰德："参与法广为流传，地方问责制显现"，收录于玻利维亚：《从赞助到专业国家：玻利维亚机构与治理评析》，华盛顿：世界银行，2000 年，第 2 卷，第 82 ~ 110 页。

Bland, G. (2000) "The Popular Participation Law and the Emergence of Local Accountability," in Bolivia: From Patronage to a Professional State: Bolivia Institutional and Governance Review, Washington, DC: World Bank, Volume 2, pp. 82 ~ 110.

6. 加里·布兰德：《危地马拉的分权运动：追求参与性民主》，伍德

223

罗威尔逊中心美洲数据库，2002 年，第 3 号（3 月份）。

Bland, G. （2002）"Decentralization in Guatemala: The Search for Participatory Democracy," Woodrow Wilson Center Update on the Americans, No. 3（March）.

7. 加里·布兰德：（即将出版）《拉丁美洲向地方性民主的转变》，文章即将出版，华盛顿：国际三角研究所。

Bland, G. （forthcoming）"The Transition to Local Democracy in Latin America," paper under review for publication, Washington, DC: RTI International.

8. 信息、文档与研究中心（CIDAI）：《3 月 12 日选举：民族解放阵线胜利，ARENA 失败?》，中美洲研究中心，圣萨尔瓦多，2000 年，LV，617（3 份）。

Centro de Información, Documentación y Apoyo a la Investigación （CIDAI）（2000）"Las Elecciones del 12 de Marzo: Triunfo del FMLN o Fracaso de ARENA?," Estudios Centromericanos（ECA） （ed.）, San Salvador, LV, 617（March）.

9. 马克·切尔尼克："协商解决到武装冲突：哥伦比亚和平进程的经验"，《美洲国家与世界事务研究》，1989 年，30（4）：第 53～88 页。

Chernick, M. （1989）"Negotiated Settlement to Armed Conflict: Lessons from the Colombian Peace Process," Journal of Inter-American Studies and World Affairs 30（4）：53～88.

10. 何塞·米格尔·克鲁兹："和平协定十年后：一个公民的'视角'"，收录于辛西娅·阿恩森（编纂）：《和平协定签订十年后萨尔瓦多民主转变状况》，伍德罗威尔逊中心关于美洲的 6 号报告，华盛顿：伍德罗威尔逊国际学者中心，2003 年。

Cruz, J. M. （2003）"The Peace Accords Ten Years Later: A Citizens' Perspective," in C. Arnson（ed.）El Salvador's Democratic Transition Ten Years After the Peace Accord, Woodrow Wilson Center Reports on the Americas No. 6, Washington, DC: Woodrow Wilson International Center for

Scholars.

11. 约翰·杜加斯：《哥伦比亚分权的经济必要性：对政府机构改革动因的探究》，论文发表于 3 月 10 ~ 12 日在乔治亚州亚特兰大召开的拉丁美洲研究学会上，1994 年。

Dugas, J. (1994) "The Economic Imperative of Decentralization in Colombia: An Inquiry into the Motives for Intergovernmental Reform," paper presented to the Latin American Studies Association, Atlanta, Georgia, March 10 ~ 12.

12. 约翰·杜加斯：《结构理论与哥伦比亚分权：社会各阶层的作用，公民社会，1991 年宪政改革的国家》，文章发表于 9 月 28 ~ 30 日在华盛顿召开拉丁美洲研究学会上，1995 年。

Dugas, J. (1995) "Structural Theory and Democratization in Colombia: The Role of Social Classes, Civil Society, and the State in the 1991 Constitutional Reform," paper presented to the Latin American Studies Association, Washington, DC, September 28 ~ 30.

13. 肯特·伊顿：《军事依附：分权如何使得哥伦比亚内战错综复杂》，论文准备用于海军研究生院，加州蒙特雷，2005 年 6 月。

Eaton, K. (2005) "Armed Clientelism: How Decentralization Complicated Colombia's Civil War," paper prepared for the Naval Postgraduate School, Monterrey, California, June.

14. 中美洲研究中心（编纂）：《萨尔瓦多特刊：分权与地方发展》，圣萨尔瓦多：中美洲研究中心，2000 年，LVⅡ，660（10 份）。

Estudios Centroamericanos (ECA) (ed.) (2000) "Descentralizatión del Estado y Desarrollo Local en El Salvador: Número Monográfico," San Salvador: ECA, LVII, 660 (October).

15. 国际城市管理协会和美国国际开发署：《1995 ~ 2003 年中美洲分权、市政权力增强和公民参与的趋势：国家报告》，华盛顿：国际城市管理协会，2004 年。

International City/County Management Association (ICMA) and United

States Agency for International Development (USAID) (2004) "Trends in Decentralization, Municipal Strengthening and Citizen Participation in Central America, 1995～2003: Country Reports," Washington, DC: ICMA.

16. 屈尔魏因·诺伊霍夫："危地马拉通过良好治理促进地方发展"，《德国经济合作与发展部规划报告》，2005 年，ASDI，GTZ，最终版本（5 月）。

Kuhlwein-Neuhoff, H. (2005) "Desarrollo Local Mediante la Buena Gobernabilidad Municipal en Guatemala," Report of Planning Mission, German Ministry of Economic Cooperation and Development, ASDI, GTZ, final draft (May).

17. 凯瑟琳·奥尼尔：《国家分权：安第斯山国家的选举、政党和地方权力》，纽约：剑桥大学出版社，2005 年。

O'Neill, K. (2005) Decentralizing the State: Elections, Parties, and Local Power in the Andes, New York: Cambridge University Press.

18. 赫苏斯·普斯特·阿尔卡雷兹，路易斯·利纳雷斯："对危地马拉国家机构分权的一般认识"，收录于约瑟夫·图尔琴，安德鲁·萨利（编纂）：《拉丁美洲分权与地方治理》，华盛顿：伍德罗威尔选国际学者中心，2004 年，第231～275 页。

Puente Alcarez, J. and Lopez, L. F. Linares (2004) "A General View of the Institutional State of Decentralization in Guatemala," in J. S. Tulchin and A. Selee (eds) Decentralization and Local Governance in Latin America, Washington, DC: Woodrow Wilson International, Center for Scholars, pp. 231～275.

19. 地区发展网络：《萨尔瓦多地区的发展与分权状况：现状与挑战》，圣萨尔瓦多：地区发展网络，2003 年。

Red de Desarrollo Local (2003) El Salvador, Desarrolo Local y Descentralización del Estado: Situación Actual y Desafiós, San Salvador: Red de Desarrollo Local.

20. 威廉·H·赖克：《联邦主义：起源，发展与重要意义》，马萨诸

225

塞州波士顿：利特尔＆布朗出版社，1964 年。

Riker, W.（1964）Federalism：Origin, Operation, and Significance, Boston, MA：Little, Brown.

21. 美国国际开发署：《萨尔瓦多民主的政治文化，2004：拉丁美洲公共项目研究》，圣萨尔瓦多：美国国际开发署，2005 年。

United States Agency for International Development（2005）La Cultura Politica de la Democracia en El Salvador, 2004：Un Estudio del Proyecto de Opinión Pública en América Latina（OPAL）, San Salvador：USAID.

22. 克劳迪奥·贝里斯：《拉丁美洲中央集权的传统》，新泽西州普林斯通：普林斯通大学出版社，1980 年。

Véliz, C.（1980）The Centralist Tradition in Latin America, Princeton, NJ：Princeton University Press.

第十一章　地区主义和冲突后治理
——以非洲为例

乔舒亚·B·弗雷斯特（Joshua B. Forrest）

　　遭受战争和冲突破坏的社会在治理方面面临的最严峻的挑战之一，就是地区运动的增加，特别是随着国家变的越来越脆弱。在非洲、亚洲、巴尔干地区以及原苏联解体产生的国家，地区自治的主张已经对中央政府的治理构成了严峻的挑战，因为中央政府缺乏能够控制偏远地区的制度力量，基础设施和资源。结果，政治权威和主权的集中——韦伯的国家建构理论中首要的前提假设——在大多数发展中国家都是动荡的。国家合法性，总体安全和公共管理效率——本书第一章进行详尽阐释的冲突后社会治理中的三个主要部分——不能实现重建，当动员起来的地区主义者积极寻求更广泛的自治，或者完全从不愿意就这些问题进行协商的国家中完全分离出去。如果运动领袖成功获得本地区大部分民众支持的话，这确实将成为重要的问题。

　　这种挑战在非洲尤为明显，20 世纪 90 年代初非洲的地区运动迅速发展，因为冷战结束和大国注意力向其他冲突的转移，导致非洲国家面临越来越多的地区自治挑战。在索马里北部（索马里兰），索马里邦特兰地区，卡萨曼斯（塞内加尔南部），厄立特里亚（埃塞俄比亚的一部分），奥罗莫地区（埃塞俄比亚），西撒哈拉（和摩洛哥）和卡普里维地区（纳米比亚），这些运动都已成为彻底的谋求独立国家地位的分离主义运动（弗雷斯特，2004）。其中两个运动成功了，形成了新的国家：厄立特里亚和索马里兰。在其他例子中，对更高的自治（而不独立）和/或更多的国民经济物资分配的要求已经导致严重而经常的地区自治暴力运动。也包括在南苏丹，刚果东部，喀麦隆北部，尼日利亚三角洲地区，乌干达北部，科特迪瓦北部以及（迄今）南非的祖鲁兰/纳塔尔（弗雷斯特，2004：53~76；联合国综合信息网，227，2002 年 5 月 1 日）的地区运动。即使在那些地区自治运动尚未发展成暴力运动的国家，比如莫桑比克南部，它们依然对国家治理构成了严重的挑战。

接下来，我将简要回顾非洲地区主义主要的政治历史背景以及在应对治理挑战过程中的主要政策失误。然后是关于塞内加尔卡萨曼斯运动主要教训的综述。最后是关于非洲冲突后治理的建议，包括对非洲国家的重新设计。

一、国家能力下降

在过去的 20 年间，大部分非洲国家在农村建立秩序或者与地区行为体达成实质性妥协的能力大大下降（布恩，2003）。国家与社会的联系日益脆弱主要表现为官僚机构能力的大幅度下降和民族国家结构的崩溃（巴赫，1999；赫布斯特，2000）。这些反过来有利于地方权威和挑战者提出更大的政治主张。

这个趋势也有例外。例如，南非和纳米比亚就保持着相对完善的国家能力。在这些国家，尽管政策执行时也会面临一些困难，但是国家在健康，房地产，养老金，工作技能培训，商业支持，公共教育和为基层政权建设提供资金等与社会联系密切的领域的公共政策能力还是很有成效的（发展银行，1999）。这种成功有助于解释为什么在这两个国家，地区运动在其采取行动时既没有迅速发展起来也没有迅速消退。发展经济和财政拨款的承诺帮助把领土纠纷限制在民主制度内（弗雷斯特，1998：182～189，201～206；弗雷斯特，2004：203，207）。

在大部分非洲国家并不是这样的，他们已经被打上制度逐渐衰朽或者服务供应效率低下的烙印。结果，在非洲许多地区，国家权威在领土范围内急剧丧失。众多政治结构在这里建立起来，包括地方精神领袖和部落元老会的集体决策以及保留的"传统"王权和青年土匪团伙等（弗雷斯特，2003：227～247；西蒙斯，1995）。在许多非洲领土内，地区运动已经成功把这些政治权威结合为统一战线，因为他们都主张谋求地区自治。

228 喀麦隆，在后殖民时代的大部分时间都被视为非洲治理良好的国家，在20世纪80、90年代国家能力开始下降，并在90年代和21世纪初面临西北和西南省份说英语人口寻求地区分离的挑战。尼日尔，非洲最贫穷最弱小的国家之一，处在"失败国家"的边缘，一直在应对杜亚力人的地区分离运动。

喀麦隆的英语人口和尼日尔的杜亚力感觉受到了各自国家的歧视，但是现在的新形势是，伴随其他因素，国家能力缺失达到了如此程度，以至于民族国家完整可能面临更严重的质疑和挑战（弗雷斯特，2004）。

地区主义的扩散主要包括索马里兰实际成功（以前位于索马里北部），埃塞俄比亚奥罗莫省（国家人口最稠密地区）主要地区主义运动的发展，刚果（金）东部的地区暴乱。在加纳，阿坎人领袖定期提出寻求政治自治的种族分离议程，尼日利亚三角洲地区已经被动员成族群战线，以谋求从尼日利亚政府获得更多的自治权。此外，许多显现出政治失序和政治动荡地区已经为地区主义运动做好准备，包括乌干达北部，刚果南北基伍湖地区以及尼日利亚东部和西部地区，在这些地区寻求地区自治非暴力运动已经重新开始（弗雷斯特，2004；库尔蒂，2006）。

二、政策失误

导致地区运动迅速发展的一个主要因素是国家领导人做出的一系列可预见的政策失误。在官僚机构十分脆弱的情况下，留给政策失误的空间是非常有限的（布恩，2003）。这就意味着严重的战略计划错误和计算失误会被放大，并很可能导致严重社会和政治危机。过去二十年间的非洲，有关地区主义的政策失误削弱了地方与国家之间的制度联系，从而加速了民族国家的衰落。

大部分非洲国家都具有的严重政策失误包括：

（1）未能有效地开展具有重要意义的分权改革。从埃塞俄比亚到加纳，马里到布基纳法索，贝宁到刚果（金），雄心勃勃的分权改革计划，并没有包括对财政资源和政治权力的分配。相反，这些改革有益于中央政府更强有力、更直接的控制地方事务（博科，2002；罗斯柴尔德，1996）。这就导致地方和社区领导人同政府的关系更加疏远。地方精英通常认为当地经济的发展和更高的地方自治权只有通过分离运动才能产生。

（2）第二项政策失误是同地方和社区代表的对话和协商不足。乡村长老（无论男女），学校老师，各年龄段的领袖，高校应届毕业生，社区积极分子和其他公民社会组织的成员是具有地方知识，文化财富和社会影响的智囊人物，并对个体成员的政治倾向有重要的影响（弗雷斯特，2003）。当中央政府忽视了乡村级别的民间团体和个人，不满情绪会促成最终地区主义运动的发生。民主化改革最初可能会承诺向地方积极分子提供一些参与机会，但是在非洲（塞内加尔、尼日利亚和喀麦隆），改革的推行只会加强现存中央政府主导的政治管理体系，虽然有时候也会向非洲的地区积极分子提供表达他们事业的机会（奥塔韦，1999）。

（3）地区资源分配不平等可能被看做是第三项政策失误。我认为这个并不如前两项那么关键，但是这确实导致了某些地区普遍感到沮丧，在某些情况下甚至导致地区冲突的发生。非洲地区经济不平等是一个长期存在的问题，源于殖民地时期，但是在后殖民时期通常被忽视了。在肯尼亚、喀麦隆、南苏丹、乌干达北部和索马里北部，对经济的轻视在激励地区叛乱中扮演着重要的角色（弗雷斯特，2004）。

三、案例研究：卡萨曼斯

塞内加尔并不是一个典型的失败国家或者冲突中国家，相反，它在国家建构、公共管理以及特别是在多元民主和举行自由公正的选举等方面取得了令人瞩目的成就（热拉尔，2005）。因此，自由之家 2006 年的评级中，塞内加尔在政治权利上获得 2，而政治自由获得 3（使用 1~7 的分类，1 代表最自由，7 带表最不自由）。这在非洲的民主排名中属于前列（www.freedomhouse.org）。

但是过去二十年间，卡萨曼斯地区的地区主义运动已经威胁到塞内加尔的完整和政治稳定。这使得塞内加尔的卡萨曼斯成为一个特别吸引人的案例研究，与对非洲的冲突和冲突后治理的研究有着重要的联系。在这里我们探讨最初是什么原因导致了这一运动的产生，存在什么政策失误，在冲突后的环境中可以采取哪些建设性措施来推进这个国家的和平进程和政治重建。

1. 历史背景

230

历史上，卡萨曼斯的特点是拥有高度分权、相对自治的政治领导结构和万物有灵论（当地的宗教信仰体系）。国家集权者——最初的法国殖民者及后来的塞内加尔独立社会党（卡萨曼斯人认为该党由北方朱拉（Diola）人控制）——多年来一直对这些自治社区进行破坏和控制（迪乌夫，2004）。这就导致卡萨曼斯人对中央政府代表的塞内加尔人的怨恨，同时越来越多的人感到在经济上受到中央政府的掠夺，因为本地区的资源被大量开采，但是国家对卡萨曼斯的再投资却屈指可数（加瑟，2000）。此外，在 20 世纪七八十年代，中央政府将无主地——许多被认为是朱拉人和曼参哈人（Mancanha）的传统领地——分配给北方政治精英（通常是沃洛夫人），这也加剧了整个地区对中央政府的怨恨）（埃文斯，2004）。

2. 政策失误和冲突发展

很明显，没收土地和未向卡萨曼斯地区合理的分配地区利润等掠夺型经济政策是严重的政策失误。第二项政策失误是没有向地方自治社区提供政治支持，以谋求他们对塞内加尔民族国家忠诚。相反，达喀尔只是通过任命那些服从自己的人来掌管地方政府，从而加强政治控制（加瑟，2000）。

第三个失误是，政府对 1982 年使用原始武器攻击地方警察站的叛乱进行了不必要的镇压。这是针对塞内加尔政府的第一次有组织的暴力袭击，但是其组织混乱，叛乱者也轻易被驱赶了。此后，塞内加尔政府进行了大规模的军队动员，使用坦克在朱拉村庄巡逻以追寻活动积极分子，逮捕了（据说进行了虐待）数百名年轻人。国家这次过度的使用武力在以前并不积极的村民中激起了广泛的敌意，并导致普通卡萨曼斯人和中央政府官员之间产生严重的政治分歧（加瑟，2000）。

20 世纪 80 年代后期和 90 年代，国家推行地区政治改革的双轨制战略，包括重新划分管理区以及对卡萨曼斯地区草根阶层的暴力镇压。于 1996 年开始的政治改革以"分权"为中心，通过改革将卡萨曼斯地区分隔为两个区域：西部的济金绍尔区和东部的科尔达区。卡萨曼斯人第一次大量进入地方管理机构。然而这并不意味着自治权的增加。相反，这种改变只是

231

加强了达喀尔对地方政治体系的直接控制。此外，这一计划延续了对村庄进行彻底军事镇压的政策。

由于这些原因，分权的双轨政策（推行分权）和镇压，被广泛认为是通过展示管理权的转变来掩饰国家非法使用武力的罪行。经济的重新分配增长缓慢也助长了人们的愤怒。整个90年代，起义变的更具组织性，并由熟练地积极分子领导以"卡萨曼斯民主力量运动"（简称 MFDC）的名义开展活动，并逐步扩展到大部分卡萨曼斯领地（加瑟，2000：第6章）。

在21世纪最初的十年里，新当选总统阿卜杜拉耶·瓦德向塞内加尔的平叛战略注入两个因素：寻求直接协商，政府以大赦换取停战；启动发展计划，其中包括向卡萨曼斯民主力量运动的遣散士兵提供住宿，食品，商业培训以及开办商店、磨坊、打谷场或者养鸡场等小型经济提供启动资金，这些小型经济都与当地的非政府组织建立特定联系。一些卡萨曼斯民主力量运动成员接受遣散，其中一部分人实际上成为农村经济发展的带头人。但是，大部分卡萨曼斯民主力量运动的士兵拒绝了大赦和经济刺激，清楚的表明他们对政府的不信任以及他们对分离运动的忠诚（埃文斯，2004）。

当韦德政府应该为其创造和平的工作感到骄傲时，政府和起义者之间的政治冷淡关系并没有结束。这基本上反映了卡萨曼斯民主力量运动追求自治的目标同塞内加尔政府"对自治零容忍"的立场之间的分歧依然未能解决。长远来看，政府的强硬立场可能是个政策失误，考虑到遍布非洲的，由于中央政府未能灵活处理地区自治问题而导致的国民暴力程度。

然而，有证据显示依然存在和平解决冲突的希望。大部分

(尽管不是全部)卡萨曼斯民主力量运动的领导人在 2000 年代中期避免进行公开的暴力活动,这有利于数千难民返乡和重建那些在先前的战斗中遭到破坏的房屋和农业。此外,卡萨曼斯民主力量运动领导人和政府官员之间的谈判于 2004 年 12 月达成一份和平协定,大部分卡萨曼斯民主力量运动的政治领导人于 2005 年 2 月重新确认了这一协定(科隆巴特,2005)。但是,解除武装是个遗留问题,人们担忧一些卡萨曼斯民主力量运动士兵会把他们获得的本应用于发展的资金资助反叛武装的重建(埃文斯,2004)。此外,卡萨曼斯民主力量运动的一个军事分支并没有签署这一协议,其领导人在 2005 年 10 月的访谈中(和一伙武装分子一起)强调进行武力分离斗争的合法性。塞内加尔警方强制关闭了直播访谈的广播站,这显示中央政府回到了在 20 世纪 90 年代实施的镇压策略,并预示暴力活动有进一步升级的趋势,尽管存在近期的协定(联合国综合信息网,2005 年 10 月 17 日)。

3. 向冲突后治理的发展

关于对分离运动的发展和塞内加尔政府政策失误的描述,对于了解冲突后治理有着重要的意义。首先,暂且不提其给人印象深刻的游击战实力,卡萨曼斯分离运动的一个重要优势在于多族群的联合会,非朱拉少数集团积极参与到朱拉族掌控的卡萨曼斯民主力量运动(加瑟,2000;第 2 章)。如果卡萨曼斯民主力量运动的首领和政治领袖们在冲突后的环境中发挥重要的政治和管理作用,这种联合会可能会很好的促进地区范围的稳定和团结。第二,卡萨曼斯民主力量运动已经学会了如何高效地开发本地的自然资源,包括木材、渔业和腰果销售等

（埃文斯，2004）。无疑这是一种组织化力量，可以促进卡萨曼斯地区的经济发展，如果塞内加尔政府允许本地区实行高度的政治经济自治，同时，如果卡萨曼斯民主力量运动领导人在管理地区事务时能很好地履行责任。

第三，很明显，分权改革中的管理权下放相对于地区自治的强烈要求而言是不充分的，即使加上地区发展项目也一样。作为地方政治权威结构新型设计的一部分，改革应该向当地重要的政治力量（包括卡萨曼斯民主力量运动）真正的转移权力。这一结构可能包括中央政府代表，但是，冲突后关于卡萨曼斯政治结构的设计应该优先强调地方和区域对于卡萨曼斯地区政治和资源的控制。

第四，中央政府应该主要作为这一新型设计的推动者，而不是所谓的支配者。在地区管理的重新设计中采取更加协商的态度，有助于增加塞内加尔领导者获得永久和平，这将使得塞内加尔政府作为和平使者赢得国际赞誉和认同。这对于韦德总统而言更是一种荣誉，因为这将增加韦德在区域内（例如在西非国家经济共同体）和国际上（在非盟、欧盟和联合国）的地位，这也会增加其在祖国作为高效总统的声望。此外，永久和平有助于塞内加尔产生新型资源，例如，重建卡萨曼斯地区主要的旅游业和打破中心—边缘地区贸易流动的封锁。

四、地区运动和冲突后治理

233

从卡萨曼斯和非洲其他地区运动的发展中，我们可以获得许多有用的东西，这对于构建和平和在冲突后建立高效的政府具有重要意义。首先，从政策的角度看——"民族国家如何处理地区主义运动？"——从上文的讨论中可以很明显地看出，国家无论是集中于军事镇压还是管理控制都被证明并不成功，并可能会加剧地区分离主义者的反抗。地区反叛组织可能愿意接受谈判，如果中央政府可以认真考虑给予一定程度的地区自治权以及让真正代表民间团体的人参与地方管理。卡萨曼斯案例和南苏丹的叛军领导人已经清楚的表达过这种观点，在南苏丹，2004 年的一份协议结束了长达三十年的分离战争，中央政府最终同意在地区自治问题上做出让步（法新社，2005）。

面对日益增多的地区主义问题，民族国家领导人最明智的政治选择是通过能够解决地区自治问题的灵活策略进行谈判。采取如此态度的刺激因素在于：（1）避免冲突扩大而威胁到长期的政治稳定、民主化进程和塞内加尔整体的发展；（2）流向卡萨曼斯地区的国际发展救济和援助可能会大量增加，从而推进永久和平的获得；（3）有助于提高当地公共服务供应的效率，从而使得真正代表农村民间团体的企业参与到地区管理结构中。这些反过来会增加这些地区管理结构的合法性，进而有助于维持民族国家的完整。

其次，一些地区主义者的活动不仅有助于长期的和平建设，也会推进冲突后治理的分权改革。在卡萨曼斯地区，厄立特里亚和索马里北部地区（索马里兰）这些相对成功的运动之所以会得到普遍的支持，部分原因在于他们对乡村和社区层级自治的尊重（弗雷斯特，2004）。这只是个别情况，在非洲大部分地区，地区运动的领导人只是简单的把他们的权威强加在敌对的地方文化上。更典型的是，运动的组织者花费数年时间与本地区所有社区的村民建立个人层面的联系，并会遵守当地文化中的主要风俗（同上）。对社区自治的支持往往会激励村民支持地区运动；在冲突后时期，一种新型治理模式应该建立在分权的基础之上，这就能充分利用在社区层次早已存在的自我管理。

第三，不同于普遍的观念，大部分地区运动与卡萨曼斯运动的相似之处在于它们也涉及族群间的关系，依托地区内广泛的行为者和社区领导之间的联盟（同上）。多族群间旨在解决领土问题的运动，对西撒哈拉分离斗争的支持就是明显的例子（安蒂尔，2002）。正如在其他动乱地区一样，政治秩序的联盟基础存在已久。给予领导人以行政管理的责任和审判官的角色，就赋予其地区族群间运动的权力，使政府不仅能降低冲突进一步升级的风险，也能够保留地区政治的包容性。这些反过来可以促进冲突后权威体系建立在更具合法性、更加联合和更加和平的基础上。

第四，即使起义者使用暴力手段追求其政治目的，他们还是可能积极响应冲突后进行的民主选举。索马里兰（过去属于索马里北部）是一个重要的例子，它定期举行选举（在过去的十年间举行了三次），最近一次举行于 2005 年 9 月，在这次被国际观察家认定为自由公正的选举中，346 名候选人中有82 名当选为国会议员（联合国综合信息网，2005 年 9 月 29日，10 月 4 日，10 月 10 日）。过去的十年间，这个独立的国家拥有一个民选总统和一个有效的包括本地区大量代表的国会（弗雷斯特，2004）。埃塞俄比亚的奥罗莫反叛运动有着丰富

234

的选举经验，而且叛军承诺推行民主。在南部苏丹，2004 年，叛军签署条约承诺南方新政府将会进行旨在建立选举政府的政治改革（法新社，2005；布伦特，2003）。2005 年，建立的多族群立法议会显示其向目标迈出重要一步（联合国综合信息网，2005 年 9 月 30 日）。

最后，延续很长时间的运动会产生有活力的组织结构，比如运动内部的沟通网络，这基本上可以作为冲突后构建治理和政治管理结构创新的基础。厄立特里亚人民解放阵线的能力不仅仅显示在他们有效的领导了与埃塞俄比亚分离战争，也显示在厄立特里亚独立后新国家政治、经济和教育体系的建设中。这些独立后的机构，至少部分是，形成于解放运动时期建立的基础设施和乡村间联系的基础上（普尔，2001）。

在这点上，不仅仅是南苏丹议会（见上文），2005 年 10 月成立自治区内阁大部分是来自各个政治派别的前叛军领导人（联合国综合信息网，2005 年 10 月 24 日）。这就意味着南苏丹政府现在有机会建立整个地区的治理机构，至少部分是依托于以前叛军建立的组织基础上（美联社，2004）。可能卡萨曼斯地区也需要达成类似的协议，后冲突治理可能受益于叛军的机构和沟通网络而建立一个新的，更具地区自治性的政治管理机构。

五、冲突后治理和非洲国家的重构

有关地区和冲突后治理的讨论使我们能够回答第一章提到的疑问，即冲突后各类问题的优先次序：首先是经济，然后是政治？或者恰恰相反？或者其他问题在冲突后治理中更加重要？从我们的分析中不难发现，在重建民族国家合法性时，政治问题的重要性超过了经济问题。虽然在卡萨曼斯地区，正是由于经济发展缓慢（相对于达喀尔和其他地区）导致地区不满，但主要是由于中央政府坚持政治控制，缺乏实质性的分权改革以及军事镇压才导致了民众对于卡萨曼斯分离运动的普遍支持。

虽然经济发展对于确保长治久安是至关重要的，但是在构建一个运行良好的冲突后治理结构的过程中最首要的是政治因素：恢复政治合法性，确保包容性，实行具有实质意义的分权改革，以及进行中央政府和地方行为体之间的谈判。这些，反过来会要求大部分非洲国家的重构，特别是那些面临地区争端的国家。合法性，包容性，分权和谈判需要灵活新颖的行政管理环境，其建立在地区运动积极因素的基础上。

非洲国家体系的重构应该包括一个更加因地制宜的分散的模式而非现代国家体系包含的集权模式。一个新颖的、包容的分权计划应该考虑地方的特殊政治情况，并保证合法的地区领导人应该扎根于他们自己的土地上——而不是被直接吸收进行政管理等级体系中，其最高点是位于首都的国家权力中心。重要的分权改革与典型的非洲治理策略形成鲜明对比，在后者中，国家分散其管理结构，却没有减少中央对官僚机构的控制和对财政的限制。

总的来说，在重构的非洲国家模式中，中心—外围政治关系应该反映一种合作的、面向协商而共享的分散的政治权威，而不是力图控制地方权威或者资源。这种协商模式的历史依据是显著的：体现在 20 世纪 60 年代至 90 年代在西部非洲、东部非洲和南部非洲的一些权力共享和多元政治模式中（罗斯柴尔德，1997）。一个权力共享政治体系的当代版本可能会出现，如果国家向地区政治领导人提供恰当的激励（也就是实质上的自治）以及国际社会向中央政府领导人提供的激励措施（例如向国家增加发展援助，使其采取和推行权力共享模式）。

地区层级的权力共享体系相比于限制严格的宪政结构，应该更能显示灵活性和可操作性。一个关注非正式协商的松散的政治设计是前殖民时期非洲国家建构的关键因素（万希娜，1990），在后殖民时期的早期阶段，重建地方和中央权力的平衡关系中也是十分重要的（罗斯柴尔德和奥罗让索拉，1983）。

通俗地讲，灵活的权力共享体系在冲突后的政治环境中也是有用的，如果给予主要的利益相关者足够的激励。如果协议倾向于增加地区的自治权，那么地方叛军可能放弃武装斗争。如果叛军领导者可以在新建立的地方自治机关中占据重要的领导职位，他们更可能接受和平协议。研究非洲分权问题的权威人士，如德勒·奥洛夫，詹姆斯·温施和唐纳德·罗斯柴尔德，指出新的公共管理分权结构是一种可能的冲突解决策略，并已经在南非和埃塞俄比亚等国实施（效果不一）（奥洛夫和温施，2004：51；罗斯柴尔德，1997：56～58）。吸引前叛军参与的分权改革（如南苏丹）作为一种机制呼吁国家领导人继续控制争议地区的政治权力而不必使用武力，同时也可以鼓励地方精英（和叛军）参与到和平谈判中，因为这样做可以使他们获得更大的区域和国际合法性。

　　随着新的分权计划形成并开始实施，国家领导人应该获得外部援助者的奖励，因为他们坚持这种新型的实际上是赋予地方更大自治权的地区管理结构。这种奖励可能包括对新的自治地区的经济投资以及对国家部门的财政支持，后者反映出对扩大地方政府财政和政治自主权的持续的承诺。罗斯柴尔德提到对国家领导人实行经济刺激就如同"购买力"被用作减少国内冲突的战略（罗斯柴尔德，1997：99～100），但是，在这里我使用这一概念特指对具有重要意义的分权计划的国际支持。国际援助者提供的奖励，不仅仅包括上文提到的那些，发展援助分别流向基础设施建设（现代化的用水管道系统，道路修建，铁路的改善等），和社会发展（农村卫生医疗，农业技术改良等），用于那些接受权力共享模式分权改革的国家。国际援助计划的特定选择依赖于每个地区的优先性，这一般同新成立的地方自治机关联系在一起。

　　由上文可以得出，许多地区运动部分地代表了多层次政治权威建构，也包括当地产生的草根阶层的权威体系。在尼日利亚、乌干达、加纳和当代非洲其他地区，中央政府的衰落，使得许多传统的权威体系通过符合政治合法性的方式（通常是选举）进行改造，从而恢复了国王和元老的影响（弗雷斯特，2004）。在新建立的分权政权中，传统领导者和广受尊重的元老们会发挥重要的作用，他们可以提供基本的政治安全和稳定，特别是在农村地区。然而在一些情况下过分依赖农村领袖也会产生问题，考虑到脆弱国家（如塞拉利昂）的传统权威往往用他们的权力寻求对警察部队和未规范税收的个人控制，而不是寻求选举获胜（杰克逊，2005）。此外，合法的地区领

237

导人往往依赖集体、平等的决策结构，独立于传统的领袖权威体系。

由于如此复杂，冲突后分权治理体系——特别是那些不存在地区反叛组织以建立这一体系的地区——应该体现对脆弱国家农村地区基层权威结构的初步调查。外部援助者可以在此找到专业人类学家对基层政治权力分配的客观分析，而后者也会把他们的发现提供给公众和国家政府。调查中得到的这些信息，可以帮助确保地区政治领导人和中央政府代表之间的谈判获得对地方权力安排的准确理解。这并不意味地区领导人现在不了解其区域内草根政治的情况；实际情况则恰恰相反。但是事实上中央政府的官员往往不熟悉地方政治结构的历史，而促进他们对这些结构的理解可以反过来促进中央—地方谈判进程的质量和成果（一旦这样的进程是恰当的），同样也会促进冲突后高度分权管理体系的建设。

对乡村政治安排进行的客观调查的结果有益于证明新成立的地方政府的生存能力和可靠性。奥洛夫和温施（2004）关于非洲分权改革的最新研究强调了将具有冲突解决经验的社区代表和地方领导人吸收进重建的地区政府的重要性。在此我认为，上述人类学家的调查实质上有助于制定新的能够准确反映地方现存权力结构的体系。非洲农村行为体同样可以帮助建立有关当地实际政治体系治理安排的历史发展的认知，特别是，学校老师（因为他们受过教育，并能够把其社区的历史传达给国家官员），农民组织代表（考虑到农民是重要的经济角色），当地宗教领袖（他们总是发挥解决地方冲突的作用），地理上分散的老年妇女代表（她们了解地方政治结构，但总

238

是被排除在外），地理上分散的老年男子代表（他们往往已对当地的政治安排观察数十年之久，培养的智慧和洞察力有助于决定哪些是可行的，哪些行不通）。

重构的行政管理结构需要中央政府承诺进行长期的权力下放的改革；这并不是非洲的近代史，并且要求政府领导人承诺推行激烈的政府间分权改革也是很困难的和有挑战的。但是，非洲国家对于避免冲突和获得更多外部援助的渴望，表现出会产生更广泛管理结构的运动的动机，特别是那些地区暴力活动愈演愈烈的地区。教师、宗教领袖、农民组织、来自不同区域的受尊重的老年妇女和老年男人以及人类学家，都可以促进地区主导的国家重构。新构建的分权结构的代表性特征不仅对于其谋求短期的政治合法性，而且对于提高其长期的公共服务效率都是至关重要的（奥洛夫和温施，2004）。

重建公共管理结构的目标在于，在地方政治结构中创造一个包容的、权力共享的分权计划，在地方看来政治合法性是由中央政府和国际援助基金进行财政支持的。如此一个体系经过很长时间更可能产生面向协商的政治，政治稳定和高效治理，而不是依赖事实上应对谋求政治独立地区的集中和死板的政策。

参考文献

1. 法新社：《苏丹达成和平协议》，巴黎：法新社，2005 年 1 月 9 日，参考：www. reliefweb. int/rw/rwb. nsf/AllDocsByUNID/。

Agence France-Presse（2005）"Highlights of the Sudan Peace Accord,"

Paris: Agence France-Presse, January 9, available at: www. reliefweb. int/ rw/rwb. nsf/AllDocsByUNID/.

2. 大赦国际: 《塞内加尔: 卡萨芒斯的恐怖氛围》, 大赦国际, 1998 年。

Amnesty International (1998) "Senegal: Climate of Terror in Casamance," Amnesty International.

3. A·安蒂尔: "西撒哈拉鲜为人知的一面", 《当代非洲》, 2002 年, 201: 第 83~88 页。

Antil, A. (2002) "Une dimension mal connue du Sahara occidental," Afrique contemporaine 201: 83~88.

4. 美联社: "朱巴、南苏丹看到了和平希望", 纽约美联社新闻, 2004 年 2 月 21 日, 参考: mathaba. net/0_ index. shtml? x = 38308。

Associated Press News (2004) "Juba, South Sudan Sees Signs of Peace," New York: AP News, February 21, available at: mathaba. net/0_ index. shtml? x = 38308.

5. 丹尼尔·巴赫 (编纂): 《非洲区域化: 一体化与分化》, 牛津: 詹姆斯·科里出版社, 1999 年。

Bach, D. C. (ed.) (1999) Regionalisation in Africa: Integration and Disintegration, Oxford: James Currey.

6. 彼得·布伦特: "南苏丹叛乱分子控制区域的治理状况、作用与能力建设需求", 《公共行政与发展》, 2003 年, 23: 第 125~139 页。

Blunt, P. (2003) "Governance Conditions, Roles and Capacity-building Needs in the Rebel-held Areas of Southern Sudan," Public Administration and Development 23: 125~139.

7. [法] 西尔万·博科: 《非洲分权与改革》, 纽约: 克鲁维尔/施普林格出版社, 2002 年。

Boko, S. H. (2002) Decentralization and Reform in Africa, New York: Kluwer/Springer.

8. 凯瑟琳·布恩: 《非洲国家的政治地形》, 剑桥: 剑桥大学出版

239

社，2003 年。

Boone, C. (2003) Political Topographies of the African State, Cambridge: Cambridge University Press.

9. 尼克·科隆巴特："塞内加尔卡萨芒斯分离主义者同意和平议程"，美国之音，2005 年 2 月 2 日，www. VOANews. com。

Colombant, N. (2005) "Senegal's Casamance Separatists Agree to Peace Agenda," Voice of America, February 2, available at: www. VOANews. com.

10. 南非发展银行：《评析南非政府巨额投资市政基础项目》，约翰内斯堡：南非发展银行，1999 年。

Development Bank (1999) Review of the South African Government s Grant-funded Municipal Infrastructure Programs, Johannesburg: Development Bank of South Africa.

11. 马马杜·迪乌夫："处在种族主义记忆与殖民历史之间的塞内加尔：卡萨芒斯地区民主力量运动与争取独立的斗争"，收录于布鲁斯·伯曼等（编纂）：《非洲种族主义与民主》，阿森斯：俄亥俄州立大学出版社，2004 年，第 218～239 页。

Diouf, M. (2004), "Between Ethnic Memories and Colonial History in Senegal: The MFDC and the Struggle for Independence in Casamance," in B. Berman, D. Eyoh and W. Kymlicka (eds) Ethnicity and Democracy in Africa, Athens: Ohio University Press, pp. 218～239.

12. 马丁·埃文斯："塞内加尔：卡萨芒斯民主力量运动"，《简报》，伦敦：英国皇家国际事务研究所，2004 年。

Evans, M. (2004) Senegal: Mouvement des Forces Démocratiques de la Casamance (MFDC), Briefing Paper, London: Chatham House.

13. 乔舒亚·福里斯特：《种族隔离制度废除后，纳米比亚的行政体系》，纽约州罗切斯特市：罗切斯特大学出版社，1998 年。

Forrest, J. B. (1998) Namibia's Post-Apartheid Regional Institutions, Rochester, NY: University of Rochester Press.

14. 乔舒亚·福里斯特：《国家的脆弱联系，几内亚比绍的农村公民社会》，阿森斯：俄亥俄州立大学出版社，2003 年。

Forrest，J. B.（2003）Lineages of State Fragility. Rural Civil Society in Guinea Bissau，Athens：Ohio University Press.

15. 乔舒亚·福里斯特：《非洲地区主义、种族主义、联盟和政治》，科罗拉多州波尔德：林恩林纳出版社，2004 年。

Forrest，J. B.（2004）Subnationalism in Africa. Ethnicity，Alliances，Politics，Boulder，CO：Lynne Rienner.

16. 热纳维耶芙·加瑟：《消失或存续：卡萨芒斯地区的冲突和塞内加尔国家建立》，博士论文，蒙特利尔：蒙特利尔大学，2000 年。

Gasser，G.（2000）"Manger ou s'en aller：le conflit ethnorégional casaman? ais et l'état sénégalais，" Ph. D. Thesis，Montreal：University of Montreal.

17. 谢尔顿·热拉尔：《塞内加尔托克维尔式民主分析》，多伦多：加拿大剧作家出版社，2005 年。

Gellar，S.（2005）Democracy in Senegal Toquevillian Analysis in Africa，Toronto：Playwrights Canada Press.

18. 杰弗里·赫布斯特：《非洲国家与大国》，新泽西州普林斯通：普林斯通大学出版社，2000 年。

Herbst，J.（2000）States and Power in Africa，Princeton，NJ：Princeton University Press.

19. 联合国综合信息网："索马里：邦特兰调停努力失败"，2002 年 5 月 1 日。

IRINnews. org（May 1，2002）"Somalia：Puntland Mediation Efforts Fail，" United Nations Integrated Information Network.

20. 联合国综合信息网："当局关闭无线电，并拘留了采访分离主义头领的职员"，2002 年 10 月 17 日。

IRINnews. org（October 17，2002）"Authorities Close Radios，Detain Staff Over Interview of Separatist Leader，" United Nations Integrated Information Network.

21. 联合国综合信息网："索马里兰选民进行投票"，2005 年 9 月
29 日。

IRINnews. org （September 29, 2005）"Somaliland Voters Go to the
Polls，"United Nations Integrated Information Network.

22. 联合国综合信息网："苏丹：南方召开新一届集会"，2005 年 9
月 30 日。

IRINnews. org （September 30, 2005）"Sudan：Southerners get New
Assembly，"United Nations Integrated Information Network.

23. 联合国综合信息网："美国赞扬索马里兰的投票"，2005 年 10 月
4 日。

IRINnews. org （October 4, 2005）"US Commends Somaliland on Poll，"
United Nations Integrated Information Network.

24. 联合国综合信息网：对索马里兰投票观察员马克·布拉德伯里
的采访，2005 年 10 月 10 日。

IRINnews. org （October 10, 2005）"Interview with Mark Bradbury,
Somaliland Poll Observer，"United Nations Integrated Information Network.

25. 联合国综合信息网："塞内加尔：当局关闭无线电，拘留了采访
分离主义头领的职员"，2005 年 10 月 17 日。

IRINnews. org （October 17, 2005）"Senegal：Authorities Close Radios,
Detain Staff Over Interview of Separatist Leader，"United Nations Integrated
Information Network.

26. 联合国综合信息网："苏丹：基尔任命南苏丹内阁"，2005 年 10
月 24 日。

IRINnews. org （October 24, 2005）"Sudan：Kiir names Southern
Cabinet，"United Nations Integrated Information Network.

27. 保罗·杰克逊："酋长、财富和政治家：塞拉利昂重建地方政
府"，《公共管理与发展》，2005 年，25 （1）：第 49～58 页。

Jackson, P. （2005）"Chiefs, Money and Politicians：Rebuilding Local
Government in Siena Leone，"Public Administration and Development 25 （1）：

49 ~ 58.

28. 丹尼尔·巴兰·库尔蒂:"国民军在尼日利亚盛产石油的三角洲地区成为强力存在",《基督教科学箴言报》,2006 年 3 月 7 日。

Kurti, D. B. (2006)"New Militia is Potent Force in Nigeria's Oil-rich Delta Region," Christian Science Monitor, March 7.

29. 德勒·奥洛夫,詹姆斯·温施:《非洲地区治理:民主分权的挑战》,科罗拉多州波尔德:林恩林纳出版社,2004 年。

Olowu, D. and Wunsch, J. S. (2004) Local Governance in Africa: The Challenge of Democratic Decentralization, Boulder, CO: Lynne Rienner.

30. 莫利纳·奥塔韦:"国家建设与国家分裂",收录于基达内·门吉斯特伯(编纂):《非洲国家建设与民主化》,康州韦斯特波特:普雷格出版社,1999 年,第 83 ~ 97 页。

Ottaway, M. (1999)"Nation-building and State Disintegration," in K. Mengisteab and C. Daddieh (eds) State Building and Democratization in Africa, Westport, CT: Praeger, pp. 83 ~ 97.

31. 大卫·普尔:《游击队到政府:厄立特里亚人民解放阵线》,阿森斯:俄亥俄州立大学出版社,2001 年。

Pool, D. (2001) From Guerrillas to Government: The Eritrean People's Liberation Front, Athens: Ohio University Press.

32. 唐纳德·罗斯柴尔德:《提高非洲地区自主性:地方自治分权与问责制》,汉堡:非洲研究中心。

Rothchild, D. (1996) Strengthening African Local Initiative: Local Self-governance, Decentralization, and Accountability, Hamburg: Institut für Afrika-Kunde.

33. 唐纳德·罗斯柴尔德:《非洲民族冲突管理:合作的压力与诱因》,华盛顿:布鲁金斯学会,1997 年。

Rothchild, D. (1997) Managing Ethnic Conflict in Africa: Pressures and Incentives for Cooperation, Washington, DC: Brookings Institution.

34. 唐纳德·罗斯柴尔德,维克托·奥罗让索拉:"竞争国家与民族请求管理",收录于唐纳德·罗斯柴尔德,维克托·奥罗让索拉(编纂):《国家与民族请求:非洲政策困境》,科罗拉多州波尔德:维斯特维尔出版社,1983年,第1~24页。

Rothchild, D. and Olorunsola, V. A.(1983)"Managing Competing State and Ethnic Claims," in D. Rothchild and V. A. Olorunsola(eds)State Versus Ethnic Claims: African Policy Dilemmas, Boulder, CO: Westview Press, pp. 1~24.

35. 安娜·西蒙斯:《分解网络:索马里分裂》,科罗拉多州波尔德,维斯特维尔出版社,1995年。

Simons, A.(1995)Networks of Dissolution: Somalia Undone, Boulder, CO: Westview Press.

36. 让·万希娜:《雨林中的路径:赤道非洲的政治传统历史》,麦迪逊:威斯康星大学出版社,1990年。

Vansina, J.(1990)Paths in the Rainforests: Towards a History of Political Tradition in Equatorial Africa, Madison: University of Wisconsin Press.

第十二章　地区管理和国家建设
——以阿富汗为例

萨拉·利斯特 (Sarah Lister)

安德鲁·怀尔德 (Andrew Wilder)

241　　　　在冲突后的环境中，冲突各方和其他援助者都在强调构建或重建政府管理和财政结构的重要性。近年来，世界银行尤其关注行政部门和公共管理机关的重建——使这项工作优先于人力资源、基础设施修复和私营企业发展等恢复工作（世界银行，2003）。它把日益增多的资源分配给这一领域的基金项目，特别关注行政机关运转依赖的法律法规的修订，管理问题，修订工资结构和级别以及个人的晋升和应聘等问题。特定的活动包括购买设备和管理培训（世界银行，2002，2003）。

　　本章讨论公共管理改革的各个方面，特别是地区管理，因为后者在冲突后环境中往往被援助者忽视。① 它评估了塔利班倒台后的三年内阿富汗地区管理在国家建设中的作用，在此期间，《波恩协定》规定了总体的政治发展框架。首先，它分析了 2002 年 12 月至 2003 年 7 月间在阿富汗六个省份（巴达赫尚省、巴米扬省、法利亚布省、赫拉特、坎大哈、瓦尔达克省）进行调查的成果。它同样利用另一个在这些省份进行的研究，作为更大治理项目的一部分，同时一个针对省级公共管理改革机构改革的特定的评估项目于 2004 年 11 月至 2005 年 1 月展开。

我们认为，地区管理机构的运转与复杂的政治动机之间相互影响，同时也是更广泛政治进程的一部分。在冲突后环境中为了加强地区管理机构，应该不只关注旨在增加财政收入和提高服务供应效率的机制和结构。相反，应该认识到，改革进程受到国家权力分配的影响，也在政治上影响着领土范围内合法权威的建立。地区管理机构改革应该被看作首要的国家建设战略的一部分，即使是在冲突刚刚结束的时候。

首先，我们会对阿富汗的情况做简单的讨论，点出主要的

242

---

① 本章主要根据阿富汗研究和进步联盟（简称 AREU）2002～2006 年进行的研究。特别利用了一个由阿富汗研究和进步联盟和世界银行共同进行，由欧盟委员会出资，并得到瑞士和瑞典政府和联合国阿富汗援助任务（简称 UNAMA）支持的一项研究计划。研究的主要成果分 2 册发表，埃文斯等（2004a 和 2004b）。本章的早期版本包含在埃文斯等（2004a），在利斯特和怀尔德（2005）的第一章，但随后被大幅修改和更新，吸收了后续由世界银行和英国国际发展部（简称 DFID）资助的研究。但是，文中观点仅代表作者个人观点。

政治问题，包括法理国家和实际国家之间的区别。其次，会探讨领导人对实际国家的控制。第三，确定领导人借以控制地区管理机构的机制以及他们权力的基础。最后，重提加强地区管理机构的问题以及加强对法理国家进行控制的必要性。本文也评估了阿富汗的预期发展情况。

一、政治环境

经过 20 年的内部冲突，2001 年塔利班政权的倒台被普遍视为阿富汗的一个伟大的时刻。2001 年 12 月签订的《波恩协定》提出一系列建设和平民主国家的步骤。临时政府有 6 个月的任期，直到紧急状态下召开了于 2002 年 7 月支尔格大会（阿富汗大国民会议）。支尔格大会任命哈米德·卡尔扎伊总统领导的阿富汗过渡政府（简称 ATA），在选举进行前监督新宪法的起草和批准工作，并进行管理。经过数次延期后，总统选举最终于 2004 年 10 月举行，哈米德·卡尔扎伊当选总统。国会和省议会选举于 2005 年 10 月举行，国民大会也于 2005 年 12 月 19 日开幕，《波恩协定》的其他条款也相继完成，预示着所谓的"波恩时期"已经寿终正寝。

然而，尽管《波恩协定》中所列步骤相继完成，但是在建立和平民主的阿富汗的道路上依然存在许多限制性因素。国家大部分地区安全状况不容乐观，在喀布尔和其他地区针对军阀和军国主义者的裁军工作受到国内外政治的诸多限制（本内特等，2003），在南部地区塔利班死灰复燃。截止 2004 年 6 月份，《波恩协定》的早期规划基本完成，但是安全状况相对于 2002 年 1 月份更为恶劣（巴蒂亚等，2004）。此后安全状况进一步恶化，数据显示 2005 年是"塔利班倒台后最血腥的一年"。[1] 2006 年 2 月美国国防情报局局长，迈克尔·梅普尔斯中将，告知美国国会，"我们认为塔利班武装分子现在，相对于 2001 年底至今的任何时刻，对阿富汗政府权威的扩大构成了更大的威胁"。[2] 许多人把这种困境归咎于《波恩协定》本身，因为其认可了阿富汗派别林立的政治形势，并建立了一个依赖军阀强权基础的政府，接下来的政治发展倾向于联合而不是应对挑战（鲁宾，2004）。此外，一些强权领导人继续大力提升其政治经济地位，通过走私、参与鸦片交易和违法征税等犯罪活动来加强实力（利斯特和佩因，2004；塞德拉，2002）。

243

二、理解阿富汗国家

了解法理国家和现实国家的区别，有助于理解国家建设背景下阿富汗的政治情势（杰克逊，1990；奥塔韦进一步展开，2002）。法理国家指的是那些国际社会承认其存在的国家，即无论它们是否存在政府，无论其政府是否可以有效地控制或管理国家，国际社会都把它们当做主权实体。现实国家就是指那些实际控制领土范围的国家。那些既享有国家社会的承认，又

---

① 联合国区域信息综合网络（简称 IRIN），喀布尔，2006 年 1 月 11 日。

② 英国广播公司（BBC）报道，《布什高度赞扬阿富汗进程》，2006 年 3 月 1 日，news.bbc.co.uk/2/hi/south_asia/4761432.stm。

通过完善的机构进行控制的国家就既是法理国家也是现实国家。

自从阿富汗开始进行国家建设，集权的国家机构就同脆弱而分散的传统社会艰难的共存在一起（鲁宾，1995）。然而，23 年的冲突无疑深深改变了地方政治以及中央和地方关系的政治属性。战前主要依赖传统机构框架（主要是部落的和宗教的）分散的权力，到 2001 年开始依赖对军队和经济资源的控制，后者源于 23 年来对冲突和战争经济的参与（克拉默和古德汉德，2002）。资料显示这些已经在发生改变，但不是朝着加强国家控制的方向，而是有助于通过非法种植和交易罂粟获得收益（伯德和沃德，2004）。

在今天的阿富汗，卡尔扎伊总统领导的法理国家，机构软弱，对国家许多地区缺乏军事和行政控制，特别是（但并非唯一）南部和东南地区。现实国家中喀布尔以外的大部分地区都掌握在地方军阀、地方指挥官和毒贩手中。他们控制了很多省份，但是他们的力量依赖于派别和个人的集聚，基于阿富汗现存政治经济条件提供的经济力量、军事力量和历史性的忠诚。

然而，法理国家和现实国家之间的界限并不总是十分明显。正如下文将会谈到的，一些人在法理国家和现实国家都具有影响力。确实，他们把法理国家的地位归因于现实的权力。此外，他们使用现实的权力影响法理国家的结构，使之在中央和地方都符合他们的利益。

三、谁在控制地区管理

244

> 我们只是名义上有一套政府体系——它实际上并不存
> 在。我是代理省长，但是我并没有权力。我只能签字，但
> 是却没有责任感——我没有说"不"的权力。
>
> （代理省长）

法理国家在地区统治上的虚弱，在所有进行调研的省份普遍存在。2002 年至 2003 年调查期间，最明显的例子就是赫拉特省，它充分展示了阿富汗法理国家和现实国家之间的复杂关系。

在赫拉特省，伊斯梅尔·汗宣称其具有巨大的政治和财政自主权，并控制着军队和民事机构。这种控制主要依赖于同伊朗和土库曼斯坦之间进行贸易的大量关税收入以及来自坎大哈和巴基斯坦的。中央政府一直努力减少汗的权力，逼迫他将关税收入移交中央，公开反对他自封为"阿富汗西部的埃米尔"。只承认他作为省长对管理机构的控制，解除他对军队的控制。但是，他在经济上的强势意味着他可以在很大程度上忽略喀布尔的要求。2004 年在一次出乎意料的职位变动中，卡尔扎伊总统解除了汗的赫拉特省省长职务。汗公开宣布接受这一免职，但是一开始拒绝接受到喀布尔担任部长的任命，但最终还是接受了能源水资源部长的职位。目前还不清楚他对控制地区还保留多大程度的控制和影响，或者他与他的家族和支持者还能获得多少关税收入。但是，在赫拉特省的调查显示当地

很多人都认为他会回到其实际权力宝座上，而这也是改革的最大障碍。此外，法理国家似乎很乐意采取行动来加深当地人的这种感觉——例如，他被派去调查 2006 年 2 月赫拉特城骚乱的起因。

赫拉特省不同于本次调查的其他省份，在于核心的国家结构并不受制于中央政府的政治控制，而是依赖于伊斯梅尔·汗的政治捐献，他使用捐献向本省居民提供服务（特别是城市地区），并保证居民得到的远高于国家财政应该支付的金额。由于汗的地位和活动，赫拉特城成为国内少有的基础设施完善，权力始终为民所用，商业可以自由运转的地方。例如在交通领域，尽管所有省内的卡车运输和其他运输都由交通部集中管理（向汗负责），运营者必须把费用交给交通部，卡车司机还是倾向于在赫拉特省而不是其他省工作，因为他们的运输安全更有保障（利斯特和卡拉夫，2004）。

在其他省份，法理国家和现实国家的差距导致地方政府在很大程度上被排斥在影响本省的重要决策之外。例如，2002～2003 年间的法利亚布省，省长只负责处理日常民政事务。重要问题，特别是与安全相关的问题，首先与地区指挥官杜斯塔姆将军或其代理人联系在一起，而不是直接与喀布尔联系。据法利亚布省前副省长所言，卡尔扎伊总统授予杜斯塔姆的"特别代表"身份使之具有处理民政事务的合法权力，"国防部副部长"的头衔使他具有处理军事事务的合法权力。瓦尔达克省地方政府的软弱，很大程度上是由于邻近喀布尔，事实上它几乎没有任何资源而主要依靠中央政府，也缺乏政治派别的控制。这就意味着没有组织能够通过有效控制来确保最低限度的效能。

　　然而，不同于现实情况，人们对集权却有着强烈的渴望。来自六个省份政府部门的受访者几乎全部支持恢复中央政府对各省份的管辖。有趣的是，这种情绪表达最激烈的恰恰是那些把其职位归功于军阀和指挥官的人，这也显示出这种忠诚并不坚定。同样令人吃惊的是，经过数年冲突，国家管理结构已被证实是相当有弹性的。战前定型的管理和财政机制继续在全国范围内运行，尽管缺乏与喀布尔持续的联系。这显示出对集权政府思想和进程的强有力的承诺。其他民意调查也发现存在对中央政府观点的强烈支持——对于许多人来说，这是他们的首选，尽管人民意识到他们的能力有限（人权和倡导论坛，2003）。

四、实际权力的控制机制

　　　　指挥官依然试图影响官员的任命和调动。如果喀布尔任命了某个人，就应该坚持那人被任命了——不能向那些抵制这些任命的指挥官屈服。我们需要部门的支持，来抵制指挥官的影响。如果有人认为我缺乏省长和地方指挥官的支持，他们就会取代我。我试图切断与地方指挥官的紧密联系，而谋求省长对我的支持，但是如果有人依然认为我没有地方指挥官的支持，他们就开始违抗我的命令。

　　　　　　　　　　　　　　　　　　（地区警方主管）

246

地区指挥官对地区管理机构的控制主要是通过控制任免系

统，当然也操控其他管理系统。然而，这种控制和他们对领土的军事控制相辅相成，这些也受到他们获得的金融资源的支撑。

1. 对任免系统的控制

在省里，不仅诸如警察局长和情报局长之类的安全职位由指挥官决定，民政管理职位也是如此。在那些军阀和指挥官支配的省份，大部分中高级政府雇员把他们的工作，还有他们的忠诚，归于地区的实权人物，而不是归于中央政府。一些政治派别向他们在当地政府中的代表发放津贴，这就进一步增强了对地方和区域实权人物的忠诚。比如说，在赫拉特省，所有的地区管理者之所以拥有职位，是因为他们都曾追随伊斯梅尔·汗参加了"吉哈德"（反抗苏联的圣战）。在其他总指挥并不明确的省份，当权者致力于维持稳定，通过保持各派别之间的平衡，进行一种微妙的平衡博弈以及在敌对派别之间分配主要职位。指挥官对任免系统控制的增强，也是由于中央任命这一官方途径的虚弱，中央任命既缓慢又缺乏透明度。这就使得区域和地方指挥官可以轻易地确保他们支持的候选人得到职位。

指挥官对于民事任免的控制对民事管理有许多不利的影响。特别是，它限制了民事管理者的作用，后者可能并不希望和某个特定派别联系在一起，但却感到被强迫去遵守地方和区域指挥官的决定。此外，它阻碍了对合格和称职的官员及技术职员的任命，这会进一步削弱行政管理，无论是在实践中还是合法性上。知情人说地方指挥官经常抵制中央政府的任命，并拒绝那些人获得职位。中央政府尝试把政府职员转移到远离他们家乡的地方，以此切断他们同其关系网和支持者的联系。但是，只有部分成功了。例如在巴达赫尚省，把所有地方官员迁移到不同地区的政策宣布后，27 人中只有 10 个人被转移了——那些与指挥官缺乏密切联系的人。

2. 低工资和非薪酬分配的缺乏 247

由于其他管理机构的虚弱，区域军阀和地区指挥官对任免系统的控制得以加强。毫不奇怪，低工资是所有受访的政府雇员普遍抱怨的内容，关键是这不仅仅削弱了他们对法理国家的忠诚，这同样迫使人们参与到腐败活动中，也就进一步削弱了中央政府的权威。比如说在一些地区，对毒品交易的各个阶段进行收税被视为政府合理工资的替代品。2002～2003 年进行的第一次调研中，不仅仅工资低（例如副省长每个月只有 35 美元），他们还经常三五个月后才能拿到工资。由于实行喀布尔对工资单进行统一管理的政策，地方的人（通常是省财政部门的首脑）不得不到喀布尔领取工资单。接下来，不同地区的雇员代表不得不到省会领取工资。旅途的开销从雇员的工资中扣除。当然许多管理问题都得到了改善。例如，到 2005 年初，大多数情况下工资都能按月准时发放。然而，低工资依然是众矢之的（埃文斯和奥斯马尼，2005）。

低工资也是导致不能把管理者转移到远离家乡的地区的因素之一，因为如果没有土地和生活资源（例如商店、牲畜等）提供的额外收入，政府职员就不能承受远离家乡的生活。确实，似乎在一些地区存在政府雇员的唯一原因是，政府的工作时间要求相对较少，因此被视为高居其他收入来源顶端的奖励。

省级管理机构缺乏非薪酬分配同样削弱了中央政府的影

响。管理人员没有选择，只能去其他地方寻找财政收入，包括
向指挥官争取。此外，法理国家的合法性也受到质疑，因为它
缺乏可利用资源。与省长和地区长官的会面经常伴随着一长列
地方政府没有资源来解决的问题清单。确实，地方管理机构已
经开始扮演中介的角色，能够就困难求助于非政府组织或者指
挥官，但却没有资源来自己解决问题。由于被剥夺了资源，民
事管理者几乎没有东西用来显示中央政府的联系和重要性。正
如一位省长所言：

> 地区级别的政府越穷，中央政府和人民之间的隔阂越
> 大。Wuluswal（地区管理者）办公室比非政府组织和指挥
> 官的办公室少 90 倍，所以，wuluswal 的威望在下降，而
> 非政府组织和指挥官的威望则不断上升。或者丢弃或者加
> 强 wuluswal——没有政府强过毁坏政府名声的虚弱政府。

248   ## 3. 枪支管理

> 裁军是当务之急——在人民掌握武器的时候，行政系
> 统是不能良好运转的，因为你不得不按照武装起来的人民
> 的要求去做，而不是遵循法律的要求。

(省副省长)

在各省的采访中，人们提到最困难也最顽固的问题是，为
了重建法理国家的效率和权威，对指挥官及其武装集团进行裁
军是最迫切的。有许多批评声音指责国际社会和卡尔扎伊政府

在如此重要的问题上行动迟缓。考虑到许多人认为在塔利班倒台后的最初阶段进行裁军并不困难，因为公众对裁军有着强烈的支持和诉求，而且事实上绝大多数指挥官当时实力并不强也不得人心，这种批评声就更为激烈。

许多省地级政府的职员强调，在裁军政策结束"卡拉什尼科夫的统治"之前，法治和中央政府的权威不可能实现重建。特别是在巴达赫尚省，已经进行裁军的地区和那些依然由当地派别指挥官控制的地区在地方管理机构上的差距惊人。在一个地区，此前两个指挥官一直在相互争斗，新任地区长官借调昆都士的部队在三天时间内解除了两个指挥官的武装。结果这个地区成为本省最稳定的地区之一。正如地区长官所言：

> 在我来到（这个地区）之前，不存在地区管理机构。所有非政府机构援助和人道主义援助——比如在哪里建学校、诊所等——都必须经过指挥官的批准。土地纠纷也由指挥官裁决。自从我来到这里，指挥官的武装被解除，人们现在来管理机构解决他们的问题。我刚来的时候，没有人想到管理机构会发生变化。人民真心希望能有一个强势管理体系，并减少指挥官的作用。

阿富汗在安全领域的改革策略包括解除武装、解散军队和重新整合（简称 DDR）的内容——阿富汗复兴计划（简称 ANBP），它的成就是显著的，特别是在开始阶段，而且其影响也是广泛的（丹尼斯，2005）。2003 年公布的初版阿富汗复兴计划，旨在解散并重整大约 10 万人的阿富汗国民卫队（简称 AMF)，先于计划于 2004 年 6 月举行的大选。到了 2004 年 6 月，裁军的数量超过 1 万名，10 万名的目标数字后来被减到 4 万名。保守落后的国防部（简称 MoD）是推行解除武装、解散军队和重新整合的最大障碍之一。此外，解除武装、解散军队和重新整合只是解除国防部控制的阿富汗国民卫队（巴蒂亚等，2004）。即使在 2005 年 7 月这一进程结束的时候，依然存在由 8 万人组成的大约 1800 个武装组织。后续行动——解散非法武装集团（简称 DIAG）——旨在解除和遣返军队之外的民兵。但是，这个行动开始的太晚了，许多集团已经深深扎根于其领地，而且公众对于中央政府及其在裁军方面的意愿和能力的信心也已经动摇了。为了加强法理国家在地区层次的权威，更多的想法、行动和资源应该更早的广泛的应用在推进成功的裁军方面。

指挥官的军事控制由于警察部队的虚弱而进一步加强。公共管理机构没有一支忠诚和称职的武装可以依赖以维持地区安全。不合格的，低工资的且装备差的武装不能执行基本的法律和秩序任务，并易于受到那些与政治派别有着紧密联系，并受到非法收入支持的人控制：

> 大部分警察局长过去是指挥官，而且几乎都是文盲。当中央政府任命更合适的警察局长时，他们并不接受。这些职位都由强权控制着。例如，本地的警察局长收到一份调任函（来自内务部）。另一个人被任命为新局长，但是由于他没有圣战背景，所以，他不能得到他的新职位。

> （地区总监）

研究同时也发现，把指挥官及其武装吸收进军队或警察的现行政策，正在加强，而不是削弱指挥官的实力，因为给予他们在其控制区域内的正式职位，也就相当于使他们的角色合法化。

4. 地区实权的政治经济分析

　　我们警告人们，如果他们种植罂粟，我们将会惩罚他们。但是在一些地区，当地指挥官会鼓励农民进行种植，他们说中央政府羸弱，不会采取任何行动的。他们有他们自身的利益考虑，因为他们对罂粟征税。现在没有战争，所以，指挥官就寻找其他营生。

（省长）

虽然这个研究并没有明确地探究宽泛的政治经济问题，但是受访者经常把它们作为导致中央权威在地方层面上虚弱的影响因素，其他研究也已经证实了它们的重要性（利斯特和佩因，2004）。支撑地区指挥官统治的财政资源来源广泛，包括毒品交易，关税收入，一些地区的矿产收入，和一些非官方税收。这些财政资源不仅向指挥官提供了武装自己抵抗法理国家的机会，它们同样使他们可以采取更多"合法的"行动以获得支持，例如向政府职员提供设备或者工资。

在阿富汗，对法理国家最严重的威胁之一，也是它在提升在地区的权威时面临的最大挑战，就是鸦片经济的迅速扩展。2004 年，阿富汗的罂粟种植面积创造了新的记录，达到 13.1 万公顷，并扩展到全国大部分省份（伯德和沃德，2004）。

250

2003 年，联合国毒品和犯罪办公室估计 23 亿美元的鸦片经济几乎占到阿富汗的国内生产总值的一半，联合国毒品和犯罪办公室主任特别指出"排除这些毒品统计，一些省级管理人员和军队指挥官也获得相当可观的分红"。[①] 世界银行也确认了弱政府、地区强权和毒品经济之间的联系，提到"这种'恶性循环'的发展会保持阿富汗的动荡，政治分裂，治理虚弱，贫穷，受非正式/非法经济支配，并成为毒品经济的人质"（伯德和沃德，2004：1）。

确实，此项研究的研究者听说各阶层精英都涉嫌参与毒品交易，包括政府部长、指挥官、警察和省长与地区长官等。例如：

> 罂粟种植和加工得到指挥官和警察的大力支持。他们广泛的涉身其中，并获得分成。如果没有他们的许可，谁都不可能生产罂粟……鸦片/海洛因的运输……通过悬挂政府牌照的交通工具完成。
>
> （区管理员）

> 罂粟贸易和喀布尔的重要人士联系在一起，喀布尔并没有支持与指挥官进行斗争——他们得到的钱比我们多。
>
> （一般省级守卫）

---

① 英国广播公司（BBC）报道，《鸦片"威胁"着阿富汗的未来》，2003 年 10 月 29 日，news. bbc. co. uk/1/hi/world/south_ asia/3224319. stm。

这些言论得到随后进行的其他研究（佩因，2006）的证实。毒品贸易不仅仅向军阀和指挥官提供财政资源支持他们的现实权力，中央政府控制罂粟种植和鸦片加工与运输的失败也明确显示出中央政府的虚弱和它在加强法令方面的无能为力。引用一位地区长官的话：

> 我们收到喀布尔关于禁止种植罂粟的通报，并转告给人民，但是，我们不可能靠 40 名士兵阻止农民种植罂粟……如果走私继续存在，那么管理机构的威望就会降低——在国家和国际层面，也在地区层面。走私者一直在试图损坏和弱化管理系统。

251

然而，不仅仅是非法经济支持着阿富汗实际上的分裂。正如上文提到的，在赫拉特及坎大哈，关税收入是可观的，而且在本时期开始阶段向喀布尔上缴被看做一种"谈判"。在调查时期情况有所好转，但是众所周知边界关卡并非把所有的收入都上交到喀布尔。此外，还存在一些"半官方"的税收，很明显国家和地区高级官员对此是知道的并予以默许（埃文斯和奥斯马尼，2005）。其他潜在的不上交中央的合法税收同样一直向指挥官提供资源。比如，调查显示法利亚布省道拉塔巴德盐矿的税收就是杜斯塔姆将军手下一名指挥官的收入来源，巴达赫尚省青金石矿的税收也被当地指挥官截留。同样还有各级指挥官征收的许多其他的非官方税收，包括对生产和运输活动征税，尽管证据显示这部分税收正在减少。此外，一些地方军阀据说依然受到邻国的资助，后者试图以此增加他们对阿富汗的影响。

掌权者往往通过操控地区政府结构来确保他们接近支持其统治的资源。比如，法利亚布省北方的四个地区被邻省朱兹詹省接管。副省长委婉的解释到，虽然这四个地区"行政"上属于法利亚布省，但是它们"实际"上已经属于朱兹詹省。地理知识可以用来证明这一改变，因为这四个地区更接近朱兹詹省首府而不是法利亚布省，但是改变背后有深层次的政治经济因素。这四个地区包括主要的毛毯交易中心——安德胡伊（Andkhoi），更重要的是，在安琪那（Aqina）有与土库曼斯坦的边界关卡。阿卜杜拉·希德·杜斯塔姆将军当权时，这些地区及其毛毯和关税都非正式的处于杜斯塔姆的家乡省份——朱兹詹省的控制下，然而历史上以及塔利班时期当他在野时，它们属于法利亚布省。当关税开始上交喀布尔，这一地区的吸引力也相对降低，它们又悄悄地回到法利亚布省的管辖。

五、结论：地区管理机构和国家建设日程

252

本章考虑了 2001～2005 年这一时期内掌握实权的人对阿富汗各地区管理机构的持续控制，并调查了这些掌握实权的人进行控制的机制。在《波恩协定》提供全局政治框架的时期，阿富汗政府没能实现对全国所有地区机构的控制。正在进行中的研究表明在许多地区，地区警察和管理机构依然向当地掌权者而不是中央政府负责。此外，涉嫌腐败和犯罪的省长和地区长官依然被任命到一些省份。在这个时期，法理国家旨在加强对地方政府结构进行控制的主张是一个重要的目标，不仅有助

于提高服务供应效率，也是在整个国家构建法理国家权力和更广泛的阿富汗国家建设日程的一部分。这个领域的失败严重束缚了重建和发展进程，同时降低了公众对政府的信心。

世界银行和其他援助者一直在支持并将继续支持，在阿富汗进行的旨在加强中央对地方政府控制的公共管理机构改革。主要包括工资和抚恤金改革，重建独立的文官委员会以及采取措施加强财政部对工资单和预算的权力和监督。他们同样尝试构建各省份对喀布尔的忠诚，主要通过消除工资发放上的延迟，对人员任命的批准，更新员工名单，增加对各省份的非薪水资金的投入以及提高喀布尔在各省份的形象（埃文斯等，2004b）。此外，他们通过支持省级基础设施的重建，促进各省信誉和能力的提升。正如上文提到的，一些途径在改善官僚机构的程序和效率方面是成功的（埃文斯和奥斯马尼，2005）。

然而，只靠这些措施来实现把国家对所有地区的控制是不够的，普遍的舆论认为应该向"波恩时期"一样，将公共管理机构改革同更广泛的地区治理改革结合起来。地区改革的混乱和简单复制加剧了这种情况（利斯特，2005）。前边的论述已经表明对阿富汗的省级民政管理的控制和对军事的控制是如何联系在一起的，这反过来也同政治经济问题紧密地联系在一起。法理国家的结构相对预期更有张力，但这些结构往往掌握在地区实权人物手中。在一些情况中，旨在加强地区管理，但却没有充分认识，政治背景的技术官僚干预不仅没有效果，他253们实际上增强了实权人物而非法理国家的实力。

加强地区管理的前提条件是应该有一份包罗万象的政治策略来重建和加强法理国家的实力，而不是强调官僚机构的改革。通过裁军、安全改革和政治经济改革实现地区指挥官统治的转移会削弱他们对地区管理结构的影响能力。它同样会提供财政，用以加强各省份和地区与中央的联系，并能使地方政府采取行动增加他们在当地人民中的影响力和合法性。根据能力把受过训练的管理者安排到各省份和地区的政府部门，同样具有削弱地方实权人物和增加地方政府合法性的双重效果。

1. 阿富汗地区管理机构接下来该做什么

阿富汗官员、指挥官和媒体对于"波恩时期"末期的评价无一例外都比较悲观，相对于塔利班倒台后其他时期而言。一位著名评论家谈道：

> 当被要求描述阿富汗的现状时，喀布尔的外交官、政府官员和救援人员都是言语严峻的。缉毒警察的国度，政治幻灭，军事僵局，援助疲劳，美军撤离。把这些联系在一起，这个画面显示阿富汗可能正堕落为失败国家。
>
> （巴尔德奥夫，2006）

尽管这种消极情绪很普遍，但也不全是坏消息。2006 年 1 月，政府和国际社会签署了一项新协议——《阿富汗条约》，该条约将会作为总体框架指导政治发展和重建。该条约与《阿富汗国家临时发展战略》（简称 I‑ANDS）紧密联系，后者包括政府促进治理和安全的战略以及促进经济和社会发展的方针。① 《阿富汗条约》和《阿富汗国家临时发展战略》清楚

---

① 有关这些文件的重要性的分析，参考米德尔布鲁克和米勒（2006）。

地认识到公共管理机构虚弱的现状，特别是地区层次，并强调
在实现政治和发展目标上地区治理的重要性。这些文件及其复
杂的协商过程，已表明政府是这些问题解决中的主体地位，并
把援助者的注意力集中到这些问题上。自从塔利班倒台后，这
是政府和援助者第一次达成共识：地区治理必须得到处理，并
且得到了各方的正式承诺。

把这个承诺付诸实施和考察结果需要国际社会在阿富汗的
长期参与以及国际军队的继续存在。迄今为止阿富汗的经验显
示，大部分援助者在解决这个国家的现实政治方面并不积极，
并存在对重建计划的过度依赖，这一重建计划旨在使法理国家
合法化并加强其能力。部分由于政府、援助者和援助机构在沟
通战略上的短视，对阿富汗重建援助的预期已经达到不现实的
程度。大多数阿富汗人不可避免地认为他们没有得到足够的援
助，这就意味着虽然重建计划很重要，但它不应该成为加强法
理国家合法性和权威主要依赖的战略。相反，一个广泛的国家
建设战略应该整合对安全领域改革的迫切需求，法理国家控制
国家税收和限制非法税收的需求以及利用重建战略在各层次建
设民主治理机构。

这个战略同样需要在阿富汗的国际行为体考虑整合他们的
政策目标和在这个国家的利益——举几个例子：控制毒品、
"反恐战争"，地区稳定，消除贫困，停止实施会导致冲突和
破坏的策略。正如本研究中一位受访者谈到的：

> 现在存在一个困境，国际社会和阿富汗政府希望通过
> 人民把安全带到阿富汗，但是那些人民并不想要安全而且

其本身就是不安全最重要的源头。那么，政府采取这种的政策怎么会成功呢？

（地区总监）

根据研究中众多的受访者的说法，对现有中央政府的期望最高的时候在紧急支尔格大会时，因为人民希望中央政府的统治能够重建，指挥官会被解除武装，有才能的人能进入政府。然后，紧急支尔格大会后，政府的组成发生轻微变化，巩固了而不是破坏了军阀的地位，人们的期望开始减弱和幻灭。能强烈的预感到，改变的空间已经具备，但是这个重要的宣扬政府控制的机会却被浪费了。2005 年 10 月，举行的国会选举不幸加强了许多阿富汗人的观念，那些有着人权虐待记录和犯罪行为的人继续任职而不是受到处罚（怀尔德，2005）。调查还发现，阿富汗人认为重新主张中央权威的机会窗口不会无限期的保持开放，而最近的事件显示窗口现在正在关闭。下列事情是很重要的，抓住近期政府和国际社会达成协议的机会，通过艰难的政治决定，法理国家的控制就能扩展到整个国家。地区管理机构改革也是这一进程的组成部分。

2. 阿富汗之外的世界

阿富汗的经验无疑也是其他冲突后情况的教训，但是，它们也并不是新的教训。正如世界银行前雇员讲到的，"冲突后的重建工作是一门艺术，可以通过对政治经济的清晰分析了解情况……需要许多年持续、一致和稳定的支持"（米德尔布鲁克和米勒，2006：5）。这并不新奇。现在，在改革地区管理机构的重要性和改革所需政治环境方面的一致意见，在许多年前的阿富汗就已被证实了，早于其他冲突后环境。不幸的是，在达成一致的那段时间里，行动机会失去了，现在阿富汗的任务非常非常困难。阿富汗的教训告诉我们（再一次），一个强健的内部政治环境对改革的重要性，裁军的中心性（特别在选举前）以及在特定环境中，"轻足迹"国际军事干预战略的虚弱。它强调了我们正在处理的问题的复杂性和相关性，更显著的是，政府结构改革是同许多政治派别相联系的，这又受到政治经济问题的影响。它同样提醒我们长期国际承诺和吸收资金能力的重要性。

然而，真正需要理解的是为什么这些在不同环境中多次被证实的教训并没有被吸取？为什么当大规模的国际重建和发展行动开始实施时，政治分析家的声音或者被那些喧闹的官僚机构改革所淹没，或者被那些追求不同外交政策目标的人简单的否定？尽管一些并不恰当或者不方便，什么时候才能认识到国家建设是一项必不可少的任务，不仅复杂耗时，而且主要是一项政治的而非技术性的尝试？

参考文献

1. 斯科特·巴尔德奥夫："对阿富汗的关注日益增多"，基督教科学箴言报，2006 年 2 月 14 日。

Baldauf, S. (2006) "Mounting Concern Over Afghanistan," Christian Science Monitor, February 14.

2. 克里斯蒂娜·本内特，肖娜·沃克菲尔德，安德鲁·怀尔德："阿富汗选举：大赌局"，《简报》，喀布尔：阿富汗研究与评估小组，2003 年 11 月，参考 www. areu. org. af。

Bennett, C., Wakefield, S., and Wilder, A. (2003) Afghan Elections: The Great Gamble, Briefing paper, Kabul: AREU, November, available at: www. areu. org. af.

3. ［美］迈克尔·巴蒂亚，凯文·拉尼根，菲利普·威尔金森："小投入，小产出：阿富汗安全政策的失败"，《简报》，略布尔：阿富汗研究与评估小组，2004 年 6 月，参考 www. areu. org. af。

Bhatia, M., Lanigan, K., and Wilkinson, P. (2004) Minimal Investments, Minimal Results: The Failure of Security Policy in Afghanistan, Briefing paper, Kabul: AREU, June, available at: www. areu. org. af.

4. 威廉·伯德，克里斯托弗·沃德："阿富汗的毒品与发展"，第 18 号社会发展文章，华盛顿：世界银行，2004 年。

Byrd, W. and Ward, C. (2004) Drugs and Development in Afghanistan, Social Development Papers No. 18, Washington, DC: World Bank.

5. 克里斯托弗·克拉默，乔纳森·古德汉德："再次尝试，再次失败，会失败的更好吗？阿富汗战争、国家与冲突后的挑战"，《发展与变革》，2002 年，33（5）：第 885～909 页。

Cramer, C. and Goodhand, J. (2002) "Try Again, Fail Again, Fail Better? War, the State and the 'Post-Conflict' Challenge in Afghanistan," Development and Change 33 (5): 885～909.

6. C·丹尼斯："裁军、遣散与重新武装？阿富汗裁军效应"，略布尔：日本阿富汗非政府组织网络（JANN），2005 年。

Dennys, C. (2005) Disarmament, Demobilisation and Rearmament? The Effects of Disar? mament in Afghanistan, Kabul: Japan Afghan NGO Network (JANN).

7. 安妮·埃文斯，亚辛·奥斯马尼："评估进程：关于阿富汗地方政府的最新报告"，略布尔：阿富汗研究与评估小组，2005 年. 参考 www. areu. org. af。

Evans, A. and Osmani, Y. (2005) Assessing Progress: Update Report on Subnational Administration in Afghanistan, Kabul: AREU, available at: www. areu. org. af.

8. 安妮·埃文斯，尼克·曼宁，亚辛·奥斯马尼，安妮·塔利，安德鲁·怀尔德：《阿富汗政府指南》（2004a），华盛顿和喀布尔：世界银行和阿富汗研究与评估小组。

Evans, A. , Manning, N. , Osmani, Y. , Tully, A. , and Wilder, A. (2004a) A Guide to Government in Afghanistan, Washington, DC, and Kabul: World Bank and AREU.

9. 安妮·埃文斯，尼克·曼宁，亚辛·奥斯马尼，安妮·塔利，安德鲁·怀尔德：《阿富汗地方政府：行动评估与建议》，华盛顿、喀布尔：世界银行、阿富汗研究与评估小组。

Evans, A. , Manning, N. , Osmani, Y. , Tully, A. , and Wilder, A. (2004b) Subnational Administration in Afghanistan: Assessment and Recommendations for Action, Washington, DC, and Kabul: World Bank and AREU.

10. 人权研究与倡议论坛："强烈呼吁：阿富汗人的权利与责任"，喀布尔：作者，11 月，参考 www. reliefweb. int/library/documents/2003/care-afg-19nov. pdf。

Human Rights Research and Advocacy Forum (2003) Speaking Out: Afghan Opinions on Rights and Responsibilities, Kabul: Author, November, available at: www. reliefweb. int/library/documents/2003/care-afg-19nov. pdf.

11. 罗伯特·杰克逊：《准国家：主权、国际关系与第三世界》，剑桥：剑桥大学出版社，1990 年。

Jackson, R. (1990) Quasi-states: Sovereignty, International Relations and the Third World, Cambridge: Cambridge University Press.

12. 萨拉·利斯特："混乱状态：阿富汗地区治理结构"，《简报》，喀布尔：阿富汗研究与评估小组，2005 年，参考 www. areu. org. af。

Lister, S. (2005) Caught in Confusion: Local Governance Structures in Afghanistan, Briefing paper, Kabul: AREU, available at: www. areu. org. af.

13. 萨拉·利斯特，扎因丁·卡拉夫：《对阿富汗市场的认知：关于建材市场的案例研究》，喀布尔：阿富汗研究与评估小组，2004 年，参考 www. areu. org. af。

Lister, S. and Karaev, Z. （2004） Understanding Markets in Afghanistan：A Case Study of the Markets in Construction Materials, Kabul：AREU, available at：www. areu. org. af.

14. 萨拉·利斯特，亚当·佩因：《权力交易：阿富汗政治"自由"市场》，喀布尔：阿富汗研究与评估小组，2004 年，参考 www. areu. org. af。

Lister, S. and Pain, A. （2004） Trading in Power：The Politics of "free" Markets in Afghanistan', Kabul：AREU, available at：www. areu. org. af.

15. 萨拉·利斯特，安德鲁·怀尔德："加强阿富汗地区政府权力：技术性改革，还是国家建设？"，《公共行政与发展》，2005 年，25（1）：第 39～48 页。

Lister, S. and Wilder, A. （2005） "Strengthening Subnational Administration in Afghanistan：Technical Reform or State-building?," Public Administration and Development 25（1）：39～48.

16. 彼得·米德尔布鲁克，沙龙·米勒："阿富汗新协议中获得的有关冲突后重建的经验"，《重点外交政策报告》，2006 年 1 月 27 日，参考 www. fpif. org。

Middlebrook, P. J. and Miller, S. M. （2006） "Lessons in Post Conflict Reconstruction from the New Afghanistan Compact," Foreign Policy in Focus Policy Report, January 27, available at：www. fpif. org.

17. 莫利纳·奥塔韦："在崩溃国家重建国家机构"，《发展与变革》，2002 年，33（5），第 1001～1023 页。

Ottaway, M. （2002） "Rebuilding State Institutions in Collapsed States," Development and Change 33（5）：1001～1023.

18. 亚当·佩因：《赫尔曼德省和古尔省的鸦片交易体系》，喀布尔：

257

阿富汗研究与评估小组，2006 年，参考 www. areu. org. af。

Pain，A. （2006） Opium Trading Systems in Helmand and Ghor, Kabul：AREU, available at：www. areu. org. af.

19. 安德鲁·雷诺兹，安德鲁·怀尔德：《自由、公正还是舞弊：阿富汗合法选举面临的挑战》，喀布尔：阿富汗研究与评估小组，2004 年，参考 www. areu. org. af。

Reynolds，A. and Wilder，A. （2004） Free，Fair or Flawed：Challenges for Legitimate Elections in Afghanistan，Kabul：AREU, September，available at：www. areu. org. af.

20. 罗伯特·鲁宾：《阿富汗的分裂：国际体系的国家建构与崩溃》，康涅狄格州纽黑文：耶鲁大学出版社，1995 年。

Rubin，B. （1995） The Fragmentation of Afghanistan：State Formation and Collapse in the International System，New Haven，CT：Yale University Press.

21. 罗伯特·鲁宾：“（重新）建设阿富汗：无政府主义民主的愚蠢”，《当代历史》，2004 年 4 月：第 165～170 页。

Rubin，B. （2004）“（Re）building Afghanistan：The Folly of Stateless Democracy，”Current History April：165～170.

22. 马克·塞德拉：《挑战军阀文化：塔利班政权倒台后的阿富汗安全部门改革》，德国波恩：波恩国际转换中心（BICC），2002 年。

Sedra，M. （2002） Challenging the Warlord Culture：Security Sector Reform in Post-Taliban Afghanistan，Bonn，Germany：Bonn International Center for Conversion（BICC）.

23. 安德鲁·怀尔德：《分裂的房子？2005 年阿富汗大选分析》，喀布尔：阿富汗研究与评估小组，2005 年，参考 www. areu. org. af。

Wilder，A. （2005） A House Divided? Analysing the 2005 Afghan Elections，Kabul：AREU, available at：www. areu. org. af.

24. 世界银行：《冲突后环境下重建行政部门：关键问题与经验教训》，华盛顿：世界银行，冲突预防与重建小组 1 号传播文件，2002 年。

World Bank (2002) Rebuilding the Civil Service in a Post-conflict Setting: Key Issues and Lessons of Experience, Washington, DC: World Bank, Conflict Prevention and Reconstruction Unit, Dissemination Notes No. 1.

25. 世界银行:《世界银行近期对冲突后国家行政部门重建的支持》, 华盛顿:世界银行,79 号重要文件,2003 年。

World Bank (2003) Recent Bank Support for Civil Service Reconstruction in Post-conflict Countries, Washington, DC: World Bank, PREM Notes No. 79.

26. 世界银行:《阿富汗:国家建设、稳定增长与消除贫困》,华盛顿:世界银行,2004 年。

World Bank (2004) Afghanistan: State-building, Sustaining Growth and Reducing Poverty, Washington, DC: World Bank.

作者简介

妮可·鲍尔（Nicole Ball）：华盛顿国际政策中心高级研究员，同时也是马里兰大学国际发展与冲突管理中心访问学者。在其职业生涯的大部分时间，一直致力于安全和发展领域的研究。1998年起，她在美国、英国、德国、荷兰等国政府，联合国开发计划署，经济合作与发展组织发展援助委员会和世界银行等机构担任顾问，主要负责发展中国家和脆弱/失败国家安全方面的问题。她在苏塞克斯大学获得国际关系专业硕士学位。

艾埃里克·比约恩隆（Eric Bjornlund）：律师，他已经在超过25个国家策划并指导民主与治理项目。他是民主国际创始人之一。他曾在美国民主协会工作十年从事国际事务研究，曾担任卡特中心驻印度尼西亚战地办公室主任，伍德罗·威尔逊国际学者中心研究员。他在哈佛大学肯尼迪政府学院获得公共管理硕士（MPA），在哥伦比亚大学获得博士学位。

哈利·布莱尔（Harry Blair）：耶鲁大学政治系副主任，

高级研究员和讲师。他现在的研究方向集中在发展中国家的民主化，特别是对公民社会和分权的研究。他是美国国际开发署（USAID）民主与治理问题方面的资深顾问。此前，他曾任教于巴克内尔大学、科尔盖特大学、康奈尔大学和罗格斯大学。他在杜克大学获得博士学位，著作涉猎广泛。

加里·布兰德（Gary Bland）：国际三角研究所（RTI）民主治理中心主管。他的作品广泛涉及分权、地方选举和拉丁美洲政治。此前的工作经历：伍德罗·威尔逊国际学者中心、美洲开发银行、世界银行关于拉丁美洲分权和地方治理方面的顾问，美国国际开发署民主与治理中心的民主问题研究员。他曾担任乔治敦大学比较政策专业副教授。他在霍普金斯大学高级国际研究学院获得博士学位。

德里克·W. 布林克霍夫（Derick W. Brinkerhoff）：国际三角研究所国际公共管理高级研究员，同时也是乔治·华盛顿大学公共政策与管理学院副教授。他的研究集中在冲突后社会、民主治理、分权和公民参与等领域。他曾担任阿伯特事务所首席社会科学家；马里兰大学帕克分校国际发展管理中心研究部副主任；海地计划部常驻顾问；美国国际开发署农村和机构发展办公室高级管理学顾问。他著作甚丰，包括六本著作和众多书中章节和文章。他在哈佛大学获得社会政策与管理专业教育学博士，在加州大学河滨分校获得管理专业硕士学位。

詹妮弗 M. 布林克霍夫（Jennifer M. Brinkerhoff）：乔治·

华盛顿大学公共政策与管理学院公共管理和国际事务专业副教授。她的研究领域包括国际发展管理、政府与非政府组织的关系以及作为跨国政策行为体的侨民。她曾承担亚洲发展银行、美国国际开发署和世界银行的咨询和研究任务。她在南加州大学获得公共管理专业博士学位。她的研究成果包括 2 本著作和超过 25 篇的文章和书中章节。

格伦·科文（Glenn Cowan）：民主国际主要创始人之一。他曾在 35 个国家担任美国民主协会、美国国际开发署、联合国，卡特中心和美洲国家组织（OAS）在民主促进和选举方面的顾问。他曾是 1980 年卡特和 1984 年蒙代尔总统竞选团队的高级成员。他现在是马里兰肯辛顿镇议会成员。他在罗格斯大学获得农村资源公共管理专业学士学位，并在匹兹堡大学公共和国际事务学院攻读硕士学位。

约书亚 B. 弗雷斯特（Joshua B. Forrest）：匹兹堡拉罗谢学院科尔非洲历史、文化和政治研究所所长。他承担的课程有比较公共政策、政治学和历史。他主要研究非洲次民族主义运动的发展，非洲农村公民社会的演变以及农村资源的公共管理。他曾任职于佛蒙特大学。他在麦迪逊威斯康星大学获得政治学和非洲研究专业博士学位。

威廉·加勒里（William Gallery）：民主国际的项目助理。在 2004 年美国总统竞选期间，他曾为佛罗里达州民主党工作。他在哈佛大学获得学士学位。

亚瑟·A·戈登史密斯（Arthur A. Goldsmith）：马塞诸塞州大学管理学院教授，同时也是约翰·W·麦科马克政策研究研究生院，民主和发展中心高级研究员。2004～2005 期间，他是哈佛大学贝尔弗科学和国际事务中心国际安全项目和国内冲突项目高级研究员。他在比较公共管理方面著述丰富，并且担任众多国际机构的顾问。他在康奈尔大学获得政治学专业博士学位，在波士顿大学获得工商管理硕士学位。

弗吉尼亚·哈夫勒（Virginia Haufler）：马里兰大学帕克分校政府和政治系副教授，全球议程哈里森计划和国际发展与冲突管理中心研究人员。她目前主要研究个人在世界政治中的作用，跨国公司与冲突预防在发展中国家的作用。1999 至 2000 年，她是卡内基国际和平基金会高级研究员。她同时也是多个产业、非盈利组织以及国际组织的顾问。

艾丽萨·贝尔曼·因巴尔（Aliza Belman Inbal）：世界银行独立评估小组高级顾问和项目主管，目前正在乔治·华盛顿大学公共政策与管理学院攻读博士学位，研究冲突后的发展问题。攻读博士前，她曾在以色列国际合作中心项目——"马沙夫计划"任职；也曾在金沙萨任职，负责协调中亚援助工作，也是中东讲坛负责人。他在剑桥大学获得国际关系专业硕士学位。

汉娜·勒纳（Hannah Lerner）：耶路撒冷曼德尔领导研究所研究人员。在职人员培养计划协调人，该计划主要研究劳动福利部高级公务员的社会政策。她在哥伦比亚大学获得政治学专业的硕士和博士学位，并在特拉维夫大学获得哲学专业硕士学位。

莎拉·李斯特（Sarah Lister）：乐施会东亚地区区域治理顾问。目前，她的工作集中在治理、冲突后政治重建、地方政府改革、边缘群体的政治代表权问题，以及公民社会在政治进程中的作用。此前，她是位于喀布尔的阿富汗研究和评估组织政治经济学与治理领域的高级研究员；苏塞克斯大学发展研究所，治理方面研究员；同时担任世界银行、英国国际发展部、海外发展研究所和国际非政府组织的顾问。她在伦敦经济学院获得理科硕士学位和博士学位。

苏珊·梅里尔（Susan Merrill）：美国国际开发署驻外国办事处官员（已卸任），她已在该部门工作 20 多年。她作为美国国际开发署的代表，在美国陆军战争学院维和与稳定行动研究所开展工作。她曾担任政策研究专项小组负责人，柬埔寨事务代理主任，发展信息和评估中心主任，评估办公室主任。她曾被外派到牙买加、萨尔瓦多、尼加拉瓜和利比里亚等国家。她在乔治敦大学获得外交学和经济学两个硕士学位。

塔米·S·舒尔茨（Tammy S. Schultz）：美国陆军战争学院维和与稳定行动研究所研究员。她主要负责冲突后重建与维稳行动中有关安全、恐怖主义和军事准备方面的研究和训练。她同时负责美国国务院的训练，也是乔治敦大学安全研究项目的兼职教授。她在乔治敦大学获得博士学位，在新西兰维多利亚大学获得国际关系专业硕士学位。2003～2004年，她曾担任布鲁金斯学会研究员。

安德鲁·怀尔德（Andrew Wilder）：阿富汗研究和评估组织创始人，并任职至2005年4月。此前，他曾担任"拯救孩子们的巴基斯坦/阿富汗"组织战地办公室主任六年之久。1989～1992年，他担任国际救援委员会跨国农业援助项目在阿富汗的协调员，1986～1987年，他在俾路支省和阿富汗西南地区实施慈善组织的援助阿富汗人计划。关于巴基斯坦和阿富汗的政治状况，他已经发表众多著作。他出生在巴基斯坦，并已经在阿富汗生活了30多年。他在塔夫茨大学弗莱彻法律与外交学院获得硕士和博士学位。

索引

（索引所标页码为原书页码，见正文页边。）

accountability 问责制　4，7，10～14，34～6，64，69，77，88～89，148，155，161，169，171～176，181，186，194～195，200，210，222；democratic 民主82，86，89，89，95～96，105；lack of 不足146，149；routes to 方法162～163，166～167，168，173～176，181，182；of security services 安保服务95～96

actors 行为体：diplomatic 外交的15～16，18；economic 经济的145；external 国外的28，93，97，100～106；international 国际的254；local 地方的69，87，91；political 政治的82，98；post-construction 建设后的14；private sector 私人领域的11；societal 社会的150

administration 管理232，241～242，245～248，252～253；civil 37，123，246～249；fiscal resources 财政资源212；subnational 地区255

administrative structures 管理结构234，236；changes in 变化34，39. 219，231；local 地方210，230，233；restructuring 重建238

administrative system 管理系统245，248；capacity 能力13，34；post-conflict 冲突后237；weak 虚弱246～247

administrators 管理者252；trained 经过培训的253；training college for 培训学校180；transfer 转变246～247

adopted country 接收国188，190，198

advocacy groups 利益团体67，149，152，183，186，193，219

Afghan-American diaspora 阿富汗裔美国移民11，186，190～193，

economies 经济 10，183；environments 环境 14，65，69，80，87，89，91～92，116，147，166；operations 行动 99，119～121，125，131～133，136；priorities 优先性 235；recovery 恢复 180；regimes 政权 98，152；repertoire 指令系统 176；security 安全 148；situations 状态 155，172，181；stabilization 稳定 115，119，135

post-conflict governance 冲突后治理 117，136～137，226，232～233，235；decentralized 分权 237；operations 行动 121，132，134；states 国家 4～9，13，16，27，32，35～36，40，65～67，81，144～145，161，166；tasks 任务 131，133

post-conflict reconstruction 冲突后重建 8，10～12，14～15，19，88，132，135～137，151，156，161，185～187，199～200；contracts 合同 148；efforts 努力 3；process 进程 152；sequencing of 顺序 255

post-conflict societies 冲突后社会 5，19，45，47，49，88，125，176，187，226；divided 分裂 60

post-war 战后 171，217～218；economy 经济 143；reconstruction 重建 38；stabilization efforts 稳定工作 129；states 国家 58

poverty 贫穷 85，222；alleviation 缓和 28；income-generating projects 创收项目 121，183；low-income states 低收入国家 27，95；poor countries 贫穷国家 3，19，38；pro-poor development 扶贫发展 154，161；reduction 降低 5，19，87～88，94，254

power 权力 137，216；abuse 滥用 27；arrangements 安排 67，237；competition for 竞争 87；distribution of 分配 242；division of 划分 208；holders 掌握着 246，251～253；political 政治的 13，88；positions of 位置 95，97；sharing 共享 12，15，61，221，236；struggles 斗争 59；subnational 地区 249～250；transfer of 转变 65

Préval，Rene 勒内·普雷瓦尔 78；organization 组织 79

private sector 私人领域 150，156～157，175，competition 竞争 170，178；enterprises 企业 28，85，241；international 国家 10；investment 投资 10～11，144，147～148，166；local 地方 38

government 政府 155；Security Sector Development Assistance Team 安全部门发展援助小组 99，100

United Nations 联合国 65，85，232；Development Program 发展项目 33，47，93，107；Electoral Assistance 选举资助 74；Global Compact 联合国全球公约 144，149，154，157～158；Information Network 信息网络 256；Office on Drugs and Crime 联合国毒品与犯罪办公室 250；peacekeeping 维和 26，42，78，93；Security Council 安理会 149

United States 美国 12，28，39，71，75，94，153，172；allies 盟友 95；Army 陆军 10，15，115～116，118～119，121～122，126～129，133～136，207；Copts Association 科普特人社团 12，193～195，198～199，201；Department of Defense 国防部 2，116，131；foreign policy 外交政策 187；government 政府 128，155；National Security Strategy 国家安全战略 25；reconstruction program 重建计划 19；Secretary of State 国务卿 70；State Department 国务院 131，193；reports 报告 201

United States Agency for International Development 美国国际开发署 2，4，16，19，39，46，131，181；contractor 承包商 192

urban areas 7 城市地区 9，103，209，244；favored 支持 147；politically sensitive 政治敏感性 37

veto 否决权 52；minority 少数 61；presidential 总统的 218，223

Vietnam War 越南战争 10，27，116～117，119，137

violence 暴力 32，50，58，75，78，145，148，197～199，211～212，217，222，227，231～232，234；domestic political 国内政治 29～30；escalated 升级 118；excessive 过度的 230；in the homeland 祖国 200；internal 内部的 29；mob 暴徒 79；monopoly of 垄断 29，60；patterns of 模式 124；political 政治 76，88，90，92，95；regional 区域性 238；structure of 结构 186；targets of 目标 66

voice 话语 162，164，166；194；public 公众 173

vote 投票 66，71；buying 贿选 73；proportion decreased 增加比例 77；